U0113930

烟火 市井

笔记小说和风俗画所反映的
唐宋商业生活

曾 蕾 —— 著

新华出版社

图书在版编目（CIP）数据

市井烟火：笔记小说和风俗画所反映的唐宋商业生
活 / 曾蕾著. -- 北京：新华出版社, 2024.1
ISBN 978-7-5166-6992-1

Ⅰ.①市… Ⅱ.①曾… Ⅲ.①笔记小说 – 小说研究 –
中国 – 唐宋时期②中国画 – 绘画史 – 研究 – 中国 – 唐宋时
期 Ⅳ.①I207.419②J212.092.4

中国国家版本馆CIP数据核字(2023)第170822号

市井烟火：笔记小说和风俗画所反映的唐宋商业生活

作　　者：曾　蕾

责任编辑：张云杰　　　　　　　　封面设计：清晨时代

出版发行：新华出版社
地　　址：北京石景山区京原路8号　　邮　　编：100040
网　　址：http:www.xinhuapub.com
经　　销：新华书店、新华出版社天猫旗舰店、京东旗舰店及各大网店
购书热线：010-63077122　　　中国新闻书店购书热线：010-63072012

照　　排：马宇飞
印　　刷：河北赛文印刷有限公司

成品尺寸：170mm×240mm　　　1/16
印　　张：16.75　　　　　　　字　　数：273千字
版　　次：2024年1月第一版　　字　　数：2024年1月第一次印刷

书　　号：ISBN 978-7-5166-6992-1
定　　价：69.00元

摘／要

　　本书以唐宋时期代表性的笔记小说和风俗画作品为研究对象，从唐宋时期浩如烟海的笔记小说中选择最具代表性的《太平广记》和《夷坚志》，风俗画选取张择端创作的《清明上河图》和苏汉臣、李嵩创作的《货郎图》系列作品为研究主体，兼顾其他笔记小说和图像材料。通过将图画和文字相互论证，"以文证史""以画证史"，以商业生活和商人的经营开展情况为线索，着眼于具体商业过程的描述，从细微之处入手钩稽史料，试图对唐宋时期的商业生活和城乡经济发展状况有一个整体和系统的把握。

　　由唐至宋，商人的地位在不断提高，他们通过科考、联姻、纳捐买官、巴结权贵等各种方式逐步提高自己的地位，唐代商人的生存状况已有明显改观。唐宋之际坊市制度逐渐被打破，大中小城市层级开始形成，城市中的人口急剧膨胀。宋代城市的商业十分繁华，汴京和临安城内外都有比较集中的商业中心，还出现了一批区域性的中心城市。城市中流动人口数量众多，商人群体的数量和经营规模进一步发展，促使邸店业、服务业和娱乐产业蓬勃发展。

　　中小商人数量在唐宋时一直不断增长，并成长为当时商业生活的重要力量，他们经营的行业涉足社会生活的各个方面。其中货郎作为批发市场的末端，通过走村串巷把普通的农户纳入商业销售的网络中来，对乡村商品经济的发展起到了积极的促进作用。

　　因为宋代鼓励经商的政策推动和造船技术的明显进步，对外贸易发展迅速，大量的海商开始走出国门从事海外贸易。海商带回丰富的域外知识，雕版印刷术使得传播更为方便，从而为宋人大范围地熟知域外情况创造了条件。两宋的港口城市逐渐成为大规模的消费市场，外国商人的货物在大的港口就能销售，进入内地市场的能动性下降。于是宋代充满奇幻色彩的"胡商识宝"故事从繁盛到式微，逐渐淡出创作的舞台。

目 / 录

导 论

第一章　唐宋反映市井生活的笔记小说和风俗画的发展

导　论

一、研究缘起

唐宋时期是我国古代社会重要的变革时期，在经济领域也出现了显著的变化，从公元 8 世纪到公元 12 世纪前后的四百年的时间里，将城市划分为网格并严加管理的坊市制度的逐步废除，逐渐宽泛的土地政策和不断提高的粮食产量，一方面使城市获得了很大发展，大量的人口被吸引到城市，另一方面也促使了粮食产量的提高，为市场提供了更多的剩余产品，社会风气也为之一变，甚至"一个尚武、好战、坚固和组织严明的社会，已经为另一个活泼、重商、享乐和腐化的社会所取代了"。[①]唐宋时上至王公贵族，下到市井小民的社会各阶层，都被商品经济洪流所裹挟，再偏远的乡村都会因为小商人的到来或者墟市的存在而产生交易，完全脱离社会不需要任何商业活动的社会形态和个人在当时是不可能存在的。如果把唐宋时期的社会生活比喻成一幅画卷，则发达的商品经济、繁荣的城市文化，以及不断崛起和扩大的市民群体都是这幅时代画卷中动人的元素。

近年来，唐宋社会变革作为经济史研究的一个热点，吸引了众多专家学者著书立说。要想研究唐宋时期社会变迁的深层原因，对人的研究必不可少。传统正史的书写，多是帝王将相和典籍制度，少将目光投向普通民众的群体。

---

① ［法］谢和耐著，刘东译：《蒙元入侵前夜的中国日常生活》，江苏人民出版社 1995 年版，第 2 页。

庆幸的是在我国灿烂的历史文化长河中，还有很多历史典籍记录着唐宋时期各阶层人民的商业生活的画面，通过他们的活动展现了当时商品经济的活跃和繁华，为后人留下了丰富的珍贵的史料。

前辈学者为我们开创了运用文学作品研究历史的路径，漆侠[①]指出："文学艺术作为上层建筑、意识形态的一个组成部分，虽然不是径情直遂地而是曲折地反映它所借以树立起来的基础即社会经济制度，但这种反映往往是逼真的、确凿的，尤其是经过筛选、取舍后，就更加如此。"[②]李埏用《水浒传》中的信息来分析宋代乡村的经济发展，对后人有很大的启示[③]。通过对当时人所记述的各类事件的整理，研究者可以更好地从侧面了解当时的生活环境和生存状态的情况，近年来史学家们越来越重视利用笔记小说来研究社会经济史。

唐宋笔记小说创作的题材涵盖了包括官府和文坛各层面的逸闻趣事和民间街巷的风情习俗，笔记小说以文字的形式记录了当时的历史画面，呈现出多方面的唐宋社会生活。当然，作为小说创作，其中许多内容不免流于荒诞，可信度不高。但任何作品无论是从创作意识还是创作内涵，都是当时社会生活的折射与反映，为后来的研究者提供了广泛而真实的风貌展示，具有多元的丰富内容。如果我们从笔记小说的这一特点出发，探究其中所反映的社会生活内涵，再从经济史的角度对其进行综合研究，则是非常有学术意义的。

西方的学者对图像材料高度重视，他们把"以图证史"作为一种历史研究的方法论，并进而发展出"图像史学"这一史学分支学科。中国的美术史历史悠久，但以往史学研究中对图像材料的使用更多是当作文献资料的旁证或者是插图，目的是用来补充文献材料的不足，对图像本身的研究深入程度有待商榷。事实上，从唐代开始，人物画的内容逐步脱离宗教绘画的影响。随着商品经济的发展，现实主义创作的风格在绘画中被广泛应用，画家们努

---

① 为了行文的方便和统一，本文引用的文献一律省去尊称和职称等信息，如有不敬之处恳请各位师友谅解。

② 漆侠：《历史研究法》，河北大学出版社 2003 年版，第 33 页。

③ 李埏：《〈水浒传〉中所反映的庄园和矛盾》，载《中国封建经济史论集》，云南教育出版社 1986 年版，第 147—201 页。

力用笔触去展现当下的生活，从而衍生出风俗画这一独特的题材——风俗画通常以普通百姓的生活和劳动场景作为审美的对象，反映的是一个时代共同形成的风尚、习俗和日常的生活状态。画家的创作表达了人们对现实生活的热情和兴趣，契合了当时市民群体的审美需求，因而在宋代发达的绘画市场，风俗画受到各阶层的欢迎。印刷术的使用和推广则为这些图文信息的传播提供了更为广阔的舞台和更为快捷的方式。

唐宋笔记小说和风俗画文本中呈现的内容是真实而广泛的，包括商业与贸易、婚姻与家庭、社会动乱与变迁、宗教与民俗等诸多内容。从经济史的角度，兼采社会史、民俗史的方法，还原出小说和图画文本所呈现的商业生活，并进一步探讨动态的民间社会的情况。当然，穷尽所有的笔记小说或是风俗画来描述唐宋商业生活的全貌绝非一篇论文所能囊括，所以笔者选择其中有代表性的《太平广记》《夷坚志》等笔记小说，《清明上河图》、宋代《货郎图》等风俗画作为研究对象，力图描述出唐宋商业活动场景，进一步从经济和文化的角度对当时的商品经济发展状况进行分析探讨。笔记小说和风俗画中呈现出很多唐宋时期商业生活的特点。而图文作品的叙事艺术和文化内涵，则同时也深受商业生活的典型场所、主体以及习俗的影响。

唐宋的商业生活无疑是丰富多彩的，通过对上述笔记小说和风俗画的分析，可以感受到鲜活而又生动的历史跃然纸上，透过千年的时光与今人仍然能产生强烈的情感上的共鸣，让人仿佛身临其境。历史研究是从事这一职业的工作者们用自己的思想和观念，也就是历史观去解读史料的过程。

二、研究意义

"以文证史""以画证史"是史学家常用的研究方法。唐宋笔记小说大量兴起，《太平广记》中收入了大量的唐代及前期的笔记小说，《夷坚志》具有强烈的民间性，其书不唯普通人，而且其中记录宋代的匠人、雇工、佃客、商贾和小贩数量最多，材料价值也是最高的一部小说笔记。[①] 两部作品的成书时

---

① 漆侠：《怎样研究宋史》，载《文史知识》1983 年第 9 期，第 17 页。

间相距不远，但在创作的主体和内容上体现出很大的差异，究其原因，离不开商品经济的发展，而差异本身如市民群体的审美诉求等，又会反过来刺激商品经济。

图像资料提供给后人历史信息，后人对图像的分析角度、方法和能力也不尽相同。以往的研究者对《货郎图》系列作品的关注更多是美术史的角度，或者研究货郎的绘制技巧，或者分析货郎所售物品的形制和名称，而《货郎图》反映的货郎将琳琅满目的货物送到乡村的这一过程，正是宋代商品经济的触角已经延展到乡村的真实写照，它明确告诉我们乡村不仅只是城市生活物资的提供者，也成为城市手工业物品的销售地，城乡之间形成了有效的商品交换体系。本文尝试将《货郎图》作为研究宋代乡村的图像史料，《清明上河图》作为宋代都城的图像史料，与其他文字史料一起进行对比分析，从而对宋代城乡商品经济发展情况有了更为翔实的认识。

三、研究综述

由于本文的研究落脚点是研究唐宋时期的笔记小说和风俗画，二者和唐宋时期的商业活动和城市发展有密切联系，相关研究已经有很多成果，具体分述如下。

（一）唐宋笔记小说研究成果

对唐宋笔记小说的研究始于 20 世纪的 20 年代。鲁迅因教学的需要而撰写《中国小说史略》[①]，继而又整理笔记小说的作品，形成《小说旧闻钞》和《唐宋传奇集》[②]两本书籍，最早探讨了小说史理论研究。郑振铎[③]、汪辟疆[④]也对

---

① 鲁迅的《中国小说史略》系鲁迅在北京大学等学校讲授中国小说史时的讲义整理而成，1923 年由北京的新潮社出版其中 28 篇论文。
② 鲁迅的《小说旧闻钞》在 1926 年编辑出版，《唐宋传奇集》在 1927 年编订，两本书都由上海北新书局出版，其后多次重印。
③ 郑振铎在 20 世纪整理《中国短篇小说集》（商务印书馆，1930 年版），这套书中包括了很多唐宋小说的作品。其后他主编的《世界文库》中也刊印了《传奇》《玄怪录》等唐代的小说。
④ 汪辟疆整理校对《唐人小说》，在 1929 年出版。

这一选题进行过研究。前人创作从文学的角度奠定了唐宋笔记小说研究的基础，其后，唐宋笔记的整理、出版的工作得到了越来越多学者的重视和参与。近年来，各出版社整理出《唐宋史料笔记丛刊》《历代笔记小说大观》和《全宋笔记》①等大型笔记丛书，为后人研究扩充了素材。

刘叶秋《历代笔记概述》②将笔记小说的特点概括为鲜明的"杂"和"散"两点，类别总结为"小故说事""历史琐闻"和"考据辩证"三种，其中第一类"小说故事"就是一般认为的笔记小说的主体，这类故事的特点是情节比较简单，篇幅比较短小。他也指出，因为宋代作者写作时追求自身"亲历""亲见"和"亲闻"，所以写作的内容比较切实。③

其后，对笔记小说的研究越来越细化，对商人和商业生活的研究也逐渐增多。邱绍雄的《中国商贾小说史》④对中国各个时期的商贾小说的状况和特点进行分析，探索商贾小说的发展特点和规律，并列举了宋代一些商贾小说，力图把握各历史时期中国商业发展的概貌和特点。邵毅平《中国文学中的商人世界》⑤采用"全史"的形式，梳理了历代文人对商人的态度，书中列举了每个时代展现商人形象的代表性文学作品，对于研究古代文学和商人之间的关系具有开创性的作用，因全书的重点在于论述商人而不是商业活动，所以只是做了文本的分类列举。章培恒在《中国文学史新著》⑥中总结了《夷坚志》的世俗化倾向，认为该书具有"语言通俗浅显""对人物行为和对话的描述细腻""作品脱离劝善惩恶的道德宣讲模式，追求趣味""作品的主人公多为市民"这四个特点。程毅中《宋元小说研究》中分析了《夷坚志》一书市民化和通俗化的特点。⑦

由于笔记小说"补史阙"的作用，很多经济史的研究论文中也大量使用笔记小说作为第一手材料，用以支持作者论点。姜锡东的《宋代商人和商业

① 《唐宋史料笔记丛刊》由中华书局在 1988—2014 年陆续出版，《历代笔记小说大观》由上海古籍出版社在 2007 年出版，《全宋笔记》由大象出版社在 2003—2018 年出版。
② 刘叶秋：《历代笔记概述》，北京出版社 2003 年版。
③ 刘叶秋：《略谈历代笔记》，载《天津社会科学》1987 年第 5 期，第 84 页。
④ 邱绍雄：《中国商贾小说史》，北京大学出版社 2004 年版。
⑤ 邵毅平：《中国文学中的商人世界》，复旦大学出版社 2005 年版。
⑥ 章培恒、骆玉明主编：《中国文学史新著》，复旦大学出版社 2007 年版。
⑦ 程毅中：《宋元小说研究》，江苏古籍出版社 1998 年版。

资本》对宋代商人进行客观深入的研究与论述，系统地探讨了宋代商人小农家庭的生产活动，官私商业的经营方式，商人的市场垄断与政府的反垄断，国有商业资本以及宋代的盐商、粮商、布帛商等方面的内容①。葛永海的《宋代小说与城市文化研究》②讨论了包括唐代首都长安在内的历朝各大城市在小说中的描写和美学价值。秦川、王子成的《〈太平广记〉与〈夷坚志〉比较研究》第三章对两部笔记小说合集中的商贾活动和商贸观进行比较③。刘树友基于《夷坚志》所做的系列研究④、张金花的《宋诗与宋代商业》⑤、樊庆彦《古代小说与娱乐文化》⑥、罗陈霞《宋代小说与宋代民间商贸活动》⑦等博士论文均把文学作品作为经济史的研究史料。此外，张文飞《洪迈〈夷坚志〉研究》⑧、郑猛继《宋代都市笔记研究》⑨、周瑾锋《唐宋笔记小说研究》⑩、陈瑜《唐代商业与诗歌论稿》⑪等博士学位论文虽然都是偏向于文学史的研究，但对史料的收集及分析方法，于本文也颇有启示。

（二）唐宋风俗画研究成果

随着人类进入到以视觉图像为中心的时代⑫，视觉文化研究逐渐成为人文学科的新领域。王国维创造"二重证据法"，将乾嘉考据学和西方的实证史学相结合，从而使得甲骨学的研究价值不仅仅局限在文字学的领域，而是扩充到历史学的范畴。罗振玉在甲骨、竹简、法书及壁画方面的研究成果为后

①　姜锡东：《宋代商人和商业资本》，中华书局 2002 年版。
②　葛永海：《宋代小说与城市文化研究》，复旦大学出版社 2004 年版。
③　秦川、王子成：《〈太平广记〉与〈夷坚志〉比较研究》，光明日报出版社 2015 年版。
④　刘树友围绕《夷坚志》所写的系列论文数量较多，如《宋代城市中间商人经济活动考察——以〈夷坚志〉为中心》（载《宋史研究论丛》第 25 辑），《宋代城市第三产业发展考察——以〈夷坚志〉为中心》（载《渭南师范学院学报》2018 年第 23 期）等。
⑤　张金花：《宋诗与宋代商业》，河北教育出版社 2006 年版。
⑥　樊庆彦：《古代小说与娱乐文化》，山东大学博士学位论文，2008 年。
⑦　罗陈霞：《宋代小说与宋代民间商贸活动》，南开大学博士学位论文，2009 年。
⑧　张文飞：《洪迈〈夷坚志〉研究》，复旦大学博士学位论文，2008 年。
⑨　郑猛继：《宋代都市笔记研究》，陕西师范大学博士学位论文，2009 年。
⑩　周瑾锋：《唐宋笔记小说研究》，华东师范大学博士学位论文，2016 年。
⑪　陈瑜：《唐代商业与诗歌论稿》，吉林大学博士学位论文，2019 年。
⑫　[美] 弗雷德里克·詹姆逊：《文化转向》，中国社会科学出版社 2000 年版，第 107 页。

人利用这些材料进行研究奠定了坚实的基础^①，其后鲁迅^②、郑振铎^③、沈从文^④等学者进一步注意到历史图像材料对于文史研究的积极促进作用。彼得·伯克（Peter Burke）所撰写的《图像证史》（*Eyewitnessing:The Uses of Images as Historical Evidence*）一书开篇即阐明“以图像为证词”来勘察历史的观点，书中使用了大量丰富而生动的例子来说明图像在历史文化领域的研究中所扮演的重要角色，作者认为这种角色是其他的文字史料无法替代的。^⑤该书的翻译出版引发中国史学界“以图证史”的新一轮高潮。

《清明上河图》因为原画作名气很大，且几进几出宫廷，各种仿本、摹本较多，很多版本在近代中国风雨飘摇之际流落海外，因此海外学者对这一主题画作的研究起步较早，研究的图画版本也多。1917 年，牛津大学的汉学家韦力（Walley）撰写论文《一幅中国画》（*A Chinese Picture*）^⑥，介绍大英博物馆馆藏的《清明上河图》的流传过程和特征，在国际学术界开创了研究这一主题画作的命题。日本学者古原宏伸在 1973 年撰写《〈清明上河图〉研究》^⑦，研究北京石渠宝笈三编本的《清明上河图》，重点探讨了张择端写实的画风，系统梳理了海外流传的 50 多个版本。国外学者关注的更多是研究画作的内容，创作时间以及版本。美国华裔学者彭慧萍结合画作的高清图像，她的系列著

---

① 罗振玉对于国内文物的收藏、整理和考据工作有着重要的贡献。首先他搜集、保存、印行了大批关于甲骨的原始资料。其次，他考证出了大量的甲骨单字。最后，他是国内敦煌文书研究的倡导者之一。

② 鲁迅认为古代的神话传说不仅流传于人口，同时在庙堂、墟墓纹饰中也大量使用，这些图赞和刻图的内容，与文献载录之间可以互相印证。（《鲁迅全集》第 9 卷，人民文学出版社 2005 年版，第 23 页。）

③ 郑振铎整理收集了系列图集，并且利用图像材料撰写《插图本中国文学史》（中国社会科学出版社 2009 年版。）

④ 沈从文在中国社会科学院历史研究所期间，形成了以唯物主义为指导的形象历史观和将实物、图像和文献相结合的方法论，开创了多个文化史研究的新领域。（刘中玉：《沈从文与形象史学》，《中国社会科学报》2013 年 2 月 27 日。）

⑤ ［英］彼得·伯克著，杨豫译：《图像证史》，北京大学出版社 2008 年版。

⑥ ［英］阿瑟·韦力（Authur Walley）：《一幅中国画》（*A Chinese Picture*）的中文版载于《1970 年中国古代绘画国际谈论会论文集》1971 年版。

⑦ 古原宏伸的《〈清明上河图〉研究》这篇著作其后被收入到日本学者伊原宏主编的《读〈清明上河图〉》一书中，勉诚出版社 2003 年版。

作对宋代的画院、代表作品有比较深入的研究①。董文蛾对台湾"故宫博物院"所珍藏的李嵩《市担婴戏图》进行分析，提出美国大都会博物馆的作品应该是托名所作。②

领悟中国古典绘画的境界和手法对外国学者而言实属不易，对这幅画的研究还是要回归到中国古典艺术和历史的范围。国内从绘画史的角度对于风俗画进行整理和描述的成果较早的有滕固的《唐宋绘画史》③，王伯敏的《中国绘画通史》④中对翰林图画院和《清明上河图》的情况都有所介绍，徐习文讨论了《清明上河图》的叙事视角、方法和内容。⑤

而事实上，宋代的风俗画的作者们对都市生活和农村景象的描绘，以及人物的塑造力求写实，恍如一帧帧的照片，让后人从中能获得反映当时社会情形的直观图像资料。姜庆湘和萧国亮的《从〈清明上河图〉和〈东京梦华录〉看北宋汴京的城市经济》⑥，把《清明上河图》的艺术形象和孟元老《东京梦华录》的文献资料结合起来，对北宋汴京的城市经济进行论述。刘渊临将汴京城图与《清明上河图》及《东京梦华录》进行比对后绘制出了更为详细的汴京地图⑦。彭景荣和肖红⑧、许大海⑨对《清明上河图》中的商业广告进行研究。周宝珠的《〈清明上河图〉与清明上河学》⑩一文中提出因为长久以来人们对《清明上河图》保持了极大的热情，产生了丰硕的研究成果，在实质上

① 参见彭慧萍的《走出宫墙：由画家十三科谈南宋宫廷画师之民间性》，中山大学出版社，《艺术史研究》，第七辑，2009 年版；《虚拟的殿堂（南宋画院之省舍职制与后世想象）》，北京大学出版社 2018 年版等系列著作。

② 董文蛾：《李嵩婴戏货郎图的研究》，台湾大学艺术史研究所硕士生论文，2006 年。

③ 滕固：《唐宋绘画史》，辽宁美术出版社 2018 年版。

④ 王伯敏：《中国绘画通史》，生活·读书·新知三联书店 2018 年版。

⑤ 徐习文：《宋代叙事画研究》，东南大学出版社 2014 年版。

⑥ 姜庆湘、萧国亮：《从〈清明上河图〉和〈东京梦华录〉看北宋汴京的城市经济》，载《中国社会科学》1981 年第 4 期，第 185—207 页。

⑦ 刘渊临：《汴京城图与〈清明上河图〉》，载《四川大学学报》哲学社会科学版 1992 年第 2 期，第 99—104 页。

⑧ 彭景荣、肖红：《从〈清明上河图〉看宋代的商业广告》，载《史学月刊》1996 年第 4 期，第 39—41 页。

⑨ 许大海：《〈清明上河图〉中的招幌艺术与现代店铺标志设计》，载《民族艺术研究》2011 年第 1 期，第 153—158 页。

⑩ 周宝珠：《〈清明上河图〉与清明上河学》，河南大学出版社 1997 年版。

已经形成了专门的"清明上河学"。阎现章对 2008 年前《清明上河图》的研究在其综述中有较为详细的介绍。^①其后专门研究《清明上河图》图像并对其中的细节极尽分析的，有陈诏的《解读〈清明上河图〉》^②。张建^③、张扬^④、朱金^⑤、刘涤宇^⑥等学者通过《清明上河图》来分析宋代东京的城市布局及商业规划等。

　　此前对《货郎图》的专门研究多从美术史或者美术创作的角度，较早对《货郎图》进行研究的是惠孝同，他在 1958 年就对李嵩及《货郎图》的图画内容进行基本介绍和解析。^⑦其后，畏冬的系列论文对李嵩和风俗画进行了研究。^⑧黄小峰将李嵩《货郎图》中的货郎与《清明上河图》、明代的《货郎图》主题版画以及金代岩山寺壁画中的职业货郎进行比较，认为李嵩所画的货郎应该是在中元节进行表演的艺术形象。^⑨他还研究过《货郎图》中的药品。^⑩黄卫霞^⑪、孙静松^⑫、吴宛妮^⑬等分别对《货郎图》的创作思想、主要内容等进

① 阎现章：《20 世纪 80 年代以来〈清明上河图〉研究综述》，载《中州学刊》2008 年第 3 期，第 147—151 页。

② 陈诏：《解读〈清明上河图〉》，上海古籍出版社 2010 年版。

③ 张建：《〈清明上河图〉中的虹桥市井——北宋东京研究》，载《河南社会科学》2009 年第 3 期，第 122—124 页。

④ 张扬、何依：《历史图景中的非正规城市形态及当代启示——基于对〈清明上河图〉的解读》，载《城市规划》2021 年第 11 期，第 83—94 页。

⑤ 朱金、潘嘉虹、朱晓峰：《北宋东京城市商业空间发展特征研究——基于对〈清明上河图〉的解读》，载《城市规划》2013 年第 5 期，第 47—53 页。

⑥ 刘涤宇：《北宋东京的街市空间界面探析——以〈清明上河图〉为例》，载《城市规划学刊》2012 年第 3 期，第 111—119 页。

⑦ 惠孝同：《李嵩货郎图》，载《文物》1958 年第 6 期，第 36 页。

⑧ 畏冬：《中国古代风俗画概论（上）》，载《故宫博物院院刊》1991 年第 3 期，第 14—26，97—98 页。《中国古代风俗画概论（下）》，载《故宫博物院院刊》1991 年第 4 期，第 53—65，68—97 页。《宋·李嵩〈货郎图〉卷》，载《瞭望》1990 年第 25 期，第 35 页。

⑨ 黄小峰：《乐事还同万众心——〈货郎图〉解读》，载《故宫博物院院刊》2007 年第 2 期，第 103—117，158 页。

⑩ 黄小峰：《货卖天灵：宋画中的头骨与医药》，载《美术观察》2019 年第 10 期，第 47—54 页。

⑪ 黄卫霞：《浅析李嵩〈货郎图〉的创作思想》，载《丽水学院学报》2014 年第 1 期，第 32—36 页。

⑫ 孙静松：《李嵩〈货郎图〉系列作品比较研究》，载《南京艺术学院学报：美术与设计》2016 年第 6 期，第 209—211 页。

⑬ 吴宛妮：《李嵩〈货郎图〉与货郎扮演考据》，载《南京艺术学院学报：美术与设计》2021 年第 6 期，第 27—36 页。

行研究。王连海把李嵩《货郎图》中的玩具分为三大类，并与当时的文献进行互证，一一落实其名称和用途。[①]

（三）唐宋商业活动研究成果

向达对唐代商业活动研究开始得比较早且形成一定规模，他把自己1926—1954年所撰写的论文合辑成《唐代长安与西域文明》一书[②]，对唐代对外交往关系进行研究，其中有涉及长安和洛阳两城的发展情况。陶希圣和鞠清远合著的《唐代经济史》以及鞠氏独著的《唐代财政史》[③]是对唐代的经济和财政专题进行研究的两部早期著作，研究的范围涵盖唐代财政和经济各方面，范围广泛，为后人研究这一时期断代史提供了范式。20世纪30年代开始出现"全史"性质的中国古代商业史研究，郑行巽、王孝通都曾编撰《中国商业史》，李剑农有《魏晋南北朝隋唐经济史稿》[④]，到了80年代，吴慧也编写了《中国古代商业史》[⑤]，这些著作都是聚焦古代商业的整体情况和发展演变的过程，对唐代的商业、城市、币制等也有所涉及。全汉昇[⑥]多篇关于唐代商品经济和自然经济之间变迁的论文代表了40年代国内学界研究唐代商品经济的水平。

其后，李埏[⑦]、傅筑夫[⑧]、郑学檬[⑨]等专家撰写了系列在唐代商业研究中比较重要且具有影响力的论文。专著上，日本的日野开三郎《唐代的邸店》[⑩]探讨与宿泊、饮食以及仓储这三大邸店的经营范围相联系的唐代商业活动的各个

---

① 王连海：《李嵩〈货郎图〉中的民间玩具》，载《南京艺术学院学报：美术与设计》2007年第2期，第37—41页。

② 向达：《唐代长安与西域文明》，生活・读书・新知三联书店1957年版。

③ 鞠清远：《唐代经济史》《唐代财政史》，两本书均在1936年由商务印书馆出版。

④ 李剑农：《魏晋南北朝隋唐经济史稿》，国立蓝田师院历史系油印本1943年版。

⑤ 吴慧：《中国古代商业史》，中国商业出版社1985年版。

⑥ 全汉昇：《中古自然经济》，载《史语所集刊》10，1941年；《唐代物价的变动》，载《史语所集刊》11，1944年；《唐宋时代扬州经济景况的繁荣与衰落》，载《史语所集刊》11，1944年。

⑦ 李埏：《略论唐代的钱帛兼行》，载《历史研究》1964年第1期。

⑧ 傅筑夫：《唐宋时代商品经济的发展与资本主义因素的萌芽》，载《陕西师范大学学报》1979年第1期。

⑨ 郑学檬：《关于唐代商人和商业资本的若干问题》，载《厦门大学学报》1980年第4期。

⑩ 日野开三郎在1968年自版了《唐代的邸店》，1970年又自版了《唐代的邸店研究续编》。

领域。林文勋《唐宋社会变革论纲》①基于长期研究"富民社会"的理论深度，以商品经济为切入点，重新思考、诠释唐宋社会变革。冻国栋的《唐代的商品经济与经营管理》②、张泽咸《唐代工商业》③、郑学檬《中国古代经济中心南移和唐宋江南经济研究》④从不同的角度对唐代商品经济及商业流通过程中的问题进行研究，把商业的繁荣和商品生产的发展联系起来。

郭正忠的著作《两宋城乡商品货币经济考略》⑤对宋代城乡的商品经济、商税、城乡经济结构、市场等方面进行分析。李晓把市场的因素和政府的干预行为作为研究的主线，在《宋代工商业经济与政府干预研究》⑥一书中分析了当时的工商业经济，从内部而言同时存在市场和政府两种机制，而宋政府是更倾向于动用市场机制而非政府机制，来实现对工商业的刺激和控制。这些著作采用多学科的方法，从各种角度研究宋代的人口、市镇、社会流动、文化和经济、技术等。

从经济史的角度去研究商业的成果，有傅宗文的《宋代草市镇研究》⑦、葛金芳《南宋手工业史》⑧、张锦鹏《宋代商品供给研究》⑨等著作。方如金⑩、吴晓亮⑪、龙登高⑫等学者的论文和著作从不同的角度研究了宋代的市场和商品

①　林文勋：《唐宋社会变革论纲》，人民出版社 2011 年版。
②　冻国栋：《唐代的商品经济与经营管理》，武汉大学出版社 1990 年版。
③　张泽咸：《唐代工商业》，中国社会科学出版社 1995 年版。
④　郑学檬：《中国古代经济中心南移和唐宋江南经济研究》，岳麓书社 1996 年版。
⑤　郭正忠：《两宋城乡商品货币经济考略》，经济管理出版社 1997 年版。
⑥　李晓：《宋代工商业经济与政府干预研究》，中国青年出版社 2000 年版。
⑦　傅宗文：《宋代草市镇研究》，福建人民出版社 1989 年版。
⑧　葛金芳：《南宋手工业史》，上海古籍出版社 2008 年版。
⑨　张锦鹏：《宋代商品供给研究》，云南大学出版社 2003 年版。
⑩　方如金：《宋代两浙路的粮食生产及流通》，载《历史研究》1988 年第 4 期，第 106—121 页；《宋代浙江的粮食商品化述评》，载《浙江师范大学学报》（社会科学版）1991 年第 3 期，第 78—82 页；《宋代都城的商业和经商风气的盛行》，载《山东社会科学》2006 年第 5 期，第 124—127 页等论文。
⑪　吴晓亮：《略论宋代城市消费》，载《思想战线》1995 年第 5 期；试论《宋代"全民经商"及经商群体构成变化的历史价值》，载《思想战线》2003 年第 2 期，第 79—85 页等论文。
⑫　龙登高：《宋代批发交易试探》，载《中国社会经济史研究》1997 年第 3 期，第 10—14 页；《两宋临安的娱乐市场》，载《历史研究》2002 年第 5 期，第 29—41 页、第 190 页等论文；《宋代东南市场研究》，云南大学出版社 1994 年版；《中国传统市场发展史》，人民出版社 1997 年版；《江南市场史》，清华大学出版社 2003 年版等著作。

的发展。区域性经济研究的著作有李伯重《唐代江南农业的发展》[①]，把江南农业置于一个较大的时空范围多重比较，提出唐代农业变革的观点。日本学者斯波义信的《宋代江南经济史》[②]对江南特别是临安地区商业组织、市场情况、交通运输等方面的情况进行了分析，细致地描述了临安城内外的商业中心，以及城市的生态布局，是研究临安城市规划和发展状况的重要著作。梁庚尧研究了南宋时期江浙地区的农产品的市场和价格的情况。[③]程民生的《宋代地域经济》[④]着重从政治、经济、文化、风俗等多方面探讨唐宋社会变革的原因、特征和后果，林文勋的《宋代四川商品经济史研究》[⑤]主要分析宋朝时四川地区的商业、商品、货币流通以及商人的情况，并就四川地区与周边的东南、西北、汴京以及民族地区等的贸易互市的情况进行研究。同类型研究江南地区市场的著作还有陈国灿《南宋城镇史》[⑥]等等，不一而足。

（四）唐宋城市研究成果

唐宋城市史的研究肇兴于20世纪20年代的日本学界，加藤繁在《宋代都市的发展》[⑦]中提出了坊市制度崩溃这一唐宋城市变迁的重要表现，他的其他著作，研究内容涉及城市的市场、草市、商业、货币等多方面的内容，对于唐宋时期的城市及商业的研究，起到了重要的开拓作用。在加藤繁的影响下，日本学者投身到唐宋城市主题的研究，并产生了一大批有影响力的著作。斯波义信的《中国都市史》[⑧]结合城市形态的变化分析了"市"这一制度的变化。久保田和男《宋代开封研究》[⑨]围绕"首都应有哪些功能"，对宋代东京的城市形态、城市规划等要素从立体恢复和时空展现两个方面进行论述。由京都大学

---

① 李伯重：《唐代江南农业的发展》，北京大学出版社2009年版。

② ［日］斯波义信著，方健译：《宋代江南经济史》，江苏人民出版社2012年版。

③ 梁庚尧：《南宋的农村经济》，新星出版社2006年版。

④ 程民生：《宋代地域经济》，河南大学出版社1992年版。

⑤ 林文勋：《宋代四川商品经济史研究》，云南大学出版社1994年版。

⑥ 陈国灿：《南宋城镇史》，人民出版社2009年版。

⑦ ［日］加藤繁的这篇文章首载1931年《桑原博士还历纪念东洋史论丛》，后又收录于加藤繁著，吴杰译的《中国经济史考证》第一卷，商务印书馆1959年版。这本书中同时还收录了包括《宋代都市的发展》《唐宋时的市》《关于唐宋的草市》《唐宋时代的草市及发展》等与城市相关的文章。

⑧ ［日］斯波义信著，布和译：《中国都市史》，北京大学出版社2013年版。

⑨ ［日］久保田和男著，郭万平译，董科校译：《宋代开封研究》，上海古籍出版社2010年版。

梅原郁主编的《中国近世的都市与文化》^①一书中书录了包括梅原郁的《南宋的临安》，竺沙雅章的《宋元时期的杭州寺院和慈恩寺》，宫崎法子的《关于西湖的绘画》以及衣川强的《杭州临安府和宰相》等四篇研究临安的文章。法国学者谢和耐的《蒙元入侵前夜的中国日常生活》^②从社会文化史的角度出发，用生动的笔触描写了南宋临安的城市和社会形态，以及城市居民的生活方式。美国学者赵冈则专注于南宋人口的研究，提出临安城内的人口最高时有 250 万人，以人口繁盛的角度来论证南宋临安的繁盛情况。^③他的《中国城市发展史论集》^④在认可中国高度复杂的特性的情况下，尝试从经济层面来探讨中国城市的发展和历史问题，其中对长安、开封、临安都多有描写。

　　国内的学界也掀起了对唐宋城市研究的高潮，学者们认为唐宋之际社会发展最显眼的变化就是城市逐步打破坊市分离的规整有序，演变为街市相杂的市井鼎沸。其中有多人曾对唐宋城市史的研究变迁进行总结综述，较近的颇有影响力的是宁欣和陈涛所撰写的综述《唐宋社会变革研究的缘起与思考》^⑤，文中提出近三十年，研究唐代长安的文献，已有近千部之多，如果再扩展到开封和临安，加上在研究城市的过程中也要对城市内的人口、经济、交通、税收等问题进行相应的研究，那么所形成的文献数量就达到了一个惊人的数字。包伟民《宋代城市研究》^⑥从不同的区域，不同的城市类型中选取典型个案，对其就城市布局、管理制度、市场、税制、市镇、人口和文化等方面进行研究，在对个案研究的基础上再做实证式的归纳，从而提升对唐宋全局的认识。

　　宋代城市的研究著作颇多。事实上，国内对于城市的研究，也多与现代

①　[日]梅原郁主编：《中国近世的都市与文化》，京东大学人文科学研究所 1984 年版。

②　[法]谢和耐著，刘东译：《蒙元入侵前夜的中国日常生活》，北京大学出版社 2008 年版。

③　[美]赵冈：《"行在"：马可·波罗游记脚注》，载《中国历史地理论丛》，1994 年。

④　[美]赵冈：《中国城市发展史论集》，新星出版社 2006 年版，第 28 页。

⑤　宁欣、陈涛：《唐宋社会变革研究的缘起与历程》，最初收入李华瑞主编的《"唐宋变革"论的由来与发展》，天津古籍出版社 2010 年版，第 293—357 页。该文又修订为《"中世纪城市革命论说"的提出和意义——基于"唐宋变革论"的考察》，载《史学理论研究》2010 年第 1 期，第 126—159 页。《唐宋社会变革研究的缘起与思考》，载《中国史研究》2010 年第 1 期，第 25—30 页。

⑥　包伟民：《宋代城市研究》，中华书局 2009 年版，第 41 页。

考古的成果相结合，利用原有的历史文本材料和现代考古资料，尽可能还原当时城市的格局和结构，并进行其他领域的分析。吴涛的《北宋都城东京》[①]是国内较早使用此种研究方法的成果。周宝珠的《宋代东京研究》研究涵盖了东京的政治、经济、文化、教育等多个方面，将图画与城市研究结合起来，成为研究东京的代表之作。伊永文《宋代市民生活》[②]和《行走在宋代的城市》[③]两本著作分门别类描述城市生活的各个方面。李春棠《坊墙倒塌以后——宋代城市生活长卷》[④]一书里用四卷描述了宋代汴京、临安两座都城的社会、政治、文化、经济等诸方面的现状和发展情况。田银生《走向开放的城市——宋代东京街市研究》[⑤]把坊市制度的崩塌形容为城市的裂变，认为宋代的城市朝着集统治中心、商业中心和手工业中心三位一体的方向发展，考察街市的产生给东京城市带来的种种变化以及这种变化在中国古代历史上伟大的城市走向开放的前因后果。

对南宋都城临安的研究，《南宋史研究丛书》系列是关于南宋政治、经济、文化、军事等研究成果最集中的展现，关于南宋城市研究最主要成果有何忠礼主编的论文集《南宋史及南宋都城临安研究》[⑥]，徐吉军[⑦]的《南宋都城临安》。此外林正秋[⑧]的同名著作从不同角度探讨了定都临安的原因、临安的规划和营建、管理及定都后临安在人口、建筑、文化等方面的融合与进一步的发展情况。

姜青青借助高清的计算机和扫描技术对《咸淳临安志》中的宋版临安城的"京城四图"进行逐一比对和考证，重新绘制了清新版的"京城四图"，在此基础上撰写了系列著作[⑨]，席会东的《中国古代地图文化史》[⑩]中分析了

① 吴涛：《北宋都城东京》，河南人民出版社 1984 年版。
② 伊永文：《宋代市民生活》，中国社会出版社 1999 年版。
③ 伊永文：《行走在宋代的城市》，中华书局 2005 年版。
④ 李春棠：《坊墙倒塌以后——宋代城市生活长卷》，湖南人民出版社 2000 年版。
⑤ 田银生：《走向开放的城市——宋代东京街市研究》，生活·读书·新知三联书店 2011 年版。
⑥ 何忠礼：《南宋史及南宋都城临安研究》，人民出版社 2009 年版。
⑦ 徐吉军：《南宋都城临安》，杭州出版社 2008 年版。
⑧ 林正秋：《南宋都城临安》，西泠出版社 1986 年版。
⑨ 姜青青：《〈咸淳临安志〉宋版"京城四图"研究》，上海古籍出版社 2015 年版。《从宋版"京城四图"看临安城基本保障体系的构建》，载《国际社会科学》2016 年第 3 期，第112—125 页。
⑩ 席会东：《中国古代地图文化史》，中国地图出版社 2013 年版。

两宋都市地图中的传统形态与功能。这些资料，对本文写作过程中的画史互证，起到了有力的支持作用。

四、研究方法

（一）文献分析法

史料作为文章写作的基础，在本文的写作过程中将其作为本文研究的主要方法。对现存的唐宋时期的笔记小说、文集和风俗画作品进行大致的归纳与梳理。首先，着重把唐宋商业活动与当时城市发展、商品经济繁荣、服务业兴盛等情况进行互动和比较，而这些内容在正史之外的那些同时代其他著作中也有较多描述，可以用来探讨唐宋时期的各种社会关系，商业行为及其他经济生活现象。其次，通过阅读国内外相关著作和文献，了解国内外学者对于该命题的研究现状，为研究提供理论基础。在对现有资料整理的基础上，归纳与论文选题相关的论断，分析其研究范畴与结论，进而发现已有研究的未尽之处，提出本论文应该解决的新问题和研究的新视角。

（二）图像证史法

因为图像能够作为历史信息的直接承载者，所以图像信息也能成为历史研究的佐证，但不同的图像资料所反映的资料信息不一样，解读的角度、方法和能力也会有差异。因此本文一方面要加强图像考证，将《清明上河图》《货郎图》与《东京梦华录》《梦粱录》等其他的文字材料互相配合，通过图像资料与文字资料的对比与互证，尽可能全面、准确解读好图像本体的信息。另一方面，本文将研究客体和主体相结合起来，不仅是对图像的内在本体进行研究，更要对包括创作者、创作环境和创作背景在内的外围语境进行讨论，基于在历史演进和社会变迁的大背景下，阐述绘画与人物、文化、事件的联系，从而不仅能以图证史，更能做到以史解图，达到二者互为印证的效果。

五、重点难点

（一）重点

将以《太平广记》《夷坚志》《东京梦华录》《梦粱录》为典型代表的笔记小说和《清明上河图》《货郎图》为典型代表的风俗画为论述的中心，尽可能展现这些文本记载中的商业生活，进而分析唐宋城市和农村的商品经济发展的原因和现状。

（二）难点

第一，如何在前人已经研究非常深入和广泛的基础上将史料的内在含义再进一步深层次挖掘，进行理论创新。

第二，确保避免写作的过程陷入一种非历史的思维中去，因为史料的来源以笔记小说为主，与历史论文所要求史料的严谨和写实之间是有差别的。要正确地鉴别史料，确保其使用得当。

第三，对于唐宋之际商业生活的传承和突破、城乡之间的联系与区别以及所使用的图画和笔记小说之间的对比和关联，这些因素的把握和理解需要史学、社会学、经济学等多学科的积淀。

六、研究框架和基本思路

本文主要包括五个部分。

第一章，梳理唐宋时期反映市井生活的笔记小说和风俗画的发展，根据篇幅和内容将《太平广记》《夷坚志》《清明上河图》《货郎图》系列作品，以及《东京梦华录》《梦粱录》作为主要的史料，分析唐宋时期反映市井生活的笔记小说和风俗画大量涌现的原因。

第二章，论述《太平广记》所反映的唐代商业情况。对《太平广记》中所记载的商人治生情况进行分析，总结唐代商人的营生方式，分析这些故事所反映的唐宋时期的居民对商人的看法。唐代胡商大量来到中国，唐时的

"胡商识宝"类主题的故事篇幅很多，宋代却销声匿迹，从《太平广记》与《夷坚志》中胡商识宝故事变化，探讨胡商识宝故事式微的原因。

第三章，探讨《夷坚志》所反映的宋代商业情况和宋代商人群体变化。按照行业分布选取经营盐业和从事海外贸易的大商贾、开设茶肆酒店旅馆的从事服务业商人、经营小生意的小商小贩三类群体，对他们的经营和生产状况进行分析。因为南宋的流动人口数量增加，邸店业活跃，在本章对邸店业的发展情况和发展原因进行分析。

第四章，宋代坊市制度崩塌后，城市快速发展，其中南宋城市的发展相对于北宋发展的整体要更好，将《清明上河图》及两宋笔记作为主要的研究对象，从人口、商业区的大小和分布，商业活动和广告业的发展等方面分析北宋首都汴京和南宋行在临安。

第五章，宋代商品经济不唯在城市发展，随着农产品产量增加、不抑兼并的土地政策以及货币化的租税，乡村也被裹挟到商品经济的洪流中来。货郎作为销售网络的末端，成为联系城市与乡村的纽带。货郎的出现，代表着商品经济向以自然经济为主的乡村的渗透。文章尝试分析《货郎图》中货担中的货物、货郎以及买货的人，并从村民经常性参与交易活动、乡村墟市和商业性农业三个角度分析《货郎图》背后的宋代乡村经济。

唐宋时期商品经济的发展，自由的街市替代了规整的坊市，城市飞速发展繁荣，市民的人数和需求大幅增加，印刷出版业的兴盛为文本的印刷提供了有力的支持，这些因素夹杂在一起，共同促使反映市井生活的笔记小说和风俗画大量涌现。其中南宋时成稿的《夷坚志》与宋代初期收录以唐朝的生活为主的《太平广记》相比较，尽管创作时间相距不远，但在创作的主体、主要反映的社会对象、商业活动的主要参与者等方面却发生了很大的变化。这些变化，就是唐宋之际社会变革的生动反映。

与唐代相比，宋代的典型特点就是城市中的商业活动无论是参与主体还是物资供给主要都是为了满足个人生活的需要，个人的消费很多通过市场这个重要的平台，参与商业活动而获得，是一种大众性的以日用品为主的消费。而且各类商业活动不仅发生在城市，宋代的农村地区也逐步被卷入到商品经济发展的洪流中去。

第一章 唐宋反映市井生活的笔记小说和风俗画的发展

从唐朝建立到宋朝覆亡，前后将近 700 年，这段时间是中国古代社会的变革期，商品生产有了更广阔的基础，商品流通有了更广阔的市场。[①] 商业贸易的发展，交通条件的便捷使得信息的传递速度大大加快，有利于各地区故事和传闻的传播，并发展成为小说创作的素材。民众因为生活的需要参与商品交换，参与生活"闲暇"，通过多种渠道探寻自身的社会价值，所以我们能看到城市中市民文化蓬勃兴起。[②] 普通市民阶层初步具备了阅读书籍和欣赏画作的能力和条件，他们的审美折射到社会文化作品的创作中，促使以重点记录市井百态的唐宋笔记小说大量兴起，绘画也逐步摆脱单一宣传教化的功能，扩展为开始注重反映现实生活。雕版印刷术在唐代开始兴起，宋代得到广泛的应用，书籍和绘画的流通速度加快。

第一节 唐宋时期反映市井生活的笔记小说和风俗画的主要作品

唐宋时期的文化高度繁荣，小说发展到唐朝，艺术上已经趋于成熟，"小说亦如诗，至唐代而一变，虽尚不离于搜奇记逸，然叙述宛转，文辞华艳，

[①] 李埏：《李埏文集》第 1 卷，云南大学出版社 2018 年版，第 201 页。
[②] 李春棠：《坊墙倒塌以后——宋代城市生活长卷》，湖南人民出版社 1993 年版，第 185 页。

与六朝之粗陈梗概者相较，演进之迹甚明，而尤显者乃在是时有意为小说"。①所谓有意为小说，则小说的主题、对象、内容就是通过作者的遴选已经再加工的，是作者个人意识和认知的体现。唐宋时期笔记小说和风俗画空前繁荣，记述的内容广泛，几乎涵盖社会生活的各个方面。其中对下层民众的生活多有反映，描述生动，带有浓厚的民间性及社会性和独特的载体价值，可以将其看作对正史的有力补充。当然，笔记小说和风俗画虽然具有很高的史料价值，但并不能完全代表历史，也需要我们在写作过程中进行有效甄别。

一、唐宋笔记小说的主要作品

（一）唐代的笔记小说

中国古代笔记小说在先秦两汉时期萌芽，在魏晋南北朝时期正式形成。古代文献中，经史子集中的"子部"包括杂家类和小说家类两种，杂家源于先秦诸子，包括着重于辩证的"杂考"以及兼具议论的"杂说"两种类别。而小说家源出古代稗官，主要职责是为王室陈说里巷风俗。唐代实行科举制度，国家人才选拔从对个人品行才学的"中正"转而执行一个可量化可复制的标准，门阀制度因此逐渐崩溃，门第与出身不再能对文化形成垄断，一个主要以个人的文化修养为评定标准的文人阶层开始形成。

唐代笔记小说的发展，大概有三个阶段，第一阶段从初唐到盛唐时期，这一时期的笔记小说多是志怪小说，风格上延续了齐梁时期的志怪风格，没有脱离宗教的影响。代表作主要有《冥报记》、赵自勤《定命录》等；第二阶段主要是指中唐时期，这一时期小说创作中传奇创作的较多，志怪小说的成就比较突出，代表作有《酉阳杂俎》《宣世志》等；第三阶段是从晚唐到五代时期，与日薄西山的传奇小说相比，笔记小说又掀起了新一轮的创作高潮，代表作有《三水小牍》等。②

---

① 鲁迅：《中国小说史略》，人民文学出版社 1973 年版，第 54 页。
② 蔡静波：《唐五代小说研究》，陕西师范大学博士研究生学位论文，2006 年，第 5 页。

（二）宋代的笔记小说

宋太祖立国时就倡导"以文靖国"的理念，他实行"务农兴学，慎罚薄敛，与世休息……治定功成，制礼作乐"①政策被继位的宋太宗继续弘扬。在太宗时期代表性成果就是由唐代及以前创作的笔记小说整理而成的《太平广记》，该书也是唐之前笔记小说的集大成者。其后，宋代进入了文人创作笔记小说的高峰。和唐代相比，宋代笔记小说创作的最大特点是小说的成分在逐步减少，反而是对历史的琐闻和考据色彩加深。很多笔记小说的创作者都是本着补充历史的态度在进行创作，历史观很重。这对文学创作来说是一种不幸，但用于历史研究，却恰恰是一种有力的补充。

宋人写笔记小说，要么是闲暇时间，随笔记录，这类作品往往会以某"随笔"、某"笔记"、某"闲谈"等方式来命名，代表作品有洪迈的《容斋笔记》、王辟之的《渑水燕谈录》、姚宽的《西溪丛语》、叶梦得的《石林燕语》等；要么是记述前朝旧闻，以补史阙，这类著作的作者往往有很强烈的历史责任感和使命感，通过记录来展现前朝往事和名士言行，代表作有叶梦得的《四朝闻见录》、潘汝士的《丁晋公谈录》、邵伯温的《邵氏闻见录》等；要么是写文自娱、以助谈资，这类作品从一开始就流露出浓厚的市井文化风气，写作目的就是推向市场，给世人阅读使用，代表作有叶梦得的《避暑录话》、郑文宝的《南唐近事》、洪迈的《夷坚志》，等等。

（三）唐宋时期笔记小说的特点

从总体上看，唐宋时期的笔记小说具有以下特点。

第一，作品数量较之前代增加。根据邱绍雄的统计，唐代小说第一次较为集中地反映商贾生活，大概有五十多篇。②《四库全书总目》中一共著录历代杂家著述190部，而宋代作家的作品就有90部，可谓是笔记小说创作的高峰。

第二，涵盖内容广。唐代笔记小说的创作者主要通过两种渠道搜集材

---

① ［元］脱脱等：《宋史》卷3《太祖本纪三》，中华书局1985年版，第51页。
② 邱绍雄：《中国商贾小说史》，北京大学出版社2004年版。

料：一是通过访谈，二是通过阅读参考前代或者当代的典籍①。他们所用的材料涵盖了包括《国史》在内的史书，民间传闻，文人作品以及前代的相关作品等。宋代笔记小说的作者有很多是名臣大家②，他们所创作的内容涉及非常广，几乎可以视为一部社会生活史，在社会上也形成了广泛的影响，甚至连统治者都会去进行关注，如神宗在读欧阳修的《归田录》时，因为序言中写着编著目的是"朝廷之遗事，史官之所不记，与夫士大夫笑谈之余而可录者，录之以备闲居之览也"。③还特意派使者去找他要原稿看。洪迈的《容斋随笔》十六卷在金华民间书坊刻印后，也被人推荐给宋孝宗，孝宗表扬他的作品"煞有好议论"，让其深受鼓舞。④

　　第三，风格特点突出。唐代的笔记小说一扫六代小说为玄幻而玄幻的刻意之风，将小说与现实生活结合起来，其中《太平广记》是其中的佼佼者，"惟《广记》所录唐人闺阁事咸绰有情致，诗词亦大率可喜"。⑤到宋代，笔记小说的文风又与唐代的奇幻色彩不同，表现出理性和质朴的特点。"唐人以前纪述多虚而藻绘可观，宋人以后论次多实而彩艳殊乏。"为什么会出现这种情况，胡应麟认为原因出在作者身上，"盖唐以前出文人才士之手，而宋以后率俚儒野老之谈故也"。⑥虽然胡应麟的态度是出于批评，但宋代很多笔记小说确实是来自民间的创作。

　　唐宋的笔记小说因为其数量繁多，在《旧唐书》《新唐书》《五代史》和《宋史》的艺文志中都有专门的记载。本文在对唐宋的笔记小说进行研究时，遴选了两部著作作为主要资料来源，杂以其他著作，其一是宋初由李昉主持修编的笔记小说集《太平广记》，其二是南宋洪迈编撰的《夷坚志》。

---

① 周勋初：《唐人笔记小说考索》，载《周勋初文集》，江苏古籍出版社 2000 年版，第 7 页。
② 如孙光宪（《北梦琐言》）、欧阳修（《归田录》），司马光（《涑水纪闻》）、王应麟（《困学纪闻》），沈括（《梦溪笔谈》《清夜录》），苏轼（《东坡志林》），周密（《齐东野语》），洪迈（《夷坚志》《容斋笔记》），等等。
③ ［宋］欧阳修撰，李伟国点校：《归田录·自序》，中华书局 1981 年版，第 3 页。
④ ［清］陆心源编，许静波点校：《皕宋楼藏书志》卷 56《容斋随笔十六卷续笔十六卷三笔十六卷四笔十六卷五笔十卷》，浙江古籍出版社 2016 年版，第 968 页。
⑤ ［明］胡应麟撰：《少室山房笔丛》卷 36《二酉缀遗中》，上海书店出版社 2009 年版，第 371 页。
⑥ ［明］胡应麟撰：《少室山房笔丛》卷 29《九流绪论下》，上海书店出版社 2009 年版，第 283 页。

二、唐宋风俗画的主要作品

风俗一词，来源已久，《礼记》有云："（天子）巡狩至于岱宗……命大师陈诗，以观民风俗。"[1]《汉书》曰："上之所化为风，下之所化为俗"[2]，把风俗和统治者的教化结合起来，认为统治者就是风俗的倡导者。汉墓的壁画、墓室石头和砖块上的人物像的内容有很多反映了当时的生活场景。最早的风俗画像见于魏晋时期，"及吴魏晋宋，世多奇人，斯道始兴"。[3]唐代出现了大量以上层社会妇女的日常生活为题材的画作，代表作有张萱的《虢国夫人游春图》和《捣练图》，周昉的《簪花仕女图》《纨扇仕女图》，等等。"风俗"不仅可以是作品的名称，更用来总称一类以描绘社会风气、生活习俗为题材的绘画作品。

两宋画院的画家有人以展现风俗题材而著称，最突出的有张择端、刘宗道、杜孩儿、苏汉臣、李嵩等；也有一些画家虽然不以此出名，但作品中常涉及风俗题材，如燕文贵的《七夕夜市图》描绘了汴京繁华的街道和商铺景象，李唐的《村医图》展现了村医到乡村行医的场景；更多的画家在作品中会展现出与现实民情民风有联系的趣味性。尤其是到了南宋时期，南宋画院只有极少数作品表现得不食人间烟火，大部分画院的作品都有不同程度表现风俗的情节，哪怕是山水画里的形态和趣味，也流露出浓浓的民俗情节。

表 1-1　宋代风俗画题材画家及作品名称

序号	画家姓名	作品
1	李公麟	《临苇偃牧放图》《西园雅集图》《孝经图》
2	张择端	《清明上河图》《西湖争标图》
3	朱光普	《村田乐事图》
4	叶任遇	《维扬春市图》
5	高院亨	《多状京师市肆车马》《角抵戏场图》

[1]［清］阮元校刻：《十三经注疏》清嘉庆刊本第11卷《王制第五》，中华书局2009年版，第2875页。
[2]［汉］班固撰：《汉书》，中华书局2007年版，第1460页。
[3]［清］董诰等编：《全唐文》卷159《贞观公私画史序》，中华书局1983年版，第1629页。

续表

序号	画家姓名	作品
6	燕文贵	《七夕夜市图》《舫船渡海图》
7	郭忠恕	《雪霁江行图》
8	陈坦	《田家娶妇图》《村落祀神图》《移居丰社图》
9	董源	《龙宿郊民图》
10	王居正	《纺车图》
11	李唐	《伯夷叔齐采薇图》
12	萧照	《中兴瑞应图》
13	李氏	《放牧图》
14	祁序	《江山放牧图》
15	陈居中	《文姬归汉图》
16	楼俦	《耕织图》
17	左建	《农家迎妇图》
18	李唐	《村医图》《艾灸图》
19	刘履中	《田畯醉归图》
20	杨威	《耕货图》
21	杜孩儿	婴戏图，具体名称不详
22	刘宗道	《照盆孩儿》
23	毛文昌	《村童入学图》
24	田景	《童子弈棋图》
25	高克明	《村学图》
26	陈坦	《村学图》《小儿击瓮图》
27	勾龙爽	尤善婴孩，得其态度
28	苏汉臣	《秋庭婴戏图》《长春百子图》《状靓仕女图》《杂技戏孩图》《货郎图》《婴儿斗蟋蟀图》等
29	徐世荣	画界画，兼工婴儿
30	刘松年	《傀儡婴戏图》《诱鸟图》《撵茶图》
31	陈宗训	《秋婴戏图》
32	马远	《蟋蟀居壁图》《踏歌图》
33	李嵩	《货郎图》《市担婴戏图》《骷髅幻戏图》《童子弈棋图》《观灯图》《柳塘聚禽》《花篮图》《天中吸水》
34	苏焯	《端阳戏婴图》
35	闫次平	《四季牧牛图》
36	马和之	《小雅鹿鸣之什图》《节南山之什图》《豳风图》
37	佚名	《柳荫群盲图》《村童闹学》
38	佚名	《却坐图》
39	佚名	《捕鱼图》

续表

序号	画家姓名	作品
40	佚名	《春游晚归图》
41	佚名	《竹林清话图》
42	佚名	《岁朝图》
43	佚名	《观灯图》
44	佚名	《文会图》
45	佚名	《听琴图》
46	佚名	《迎銮图》
47	佚名	《望贤迎驾图》
48	佚名	《荣西禅师归朝宋人送别书画之幅》
49	佚名	《眼药酸》册页
50	佚名	《百子戏春图页》
51	佚名	《乞巧图》
52	佚名	《大傩图》
53	佚名	《小庭婴戏图》
54	佚名	《蕉阴击球图》
55	佚名	《蕉石婴戏图》

资料来源：

1. ［宋］郭若虚：《图画见闻志》，人民美术出版社 1964 年版；
2. ［宋］释惠洪：《冷斋夜话》，中华书局 1988 年版；
3. ［宋］邓椿、庄肃：《画继·画继补遗》，人民美术出版社 2016 年版；
4. ［宋］佚名著，王群栗点校：《宣和画谱》，浙江人民美术出版社 2019 年版。表格分为有作者信息无作品和有作品名称无作者信息两种形式。

　　以上统计表表明两宋时期从事风俗画创作的画家，不唯有张择端、苏汉臣、李嵩等画院画家，也有杜孩儿、刘宗道等民间画家；风俗画的题材广泛，有《伯夷叔齐采薇图》《文姬归汉图》《孝经图》等借历史题材折射当时政治主题的画作，也有《清明上河图》《西湖争标图》《维扬春市图》等反映城市生活的作品，其中以农村题材和婴童题材为多，农村题材的有《村田乐视图》《四季牧牛图》《捕鱼图》《农家迎妇图》等描述当时农村的生产经营的情况，《蕉阴击球图》《蕉石婴戏图》《秋庭婴戏图》等婴戏图中以婴童为创作对象，结合他们的玩具、游戏内容等表现当时的社会生活。这些题材在唐代都已经有作品呈现，"货郎图"题材则是宋代出现的新题材。货郎图中常见的人物有货郎、婴童、妇女三种，主题多为货郎销售货物的情景，对人物的形态、货物的品类、经营的环境多有展现。通过对货郎图系列作品中的要素进行分析，有助于我们以图像的形式直观感受宋代商品经济发展的状况。

第二节　反映市井生活的笔记小说和风俗画大量涌现的原因

文艺作品的诞生及兴旺根植于当时的政治、经济和文化以及其他各方面因素。除历史背景、文化环境、经济发展水平外，作者群体的价值观、人生际遇、审美情趣都会对文艺作品产生影响。本节将对促成笔记小说和风俗画大量涌现，并对成稿产生影响的各要素进行分析。

一、城市的繁荣

（一）唐宋城市发展

1. 城市数量增长，大中小城市层级出现

中国古代城市存在的历史非常久远，《淮南子》记载说："昔者夏鲧作三仞之城"①，《博物志》中说："禹退作三城。强者攻，弱者守，敌者战。城郭盖禹始也。"② 这些说法虽然因写作时间距离所记载的时间过于久远，而流于牵强，但仍能给后人在探讨城市的起源时给予一些启示。学界认为早在公元前2000—3000 年，也就是原始社会后期到夏朝末年，就产生了城市原型。③

"市"的起源要晚于"城"，《说文》描述说："市，买卖之所也。"中国古代的城市，政治和军事特征始终是首位的，商业只是维持这些政治性或者军事性城市的一种需要。"城市"联合在一起，最早见于《韩非子》："大臣之禄虽大，不得藉威城市"④，虽然在内涵上可能与后代的城市有所差别，但战国时"城"和"市"结合在一起，相提并论，说明从其时开始城市不仅有政治军事

---

① ［汉］刘安编，刘文典撰：《淮南鸿烈集解》卷 1《原道训》，中华书局 2013 年版，第 14 页。
② ［晋］张华著，唐子恒点校：《博物志》第 8《史补》，凤凰出版社 2017 年版，第 94 页。
③ 戴均良：《中国城市发展史》，黑龙江人民出版社 1992 年版，第 18 页。
④ ［战国］韩非著，梁启雄著：《韩子浅解》，中华书局 2009 年版，第 26 页。

据点的功能，也开始成为商品流通的枢纽，具备了经济效果①。汉代工商业的发展曾经出现过一个短暂的辉煌，除两汉的都城长安和洛阳以外，还涌现出包括各郡的首邑和几个大型的以商业著称的城市。

唐代商业发达，交通运输畅通。连接南北的大运河充分发挥作用，构建了以长安为中心，进而连接全国的水上交通网络。陆地上的道路"东至宋、汴，西至岐州，夹路列店肆，待客酒馔奉溢……南诣荆襄、北至太原、范阳，西至蜀川凉府，皆有店肆，以供商旅"。②城市数量多，盛唐的时候，城市的总数能达到一千多个，除长安外，洛阳、扬州、益州城市的商业都很发达，这些城市发展成为各地区的区域性中心，长安城的经济非常繁荣，东西二市"（东）市内货财二百二十行，四面立邸，四方珍奇，皆所积极"③"（西）市店肆如东市之制，市署前有大衣行，杂糅货卖之所"④。扬州、益州等因其繁荣而有"扬一益二"⑤的说法。以广州为代表的港口城市，因为靠近大海，交通方便，有利于开展商业，所以迅速发展起来。

宋代城市规模不断扩大，汴京和临安城内外都有比较集中的商业中心，城市中的人口开始急剧膨胀，周宝珠认为汴京最繁盛时，人口有 150 万人⑥，是当时世界上人口最多的城市。而南宋临安城内居住着 80 万—90 万人，城外还有人口约 40 万人。⑦"东门菜、西门水、南门柴、北门米"⑧生动地描绘了因为临安城外地理位置不同而形成的特色性经营市场。西湖沿岸人口聚集，商业众多，虽然在城外，但事实上已经成为城市的一个重要部分。除了都城，其他城市也有很大的发展，特别是中等的城市和小型的市镇都获得了发展。

① 葛永海：《古代小说与城市文化研究》，复旦大学出版社 2004 年版，第 13 页。
② ［唐］姚汝能撰，曾贻芬点校：《安禄山事迹》，中华书局 2006 年版，第 70 页。
③ ［宋］宋敏求：《长安志》卷第 8《唐京城二》，三秦出版社 2013 年版，第 291 页。
④ ［唐］韦述撰，辛德勇辑校：《两京新记辑校》卷 3《长安县所领坊》，中华书局 2020 年版，第 111 页。
⑤ ［唐］王建撰，尹占华校注：《王建诗集校注》卷第 9《夜看扬州市》，巴蜀书社 2006 年版，第 385 页。
⑥ 周宝珠：《宋代东京研究》，河南大学出版社 1992 年版，第 348 页。
⑦ 吴松弟：《南宋人口史》，上海古籍出版社 2008 年版，第 584 页。
⑧ ［宋］周必大撰，李昌宪整理：《二老堂杂志》卷 4《临安四车驾行在临安》，大象出版社 2019 年版，第 270 页。

在中唐时期就已经形成了以节度使治所为中心的镇府—州—县三级地方城市系统。北宋 1350 个有行政官署的城市，其中人口超过万人的有 150 个，漆侠认为当时城市人口比重占全国总人口的 12%，赵冈的统计结果认为这一数字高达 20%。[①] 城市的发展，吸引了大量的人口流动到城市，人口的增加，又促进了城市的发展，二者之间形成了一个良好的循环。

2. 坊市制度破坏，城市商业活跃

中唐以前城市管理长期实行坊市制度，商业贸易专区的"市"与居住生活专区的"坊"之间被围墙所隔，坊门以敲街鼓为号，日出而开日落而闭。"坊市"是基于城市的管理方便而实行的制度，在城市中划定了交易的区域和时间，这种方式最开始对于商业的发展是有促进作用的，但随着商品经济在唐宋时的复苏和发展，它变得越来越不适应商业发展的需要。

《唐两京城坊考》记载洛阳全城共有 113 坊，其中北市面积为一坊之地，南市只有半坊之地，面积相当有限[②]。当时的市不唯面积狭小，还不是所有的城市都有资格建市，唐景龙元年（707）十一月的敕令对"市"有几条规定：首先对可以置市的城市级别有要求，"诸非州县之所，不得置市"。其次开闭市时间有规定，"其市当以午时击鼓二百下，而众大会。日入前七刻，击钲三百下，散。其州县领务少处，不欲设钲鼓"。再次，限定了市内各铺的形制和所售的物品，"自有正铺者，不得于铺前更造偏铺""诸行以滥物交易者，没官"[③]。严苛的政策限制了商业进一步发展。在唐朝中后期因为战乱频发，中央政府权力逐步削弱，城市原有的格局发生变化，坊市的界限开始被打破。

宋代的城市进一步发展。开封因为在唐末的战火中几近全毁，五代和北宋虽然几次修整，但整体思路是在旧城外扩建，而不是重建新城。所以整个城市的建置虽然也一直维持着宫城、里城、外城的格局，却并没有像唐代城市一样规整有度。北宋建都在此后，人口大量增长，城内拥挤不堪。因为侵街现象严重，北宋真宗咸平五年（1002）曾想拆除街边的建筑，"令民自今无

---

① 赵冈：《中国经济制度史论》，新星出版社 2006 年版，第 386 页。
② 胡如雷：《中国封建社会形态研究》，生活·读书·新知三联书店 1979 年版，第 402—403 页。
③ ［宋］王溥撰：《唐会要》卷 86《市》，中华书局 1960 年版，第 1582 页。

复侵占"，从而达到"复长安旧制"①的目的，但这种行为遭到东京豪强的反对，百姓也不支持，诏书恍若一纸空文，到仁宗时不得不允许同意居民临街开设店铺。吕思勉评价说"邸肆民居，毫无区别，通衢僻巷，咸有商家，未有如今日者。此固由市制之益坏，亦可见商业之日盛也"。②发展到神宗年间，时人宋敏求感叹说："二纪以来，不闻街鼓之声，金吾之职废矣"③，原本敲响街鼓的金吾卫的职责既已废弃，说明按时关闭的坊市制度已经终结。商家经营的地点可以在居民区，也可以到城外，到处都有店铺，商业贸易在时间和空间上的限制完全被打破，城市的格局自此从封闭走向开放，从"坊市"开始变为"街市"。

3. 乡村草市墟市快速发展

草市原取"草"，指的是城郊临时贸易的地方。因为是临时性的，所以没有严格的管理制度。最早的草市见于南朝的江淮流域，主要得益于其地交通的便利，所以在水陆的交通线上产生了草市。唐代进一步增长，从长江下游逐步渗透到了黄河流域，"江村亥日常为市"④，开始形成定时集市和以蚕市、药市、面市为代表的主题草市。

宋代的草市数量很多，首先在大中城市周边开始出现各种大大小小的草市。以附城的草市为基础，推动城外厢坊逐渐增加为城市波浪式发展，是宋朝城市扩展的新模式。⑤北宋汴京的居民越过了外城的界线，在城关和城郊等边缘地区居住和经营，让这些地方也发展成了居民和外来商人的重要活动和经营的场所。宋政府不得不"置京新城外八厢。上以都门之外，居民颇多"。⑥真宗景德年间，已经发展为"十二市之环城，嚣然朝夕，异彼郊坰"⑦。不独

---

① ［宋］李焘撰，上海师范大学古籍整理研究所、华东师范大学古籍整理研究所点校：《续资治通鉴长编》卷51（真宗咸平五年），中华书局2004年版，第1114页。

② 吕思勉：《中国文化史六讲》第四讲《农工商业》，《中国文化思想史九种》，上海古籍出版社2009年版，第271页。

③ ［宋］宋敏求撰，诚刚点校：《春明退朝录》，中华书局1980年版，第11页。

④ ［宋］郭茂倩编：《乐府诗集》卷第26《相和歌辞一》，中华书局1979年版，第389页。

⑤ 傅宗文：《宋代草市镇研究》，福建人民出版社1989年版，第286—288页。

⑥ ［宋］李焘撰，上海师范大学古籍整理研究所、华东师范大学古籍整理研究所点校：《续资治通鉴长编》卷70（真宗大中祥符元年），中华书局2004年版，第1582页。

⑦ ［宋］吕祖谦编，齐治平点校：《宋文鉴》卷2《皇畿赋》，中华书局1992年版，第21页。

京师，大型的商业城市边上出现了不少草市。苏东坡曾记录淮南宿州城外，
"人户安堵，不以城小为病，兼诸处似此城小人多，散在城外，谓之草市者甚
众"。①成都外有"东门之草市"②。到了北宋神宗熙宁九年，全国府界和诸路坊
场以及桥务等共有草市 27607 处③。

（二）城市的经济文化职能凸显

从城市发展的一般规律来看，生产力发展水平与城市的经济功能之间是
成正比的。也就是发展水平越低，城市的功能越体现在政治和军事上，经济
功能就越弱④。宋代的城市内不仅有大量的贵族、官员这些传统的群体，文人、
士子、画家、乐师，以及围绕在他们身边、为他们服务的工商业者也在城市
中进行创作和交流。梁庚尧认为宋代的城市在具有行政中心和商业中心的同
时，已经兼具工商、文化、娱乐等功能⑤。

很多士子在条件允许的情况下会选择迁居城市。如奉化人李雄飞的父亲，
"隆于教子，其徙城中，便二子之从师也"。⑥洪迈注意到了城市因为生活方
便，教育进步而吸引了很多士子的现象，评价说："以医药弗便，饮膳难得，
自村瞳而迁于邑，自邑而迁于郡者亦多矣。"⑦宋代文献中记录了很多世居城市
的官户和士人，有的已经在城市居住了几代，家族人口有几百人，已经形成
了不小的规模。

唐宋的笔记小说中，有很多篇章描述了城市的景观、生活、节日等，城

---

① ［宋］苏轼著，李之亮笺注：《苏轼文集编年笺注》卷 35《乞罢宿州修城状》，巴蜀书社
2011 年版，第 366 页。
② ［宋］孙光宪撰，贾二强校点：《北梦琐言》，中华书局 2002 年版，第 410 页。
③ 傅宗文：《宋代草市镇研究》，福建人民出版社 1989 年版，第 84 页。另据根据宋代王存《元
丰九城志》和戴均良《中国城市发展史》的统计，元丰时宋代全国总共有 135 个县城，总数
为 71 万户。元丰年间全国的市和镇共有 19800 个，户口总数量达到了 70 多万户。
④ 戴均良主编：《中国城市发展史》，黑龙江人民出版社 1992 年版，第 6—7 页。
⑤ 梁庚尧：《南宋官户与士人的城居》，《宋代社会经济史论集》下册，允晨文化实业股份有限
公司 1997 年版，第 165—218 页。
⑥ ［宋］袁燮：《李雄飞墓志铭》，引自曾枣庄、刘琳主编：《全宋文》第 282 册，第 6388 卷，
上海辞书出版社；安徽教育出版社 2006 年版，第 15 页。
⑦ ［宋］洪迈撰，孔凡礼点校：《容斋随笔》续笔卷 16《思颍诗》，中华书局 2005 年版，第
415 页。

市成为笔记小说的创作背景。宋代城市的文化氛围尤其浓厚，最终在其中衍生出"说话"艺术，说话艺人的创作，也间接推动了通俗小说的产生。

二、商人群体的崛起

唐宋时期商品经营活动作为一种谋生的重要方式，受社会各阶层的青睐。到了宋代，经商的群体已经扩大到全民经商的程度，吴晓亮指出："'全民经商'中的'民'不再是狭义上的下层民众或被统治阶级，而是包含了相当的上层社会的人群或统治集团的成员。"[1] 官僚士人、皇室成员和僧侣、道士、尼姑还有广大平民百姓都纷纷加入经商的队伍中来。

官员经商在唐宋时都是被禁止的，当时颁布的政策不仅对官员及其亲属经营工商业进行严格限定，甚至禁止与工商业者进行接触。如唐代规定"五品以上，不得入市"[2]，宋代"禁居官出使者行商贾事"[3]，但事实上这种政策收效甚微，官员如果兼营工商业，其身份不仅没有带来阻碍，反而在经商行为中拥有更多的优势，从而实现职权向财利的转化。因此官员经商的情况在史书、文集和笔记中记载很多。皇室成员经商在宋代屡见不鲜，仁宗朝时就已经出现"诸王邸多殖产市井，日取其资"。[4] 到了南宋，皇室成员经商之风更盛，"甚者逐什百之利，为懋迁之计，与商贾皂隶为伍"[5]。

在这股经商的浪潮中，原本应该脱离尘世的僧人、道士和尼姑也加入其中。如开封相国寺的殿前两廊，"皆诸寺师姑卖绣作、领抹、花朵、珠翠、头面、生色销金花样幞头、帽子、特髻、冠子、条线之类"[6]。广南地区的风俗更

---

① 吴晓亮：《略论宋代城市消费》，载《思想战线》1999 年第 5 期，第 99—104 页。

② ［宋］王溥撰：《唐会要》卷 86《市》，中华书局 1960 年版，第 1581 页。

③ ［元］脱脱：《宋史》卷 4《太宗本纪》，中华书局 1985 年版，第 55 页。

④ ［宋］李焘撰，上海师范大学古籍整理研究所、华东师范大学古籍整理研究所点校：《续资治通鉴长编》卷 187（仁宗嘉祐三年），中华书局 2004 年版，第 4520 页。

⑤ ［清］徐松：《宋会要辑稿》帝系 6，上海古籍出版社 2014 年版，第 147 页。

⑥ ［宋］孟元老撰，伊永文笺注：《东京梦华录笺注》卷 3《相国寺内万姓交易》，中华书局 2007 年版，第 288 页。

为夸张，"市井坐估，多僧人为之，率皆致富"。"故其妇女多嫁于僧。"① 这和汴京城里慧明和尚的"烧猪院"一样，是对现实和宗教的一种严重反叛。

农民也从单纯农务转向参与商品交易活动，他们和手工业者一起把自己的剩余农产品和手工业品带到草市和墟市中来，售出以后买回生活用品和生产工具，这些剩余的农产品就具有了商品的性质。"夫行商坐贾，通货殖财，四民之一心也，其有无交易，不过服食、器用、粟米、财畜、丝麻、布帛之类。"② 各地的农副产品先通过商贩运到城镇市场，再由城镇市场转运到城市内的市场，这些过程都需要大大小小的商人参与才能保证有效维持运转。城中的商人除富商大贾以外，还有从事各种商品买卖的中下层小商人。他们或是租赁铺面，或是在街道经营铺席，或是走街串巷，沿街叫卖，或是挑担背筐到乡间村头贩卖，极大程度便利了人们的生活。"商业之演进，不征诸富商大贾之多，而征诸普通商人之众。普通商人众，则分工密，易事繁。社会生计，互相依倚，融成一片矣。"③ 形形色色的商人所构成的群体集体努力，钩织成一张商品经济的大网，把当时社会生活的各个角落网罗其间。

三、印刷出版业的促进作用

（一）先进的印刷技术有助于传播商业文化

唐代的造纸业逐步兴盛，纸类的品种很多，纸坊也遍布全国各地。"钜鹿郡南和县街北有纸坊，长垣悉曝纸。"④ 不过在雕版印刷发明之前，书籍的出版只能是靠手来抄录，速度和质量都不能满足社会对书籍的需求。唐代长安等大型城市出现了"鬻坟典之肆"⑤，但唐代雕版技术主要用于印制宗教书籍以

---

① ［宋］庄绰撰，萧鲁阳点校：《鸡肋编》卷中《广南僧率有室家》，中华书局1983年版，第65页。

② ［宋］李焘撰，上海师范大学古籍整理研究所、华东师范大学古籍整理研究所点校：《续资治通鉴长编》卷269（神宗熙宁八年），中华书局2004年版，第6606页。

③ 吕思勉：《中国文化史六讲》，上海古籍出版社，第270—271页。

④ ［宋］李昉等编：《太平广记》卷第145《钜鹿守》，中华书局1961年版，第1042页。

⑤ ［宋］李昉等编：《太平广记》卷第484《李娃传》，中华书局1961年版，第3990页。

及历书和医书等和民生有关的册子，经史子集等还不大普及①。"雕本肇自隋时，行于唐世，扩于五代，精于宋人。"②"板印书籍，唐人尚未盛为之"，到了宋代以后，技术领域取得了新的突破，雕版的应用越来越广泛，"典籍皆为板本"。③

宋代劝学之风浓厚，读书人的数量急速增加，对书籍的要求也进一步拓展。大量反映儒家思想的经典著作，以及阐述这些经典著作的注疏正义被撰写出来，并雕印行世。雕版数量急剧增长，以国子监为例，在立朝之初，书版数量不及四千块，到宋真宗亲临国子监视察藏书时，已一跃到十万余块雕版④。南宋时"十五路几乎无一路不刻书，无一州不印书，可考的印书地点大约有近二百处"⑤。"两宋出版规模之大，出版图书数量之多，刊刻之精，流通之广，都是前所未有的。"⑥

无怪乎明代的胡应麟感慨说：

宋三百年间镂板成市，板本布满乎天下，而中秘所储莫不家藏而人有。不惟是也，凡世所未尝有与所不必有，亦且日新月益。书弥多而弥易，学者生于今之时，何其幸也！无汉以前耳受之艰，无唐以前手抄之勤，读书者事半而功倍宜矣。⑦

当时的刻书分为官刻、私刻和坊刻三种。官刻书籍主要来自国子监、崇文馆、秘书监、进奏院、国史院、刑部、六曹各部、太医局，以及各府、州、军等大大小小的官僚机构。官刻要求最严，从宋初开始，凡是要镂刻的书籍，在交付镂版之前，都必须要经过三校，这些官员的名字也要被刻印在全书的

---

① 李斌城主编：《唐代的雕版印刷》，载《唐代文化》第九编第六章，中国社会科学出版社2002年版，第1268—1273页。

② ［明］胡应麟撰：《少室山房笔丛》甲部卷4《经籍会通四》，上海书店出版社2009年版，第45页。

③ ［宋］沈括撰，金良年点校：《梦溪笔谈》卷18《技艺》，中华书局2015年版，第174页。

④ 孙永芝：《两宋出版管理研究》，河南大学博士学位论文，2010年，第25页。内容见《宋史·艺文志》，宋代的藏书达9819部，119972卷，远超历代藏书。

⑤ 张秀民：《中国印刷史》，上海人民出版社1989年版，第59页。

⑥ 李致忠：《中国出版通史·宋辽西夏金元卷》，中国书籍出版社2008年版，第1页。

⑦ ［元］吴澄：《赠鬻书人杨良甫序》，引自李修生主编：《全元文》卷481，凤凰出版社1998年版，第246页。

末尾，以示对书籍的校勘质量负责，因此质量最高①。

宋代私人刻书也非常流行。当时的文人自刻的书籍蔚然成风，据肖东发统计，宋代自己刻书的文人数当在一百多人②。陆游父子均有印书，陆游曾刻《世说新语》，第七子陆子遹曾刻其父陆游的《老学庵笔记》和《开元天宝遗事》。两人的行为，也确实符合陆游自己感慨的"近世士大夫所至，喜刻书版"③。这些文人刻书，从选题、校勘到编辑和印刷以及装订，都力求精美。其中有不少人喜欢阅读甚至自己撰写小说，所以这批私刻的图书里，就包含了不少的笔记小说。如钱明逸刻其父钱易所撰《南部新书》，石京刻黄休复所撰《茅亭客话》，孙竞刻先祖孙升述所述《孙公谈圃》，王明清自刻《挥尘录》等，不一而足。④

雕版书籍不仅让朝廷掌握了传播皇权文化的有力工具，也使得宋代的士子获得了理解、创造和传播文化的能力，民间的力量也能借此传播民间文化。印刷的利用增加了流通，也提高了宋代笔记小说和图画的传世率。

（二）书肆发行的推广作用

胡国祥认为"印刷"和"发行"是出版的两个核心内涵。⑤宋代的出版物中有"梓行""刊行""板行"和"印行"等字样，前一字表示印刷，而后面的"行"就是发行的意思。古人常略去"行"字，究其原因是因为观念上重刊刻而轻发行⑥，但实际上一本著作要得到众人的接受，发行也非常重要。如唐代的小说，因为以手抄本为主，传世很少，如果没有宋初官方整理《太平广记》，唐代的很多名篇估计湮没无觅处。同理，在手抄本的时代，因为创作和出版之间的关联性很小，所以创作的意义更多在于满足精神层面的需求。士人的创作也只是在自己的小范围内进行分享和流传为主。即便是地位不高

---

① 章宏伟：《两宋编辑出版事业研究》，载《山东大学学报》1997年第4期，第33—38页。

② 肖东发：《中国图书出版印刷史论》，北京大学出版社2001年版，第221页。

③ ［宋］陆游：《历代陵名》，引自钱仲联，马亚中主编：《陆游全集校注》卷26，浙江古籍出版社2015年版，第162页。

④ 周瑾锋：《唐宋笔记小说研究》，华东师范大学博士学位论文，2016年，第90页。

⑤ 胡国祥：《"出版"概念考辨》，载《武汉大学学报》（哲学社会科学版）2008年第3期。

⑥ 刘光裕：《中国出版史的研究对象和范围——关于编撰中国古代出版通史的基本看法》，载《出版科学》2008年第3期。

的小说，创作者和读者都是士子。唐代的小说创作，要么是有事而发，要么是为了教化，都不是为了出版和牟利。包括宋代官刻就不是为了盈利，甚至有些当时都没有面向世人发行。如吕祖谦奉宋孝宗之命修《文鉴》，"东莱修《文鉴》成，独进一本于上前，满朝皆未得见"。[①] 文人的私刻很多也是为了满足收藏和记录作品的功能，因此这些书籍不能视为商品，但所制的书籍一方面起到了开启民智，促进社会发展的作用，另一方面也营造了一种关注图书出版的社会风气。

宋代的书坊刻书非常的活跃，数量也很多。与官刻和私刻不同，书坊的刻书目的就是为了盈利，所以在印制的内容和数量上产生了巨大的变化。为了满足一般的士子科举考试的需求，书坊选编印刷很多读本，如王应麟的《玉海》当时就是为科举考试"策论"的考试形式而编撰的类书。为了适应市民文化的发展需要，印行了大量医卜星相、农工杂技等应用性较强的通俗读物。还出版了大批官府和私家刻本不屑一顾、却极富趣味性、能有效吸引读者、提升利润的话本小说、杂唱变文等俗文学书籍。大批小说得以流传开来。如杭州的陈起和陈思父子，他们就曾经刊刻过《续世说》《湘山野录》《宾退录》笔记小说。临安太庙前的尹家书铺也出版过《曲洧旧闻》《述异记》等。

宋代已经形成了临安、眉山、建宁三大刻书业的中心，所造的刻本遍行天下。叶德辉在他的《书林清话》中列举了闽中有名的书坊，包括建宁府黄三八郎书铺、建阳麻沙书坊等二十家，每家都有印刷的代表作品。[②] 刊刻的书籍经过市场或赠送等渠道流向社会，流传广泛。如洪迈《夷坚志》甲志出版以后，"士大夫或传之，今镂版于闽，于蜀，于婺，于临安，盖家有其书"。作品迅速在极大的范围内传播开来，而且意外就是"人以予好奇尚异也，每得一说，或千里寄声，于是五年间又得卷帙多寡与前编等，乃以乙志名之"。[③] 每个读者都变成了热心的创作人，纷纷给洪迈寄来自己听过或经历过的故事。这种热烈的反馈对洪迈起到了积极的作用。他前后坚持六十年，陆续完成

---

① ［宋］张端义撰，许沛藻、刘宇整理：《贵耳集》卷上，大象出版社 2019 年版，第 141 页。
② ［清］叶德辉著：《书林清话附书林余话》卷 3《宋坊刻书之盛》，中华书局 1957 年版，第 85 页。
③ ［宋］洪迈撰，何卓点校：《夷坚甲志》卷第 20《夷坚乙志序》，中华书局 2006 年版，第 185 页。

四百二十卷的巨作。另外，他的《容斋随笔》也流传极广，甚至传到宫禁之中，皇帝还曾经看过。这种在创作过程中就能得到反馈的经历是以往的作者们不曾有过的，在产生激励的同时，也会让他们在创作的题材和技巧上有意识地对读者的需求进行迎合。《夷坚志》从《支甲》到最后的绝笔，共二十二集，二百二十篇，前后仅用了九年的时间。陈振孙批评说因为洪迈"晚岁急于成书""有数卷者，亦不复删润，径以入录"，从表述上看"虽叙事猥酿，属辞鄙俚"。① 他是站在文人角度批评洪迈疏于创作——这却恰恰是洪迈后期创作意识的核心所在：洪迈认为"非必出于当世贤卿大夫"，而是"寒人、野僧、山客、道士、瞽巫、俚妇、下隶、走卒"所讲的异闻，都可以"欣欣然受之"②，这种有别于传统文人创作的取材更加贴近市井民众的生活，在出版业盛行，读者群体下沉的大环境下也满足了下层读者的需求。

四、绘画市场对画家的吸引与刺激

风俗画用图像的形式来记录古代民俗风情和农民的生活劳作状态，其产生与发展，无不和当时特定的政治、经济、历史文化背景有着密切关系。绘画作为一种商品，很早就进入了商业体系之中，如汉代大量使用画像石和画像砖，背后应该有一个巨大绘画供应市场。随着商品经济的发展，当宋人的生存需求被满足以后，人们的注意力自然会转移到精神满足的产品上，因此绘画的需求量明显增长。绘画的服务对象也不断扩展，上至皇室贵族，下到黎民百姓。北宋时大型城市中出现了专营文化娱乐消费的场所，包括书画艺术作品在内的各类艺术交易在这里进行。大相国寺后廊"皆日者、货术、传神之类"，殿后的资圣门前"皆书籍玩好图画"③，米芾曾在这里买到了王维的《江山雪霁图》和五代时徐熙的《纸桃二枝》。李清照夫妻也是这里的常客，

---

① ［宋］洪迈撰，何卓点校：《夷坚志》附录《陈振孙直斋书录解题第 11 卷》，中华书局 2006 年版，第 1822 页。

② ［宋］洪迈撰，何卓点校：《夷坚志·夷坚丁志序》，中华书局 2006 年版，第 537 页。

③ ［宋］孟元老：《东京梦华录》卷 3《相国寺内万姓交易》，中国商业出版社 1982 年版，第 20 页。

曾因为筹钱错过了徐熙的《牡丹图》而"夫妻相向惋怅者数日"①。东交楼街巷北的潘楼酒店"其下每日自五更市合，买卖衣物书画"②。擅画山水和人物的燕文贵刚到汴京的时候，也"货于天门之道"③。除小摊以外，还有专门出售作品的画肆。黄庭坚诗句"大梁画肆阅水墨，四图宛然当物色"，说的即是这样的画肆。有些画肆还是画师本人自己开的，"成都府画师许偏头者，忘其名，善传神，开画肆于观街"。许偏头"善传神"，是一个擅长写真的画家，他不仅自己开店卖画，还颇有营销意识，为自己的画作杜撰了一个遇仙人的故事，"求售者日十数"，每幅画作能卖到一千贯，家里很快就富裕起来，后来供不应求，还尝试涨价到两千贯一幅。④

除了在纸上绘画，宋代的商业绘画还有其他的创作形式。当时发达的商业环境和激烈的商业竞争使得各大店铺都注意装饰店面，招揽顾客。绘画以其鲜艳的色彩，流畅的构图，成为装饰的首选。画家高益从契丹到宋境，最初在都市卖药，把自己的绘画作品推销给买药的人。后来出名后，"尝于四皓楼上画卷云芭蕉"，因为画得非常形象生动，所以"京师之人，摩肩争玩"，最后甚至变成了一种社会风尚，"至今天下楼阁亭庑为之者，自益始也"。⑤许道宁曾经在市场上卖药，最开始用画画的方式吸引顾客，"声誉已著"⑥后就开始卖画给店铺。《墨庄漫录》记录说许道宁每每在市井中见到长相奇怪的人，就会把对方的样子画下来卖给酒肆茶馆，曾经出现过被画的人因为遭到别人取笑，转而把这位始作俑者殴打一顿的事情，这也算是侵犯肖像权的第一个案子。汴京寺东门巷口有个"宋家生药铺，铺中两壁，皆李成所画山水"⑦，熟

① ［宋］李清照：《金石录（后序）·漱玉集注》，山东文艺出版社 1984 年版，第 103 页。
② ［宋］孟元老：《东京梦华录》卷 2《东角楼街巷》，中国商业出版社 1982 年版，第 15 页。
③ ［宋］郭若虚撰，吴启明校注：《图画见闻志校注》卷 4《庞崇穆》，上海书画出版社 2000 年版，第 392 页。
④ ［宋］张师正撰，白化文、许德楠点校：《括异志》卷 6《许偏头》，中华书局 2006 年版，第 70 页。
⑤ ［宋］郭若虚撰，吴启明校注：《图画见闻志校注》卷 3《石恪》，上海书画出版社 2020 年版，第 323 页。
⑥ "许道宁，初市药都门，时时戏拈笔而作寒林平远之图以聚观者。"出自［宋］佚名著，王群栗点校：《宣和画谱》卷第 11《许道宁》，浙江人民美术出版社 2019 年版，第 115 页。
⑦ ［宋］孟元老：《东京梦华录》卷 3《寺东门街巷》，中国商业出版社 1982 年版，第 21 页。

食店"张挂名画"，目的是"勾引观者，留连食客"。杭州的茶肆更为风雅，
"插四时花，挂名人画，装点店面"。①还出现了"细画绢扇""细色纸扇""陈
家画团扇铺"②等商铺。李嵩现传世的《货郎图》系列作品中，有三幅的载体
是将绘画和手工技艺结合起来的扇面。

在一定的历史环境中，人的精神面貌和心理状态会决定当时文化发展的
面貌。两宋的集市上还有一种深受百姓欢迎的"纸画"，《东京梦华录》里记
载说，有"余皆卖时行纸画"③"卖扑土木粉捏小象儿并纸画"④"里瓦子夜叉棚、
象棚……卖纸画"⑤。沈括《梦溪笔谈》记载了"禁中旧有吴道子画钟馗……熙
宁五年，上令画工摹拓镌板，印赐两府辅臣各一本。是岁除夜，遣入内供奉
官梁楷就东西府给赐钟馗之象"。⑥北宋时就已经出现了通过雕版将画像批量
生产，南宋时出现了专门卖"纸画儿"⑦行铺。宋代书画市场的兴盛不唯体现
在书画的买卖，当时还兴起了书画租赁业务。

官府贵家置四司六局，各有所掌，故筵席排当，凡事整齐，都下街市亦
有之。常时人户每遇礼席，以钱情之，皆可办也。帐设司专掌仰尘、缴壁、
桌帏、搭席、帘幕、罘罳、屏风、绣额、书画、簇子之类。⑧

百姓在红白喜事时有挂画的需求，如果买不起，可以去租赁一幅回来临
时挂一下。绘画由纯精神层面的创作变成一种商品，销售的范围也扩大到市
井小民，由阳春白雪渗透到下里巴人。绘画既然成为一种商品，要想在市面
上流行，从而获得更高的收益就必须要顺应市场的要求。宋代民间画工是书
画作品的主要生产者，有姓名可考的画家多达八百多人。⑨市场上存在这么多

---

① [宋]吴自牧撰，黄纯艳整理：《梦粱录》卷16《茶肆》，大象出版社2019年版，第62，
362页。
② [宋]吴自牧撰，黄纯艳整理：《梦粱录》卷13《铺席》，大象出版社2019年版，第24页。
③ [宋]孟元老：《东京梦华录》卷2《宣德楼前省府宫宇》，中国商业出版社1982年版，第12页。
④ [宋]孟元老：《东京梦华录》卷10《大礼预教车象》，中国商业出版社1982年版，第63页。
⑤ [宋]孟元老：《东京梦华录》卷2《东角楼街巷》，中国商业出版社1982年版，第144页。
⑥ [宋]沈括撰，金良年点校：《梦溪笔谈》补笔谈卷3《杂志》，中华书局2015年版，第
307页。
⑦ [宋]孟元老：《东京梦华录》卷3《天晓诸人入市》，中国商业出版社1982年版，第24页。
⑧ [宋]耐得翁撰，汤勤福整理：《都城纪胜》，大象出版社2019年版，第11页。
⑨ 李华瑞：《宋代画市场初探》，载《宋史论集》，河北大学出版社2001年版，第374页。

的画工，他们的创作主题和艺术水平都要接受市场的检验。

　　由此可见，唐宋时期笔记小说和风俗画的繁盛，固然是文艺发展到一定水平的阶段性成果，但人们选择运用这两种题材进行的创作，更是商品经济发展形势下民众自主的选择。二者的繁荣与兴旺，与唐宋时人口增长、经济发展、运输发达密切相关。

第二章　《太平广记》所反映的唐代商业情况

从中唐开始，中国古代传统社会的经济结构发生了很大的变化，地主的土地所有制替代了均田制，两税法替代了租庸调，商品经济开始蓬勃发展起来。研究《太平广记》所反映的唐代商业情况和商人治生故事，就要了解其书 500 卷的编撰背景，再分析撰者如何呈现商业和商人的故事。与其他时代的作品相比，该书还有个突出的特点是记载了许多"胡商识宝"主题的故事，这些识宝故事是在什么背景下产生，又因为什么在唐以后逐渐式微，其产生和式微的原因与当时的经济有着密切的联系。本章将分类统计《太平广记》中所记载的商业故事，尤其是"胡商识宝"主题故事，并展开详细论述。

第一节　《太平广记》及其所记载商人治生情况

《太平广记》主要是搜集宋以前的小说类书合撰而成，绝大多数是笔记体的小说，书中的内容可以作为观察唐、五代及之前各相关时代的重要历史材料。唐宋时期，商品经济的发展引起各种原有的社会要素不断流动，进而产生新的组合，同时这个时期也是一个经济关系与社会关系二者之间逐渐呈现市场化趋势的时期。[①] 通过对《太平广记》中涉及商业的故事进行分析，从一个侧面了解唐宋时期特别是唐代的商业发展情况及人们对商业活动的认识。

---

① 林文勋：《唐宋社会变革论》，人民出版社 2011 年版，第 58 页。

一、作者简介

《太平广记》由宋代李昉受诏主持编写，多位士人参加编撰。李昉，字明远，深州饶阳（今河北省饶阳县）人士，他出生在后唐庄宗同光三年（925），卒于宋太宗至道二年（996）①，《宋史》对其有传。根据《李昉传》的记载，他在五代时期的晋朝入仕，到五代的汉代登进士第，后进入弘文馆，为直学士，开启了他的文臣生涯，五代周时已经担任了集贤殿直学士和翰林学士。到宋朝后，他在太祖和太宗两朝都担任重要的文臣，太祖时三拜中书舍人，先后为直学士、翰林学士，两知贡举，还任过礼部侍郎。太宗继位后，两次担任宰相，最终以特进、司空致仕，死后赠司徒，谥号文正。太祖和太宗两朝的文化活动，李昉几乎都参加了。②

在宋太宗时，李昉主持兴修和编撰了《太祖实录》《开宝通礼》《古今帝王年号录》《历代宫殿名》《开宝本草二十卷目》等史书，宋代的四大类书中的《太平御览》《太平广记》和《文苑英华》三部都由他主持进行编撰。

关于《太平广记》的成书原因和编撰者，宋人王应麟《玉海》记载说：

实录：太平兴国二年三月戊寅，诏翰林学士李昉、扈蒙、左补阙知制诰李穆、太子少詹事汤悦、太子率更令徐铉、太子中允张泊、左补阙李克勤、右拾遗宋白、太子中允陈鄂、光禄寺丞徐用宾、太府寺丞吴淑、国子监丞舒雅、少府监丞吕文仲、阮思道等。同以前代修文御览、艺文类聚、文思博要及诸书分门，编为一千卷。又以野史、传记、小说杂编为五百卷。

会要：先是，帝阅类书，门目纷杂，遂诏修此书。兴国二年三月，诏昉等取野史、小说集为五百卷。三年八月，书成，号曰太平广记。

---

① ［元］脱脱等：《宋史》卷 265《李昉》，中华书局 1985 年版，第 9138 页。
② 熊明：《李昉的文学文化活动与〈太平广记〉的编纂》，载《西华师范大学学报》（哲学社会科学版）2019 年第 3 期，第 74 页。

> 二书所命官皆同，唯克勤、用宾、思道改他官，续命太子中允
> 王克正、董淳、直史馆赵邻几预焉。①

王应麟引《实录》和《会要》的内容，考证《太平御览》和《太平广记》两本书的受诏编撰时间和编撰人员都是相同的。郑樵在《通志》里说："太平广记者，乃太平御览别出，广记一书，专记异事"②，也就是说《太平广记》是《太平御览》编书过程中的附属产物，专门记载"稀奇古怪、荒诞无稽，偏离庙堂高论，涉及微贱之民琐碎之事，上则天宇之外，下则地狱重渊"③的内容，两本书是同时受诏编撰的，但《太平广记》反而先完成。④

根据王应麟的记录，李昉、扈蒙、李穆、宋白、徐铉、汤悦、张泊、陈鄂、吴淑、吕文仲、舒雅等十一人从始至终都参与了《太平广记》的编纂，李克勤、徐用宾和阮思道三个人中途退出，王克正、赵邻几、董淳三个人是后面再加入的。

二、反映商业活动或商人情况的故事

小说是作者在某一特定时期所体会的社会背景和思想情感的反映，它能将特定时期经济、文化以曲折离奇的故事展现在我们面前。《太平广记》作为一本大型的小说类书，与其他原创小说相比最大的不同就是在于它的篇目和内容在重新编撰的过程中经过了"二次加工"，这种二次加工包含着编者编排、改写的匠心独运以及作者在编书时对各种文献资料引用的种种具体信息。⑤是小说发展到一定阶段后被文人重新认识的结果，我们对它进行研究，

---

① ［宋］王应麟撰，武秀成、赵庶洋校证：《玉海艺文校证》卷20《太平兴国太平御览太平广记》，凤凰出版社2013年版，第968页。
② ［宋］郑樵撰，王树民点校：《通志·校雠略》之《泛释无义论一篇》，中华书局1995年版，第1818页。
③ 张华娟：《〈太平广记〉研究》，山东大学博士研究生学位论文，2003年，第21页。
④ 邓嗣禹：《太平广记篇目及印书引得序》，燕京学社1934年版。
⑤ 盛莉：《〈太平广记〉仙类小说类目及其编撰研究》，华中师范大学博士研究生学位论文，2006年，第1页。

以期达到"透过作品本身而试图窥见它所'反映'的社会历史背景，并凭借这种背景而最终解释作品本身"① 的目的。

20 世纪初，日本学者内藤湖南首创唐宋变革论，把唐宋之际定义成中国从古代走向近世的交接点。他认为："唐代是中世的结束，宋代是近世的开始"，中间的五代是"一段过渡时期"②。商品经济的不断发展过程，对原有社会的生产方式和社会关系必然会不断产生巨大的冲击，造成原有社会关系瓦解，从而推动社会变革。

《太平广记》全书共 500 卷，92 大类，239 个小类。其中选录的故事大部分是唐代的，内容深刻地反映了内藤湖南所说的宋初之前历史的变动以及当时的时代特色。其中涉及商人活动或商贸情况的故事，前人已经做过统计，秦川和王子成统计的结果为 51 篇③，笔者经过仔细阅读，认为一共有 137 篇。这 137 篇故事中，有 38 篇讲述胡人或者胡商识宝的故事，本文将在后一节专门讨论。本节着重分析其余的反映唐朝商人故事的 99 篇内容，表 2-1 是笔者统计的结果。

这些故事虽然和全书总量相比占比不大，但都将商人或者商业作为主角，对推动情节有明显促进作用。故事无论是数量上还是情节的丰满上都已经远超前代，向我们展示了唐、五代商人的生活情况和他们开展商业活动的情况。

表 2-1　《太平广记》中商人故事汇集简表

序号	商人名称	经营商业类型	经营规模	出处	所反映的时代
1	波斯人	不详	大商人	《卷第十六·杜子春》，出《续玄怪录》	隋朝
2	波斯人	不详	大商人	《卷第十七·卢李二生》，出《逸史》	不详
3	道士	行商（卖药）	小商贩	《卷第二十三·冯俊》，出《原仙记》	唐代

① 胡经之、王岳川：《文艺美学与方法论》，北京大学出版社 1994 年版，第 36 页。
② 荣新江：《安禄山的种族、宗教信仰及其叛乱基础》，载荣新江《中古中国与粟特文明》，生活·读书·新知三联书店 2014 年版，第 266—291 页。
③ 秦川、王子成：《〈太平广记〉与〈夷坚志〉比较研究》，光明日报出版社 2016 年版，第 36 页。

续表

序号	商人名称	经营商业类型	经营规模	出处	所反映的时代
4	益州的一个老人	行商（卖药）	小商贩	《卷第二十三·益州老父》，出《南楚新闻》	唐代
5	许宣平	行商（卖柴）	小商贩	《卷第二十四·许宣平》，出《续仙传》	唐代
6	刘清真	行商（长途贩卖茶叶）	大商人	《卷第二十四·刘清真》，出《广异记》	唐代
7	唐若山	行商（卖鱼）	小商贩	《卷第二十七·唐若山》，出《仙传拾遗》	唐代
8	胡商	行商（卖药）	中小商人	《卷第二十八·郗鉴》，出《纪闻》	唐代
9	李珏	坐贾（卖粮食）	中小商人	《卷第三十一·李珏》，出《续仙传》	唐代
10	张守珪	茶商	大商人	《卷第三十七·阳平谪仙》，出《仙傅拾遗》	不详
11	卖药的老人	行商（卖药）	小商贩	《卷第三十七·卖药翁》，出《续仙传》	不详
12	小商贩	坐贾（卖酒）	小商贩	《卷第四十·章仇兼琼》，出《逸史》	唐代
13	商客	不详	不详	《卷第四十八·白乐天》，出《逸史》	唐代
14	殷天祥	行商（卖药）	小商贩	《卷第五十二·殷天祥》，出《宣室志》	唐代
15	仇生	不详	大商人	《卷第五十二·间丘子》，出《宣室志》	唐代
16	陈季卿	代写书信判词	小商贩	《卷第七十四·陈季卿》，出《慕异志》	唐代
17	华阴店姬	坐贾（旅店店主）	中小商人	《卷第八十五·华阴店姬》，出《稽神录》	唐代
18	姓李不知名	行商（卖灭鼠药）	小商贩	《卷第八十五·李客》，出《野人闲话》	五代
19	蜀城卖药人	行商（卖药）	小商贩	《卷第八十五·蜀城卖药人》，出《玉溪编事》	五代
20	商客	行商（卖皂荚百茎）	小商贩	《卷第八十五·逆旅客》，出《稽神录》	五代
21	杜鲁宾	坐贾（卖药）	中小商人	《卷第八十六·杜鲁宾》，出《稽神录》	不详
22	唐元初	行商（卖柴）	小商贩	《卷第一百八·元初》，出《报应记》	唐代

续表

序号	商人名称	经营商业类型	经营规模	出处	所反映的时代
23	唐朝富商	行商（国外买卖）	大商人	《卷第一百八·泛海客》，出《报应记》	唐代
24	商人沈申	行商（卖珍宝）	中小商人	《卷第一百二十四·沈申》，出《北梦琐言》	唐代
25	崔无隐兄长	行商（卖货物）	中小商人	《卷第一百二十五·博异记》，出《崔无隐》	唐代
26	商客	行商（卖珍宝）	大商人	《卷第一百二十六·邢璹》	唐代
27	任华、叶升	行商（不详）	中小商人	《卷第一百二十八·尼妙寂》，出《续幽怪录》	唐代
28	王公直	行商（卖桑叶）	小商贩	《卷第一百三十三·王公直》，出《出三水小牍》	唐代
29	朱化	行商（卖羊）	中小商人	《卷第一百三十三·朱化》，出《奇事》	唐代
30	童安玕	经营贩卖	大商人	《卷第一百三十四·童安玕》，出《报应录》	唐代
31	刘钥匙	（放高利贷）	大商人	《卷第一百三十四·刘钥匙》，出《玉堂闲话》	唐代
32	刘十郎	行商（卖醋卖油）	小商贩变富	《卷第一百三十八·齐州民》，出《玉堂闲话》	唐代
33	划船老人	行商（卖菱角和芡实）	小商贩	《卷第一百五十二·郑德璘》，出《德璘传》	唐代
34	旅店主	坐贾（经营旅店）	中小商人	《卷第一百六十四·马周》，出《谈宾录》	唐代
35	旅店主张迪	坐贾（经营旅店）	中小商人	《卷第一百七十一·蒋恒》，出《朝野佥载》	唐代
36	王可久	行商（卖茶叶）	大商人	《卷第一百七十二·崔碣》，出《唐阙史》	唐代
37	富商子	不详（稍殊于稗贩之伍）	大商人	《卷第一百七十二·刘崇龟》，出《玉堂闲话》	唐代
38	刘方遇的内弟	经商（不详）	大商人	《卷第一百七十二·刘方遇》，出《北梦琐言》	五代
39	旅店老人	坐贾（经营旅店）	中小商人	《卷第一百九十五·京西店老人》，出《酉阳杂俎》	唐代
40	潘将军	经商（不详）	大商人	《卷第一百九十六·潘将军》，出《剧谈录》	唐代
41	商人遗孀	坐贾（经营店铺）	中小商人	《卷第一百九十六·贾人妻》，出《集异记》	唐代
42	女商荆十三娘	经商（不详）	不详	《卷第一百九十六·荆十三娘》，出《北梦琐言》	唐代

续表

序号	商人名称	经营商业类型	经营规模	出处	所反映的时代
43	西市商贩	坐贾（卖汤药）	大商人	《卷二百一十九·田令孜》，出《玉堂闲话》	唐代
44	不详	坐贾（卖酒）	小商贩	《卷第二百三十三·千日酒》，出《博物志》	东晋
45	富有的少年	坐贾（经营生意）	大商人	《卷第二百三十八·秦中子》，出《阙史》	唐代
46	胡店	坐贾（经营旅店）	中小商人	《卷第二百四十二·萧颖士》，出《辨疑志》	唐代
47	裴明礼	坐贾（收购）	大商人	《卷第二百四十三·裴明礼》，出《御史台记》	唐代
48	何明远	坐贾（经营旅店）	大商人	《卷第二百四十三·何明远》，出《朝野佥载》	唐代
49	罗会	行商（清除粪便）	中小商人	《卷第二百四十三·罗会》，出《朝野佥载》	唐代
50	窦乂	行商（经营生意）	大商人	《卷第二百四十三·窦乂》，出《干馔子》	唐代
51	夏侯彪之	官员	大商人	《卷第二百四十三·夏侯彪之》，出《朝野佥载》	唐代
52	江淮商人	行商（卖米）	中小商人	《卷第二百四十三·江淮贾人》，出《国史补》	唐代
53	龙昌裔	行商（卖米）	中小商人	《卷第二百四十三·龙昌裔》，出《稽神录》	五代
54	姓邓的油商	行商（卖油）	中小商人	《卷第二百四十三·安重霸》，出《北梦琐言》	五代
55	司马都	不详	中小商人	《卷二百五十二·司马都》，出《玉堂闲话》	唐代
56	卖绸缎的商贩	行商（卖绸缎）	小商贩	《卷第二百六十一·柳氏婢》，出《北梦琐言》	唐代
57	侯思止	行商（卖饼）	小商贩	《卷第二百六十七·侯思止》，出《朝野佥载》	唐代
58	周迪	行商	小商贩	《卷第二百七十·周迪妻》，出《新唐书》	南朝
59	贺氏的丈夫	行商（卖杂货）	小商贩	《卷第二百七十一·贺氏》，出《玉堂闲话》	不详
60	卖粉的女子	坐贾（卖粉）	小商贩	《卷第二百七十四·买粉儿》，出《幽明录》	南朝宋
61	何致雍父	不详	不详	《卷第二百七十八·何致雍》，出《稽神录》	唐代

续表

序号	商人名称	经营商业类型	经营规模	出处	所反映的时代
62	张瞻	不详	不详	《卷第二百七十九·张瞻》，出《酉阳杂俎》	不详
63	杨林	不详	小商贩	《卷第二百八十三·杨林》，出《幽明录》	南朝宋
64	板桥三娘子	坐贾（卖粥饭）	小商贩	《卷第二百八十六·板桥三娘子》，出《河东集》	唐代
65	陈武振	行商（卖宝物）	大商贩	《卷第二百八十六·板桥三娘子》，出《投荒杂录》	唐代
66	吕璜	行商（卖茶叶）	小商贩	《卷第二百九十·吕用之》，出《妖乱志》	唐代
67	周师儒	不详	大商贩	《卷第二百九十·诸葛殷》，出《妖乱志》	唐代
68	尔朱氏	行商（往来于荆州、益州、瞿塘之间）	小商贩	《卷第三百一十二·尔朱氏》，出《南楚新闻》	唐代
69	费季	行商（不详）	中小商人	《卷第三百一十六·费季》，出《搜神记》	东晋
70	糜竺	行商（不详）	大商人	《卷第三百一十七·糜竺》，出《王子年拾遗记》	三国
71	阎庚父亲	行商（不详）	中小商人	《卷第三百二十八·阎耕》，出《广异记》	唐代
72	陈导	行商（不详）	中小商人	《卷第三百二十八·陈导》，出《集异记》	唐代
73	杨溥	行商（卖木材）	小商贩	《卷第三百三十一·杨溥》，出《纪闻》	唐代
74	郑绍	行商（不详）	中小商人	《卷第三百四十五·郑绍》，出《潇湘录》	唐代
75	万贞	行商（运送珠宝）	中小商人	《卷第三百四十五·孟氏》，出《潇湘录》	唐代
76	何四郎	行商（卖胭粉）	小商贩	《卷第三百五十三·何四郎》，出《玉堂闲话》	五代
77	商客	行商（不详）	不详	《卷第三百五十三·青州客》，出《信神录》	五代
78	田达成	行商（不详）	大商贩	《卷第三百五十四·田达成》，出《稽神录》	五代
79	徐彦成	行商（卖木材）	中小商人	《卷第三百五十四·徐彦成》，出《稽神录》	五代
80	卖花女人	行商（卖花）	小商贩	《卷第三百五十五·僧珉楚》，出《稽神录》	五代

续表

序号	商人名称	经营商业类型	经营规模	出处	所反映的时代
81	广陵商人	行商（卖家具）	大商人	《卷第三百五十五·广陵贾人》，出《稽神录》	五代
82	武德县人	坐贾（经营旅店）	中小商人	《卷第三百六十二·武德县民》，出《纪闻》	不详
83	买卖中间人	行商（卖婢女）	中小商人	《卷第三百七十二·张不疑》，出《博异志》	唐代
84	王老	坐贾（卖饼）	小商贩	《卷第三百七十四·卖饼王老》，出《稽神录记》	不详
85	峡中云安盐监龚播	初贩鬻蔬果，后成三蜀大盐商	大商贩	《卷第四百一·龚播》，出《河东记》	唐代
86	僧道	多卖药物	中小商人	《卷第四百五·开元渔者》，出《逸史》	唐代
87	韩文公韩愈的远房侄子	不详	中小商人	《卷第四百九·染牡丹花》，出《酉阳杂俎》	唐代
88	商人	不详	不详	《卷第四百二十·俱名国》，出《法苑珠林》	唐代
89	赵倜	行商（不详）	中小商人	《卷第四百三十一》，出《潇湘录》	不详
90	王行言	行商（卖盐）	中小商人	《卷第四百三十三·王行言》，出《玉堂闲话》	五代
91	怀州人	行商（卖猪）	小商贩	卷第四百三十九，出《法苑珠林》	唐代
92	登州商人马行余	行商（不详）	不详	《卷第四百八十一·新罗》，出《云溪友议》	唐代
93	南海贫民妻	指腹以卖之	小商贩	《卷第四百八十三·南海人》，出宋佚名的《南海异事》	不详
94	南海人	卖头发	小商贩	同上	不详
95	陈怀卿	养鸭子卖	从小商贩变成大商人	《卷第四百九十五·陈怀卿》，出《朝野佥载》	唐代
96	邹凤炽	行商（卖货物）	大商人	《卷第四百九十五·邹凤炽》，出《西京记》	唐代
97	王元宝	不详	大商人	《卷第四百九十五·王元宝》，出《独岸志》	唐代
98	王酒胡	不详	大商人	《卷第四百九十九·王氏子》，出《中朝故事》	唐代
99	郭七郎	行商（卖货物）	大商人	《卷第四百九十九·郭使君》，出《南楚新闻》	唐代

资料来源：《太平广记》，中华书局 1961 年版。

　　从以上统计表中可以看到，《太平广记》中的 99 则商人故事中，明确涉及唐代的故事有 68 篇，五代的 13 篇，其余朝代的有 18 篇；明确从事行商的有 54 篇，从事坐贾的有 18 篇，其余 27 篇不详；根据商人经营资本的多寡，可以大概分为大商人和中小商人两个群体，其中明确是大商人的故事有 31 篇，中小商人的故事有 61 篇；商人们经营的领域各不相同，从事米油及食物的有 23 篇，卖药的有 9 篇，经营旅店的有 9 篇，卖珍宝和绸缎的有 5 篇，从事高利贷的有 1 篇，此外还有售卖人口、桑叶、花粉，等等，不一而足。

　　商业投资数额的高低差异使得豪商巨贾和小商小贩在商品流通或者市场中所处的地位和作用完全不同。《太平广记》有个显著的特点是对大商人商业活动的描述比较细致。在 31 篇明确是大商人的故事中，我们可以看到有从事茶叶长途贩卖的刘清真，有多种经营致富的窦乂，有为获取财富不择手段的官员夏侯彪之，有富可敌国的王元宝和邹凤炽。唐代大商人的财富进一步增长，天宝以前资产的计量单位多是"积粟""积绢"，天宝之后就转为"积钱"[1]。唐朝前期的商人，如邹凤炽和王元宝，都是以"山树虽尽，臣绢未竭"[2]来斗富。天宝中的"相州王叟""积粟近至万斛"[3]。但是王元宝的时代，市面上已经开始流通钱币了，时人因此称呼钱为"王老"。天宝以后，大商人的财产数额越来越大，累积的财富常以巨万来形容，比如何明远和罗会，都被形容为"资财巨万"或者"家财巨万"，窦乂"其千余产业，街西诸大市各千余贯"[4]。到中唐时期，大商人已经是以百万为资产计量单位了，如刘弘敬"资财数百万"[5]，甚至杜子春在"西市波斯邸"[6]所提取的现金，动辄以百万和千万计算，《郭使君》中郭七郎"输数百万于鬻爵者门"[7]。这些大商人多出现在长安、扬州、广州等大城市，要么是居住在那里或者就是经商路过这些地方。

---

① 陈磊：《从〈太平广记〉的记载看唐后期五代的商人》，载《史林》2009 年第 1 期，第 135—148 页。

② ［宋］李昉等编：《太平广记》卷第 495《邹凤炽》，中华书局 1961 年版，第 4062 页。

③ ［宋］李昉等编：《太平广记》卷第 165《王叟》，中华书局 1961 年版，第 1210 页。

④ ［宋］李昉等编：《太平广记》卷第 243《窦乂》，中华书局 1961 年版，第 1877 页。

⑤ ［宋］李昉等编：《太平广记》卷第 117《刘弘敬》，中华书局 1961 年版，第 818 页。

⑥ ［宋］李昉等编：《太平广记》卷第 16《杜子春》，中华书局 1961 年版，第 109 页。

⑦ ［宋］李昉等编：《太平广记》卷第 499《郭使君》，中华书局 1961 年版，第 4097 页。

《周礼》定义说："通四方之珍异以资之，谓之商旅。"① 要想做到通四方之珍异，商人就要主动出门周转四方，运输货物。"时四方无事。广陵为歌钟之地。富商大贾，动逾百数。"② "群舟泊者，悉是大商"③ "贾客无定游，所游唯利并"④《太平广记》中记载的行商有"我惯为商在外，在家不乐"的赵倜⑤，有常年漂泊在外的万贞，"维扬万贞者，大商也。多在于外，运易财宝，以为商"。⑥ 商人们往往从事多种行业经营，如裴明礼先后做过垃圾收购，买地、种植果蔬；⑦ 窦义从卖鞋开始，从事过种植、手工加工、买地、玉石买卖等多样活动。⑧

中小商人行商的数量很多，具有很多共同的特点。首先他们的资本有限，相州王叟他有个房子租给卖杂粉的人，"有五千之本，逐日食利，但存其本，不望其余"。⑨"汉州什邡县百姓王翰，常在市日逐小利。"⑩ 其次，很多小商人居住在城市的边上，活动范围相对固定，经营相对简单的行业，如贩鱼、卖柴等。九江人元初七十岁了还在卖柴，"贩薪于市。……晚归江北"。每天早晚在长江上来回，追求一点糊口之费，稍有不慎还会舟沉人亡。⑪ 前文所讲的熊慎，"其父以贩鱼为业，尝载鱼宿于江浒。……后鬻薪于石头，穷苦至甚"。⑫ 值得回味的是，《太平广记》中的小商人在"报应"大类中出现得较多，他们的故事也多为"善有善报，恶有恶报"主题，旨在劝说世人行善向好，其生存环境少与官吏发生联系。

---

① ［清］阮元校刻：《十三经注疏》清嘉庆刊本卷第 39，中华书局 2009 年版，第 1957 页。
② ［宋］李昉等编：《太平广记》卷第 290《吕用之》，中华书局 1961 年版，第 2304 页。
③ ［宋］李昉等编：《太平广记》卷第 108《元初》，中华书局 1961 年版，第 735 页。
④ ［唐］刘禹锡撰：《刘禹锡集》卷第 21《贾客词》，中华书局 1990 年版，第 262 页。
⑤ ［宋］李昉等编：《太平广记》卷第 431《赵倜》，中华书局 1961 年版，第 3501 页。
⑥ ［宋］李昉等编：《太平广记》卷第 345《孟氏》，中华书局 1961 年版，第 2736 页。
⑦ ［宋］李昉等编：《太平广记》卷第 243《裴明礼》，中华书局 1961 年版，第 1874—1875 页。
⑧ ［宋］李昉等编：《太平广记》卷第 243《窦义》，中华书局 1961 年版，第 1877 页。
⑨ ［宋］李昉等编：《太平广记》卷第 165《王叟》，中华书局 1961 年版，第 1210 页。
⑩ ［宋］李昉等编：《太平广记》卷第 108《王翰》，中华书局 1961 年版，第 731 页。
⑪ ［宋］李昉等编：《太平广记》卷第 108《元初》，中华书局 1961 年版，第 735 页。
⑫ ［宋］李昉等编：《太平广记》卷第 118《熊慎》，中华书局 1961 年版，第 829 页。

三、从故事看唐代商人营生方式

如果把《太平广记》与在其之前编撰的小说，尤其是魏晋小说进行比较，可以看出，《太平广记》在题材的选择和风格的延续上有继承，但是更体现对前人创作的突破和革新：一是逐渐摆脱实录的模式，二是融入了更多反映社会生活的内容。在对唐代商人的展示方面又以记录其营生方式为主。该书中对唐代商人的营生共记载了以下四种模式。

（一）经营种植及加工等和农业相关性强行业

《太平广记》中的很多商人从事农业产品或者与农业有关的行业，为了适应当时城市发展和日常生活的需要，商人们往往会采取工、商、农几种生产方式兼营的模式：既种植产品，又从事产品的加工，甚至还自行销售，这种一条龙的经营模式为城市居民的生活提供了丰厚的产品，也为农产品市场的发展提供了有力的助攻。[1]

如《裴明礼》中记载的河东商人裴明礼，他的经营核心理念是"人弃我取"。首先"收人间所弃物，积而鬻之，以此家产巨万"。靠捡破烂获得人生第一笔财富。当然这里作者用了春秋笔法，裴明礼到底是怎样靠弃物致富，作者并没有提，属于姑妄听之的部分。但接下来他的经营就很有可取之处了：他买了一块"多瓦砾"的不毛之地，逗引小孩来做游戏，把石头扔进竹筐里，借孩童之手把地上的石块一扫而空后，再把空地租给牧羊人。这样他得到了免费的羊粪，又用羊粪种果树花卉，继而养蜜蜂，这种循环的模式基本上具备现代智慧农业的雏形——但这只是裴明礼营生的一个小方式而已，据说他"营生之妙，触类多奇，不可胜数"。裴明礼通过种植、经营，成为远近闻名的富商，最后还成为朝廷的官员。虽然文中没有说他如何获得官职，但他在官场上的职位几次升迁，"自古台主簿，拜殿中侍御史，转兵吏员外中书舍人，累迁太常卿"，[2]离不开他对商业信息的把握和灵活运用的这份智慧的

---

[1]　秦川、王子成：《〈太平广记〉与〈夷坚志〉比较研究》，光明日报出版社 2016 年版，第 38 页。

[2]　［宋］李昉等编：《太平广记》卷第 243《裴明礼》，中华书局 1961 年版，第 1874—1875 页。

帮助。

与裴明礼类似，更具传奇色彩的商人窦乂出身于官宦人家，却从小"殖货有端木之远志"——这个志向的出现也是当时工商业发展的一个佐证。任安州长史的亲戚张敬立带回来十几车安州特产的丝履送给家中子侄，其他人都把自己能穿与否作为挑选的标准，只有窦乂把属于他的那部分，连同亲戚不能穿的丝履一起拿到市场上卖了五百钱。用积攒的第一桶金去买了两把铲子，再扫集了一斛左右的榆荚，然后去寺院的空隙处种植榆树。之所以选择种榆树也是窦乂对市场的判断：长安作为历朝古都，随着人们生活生产的消耗，到了唐代时周围的森林资源已经严重不足。长安地处我国北方，秋冬阴绵多雨，在当时的历史条件下，市民的生活、取暖等都要燃烧木柴。长安城人口在 80 万人左右，每年需薪柴大概在 40 万吨左右[①]，柴薪问题一直是困扰长安人的一大难事。而榆树生长速度快，是我国北方常见的经济类树种。窦乂的榆树种植得很密集，第二年长到三尺高时，就通过间除树苗获得了百余束柴薪，"每束鬻值十余钱"。第三年，又间伐一批，得柴薪二百余束。再过五年，大的树木能做屋椽、能做车辆的就更值钱了，这样窦乂仅靠卖柴薪就已获利不少。但他不再满足于简单地贩卖原材料，而是雇用了一大批小儿拾取榆子，走街串巷用一双新麻鞋换三双旧鞋，雇用了大量的工人用旧麻鞋作为原材料，制作火力更强劲的混合型燃烧物"法烛"。正赶上六月京城下大雨，城内"尺烬重桂，巷无车轮"[②]，柴薪极其短缺，法烛尽数高价卖出。窦乂这一段成功的经营来自种植和加工行业。他不仅雇用了大量的"小儿"和手工业者，还把西市的垃圾场改造成了二十间门店，被人称为"窦家店"。而这些店铺集约化的经营，也推动了长安商业的发展。

《太平广记》中的商人有很多是从事集约化生产的，如岭南人陈怀卿"养鸭百余头"[③]。益州新昌县令夏侯彪之虽然无赖，但是他找里正买三万颗鸡蛋和五万茎竹笋[④]，对方能提供得出来这么大的货物量，并且能够再继续饲养，也

① 龚胜生：《唐长安城薪炭供销的初步研究》，载《中国历史地理论丛》1991 年第 10 期，第137—152 页。

② ［宋］李昉等编：《太平广记》卷第 243《窦乂》，中华书局 1961 年版，第 1877 页。

③ ［宋］李昉等编：《太平广记》卷第 495《陈怀卿》，中华书局 1961 年版，第 4062 页。

④ ［宋］李昉等编：《太平广记》卷第 243《夏侯彪之》，中华书局 1961 年版，第 1880 页。

足以说明这个里正应该本身就是一个大养殖商人，或者当地农民的供给能力很强。

唐代的政府已经认识到民间的粮食贸易对于活跃市场和满足供应两个方面能起到积极的补充作用。政府在灾荒时期减价粜粮或者"每日量付行人，下价粜货"，或者"出官米十万石于两街贱粜"[①]，也就是通过市场上专门买卖粮食的粮铺来进行。《太平广记》里最常见的批发商人就是粮食商人。他们大量囤积粮食，通过低进高抛赚取差价，这些人的财富来得很快，但也最不为士人所齿，有关他们的故事基本上是负面的。比如"江淮贾人有积米以待涌价"，他还会用广告，"画图为人，持米一斗，货钱一千，又以悬于市"，最终因为囤积居奇被杖杀[②]。《龙昌裔》中的"庐陵人龙昌裔有米数千斛粜"，为了在旱年卖个更高的价钱，去庙里乞求一个月还不下雨，最后被大雷震死，子孙也因为他的事情被取消了参加科考的资格。[③]不过也有部分商人开始注意使用"薄利多销"的方式，诚信经营。如广陵人李珏"世居城市，贩籴为业"，也就是在城市开粮铺，他开店"人有来者，与来，环即授以升斗，稗令自量。不计时之贵贱，一斗只求两文利，以资父母"。当时其他粮食商人常用"用出入升斗，出轻入重，以规厚利"，也就是"出轻入重"的模式。李珏的做法截然相反，比较注意营业的口碑，每斗米只求赚两文钱。但即便这样，也能做到"衣食甚丰"[④]，足以说明粮食贸易的利润之高。

（二）服务业开始出现

唐宋时期首先兴起的服务业是旅店业，《太平广记》中的很多故事发生在旅店中。杜佑描述开元盛世商业的繁荣，说"东至宋汴，西至岐川，夹路列店肆待客，酒馔丰溢""南诣荆襄，北至太原、范阳，西至蜀川、凉府，皆有店肆，以供商旅"。[⑤]繁荣的商业带动了旅店业的繁荣。唐代实行科举考试以

---

① ［后晋］刘昫等撰，中华书局编辑部点校：《旧唐书》卷49《食货下》，中华书局1975年版，第2126页。

② ［宋］李昉等编：《太平广记》卷第243《江淮贾人》，中华书局1961年版，第1884页。

③ ［宋］李昉等编：《太平广记》卷第243《龙昌裔》，中华书局1961年版，第1884—1885页。

④ ［宋］李昉等编：《太平广记》卷第31《李珏》，中华书局1961年版，第200页。

⑤ ［唐］杜佑撰，王文锦等点校：《通典》卷第7《食货七》，中华书局1988年版，第152页。

后，每年都会有一大批进京赶考的士子。科举考试录取的人多，待选的官员数量也大量增加，唐代的张文成曾说："干封以前，选人每年不越数千。垂拱以后，每岁常至五万。人不加众，选人益繁。"①《太平广记》里有很多读书人住旅店的故事，如"汝南周氏子。吴郡人也。……元和中，以明经上第，调选，得尉崑山。既之官，未至邑数十里，舍于逆旅中"。②"陈郡谢翱者，尝举进士。……明年春，下第东归，至新丰。夕舍逆旅。"③"有梁璟者，开成中，自长沙将举孝廉。途次商山，舍于馆亭中。"④

在高额利润的诱惑下，官员们无视朝廷的禁令，纷纷从事邸店经营。从事经营的官员不在少数，与民争利的风气愈演愈烈，以至于开元二十九年（741）唐玄宗下诏说，"禁九品已下清资官置客舍邸店车坊"⑤，但对财富的追求不是朝廷的一纸禁令就能制止的。随着官员开设邸店的情况越来越多，唐大历四年（769）政府颁布旅店纳税的政令："其百姓有邸店、行铺及炉冶，应准式合加本户二等税者，依此税数，堪责征纳。"⑥以商业税的形式向旅店征税，这逐渐变成政府财政收入的一个重要来源。到了穆宗长庆四年（824）三月朝廷下令说："应属诸军诸司诸使人等，于城市及畿内村乡店铺经纪，自今已后，宜与百姓一例差科，不得妄有影占，如有违越，所司具所属司并其人名闻奏。"⑦唐宣宗大中五年（851）又下令说："应公主家有庄宅邸店，宜依百姓例差役征科，如邑司擅行文牒，隐庇兼藏匿要人，便委诸军诸使及府县当时捕捉收禁闻奏。"⑧朝廷的政策从明令禁止变成了半推半就，只要官员和贵族们能按照朝廷的要求缴纳税收，那么他们的经营就是可以的。

---

① ［宋］李昉等编：《太平广记》卷第 185《张文成》，中华书局 1961 年版，第 1387 页。

② ［宋］李昉等编：《太平广记》卷第 462《周氏子》，中华书局 1961 年版，第 3789 页。

③ ［宋］李昉等编：《太平广记》卷第 364《谢翱》，中华书局 1961 年版，第 2892—2893 页。

④ ［宋］李昉等编：《太平广记》卷第 349《梁璟》，中华书局 1961 年版，第 2766 页。

⑤ ［后晋］刘昫等撰，中华书局编辑部点校：《旧唐书》卷 9《玄宗本纪》，中华书局 1975 年版，第 213 页。

⑥ ［后晋］刘昫等撰，中华书局编辑部点校：《旧唐书》卷 48《食货上》，中华书局 1975 年版，第 2092 页。

⑦ ［宋］王溥撰：《唐会要》卷 72《京城诸军》，中华书局 1960 年版，第 1296—1297 页。

⑧ ［宋］王钦若等编纂，周勋初等校订：《册府元龟》卷第 141《抑外戚》，凤凰出版社 2006 年版，第 1579 页。

"居物之处为邸，沽卖之所为店"①，为了提供更为周到的服务，唐代的旅店不仅提供食宿，还能提供包括寄放货物、交易买卖等业务，把商人最关心的货物存放和销售的问题一并解决。"武德县逆旅家。有人锁闭其室。寄物一车。如是数十日不还。"②这是客人自己锁了一间房来放东西。还有的旅店专门开设库房为旅客存放东西。《玄怪录》记载了一个故事说："有兰如宾者，舍于芝川。元和初，客有王兰者，以钱数百万鬻茗，止其家积数年，无亲友之来者，一旦卧疾，如宾以其无后患也，杀之。"③兰如宾因为杀人越货大发其财。大茶商王兰，经营的商业有数百万之多，如果兰如宾家没有足够多的场地，为王兰的经营提供方便，那王兰是不会住得这么久的。也正因为旅店业的发达，所以旅店也变成了杀人越货的多发地点，《太平广记》里多有记载。

其次，城市中的服务业进一步深化，出现了特定领域的服务行业。如前面所讲的裴明礼和窦义，他们都经营过废品回收的业务，靠处理城市生活中的废品，居然最终得到巨额的财富。

再次，随着生产规模的不断扩大，劳动力开始成为商品，出卖劳动力和雇用劳动人的情况越来越多。如窦义、何明远等都曾雇人干活。有些劳动力密集的产业里，雇佣劳动已经成为常见的状态。

> 九陇人张守珪，仙君山有茶园，每岁召采茶人力百余人，男女佣功者杂处园中。④
>
> 天宝年间，有刘清真者，与其徒二十人于寿州作茶，人致一驮为货。⑤
>
> （吕用之）父璜，以货茗为业，来往于淮浙间。⑥

这三个故事结合起来看，说明唐代茶叶的种植、制作和售卖都已经出现

① 刘俊文撰：《唐律疏议笺解》卷第4《平赃及平功庸》，中华书局1996年版，第338页。
② ［宋］李昉等：《太平广记》卷362《武德县民》，中华书局1961年版，第2875页。
③ ［唐］牛僧孺撰，程毅中点校：《玄怪录》卷3《党氏女》，中华书局2008年版，第25页。
④ ［宋］李昉等编：《太平广记》卷第37《阳平谪仙》，中华书局1961年版，第235页。
⑤ ［宋］李昉等编：《太平广记》卷24《刘清真》，中华书局1961年版，第160页。
⑥ ［宋］李昉等编：《太平广记》卷290《吕用之》，中华书局1961年版，第2304页。

了雇佣的情况。唐代饮茶之风盛行，陆羽的《茶经》里好茶叶多产于南方，扬州一带是当时的茶叶集散地之一。以张守珪为代表的茶园拥有者将茶叶制作出来，再由刘清真等商人进行生产，然后由吕璜为代表的行商将其销往各地。除茶叶外，《太平广记》还记载了木材砍伐、加工的一条龙产业情况。《杨溥》故事中记载了：

> 豫章诸县，尽出良材。求利者采之，将至广陵，利则数倍。天宝五载，有杨溥者，与数人入林求木。[1]

《广陵贾人》：

> 广陵有贾人，以柏木造床，凡什器百余事，制作甚精，其费已二十万。载之建康，卖以求利。[2]

这两篇故事所反映的商业活动可以连在一起来看，地点都发生在广陵，也就是说明在当时的扬州附近，已经形成了一条木材加工的产业链。商人雇用工人把木材从产地豫章等县砍伐出来，运到扬州后，由扬州的手工业者加工出来，最后卖到建康等地，价格已经翻了数倍。

在唐代，扬州作为长江和大运河的交汇地，凭借其独特的地理优势，交通便利、物产丰富的特点，成为繁华的城市之一，"江淮之间，广陵大镇，富甲天下"。[3]《太平广记》里记载广陵商人的篇章有很多，如《杜子春》（卷第16）、《张李二公》（卷第23）、《李珏》（卷第31），《吕用之》（卷第290），《孟生》（卷第345）等。扬州不仅富商多，靠出卖劳动力为业的人也多，如《冯俊》篇讲"广陵人冯俊，以佣工资生"[4]，《广陵木工》篇记载了一位从事木

---

[1] ［宋］李昉等编：《太平广记》卷第331《杨溥》，中华书局1961年版，第2632页。

[2] ［宋］李昉等编：《太平广记》卷第355《广陵贾人》，中华书局1961年版，第2811页。

[3] ［后晋］刘昫等撰，中华书局编辑部点校：《旧唐书》卷182《秦彦》，中华书局1975年版，第4716页。

[4] ［宋］李昉等编：《太平广记》卷第23《冯俊》，中华书局1961年版，第156—157页。

工的手工业者，"因病，手足皆拳缩，不能复执斤斧，扶踊行乞"。[①]《贺氏》篇中贺氏"佣织以资之"[②]，靠给别人织布来获得生活费用。这些靠出卖劳动力为生的人，生活在社会的底层，处于"手停口也停"的境地，一旦生病或者遭遇天灾人祸，就会难以生存，沦为乞丐甚至因此丧失性命。

（三）经营各类物品的小商贩数量增长

中唐时期由于藩镇割据，战争连绵不断，经济凋敝。政府为了扩大财政收入，开始进行经济改革。代宗时期刘晏开始盐政改革，德宗时期杨炎实行两税法，这些改革都有效地扩大了货币流通和商业的发展。社会动荡，民不聊生，破产失业的农民也被迫加入小商小贩的队伍中。农民不堪官府的重税，走上经商之路。农业人口经商，可以说是中晚唐商人的一大特点[③]。弃业从商的小商贩很少有能力从事大规模的商业，《太平广记》中所记载的，大都也是经营小商品的商人。如何四郎"以鬻妆粉自业"，故事中有两个时间："五更初，街鼓未鸣时""晨兴开肆毕"[④]，街鼓未鸣就已经开始准备开业，天亮已经完全准备好了，说明其经营的辛苦。《买粉儿》中的买胡粉的女子[⑤]，《卖饼王老》中的王老[⑥]，都是小本经营。

另外一个常见的群体是卖药的道士。唐代的道教作为国教，炼丹之术不仅为上流社会奉行，在民间也多受欢迎。前文所讲的吕璜的儿子吕用之就曾经"复客于广陵，遂毂巾布褐，用符药以易衣食"。[⑦]"（刘商）入广陵，于城街逢一道士，方卖药，聚众极多。所卖药，人言颇有灵效。"[⑧]"李客者，不言其名。尝披蓑戴笠，系一布囊，在城中卖杀鼠药。"名义上是老鼠药，其实是仙丹，"能疗人众病"[⑨]。前蜀嘉王通过他无意间得到的铁镜"照见市内有一

① ［宋］李昉等编：《太平广记》卷第220《广陵木工》，中华书局1961年版，第1684页。
② ［宋］李昉等编：《太平广记》卷第271《贺氏》，中华书局1961年版，第2131—2132页。
③ 卢华语：《从元稹〈估客乐〉看唐后期商人的特点》，载《全唐诗经济资料辑释与研究》，重庆出版社2006年版，第183页。
④ ［宋］李昉等编：《太平广记》卷第353《何四郎》，中华书局1961年版，第2794—2795页。
⑤ ［宋］李昉等编：《太平广记》卷第274《买粉儿》，中华书局1961年版，第2157页。
⑥ ［宋］李昉等编：《太平广记》卷第374《卖饼王老》，中华书局1961年版，第2796页。
⑦ ［宋］李昉等编：《太平广记》卷第290《吕用之》，中华书局1961年版，第2304—2305页。
⑧ ［宋］李昉等编：《太平广记》卷第46《刘商》，中华书局1961年版，第289页。
⑨ ［宋］李昉等编：《太平广记》卷第85《李客》，中华书局1961年版，第553—554页。

人弄刀枪卖药",喊过来一问,结果也是一个可以"以手劈破肚,内镜于肚中,足不着地,冉冉升空而去"的仙人①。甚至还有专门的药市:"开元末,登州渔者,负担行海边,遥见近水烟雾朦胧,人众填集,若市里者。遂前,见多卖药物,僧道尤众。"②也就是说当时市面上卖丹药的大多是道士,偶尔也有僧人。

唐代的手工业者数量众多,多从事油坊、醋坊、磨坊、染坊、丝织品等行业。农民也有很多开始弃农经商,从事小本经营或者兼营一些零星的商业。

四、故事中所反映出唐宋人对商人的看法

一篇小说作品所透露的观点,不仅是作者自己的观点,而且是来自写作者和阅读者的双向交流。《太平广记》作为一本"士人小说",它的作者和读者都是当时的读书人。由于儒家"重义轻利"观念的影响,总体来看,士人对商人的非难仍然是主流,并贯穿唐朝的始终。初唐和盛唐时期,士人的非难主要集中在商人尚利的价值观上,中唐时期,则转向以"贾雄农伤"背景下的"悯农"和"抑商"的思想;③晚唐的时候,则或是因为动荡的时局,引发物伤其类的感慨,或是想表达因为官商勾结而导致社会不公的愤慨,对商人的态度趋于多样化。

(一)商人的地位整体不高

第一,商人与士人交往时往往会被轻视。

商人不得入仕,这一条款被历代奉行重农抑商政策的王朝坚定执行,唐初的时候,唐太宗在贞观初年颁发的《官品令》仍然是坚持如此。到武则天时,宠臣张易之曾经在内殿赐宴时"引蜀商宋霸子等数人于前博戏,(韦)安石跪奏曰:'蜀商等贱类,不合预登此筵。'因顾左右令逐出之"。④赵仁奖因

---

① 〔宋〕李昉等编:《太平广记》卷第85《蜀城卖药人》,中华书局1961年版,第554页。

② 〔宋〕李昉等编:《太平广记》卷第405《开元渔者》,中华书局1961年版,第3268页。

③ 陈瑜:《唐代商业与诗歌论稿》,吉林大学博士研究生学位论文,2019年,第80页。

④ 〔后晋〕刘昫等撰,中华书局编辑部点校:《旧唐书》卷92《韦安石》,中华书局1975年版,第2956页。

为巴结宦官得到上蔡丞这个官职，但是他在官场被同僚讥笑为"庸汉""黄獐汉"，请同僚带家书回家，居然因为书信的内容浅薄而被"以书示朝士"，丝毫不尊重他的隐私权。连同僚在路上"遇一胡负两束柴"，也要把他拿出来嘲笑，说"此胡合拜殿中"。理由是"赵仁奖负一束而拜监察。此负两束，固合授殿中"。①可谓赤裸裸的鄙视，读书人不屑与之为伍。卖饼人侯思止靠罗织罪状得到武则天的重用，成为御史。《新唐书》记载说："思止本人奴，言言语俚下。……思止音吐鄙而讹，人效以为笑，侍御史霍献可数嘲靳之，思止怒以闻，后责献可：'我已用之，何所诮？'献可具奏鄙语，后亦大笑。"武则天要用侯思止来作为酷吏排除异己，给他高官，但并不因此对他有丝毫敬重，最后因为他不自量力，也想效仿来俊臣去强娶望族女子，李昭德不同意，辱骂他说："俊臣往劫庆诜女，已辱国，此奴复尔邪？"最终被"搒杀之"。②《新唐书》的这一段记载，表明当时的士人对这些由商入官的人有很深的成见。

郑又玄在当官后受到"大贾之子"仇生的照顾，"累受金钱贿赂遗"，但郑又玄因为"仇生非士族，未尝以礼接之"。到最后甚至当众辱骂仇生说："汝市井之民，徒知锥刀尔，何为僭居官秩耶？且吾与汝为伍，实汝之幸，又何敢辞酒乎？"仇生"羞且甚，俯而退。遂弃官闭门，不与人来往，经数月病卒"③。按道理仇生已经做官了，与明经科出身、出自高门大姓的郑又玄已经站在同一平台，郑又玄还多次接受他赠送的高额礼物，两人之间应该是平等的交往才对。但郑又玄肆无忌惮地辱骂仇生，仇生自己似乎也默认了他的说法，选择辞官回家，闭门不出，没过多久居然因此病亡，不得不令人感叹这种瞧不起商人的风气蔓延之深。

第二，商人自己也有低人一等的意识。

不仅士人轻视商人，在小民的社会意识中，商人也是低人一等的。前文的仇生被同僚欺负不敢吭声，商人郑绍在碰到自愿嫁给他的世家女后，居然

---

① ［宋］李昉等编：《太平广记》卷第259《赵仁奖》，中华书局1961年版，第2021—2022页。

② ［宋］欧阳修、宋祁撰，中华书局编辑部点校：《新唐书》卷290《侯思止》，中华书局1975年版，第5909—5910页。

③ ［宋］李昉等编：《太平广记》卷第52《闻丘子》，中华书局1961年版，第323页。

会推辞说："余一商耳……岂敢与替缨家为眷属也。然遭逢顾遇，谨以为荣，但恐异日为门下之辱。"[①] 阎庚偷取父亲马牙荀子的钱财去资助自己的朋友张仁亶，其父骂他说："汝商贩之流，彼才学之士，于汝何有，而破产以奉？"[②] 商人以自己的身份为耻辱，他们和士人之间的界限已经大到连自己都不愿意主动与士人发生联系的程度。

《柳氏婢》中，柳氏身为一个女奴，却觉得："某虽贱，曾为仆射婢，死则死矣，安能事卖绫绢牙郎乎？"曾经做过官家女婢的女子居然连死都不愿意去商人家当婢女，而且蜀地的人听说以后，都对这个婢女很赞赏，认为她的原主人不愧是世族之家，"率由礼则"。[③] 商人罗会靠剔粪为业，赚下了巨万家私，本来应该洗手不干，从事别的行业。但士人陆景阳路过他家发现虽然屋舍华丽，生活富裕，却仍在从事这一低贱的行业，问其原因，罗会自述说："吾中间停废一二年，奴婢死亡，牛马散失。复业已来，家途稍遂。非情愿也，分合如此。"[④] 罗会的意思是说他命中注定只能从事这一臭气熏天的行业，这是无可奈何的天定。把自己被人轻视却能帮别人发家致富的行业归咎于宿命，真可谓是当时的荒诞剧。

第三，普通商人在和官员打交道时，是处于绝对弱势的。

如前文所举例中的县令夏侯彪之，本来是正常的买卖鸡蛋和竹笋，他居然以县令之势压人，要求长成大鸡和竹子以后再来收取，最后一万钱的鸡蛋变成了价值三十万钱的鸡，一万钱的竹笋变成了五十万钱的竹子，可谓是一本万利，只赚不赔的买卖。荆州长史夏侯处信"凡市易，必经手乃授直"[⑤]。但是与其他动辄草菅人命，夺人钱财的官员相比，夏侯彪之和夏侯处信好歹还遵循了买卖的范围。《安重霸》中记载"蜀简州刺史安重霸渎货无厌"。州民有个卖油的邓姓商人，安重霸把他喊过来陪下棋，只能站着下，而且每下一子就要邓商去西北窗下站着等，美其名曰等自己想清楚怎么下，每天只走十几步棋，"邓生倦立且饥，殆不可堪，次日又召"。得到别人的提醒才知道

---

① ［宋］李昉等编：《太平广记》卷第 345《郑绍》，中华书局 1961 年版，第 2734—2735 页。
② ［宋］李昉等编：《太平广记》卷第 328《阎庚》，中华书局 1961 年版，第 2604—2605 页。
③ ［宋］李昉等编：《太平广记》卷第 261《柳氏婢》，中华书局 1961 年版，第 2039 页。
④ ［宋］李昉等编：《太平广记》卷第 243《罗会》，中华书局 1961 年版，第 1875 页。
⑤ ［宋］李昉等编：《太平广记》卷第 165《夏侯处信》，中华书局 1961 年版，第 1209 页。

安重霸不是为了下棋而是为了获取财物，于是"献中金三锭，获免"①。安重霸的做法，可谓是雁过拔毛，连商人的爱好都要利用上，邓姓商人还不得不忍气吞声地奉上财物。吕用之的同党诸葛殷看中了大贾周师儒的房子豪华壮观，"殷欲之而师儒拒焉"，周师儒作为广陵的大贾，自认为应该有拒绝诸葛殷的底气，却没有想到诸葛殷却告诉节度使高骈说周师儒家有妖怪，于是高骈命军候将周师儒驱出其家。"是日雨雪骤降，泥淖方盛，执事者鞭挞迫蹙，师儒携挈老幼，匍匐道路，观者莫不愕然。"就连一个能修建出广陵甲第的大商人，都免不了被赶出自己家的下场，"殷迁其族而家焉"②。对其他中小商人来说，如何敢不战战兢兢。

这些商人好歹还只是损失了些财物，生命安全没有受到威胁。《册府元龟》记载："（鱼）朝恩于北军置狱，召坊市凶恶不逞之徒役使之，捕坊城内富人，诬以违法，掩置狱中，忍害拷讯，录其家产，尽没之，仍分赏捕者。"③这种人为刀俎，我为鱼肉的处境，是很多商人生存面临的难题。

（二）商人的生存状况贫富无常

经商能给商人短时间内带来丰厚的财富，甚至通过各种渠道获得权力。但风险和收益是成正比的，虽然唐代也曾有过贞观之治和开元盛世的盛况，但商人的生存状况仍然面临着诸多的挑战，他们的财富就如同沙做的城堡，聚散无常。

第一，国家统治稳定与否对商人的影响很大。

《太平广记》的很多故事发生在中唐或者晚唐时期，当时王朝的统治力量日趋薄弱，时局动荡，各地的起义和战争此起彼伏。对于长途贩运，奔走营业的商人而言，时局造成的影响还不仅仅是经济上的损失。他们外出后音讯阻隔，甚至命断他乡。如《郭使君》的故事，虽然他通过百万缗的价格"以白丁易得横州刺史"，但生不逢时，正好赶上了王仙芝起义。等他回到故乡的时候发现"里闾人物，与昔日殊。生归旧居，都无舍宇。访其骨肉，数日方

---

① ［宋］李昉等编：《太平广记》卷第243《安重霸》，中华书局1961年版，第1885页。
② ［宋］李昉等编：《太平广记》卷第290《诸葛殷》，中华书局1961年版，第2305—2306页。
③ ［宋］王钦若等编纂，周勋初等校订：《册府元龟》卷第628《虐害》，凤凰出版社2006年版，第7261页。

知，弟妹遇兵乱已亡，独母与一二奴婢，处于数间茅舍之下，囊橐荡空，且夕以纫针为业"。战乱使他家破人亡。后来更是再遭遇一系列不幸，加之母亲去世，只能丁忧不能再做官，生计都无法维持，所幸"生少小素涉于江湖，颇熟风水间事"。只能凭借年少时闯荡江湖积累的经验，"遂与往来舟船执梢，以求衣食。永州市人，呼为捉梢郭使君。自是状貌异昔，共篙工之党无别矣"。①

再如《崔碣》篇，故事内容是一个引人深思的冤案，此故事情节曲折，引人入胜，体现了小说的特色，也可以看到当时的富商可能遇到的难题。"有估客王可久者，膏腴之室，岁鬻茗于江湖间，常获丰利而归。"王可久本是一个奔走的行商，他之前经商一直很顺利，获利也多，但那一年他去到彭门做生意，正好赶上庞勋造反作乱。因为商路断绝，所以王可久被陷在当地无法和家里互通音讯。以至于有人说他已经被杀死，货物也被抢走了。他的妻子被算卦的"洛城杨干夫"所欺诈，信以为真，加上杨干夫"夜则飞砾以惧之，昼则声寇以饵之"用各种方式威逼利诱，只好改嫁给杨干夫，"杨生既遂志，乃悉籍所有，雄据优产"。轻轻松松就占据了王可久的财产。更悲惨的是一年以后，徐州战乱平定后，"可久髡裸返洛，瘠瘁疥秽，丐食于路。至则访其庐舍，已易主矣。曲讯妻室，不知所从。辗转饥寒，循路哀叫"。当他去官府告状时，杨干夫居然贿赂官差，他的妻子也不为他作证，王可久被"痛绳其背，肩校出疆"。②所幸他很快遇上了官员更换，新到任的官员崔碣秉公执法，了解他的冤屈后为他平反，并把财产归还给他。即便是富商，在面对动荡的时局和昏聩的官吏时，也是束手无策，稍有不慎就有破家灭门的危险。

第二，商业的经营面临着其他的风险。

宋代商人的经营活动经常被随意扰乱，如《张干等》篇中记述了一个"上都市肆恶少"，他"恃诸军，张拳强劫，至有以蛇售酒，捉羊甲击人者"③。汴州浚仪人李宏"凶悖无赖，狼戾不仁。每高鞍壮马，巡坊历店，吓庸调租

---

① ［宋］李昉等编：《太平广记》卷第499《郭使君》，中华书局1961年版，第4097页。

② ［宋］李昉等编：《太平广记》卷第172《崔碣》，中华书局1961年版，第1266—1267页。

③ ［宋］李昉等编：《太平广记》卷第263《张干等》，中华书局1961年版，第2059页。

船纲典，动盈数百，强贷商人巨万，竟无一还。商旅惊波，行纲侧胆"①。这些恶少在市场上横行霸道。《陈岘》篇里说因为闽王王审知初到晋安，经费不够，孔目吏陈岘就献计，"请以富人补和市官，恣所征取，薄酬其直，富人苦之"。这些贵族也会因为自己的需求随意更改规则，掠夺民财，以致"破家者众"②。

不唯财产，商人的人身安全也随时受到威胁，如邢璹出使新罗回来，在炭山这个地方"遇贾客百余人，载数船物，皆珍翠沉香之属，值数千万"，邢璹就乘这些商贾不备把他们全都杀了。而且因为担心被人告发，邢璹把抢夺来的宝物都具表上奏，朝廷居然用来当作赏赐返还给他，也就是变成了合法拥有的东西。③何明远"主官中三驿，每于驿边起店停商，专以袭胡为业，资财巨万"④。何明远身为驿官却做着强盗的勾当，可以想见那些因为行旅入住他经营的驿站，最终身首异处的胡商该有多么的绝望。

（三）《太平广记》故事对商人态度的变化

一直以来，统治者推行"重农抑商"政策，在政治上对商贾进行打压和排挤，将士农工商四民进行分业并商为末等，使得商人在历史的长河中长期地位低下，受到世俗的鄙视，唐代商人的地位总体上还不高。但有唐一朝，商人的地位是在逐步提高的。特别是在中唐以后，随着商品经济不断发展，商人的数量和财富也随之不断扩大，他们通过参加科考、结交权贵、联姻、捐纳买官等方式逐步改变自己的社会地位——因为商人拥有财富，这些完全靠资产，而不看出身和才华的方式为他们大开提升自己社会地位的方便之门，人们对商人的态度也随之发生变化。

第一，对入仕商人态度的变化。

《太平广记》中由商入仕的商人，随着时间的推移，作者对他们的态度也在不断地发展变化，大致经历了三个阶段。

第一阶段：从初唐到盛唐，当时正值李唐、武周两大群体之间互相夺取

---

① ［宋］李昉等编：《太平广记》卷第 263《李宏》，中华书局 1961 年版，第 2057 页。
② ［宋］李昉等编：《太平广记》卷第 126《陈岘》，中华书局 1961 年版，第 895 页。
③ ［宋］李昉等编：《太平广记》卷第 126《邢璹》，中华书局 1961 年版，第 893 页。
④ ［宋］李昉等编：《太平广记》卷第 243《何明远》，中华书局 1961 年版，第 1875 页。

利益，因此大封"斜封官"，很多地位低下的商贩也得以跻身仕途，如《赵仁奖》中的赵仁奖，只是一个"善歌黄獐"的商人，因为依附宦官而得到官职。[①]他别无才能，言语行事的风格都与主流社会格格不入。《侯思止》中的侯思止之流甚至是靠罗织罪名而获得官职，人品卑劣。[②]通过斜封入官的商人大都如此。加上当时士族群体仍然掌有很大的话语权，如《文苑英华》载崔沔在通天元年（696）回答武则天的《举贤良方正策问》时提出"文以足言，言以足志。……绛、灌之徒，韩、彭之佐，雄姿虽茂，而道法不足。……至如怀一异能，负一偏技，鸣校杭履之汇，声律鼎任之侍，卒虽易于嫌细，功不资于翰墨"[③]崔沔这篇策问认为选举还是要注重文辞、对策，轻杂流的策文当年被判为"高第"。作为望族博陵崔氏后人，他的观点也能代表当时主流的普遍看法。这一时期的商人，因出身低下，言辞鄙薄，而遭到士子同僚的抵触和嘲笑。

第二阶段：中晚唐时期。安史之乱后，中央王朝在财政、赋税等各方面都面临很大的压力，朝廷把卖官鬻爵变成常用手段。富商大贾中的很大一部分人还依靠藩镇等获得了强权。加之科举取士逐步深入，门阀观念渐渐变得淡薄。士人对商人的态度也在发生变化，人们对一个人能否被授予官职，更多是看其是否具有相应的资质，而不仅仅是看出身。反映在小说中，这一时期的由商入仕的官员以及商人的形象开始趋向正向，《玄怪录》卷三借阴间劫掠使裴璞之口说："始吾之生也，常谓商勤得财，农勤得谷，士勤得禄，只叹其不勤而不得也。"[④]也就是说，商人获得财富的根本原因是勤劳，这与农和士的成功是一个道理。《刘弘敬》篇中说长庆年间的彭城商人刘弘敬"资财数百万，常修德不耀，人莫知之。家虽富，利人之财不及怨，施人之惠不望报"[⑤]，这个已经是非常高的评价了。

第三阶段：晚唐及五代。因为各割据政权为了增加自己的实力，纷纷抢夺人才，出身和门第观念进一步降低。为了增加赋税，对商人的重视程度也

① ［宋］李昉等编：《太平广记》卷第 259《赵仁奖》，中华书局 1961 年版，第 2022 页。
② ［宋］李昉等编：《太平广记》卷第 240《侯思止》，中华书局 1961 年版，第 1851 页。
③ ［清］董诰等编：《全唐文》卷 273《第二道》，中华书局 1983 年版，第 2774 页。
④ ［唐］牛僧孺撰，程毅中点校：《玄怪录》卷 9《掠剩使》，中华书局 2008 年版，第 98 页。
⑤ ［宋］李昉等编：《太平广记》卷第 117《刘弘敬》，中华书局 1961 年版，第 818 页。

进一步加强。甚至会出现像《何致雍》篇中，先着重强调"何致雍者，贾人之子也。幼而爽俊好学"①。故事本身是一个很老套的王公贵族得到神灵庇佑从而鬼神不敢欺的故事。但特意赋予主人公以商人之子的身份，并且认为他的地位是上天注定的，这个改变非常显著，也很有意义，说明当时的人已经不再把商人当官看作一种不能忍受的事情了。②

第二，对政治经济地位高的大商人充满羡慕之情。

唐代正值我国古代商品经济发展的第二高峰的起步阶段，商品经济已经开始对传统的统治秩序发动冲击。《太平广记》作者会去描写小商人如何治生致富，但富商在故事中，往往开篇就已经是富翁了。他们的财富从何而来不得而知（有些提到的就是仙人赐予或者是偶然发现巨宝，归根结底还是一种"命定之财"），他们如何维持财富也不得而知，作者们费神着墨的只是巨额财富，以及财富所带来的身份地位的提高。

如《邹凤炽》故事中提到邹凤炽和王元宝两个富商，邹凤炽人"肩高背曲"，形象丑陋，但"其家巨富，金宝不可胜计，常与朝贵游。邸店园宅，遍满海内，四方物尽为所收。虽古之猗白，不是过也。其家男女婢仆，锦衣玉食，服用器物，皆一时惊异"。家里装饰极为豪华，财富惊人。"尝因嫁女，邀诸朝士往临礼席，宾客数千。"③这已经不是普通的富商，而是一个交游甚广，长袖善舞的豪商，连朝中官员也多为他家的座上宾。《开元天宝遗事》记载说："长安富民王元宝、杨崇义、郭万金等，国中巨豪也，各以延纳四方多士，竞于供送。在朝名僚往往出于门下。每科场文士集于数家，时人目之为'豪友'。"这些巨商通过自己的财富来笼络读书人，为他们提供资助，以至于"在朝名僚往往出于门下。每科场文士集于数家"④。文中他和王元宝都曾有被高宗和玄宗请到宫内去夸富的情节，能成为皇帝的座上宾，此事几近于传奇，因为皇帝和商人斗富，商人当众"夸富"，而且是两朝都会发生的可能性微乎其微。但故事的重点不在于他们，而在于那些被他们延入家中的座上宾的显

---

① ［宋］李昉等编：《太平广记》卷第278《何致雍》，中华书局1961年版，第2213页。
② 胡琳：《唐五代笔记小说中的商贾形象》，陕西师范大学硕士研究生学位论文，2007年。
③ ［宋］李昉等编：《太平广记》卷第495《邹凤炽》，中华书局1961年版，第4062页。
④ ［五代］王仁裕撰，曾贻芬点校：《开元天宝遗事》卷上《豪友》，中华书局2006年版，第17页。

赫身份，以及亲自被皇帝夸奖的："我闻至富可敌贵。朕天下之贵，元宝天下之富，故见耳。"虽然这些故事多为杜撰，但在士人的心目中，富商的财产不唯能提供丰裕的生活，还能成为权贵甚至皇帝的座上宾，这是每个读书人的梦想，怎么能不让人羡慕。

此外被神仙多次送钱任其挥霍的杜子春[1]、韦恕[2]，虽然是传统的"遇仙"的故事，但这两篇却与其他的故事截然不同。首先在于神仙所赐居然是数额巨大的金钱。《杜子春》故事中"老人曰：'几缗则丰用？'子春曰：'三五万则可以活矣。'老人曰：'未也。'更言之：'十万。'曰：'未也。'乃言百万。亦曰：'未也。'曰：'三百万。'乃曰：'可矣。'"在市井中偶遇的陌生老人，居然会主动送钱，而且金额不断增加，韦恕遇到的情况也大体类似。其次，送的次数多，杜子春先后三次得到巨款，分别是三百万缗，一千万缗和三千万缗。韦恕也得到了黄金"十镒"，一千万贯钱和黄金十斤。这些故事与其说是对仙人的羡慕，不如说是作者内心对财富的渴望，不问财富从何而来，只望天降横财滚滚而来的奢念。

第三，对中小商人的态度仍然矛盾。

唐代中小商人的比重比前朝有显著的增加。《太平广记》中也记载了很多中小商人的故事，他们中很多是手工业者兼营商业，农民兼营或者专营商业。对于这些人，当时的士人态度是矛盾的。一方面，这些中小商人作为商业经营的末端，所从事的行业与人们的生活联系紧密，商人逐利的天性使得他们与顾客之间存在锱铢必较、以次充好的情况，招致士人的反感。《太平广记》中很多中小商人的故事都在"报应"类目中，便是基于士人想借助此类故事劝他们诚信经营的考虑。另一方面，这些中小商人确实因为资本有限，经营模式和商业活动极为脆弱，抗风险能力很低。往往一点市场的波动或者环境的变化就会让他们无法承受，甚至破产。在这种情况下，士子对中小商人的态度又充满了同情。

在唐代商品经济发展的洪流下，随着商人地位的不断提升，士人对待商

---

① ［宋］李昉等编：《太平广记》卷第16《杜子春》，中华书局1961年版，第109页。
② ［宋］李昉等编：《太平广记》卷第16《张老》，中华书局1961年版，第112页。

人的态度的变化也印证了泰弗尔的社会认同的三个命题[①]：士人从一开始的高高在上，在富商大贾的势力刺激下变为逐步认同，再变为尽量靠近。当这种观念开始成为一种社会的主流时，思想领域的变革就不可避免地发生了。

第二节 《太平广记》中的胡商

唐代疆域辽阔，交通发达，民族政策开放，与周边少数民族政权和国家通商互市，大量的异国商人来到中国，在中国经商，有的甚至在中国生活多年。他们的行踪遍及大江南北，长安、扬州、广州等大城市是主要的居住地，在一些中小市镇也可见他们的身影，唐代将这些经商者称之为胡商或商胡，他们的故事在《太平广记》中多有记载。

一、《太平广记》出现胡商的时代背景

在中国漫长的历史中，胡人的内涵一直在变化。《周礼》中提道："粤无镈，燕无函，秦无庐，胡无弓车。"[②] 当时的胡是和粤、燕以及秦相对的包含着地域、物种、种族等方面差异的概念。到秦汉时期又变为对匈奴人的称呼，《史记·秦始皇本纪》中引贾谊论："乃使蒙恬北筑长城而守藩篱，却匈奴七百余里，胡人不敢南下而牧马，士不敢弯弓而报怨。"[③] 这里的"匈奴"与"胡人"所指的是同一对象。《汉书·匈奴传上》："其明年，单于遣使遗

---

① 英国学者泰弗尔和弟子特纳共同创立的社会认同理论由三个基本命题构成：首先，每个个人都力图获得或维持积极的社会认同；其次，个人基于在内群和相关的外群之间所作的有利比较，产生积极的社会认同；其三，消极社会认同或社会身份一旦令"我"产生不满，个体就会竭力离开其所属群体，并尝试加入更好的群体中，或者努力使已属群体变得更好。[英] 泰弗尔著，方文、李康乐译：《群际行为的社会认同论》，载《社会心理研究》2004年第2期，第23—28页。

② [清] 阮元校刻：《十三经注疏》清嘉庆刊本卷第39《周礼注疏》，中华书局2009年版，第1957页。

③ [汉] 司马迁撰，中华书局编辑部点校：《史记》卷6《秦始皇本纪》，中华书局1982年版，第280页。

汉书云：'南有大汉，北有强胡。胡者，天之骄子也，不为小礼以自烦。'"①东晋十六国末期，"胡"的含义扩大，此前活跃于北方的主要少数民族——匈奴、鲜卑、羯、氐、羌——统统被纳入其中，"五胡"的新概念形成。②到唐代"胡"的概念又有了进一步的扩大。《旧唐书》里，将少数民族和周边国家按东南西北方位分别以不同称谓：南以"蛮"、西以"戎"、东以"夷"、北以"狄"，其中西戎包括泥婆罗、党项羌、高昌、吐谷浑、焉耆、龟兹、疏勒、于阗、天竺、赊宾、康国、波斯、拂菻、大食；北狄包括铁勒、契丹、奚、室韦、靺鞨、渤海靺鞨、习、乌罗浑。③生活在这些地区的人通称为胡人。

唐代与胡人保持了良好的经商往来。"纵观古今，唐代的民族政策优于其前代与后代。"④"贞观初，（安国）献方物，太宗厚尉其使曰：'西突厥已降，商旅可行矣。'诸胡大悦。"⑤唐太宗打败西突厥的目的之一是为了保证和西域的商贸交流。"唐兴，初未暇于四夷，自太宗平突厥，西北诸蕃及蛮夷稍稍内属，即其部落列置州县。"⑥高宗时正式在西域设立安西和北庭两大都护府。强盛时期的唐朝有力量有实力加强对西域的开发和交往，史书记载说："开元盛时，税西域商胡以供四镇，出北道者纳赋轮台。"⑦唐政府把外国商人的税收也视为本国的一项财税来源，重视和外商的往来。

分布在西域的"昭武九姓"以经商为业，"善商贾，争分铢之利。男子年二十，即远之旁国，来适中夏，利之所在，无所不到"⑧。加之唐朝北方的

① ［汉］班固撰，［唐］颜师古注，中华书局编辑部点校：《汉书》卷94上《匈奴传》，中华书局1962年版，第3780页。
② 陈勇：《从五主到五族："五胡"称谓探源》，载《历史研究》2014年第4期，第21—33，189页。
③ ［后晋］刘昫等撰，中华书局编辑部点校：《旧唐书》卷198《西戎》，卷199下《北狄》，中华书局1975年版，第5289、5343页。
④ 熊德基：《唐代民族政策初探》，载《历史研究》1982年第6期，第34—54页。
⑤ ［宋］欧阳修、宋祁撰，中华书局编辑部点校：《新唐书》卷221下《西域》，中华书局1975年版，第6244页。
⑥ ［宋］欧阳修、宋祁撰，中华书局编辑部点校：《新唐书》卷43下《羁縻州》，中华书局1975年版，第1119页。
⑦ ［宋］欧阳修、宋祁撰，中华书局编辑部点校：《新唐书》卷221下《大食》，中华书局1975年版，第6265页。
⑧ ［后晋］刘昫等撰，中华书局编辑部点校：《旧唐书》卷198《康国》，中华书局1975年版，第5310页。

突厥、薛延陀、回纥、契丹、奚、党项等族商人也多具有实力[①]，他们被大唐庞大的市场和富庶的社会环境所吸引，纷纷沿着"丝绸之路"向东，"伊吾之右，波斯以东，职贡不绝。商旅相继"[②]。凉州本是距离中原遥远的偏远之地，唐人感叹说："黄河远上白云间，一片孤城万仞山。"[③] 意其偏远苦寒，但对于西域商人来说，凉州"襟带西蕃、葱右诸国"，有着独特的区域优势，因此"商旅往来，无有停绝"，被誉为"河西都会"[④]。即便是在安史之乱后，唐代的实力整体衰落，但在农业、手工业和商业等经济领域仍持续发展，还是吸引胡人大量来华。

二、《太平广记》中有关胡商的描写

《太平广记》辑录的流传于唐代的志怪文献，其中涉及胡商识宝、寻宝、进行宝物交易的篇目大约有36篇[⑤]。胡商主要经营牲畜贸易、珠宝珍奇、高利贷和酒店饭馆等业务，他们的活动范围很广，在长安、洛阳、扬州、广州等人口密集、商业发达的大型城市和许多中小城镇留下了足迹。

---

① 薛平拴：《论唐代的胡商》，载《唐都学刊》1994 年第 3 期，第 11 页。

② ［宋］宋敏求编：《唐大诏令集》卷第 130《讨高昌王曲文泰诏》，中华书局 2008 年版，第 702 页。

③ ［唐］王之涣：《凉州词二首》，引自［清］彭定求等编：《全唐诗》卷 253，中华书局 1960 年版，第 2849 页。

④ ［唐］慧立、彦悰著，孙毓棠、谢方点校：《大慈恩寺三藏法师传》卷第 1《起载诞于缑氏终西届于高昌》，中华书局 2000 年版，第 11 页。

⑤ 对于《太平广记》所记录的胡商识宝故事，程蔷、石田千之助等著作中均有统计或讨论，妹尾达彦《胡人与汉人——"异人买宝谭"》中对"唐代异人买宝谭"进行了表格化分类统计，共计 36 个故事。参见［日］妹尾达彦：《隋唐长安与东亚比较都城史》第三章《胡人与汉人——"异人买宝谭"》，西北大学出版社 2019 年版，第 331—336 页。本文取妹尾达彦统计的结果。

表 2-2 《太平广记》中所记载的与胡商有关的宝物故事

序号	篇名	出处	宝物的名称	遇见胡人的地点
1	《韦弇》	卷三三，出《神仙感遇传》	仙女所赠的碧瑶杯、红蕤枕、紫玉函	广陵
2	《崔炜》	卷三四，出《传奇》	仙女所赠的阳燧珠	广州
3	《崔书生》	卷六三，出《玄怪录》	仙女所赠的白玉盒子	东州
4	《赵旭》	卷六五，出《通幽记》	仙女所赠的琉璃珠	广陵
5	《句容佐史》	卷二二〇，出《广异记》	从肚中吐出的销鱼之精	句容县
6	《王度》	卷二三〇，出《广异记》	宝镜	长安
7	《破山剑》	卷二三二，出《广异记》	破山剑	不详
8	《窦乂》	卷二四三，出《乾馔子》	唐代	扶风
9	《胡氏子》	卷三七四，出《录异记》	额中珠	洪州
10	《成弼》	卷四〇〇，出《广异记》	大唐金和大毯	长安
11	《青泥珠》	卷四〇二，出《广异记》	取宝用的青泥珠	长安
12	《宝珠》	同上	龙女守护的宝珠	陈留
13	《径寸珠》	同上	石中取出径寸珠	扶风
14	《守船者》	卷四〇二，出《原化记》	宝珠	苏州华亭县
15	《鬻饼胡》	同上	可以用来入海取宝的宝珠	长安
16	《严生》	卷四〇二，出《宣室志》	清水珠	长安
17	《李勉》	卷四〇二，出《集异记》	传国宝珠	睢阳
18	《水珠》	卷四〇二，出《纪闻》	掘地取水的水珠	长安
19	《李灌》	卷四〇二，出《独异志》	宝珠	洪州建昌县
20	《魏生》	卷四〇三，出《原化记》	宝母	不详
21	《紫羖羯》	卷四〇三，出《广异记》	传说入火不烧，涉水不溺的紫羖羯，其实是十二颗珍珠	洪州
22	《玉清三宝》	卷四〇三，出《宣室志》	仙女所赠的碧瑶杯、红蕤枕、紫玉函	广陵
23	《宝骨》	卷四〇三，出《酉阳杂俎》	宝骨	长安
24	《肃宗朝八宝》	卷四〇四，出《杜阳杂编》	八件治国安民的宝贝	楚州安宜县
25	《三宝村》	卷四〇四，出《宣室志》	汉代的交趾金龟、宝剑、古镜	扶风
26	《岑氏》	卷四〇四，出《稽神录》	两个大白石	豫章

序号	篇名	出处	宝物的名称	遇见胡人的地点
27	《诃黎勒》	卷四一四，出《广异记》	能治百病的诃黎勒	大食
28	《任顼》	卷四二一，出《宣室志》	骊龙之宝	广陵
29	《刘贯词》	卷四二一，出《续玄怪录》	罽宾国的镇国碗	苏州
30	《张公洞》	卷四二四，出《逸史》	龙吃的青泥	义兴县
31	《凉州人牛》	卷四百三四，出《广异记》	能搏噬猛兽的鹜兽	凉州
32	《阆州莫徭》	卷四四一，出《广异记》	藏有二龙的大象牙	洪州
33	《至相寺贤者》	卷四五七，出《广异记》	蛇珠	长安
34	《郏郡人》	第四六十，出《宣室志》	能擒蛟龙的海鹞	郏郡
35	《南海大蟹》	卷四六四，出《广异记》	车渠、玛瑙、玻璃	南海
36	《陆颙》	卷四七六，出《宣室志》	能找海中宝贝的消面虫	长安

资料来源：
［日］妹尾达彦：《隋唐长安与东亚比较都城史》第三章《胡人与汉人——"异人买宝谭"》，西安：西北大学出版社 2019 年版，第 331—336 页。

　　唐人心目中的胡商主要具有以下几个特点。

　　第一，胡商的数量众多。

　　《旧唐书》载贞观初年，突厥人"入居长安者近且万家"[①]。由于安史之乱唐王朝曾经借回纥兵平乱，在安史之乱以后，"回纥留京师者常千人，商胡伪服而杂居者又倍之"，他们在长安城里"殖资产，开第舍，市肆美利皆归之，日纵贪横"[②]。到后来于昭武九姓的商人也"常冒回纥之名，杂居京师，殖货纵暴，与回纥共为公私之患"[③]，扬州以其繁华的商业，吸引了很多的胡商在此经营及定居，以至于唐末"（田）神功至扬州，大掠居人资产，鞭笞发掘略尽，

---

① ［后晋］刘昫等撰，中华书局编辑部点校：《旧唐书》卷 61《温彦博》，中华书局 1975 年版，第 2361 页。

② ［宋］司马光编著，［元］胡三省音注，标点资治通鉴小组点校：《资治通鉴》卷第 225，中华书局 1956 年版，第 7265 页。

③ ［宋］司马光编著，［元］胡三省音注，标点资治通鉴小组点校：《资治通鉴》卷第 226，中华书局 1956 年版，第 7287 页。

商胡大食、波斯等商旅死者数千人"①。《太平广记》中和"胡商识宝"主题相关的故事有 9 个发生在长安，洪州和广陵（扬州）各有 4 个，扶风有 3 个，其余陈留、东州、广州、句容、凉州、睢阳、邺郡、义兴等地方各有一个，这些名称从地图上看，往往是长安与广州或者扬州中间的地名，胡商川行在。

第二，胡商善于识别埋没的珠宝。

史书记载说西域诸国，如波斯、康国、拂菻等，主要特产是宝石、翡翠、玛瑙和珍珠以及贵重的药物、香料，出产甚多，而且珠宝以其价值高、体积小、不易破碎和变质等特点，天然就是超长距离贩运的最佳货物选择。所以胡人在中土多经营珠宝和金融行业。他们富有珠宝知识，擅于鉴别珠宝，财富惊人。所以给唐人造成了一种他们擅长识别宝物，不惜各种方式想要获得宝物的印象。胡商识宝的故事虽然数量多，然而究其根本，仍然有一定的创作范式。②

第三，胡商所拥有的资本雄厚且行事大方。

《太平广记》中的胡商往往拥有巨额的财富，普通人难以想象的巨款在他们看来只是随手可取的一笔小钱。如《卢李二生》故事中，仙人卢生告诉李生，他的拄杖可到波斯店中换钱二万贯。果然波斯商见到拄杖只是有点吃惊，但马上"依言付钱"③，毫不含糊。再如《则天后》故事记载武则天造在定鼎门造天枢经费由"番客胡商聚钱百万亿所成"④。"万""百亿"等似乎对于胡商来

---

① ［后晋］刘昫等撰，中华书局编辑部点校：《旧唐书》卷 110《邓景山》，中华书局 1975 年版，第 3313 页。

② 程蔷把胡商识宝的故事总结为三个范式：其一式：①某人因为某种机缘（或做好事）得到宝物，但不知道其真正的价值；②胡人见到此宝（或者凭感应知道其有宝），求见；③胡人识得此宝为某巨宝，欲购之；④胡人出高价购下；⑤胡人说明此宝名称、用途（有的还做演示）；⑥某人获钱而归。如：《严生》《水珠》《刘贯词》《鬻饼胡》《紫羖羯》《宝骨》《宝珠》《魏生》等。其二式：①某人在某地施恩于一胡人；②胡人感恩，临死前赠宝给某人；③胡人告知某人此宝的价值；④某人将宝与胡人同葬，最终宝物仍归胡人子孙。如：《李勉》《李灌》《巨骨》《王四郎》等。其三式：①某人偶得一物，不知为宝；②一胡人暗识其宝性，求购；③某人一再抬价，约定日后交钱取货；④某人无意中将此物宝性损坏；⑤胡人因此不愿再出高价，并说明此物原具之宝性；⑥某人后悔不已。如《破山剑》。（程蔷：《中国识宝传说研究》，上海文艺出版社 1986 年版，第 74 页。）

③ ［宋］李昉等编：《太平广记》卷第 17《卢李二生》，中华书局 1961 年版，第 119 页。这篇故事记载发生在南朝时，但是内容分明是唐后期的，从来也都被当作唐代材料使用。

④ ［宋］李昉等编：《太平广记》卷第 236《则天后》，中华书局 1961 年版，第 1815 页。

说只是一个数字，在日常的花费中都可以随意花出。

第四，胡商经营讲究诚信。

胡商鉴定完宝物后，不惜以几十万、几百万乃至上千万的金钱购买，不但不会因为卖家不识宝而故意低价收购，甚至如果要价太低还会发怒，主动要求提价，这种行为是违反商品经济追求利润最大化的规律的，有一定的表演和造势的成分。《宝骨》故事中，僧人将状如朽钉的骨头"示于胡商，索价一千"本来以为是高价了，没想到"胡见之，大笑曰：'未也，更极意言之。'加至五百千。胡人曰：'此宝价直一千万。'"[1]《魏生》故事中，魏生无意间在河边的乱石堆中捡到一块石片，"如手掌大，状如瓷片，又类如，半青半赤"。其人不清楚是什么东西，偶然带着去参加诸胡的宝会，胡人立刻认出这个石头的价值，"众（胡）遂求生，请市此宝，恣其所索。生遂大言：'索百万'。众皆怒之：'何故辱吾此宝。'加至千万乃已"[2]。僧人和书生这些大唐人士和胡人之间的对话，更像是在配合胡人进行一场炫富的演出。《水珠》故事中，大安国寺的僧人发现了当年唐睿宗所赐的宝珠，"状如片石，赤色。夜则微光，光高数寸"。因为看起来就像是石头，所以尽管能发夜光，僧人们还是不相信"此珠值亿万"的函封，而是选择到集市上"试其酬直"。卖了一个月或被人耻笑或开价不高，直到碰到了阅市求宝的大食商人。面对大安国寺僧人提出的亿万的价格，胡人坦诚水珠价值上亿，却只能凑足四千万，在以四千万贯的价格成交后，"仍谓僧曰：'有亏珠价诚多，不贻责也。'"[3]

胡商发现宝物后，会千方百计以高价买下来。他们会把这些宝物或珍藏，或辗转运回本国。在识宝、购宝的过程中他们刻意营造出来对珠宝知识的掌握、一掷千金的阔绰和难得的诚信都给唐人留下了深刻的印象。世人获得宝贝，希望甚至会主动卖给胡商，以获取理想的价钱，如《王四郎》中，得道成仙的王四郎给王琚金子，并且叮嘱他说："西域商胡，专此伺买，切无定价。"[4]也就是一定要到胡商那去卖，以得到更多的价钱，而不是当成普通黄金

---

[1]　［宋］李昉等编：《太平广记》卷第 403《宝骨》，中华书局 1961 年版，第 3251 页。
[2]　［宋］李昉等编：《太平广记》卷第 403《魏生》，中华书局 1961 年版，第 3252—3253 页。
[3]　［宋］李昉等编：《太平广记》卷第 402《水珠》，中华书局 1961 年版，第 3239 页。
[4]　［宋］李昉等编：《太平广记》卷第 35《王四郎》，中华书局 1961 年版，第 224 页。

用掉了。《守船者》中守船者得到了径寸珠，直接"至扬州胡店卖之，获数千缗"①。胡商在唐人眼中成为传奇商人的化身，他们重价收宝、破身藏宝的故事成为唐人喜闻乐见的小说题材。

第三节　唐宋胡商识宝故事由繁盛到式微

宝物的幻想从原始时代就开始出现，随着时代的发展而不断变化，从整体的变化规律来看，人们宝物的幻想越来越丰富，宝物的构成也越来越适合民间的情绪。以《太平广记》中的"胡商识宝"题材为代表的故事与前代的"名人识宝"②故事相比，故事主体从国内的名人变成了国外的胡商，宝物的范围大多局限在价值连城的珠宝珍玩之类，以至于这些物件一定程度上变成了财富的代名词。宋代，阿拉伯番商代替了波斯胡商成为主要的中国经商者，中国海商主动开拓海外市场的"走出去"行动，进口商品从符号性消费的珠宝类奢侈品转化为实用性消费的香药类日用品，这些因素导致了"胡商识宝"故事逐渐淡出民间话语。此外，宋代具有海外民族志特色的笔记文集不断涌现，并通过雕版印刷机构和书籍销售市场等知识传播平台，使域外知识在大众范围内得到了更为广泛的传播和扩散。人们对异文化从文化想象开始走向客观认知，"胡商识宝"之类故事失去了传播市场。③

一、《太平广记》到《夷坚志》胡商识宝故事变化

《夷坚志》是宋代志怪笔记小说中篇幅最大的一部，与《太平广记》相

---

① ［宋］李昉等编：《太平广记》卷第 402《守船者》，中华书局 1961 年版，第 3242 页。
② 程蔷在其《中国识宝传说》研究中提出当识宝情节和著名的历史人物相结合，就形成了名人识宝类的故事，这也是最早的识宝传说类型。（程蔷：《中国识宝传说研究》，上海文艺出版社 1986 年版，第 47 页。）
③ 张锦鹏、曾蕾：《宋代"胡商识宝"故事式微原因探析》，载《思想战线》2022 年第 1 期，第 66—74 页。

比,《夷坚志》中收录的与"胡人识宝"主题相关的故事只有两篇。其一《石门珠岩》[①]高龄老人回忆曾有波斯人经过都阳石门镇,识破了珠岩山中的宝物,两年后自持"破山刀"剖得"大珠数十颗"。这个故事与《太平广记》中的《破山剑》故事类似,《破山剑》讲一胡人求购破山剑"欲持之破宝山",因为卖剑的士人不识货,"庭中有捣帛石,以剑指之,石即中断"[②],使得只能使用一次的"破山剑"成为一把废剑。二者有着一脉相承的联系,但与唐代故事中激荡起伏相比,《石门珠岩》讲述者对胡人取宝这件事的反应平静,趣味性大为降低。

另外一篇《海山异竹》描述了世为海贾的温州巨商张愿因为"遭风漂其船不知所届。经五六日,得一山,修竹戛云,弥望极目。乃登岸,伐十竿,拟为篙棹之用"。他在海上航行的惊险旅程中偶然采得宝竹,当初并没有人看重它,"十竹已杂用其九"[③]。直到倭客上船以高价争购,人们才得悉它的珍贵价值。但与唐代的胡商识宝故事不同的是:故事的主人公本身是一个出海的宋商,他所获得的宝物是在海外的仙山获得的;故事中虽然有识货的昆仑奴,但发现这个宝物的人已经变成了来自东亚的"倭客"。

宋代识宝故事不仅数量减少,风格也发生了转变。

(一)相同的故事,在叙事方面的变化

一是唐代的"胡商识宝"故事较之宋代,不但数量要更多,而且在表现力上更具吸引力。首先,唐人对宝物的想象丰富,各种各样形形色色的宝物既有奇特的妙用,也是生活中人们渴望获得的。胡商所寻找的宝物如"水珠""青泥珠"等能把泥水变成清水,这些特征富有沙漠文化的特点。其次,巧妙地运用夸张和渲染的手法。故事往往会描写国人将某物视若无睹、弃之不顾的情况,再写胡人见到后惊喜万分,顶礼膜拜,一掷千金的样子。故事跌宕起伏,前后对比鲜明,令人难忘。再次,运用设置悬念的手法。宝物究竟

---

① [宋]洪迈撰,何卓点校:《夷坚志》三志己卷第10《石门珠岩》,中华书局2006年版,第1377页。

② [宋]李昉等编:《太平广记》卷第232《破山剑》,中华书局1961年版,第1775页。

③ [宋]洪迈撰,何卓点校:《夷坚志》支丁卷第3《海山异竹》,中华书局2006年版,第987页。

有何用处，往往要到故事的最后才由胡商来揭晓，从而构成故事的吸引力和紧张气氛。

唐宋识宝类的故事两相比较，一是识宝的主体和对象开始发生变化。唐代识宝故事的主体和主人公是胡商，他们所识之宝，有两大来源：其一是西域之宝，其二是大唐之宝。西域之宝往往是在之前的朝贡中进入大唐——这一过程也曲折反映了初唐和盛唐时期各国被大唐所吸引，不远万里前来进贡的历史事实。比如可以用来寻找水源的"水珠"和"水宝"，可以使大海平静的"定风针"，这些宝物关系到供奉国的国计民生，因此在华的胡商同时也肩负着找回重宝的任务。另一种大唐之宝则渲染了胡人丰富的宝物知识，高超的识宝能力以及他们对宝物的崇拜和珍视，有意思的是，胡人只识宝买宝，而没有在大唐卖宝的记录。有学者指出这样的表述从表面上看是在表扬胡人，实质上却体现了唐人的民族自豪感：他们以一种优越感来看待周边国家，觉得大唐无所不有。纵使胡商看来是稀世之宝，唐人也觉得稀疏平常，暗示中国大地处处有宝。[①]

到了宋代与外国人有关的宝物故事中，宝物往往是宋商在域外发现或者与他们海上经营有关。如曾敏行《独醒杂志》中写庐陵彭氏商人随海船周游异域，用蜂蜜与海上的蜑民交换了珠贝——但故事最大的赢家却不是彭氏商人，而是同行的另一个商人，这个幸运儿用陶瓷的"小儿戏具"换到了一颗奇特的宝珠，从而有了"浮海获珠"故事。[②]《癸辛杂识》续集卷上《海井》篇记载了"海舶老商"在华亭县的小市卖铺中找到了可以让海水变成甘泉的"海井"的故事，虽然"海舶老商"自述是"平生闻其名于番商"，但他作为识宝者的身份是确定的。[③] 这些故事中得到宝物的人从到中土的胡商变成了去国外经营的番商。而且他们也不像胡商具有望气识宝的本事，而是通过等价交换，这一过程可能还要讨价还价，过程中不像胡商那样因为二者价值不等而主动加价。

二是对待宝物的态度不同。一方面唐人对宝物往往贵而不知，只能靠胡

---

① 程蔷、董乃斌：《唐帝国的精神文明》，中国社会科学出版社 1996 年版，第 528 页。
② ［宋］曾敏行撰，朱杰人整理：《独醒杂志》卷 10，大象出版社 2019 年版，第 278 页。
③ ［宋］周密撰，吴企明点校：《癸辛杂识》续集上《海井》，中华书局 1988 年版，第 125 页。

商来进行单方面的告知和说明，这是对胡商财大气粗、身价不菲的一种幻化，更是唐人自信心理的一种折射。而宋人在交易前对宝物的价值就已经有了认识。《睽车志》卷四《旃檀紫竹》记载四明的巨商在海上仙山顶上的佛寺中遇到僧人，主动向对方讨要一根"干叶如丹"的竹子，在归国途中被一名外国的老叟以箪珠买走，并告知是普陀落伽山的紫竹。这位宋商在归国途中经常研究这根竹子，"每以刀镬削，辄随刃有光"的细节描写，说明他曾特意对竹子进行过探索，知道竹子是宝物，外国老叟只是对宝竹的用途做了一个说明①。《海井》故事中卖家索价五百缗，而"商嘻笑偿以三百"，双方在交易过程中开始讨价还价，卖者不再是懵懂无知，买者也不会主动涨价。另一方面，胡商得到宝物后"剖肉藏宝"的情节时有描述，在古代不发达的医疗条件下，割开肌肉藏宝，不唯疼痛，更有感染丧命的风险，肉中的夹物所带来的疼痛也非一般人能够忍受。

唐宋故事中都有海上"以宝飨神"，以求平安的环节，同样是因鬼神挡路不得不献出宝物的行为，《径寸珠》中因为在海上遇到了风暴，舟人判定是因为船上的胡人带有宝物，所以海神来索宝，但胡人不肯交出宝物，因此"（舟人）乃偏索之，无宝与神，因欲溺胡，胡惧，剖腋取珠"②。胡商到了要被投海的境地才迫不得已剖出藏在腋下的宝珠。而前文所提的《独醒杂志》中"浮海获珠"故事里那位不知名的宋商面对"风雾昼晦，雷霆轰吼，波涛汹涌，覆溺之变在顷刻"的危机时，在别人不知道，甚至自己也不确定的情况下，就主动站出来说"吾昨珠差异，其或是也"。然后义无反顾地把这颗"光彩炫目"的宝珠投入大海，让同船的人和货都得到了保全。这位宋商既善于赚钱，又能顾全大局，同船之人将他坦荡慷慨的高义视为"更生之惠"，每个人都把自己携带的货物分了一些给他。这船宋代的海商与唐代的胡商两相对比，整个宋商群体都表现出了相当可敬的重义轻利、高风亮节的精神，故事的教化性更强。

三是惊奇性降低，务实性更强。唐代的识宝故事中，往往暗含一种惊慕的语气，不外乎以下几个因素：第一，胡商的外国人的身份让人惊奇；第二，

---

① ［宋］郭彖撰，张剑光整理：《睽车志》卷4，大象出版社2019年版，第160页。
② ［宋］李昉等编：《太平广记》卷第402《径寸珠》，中华书局1961年版，第3237页。

他们超凡的识宝能力令人赞赏；第三，他们一掷千金的购买能力令人企慕；第四，他们诚实不欺的交易态度让人惊诧。到了宋代的识宝故事中，飞扬的激情明显减退，宝物的作用不再大而无边，对待宝物更不会像唐代的胡人那样动辄顶礼膜拜，涕泪纵横。如前文所举例的《海山异竹》故事的篇末附有撰写者洪迈的自注："予谓温州未必有倭舶到岸，而番客安得见仙，当以询彼人也。"冷静的评述表明作为收录者，洪迈不相信此类故事，希望能找到当事人进行询问。

（二）不同的故事，唐宋各自的特点

"胡商识宝"的故事繁荣不是在唐初，而是在中唐和晚唐时期，也就是安史之乱之后。在颠沛流离、朝不保夕的生活状况下，无论是普通百姓还是士大夫都不约而同地怀念唐帝国曾经的辉煌。就经济上而言，这些故事讲胡人买珠宝，动以百万或千万计算。看起来似乎怪诞不经，但仔细思考，以波斯胡等为主人公的识宝故事中，真正的波斯宗教、文化、长相、生活习惯等并没有表现出来，甚至这些故事里还有众多的道家色彩（当然有些也含有佛教因素）。[①] 胡商的识宝异术仿佛和秦汉时期的方士的"望气"能力相差无几。这些故事中所塑造的胡商形象，与其说他们是具备了丰富的珠宝价值知识的异域专业商人，不如说更像中国道家那些修养高深的炼丹术士，或者掌控了超自然力量的法师。"胡商识宝"折射的是唐人对外国人的一种特殊观念：认为这些从遥远的异域辗转而来的胡人群体都有远超国人的识宝能力，他们所识别的西域之宝多有神奇的特殊功能。实质上不过是唐代社会中处处可见的对超自然力量的敬畏，究其根本仍是没有脱离中国本土文化的内涵和意境，胡商形象只不过是让这些故事表面具有了一点异域色彩而已。

唐代商人和商业活动走进文人的创作视野，唐代许多作品客观描写了本国商贾们奔走行商的商旅生涯，展示了商贾生存状况的艰辛和不易。但描写

---

① 薛爱华（E. Schafer）：Iranian Merchants in Tang Tales，PP. 414—417。可以具体阐述的一例是像唐代胡人和后世回回共有的识宝故事中从人体内（多数是儿童）取珠的母题即明显带有所谓"采生"或"割生"观念的痕迹，所以唐传奇中的儿童会因此而丧失元气而亡。关于该观念对传统中国社会的影响，参看 Barend J. terHaar, Telling Stories—Witchcraft and Scapegoating in China History, Leiden: Brill 2006, PP. 100—134。

唐代商人出国经商较少，仅在《报应记》的《贩海客》篇中看到展现从事海外贸易商人风险的描述。到了宋代，随着宋人造船技术的成熟和工商政策的变化，海商大为活跃。诸如张师正《括异志》、朱彧《萍洲可谈》、洪迈《夷坚志》、郭彖《睽车志》、曾敏行《独醒杂志》、罗大经《鹤林玉露》等对中外海商尤其是中国海商的描写比较多。对中国海商的描写，由于海外冒险和贸易都不成熟，民众对海商的行为秉持着猎奇的态度，故事中的外洋景物多以想象为主，往往用"志怪"的写作手法，塑造一大批充满神秘色彩的域外经商情景。宋人对于外国的番商的描述在题材上较唐代更为丰富，他们会写外商的形象特征及对中国友好的态度，如《无缝船》[①]；描写海商的家庭日常生活，如《海船猴》[②]。与唐代的商贾题材相比，宋人在记载海商的商业活动时更多关注商人的道德行为，而不是经商的过程，这体现了宋人重视教化的社会特点。

二、胡商识宝故事式微的原因

宋代尽管辽、西夏长期和宋朝对峙，由于宋太祖对西北少数民族政权的有效拉拢和争取，以灵州为主要枢纽，经过河西走廊最终到达于阗、印度、大食的道路大体上是畅通的。后虽因西夏割据屡次改道，但北宋时期先后仍有灵州道、夏州道、泾原道、青唐道四条道路畅通。[③]西域诸国香药朝贡贸易使者络绎不绝，众多的西域香药中转贸易市场。更勿论两宋东南地区海商交通的便捷和先进，"海上丝绸之路"的规模远超唐代，对外交流并没有减少。宋朝还进一步加大了对番商的奖励和扶持力度，番商来华积极。据周去非《岭外代答》和赵汝适《诸蕃志》的记载，当时与宋通商的国家有五十多个，宋时在中国经商、居住的外国商人数量众多，"每年多有番客带妻儿过广

---

① ［宋］洪迈撰，何卓点校：《夷坚志》乙志卷第 8《无缝船》，中华书局 2006 年版，第 251 页。
② ［宋］洪迈撰，何卓点校：《夷坚志》支戊卷第 2《海船猴》，中华书局 2006 年版，第 1061 页。
③ 陈守中：《北宋通西域的四条道路探索》，载《西北师范大学学报》（社会科学版）1988 年第 1 期，第 75—82 页。

州居住"①。然而不仅胡商识宝故事减少，在文学作品中胡商的身影较之唐代也大为黯淡。文学是一种社会现象，作家的创作必然受社会环境、时代思潮和文坛风气的影响，不可能闭门造车。为何宋代的作家会在文学作品中少有胡人形象塑造？物质基础决定上层建筑，在制约和影响文学形象塑造的许多因素和条件中，经济无疑是关系最直接、最深层次的因素，也是研究宋代胡商识宝故事式微的一个较好的切入口。究其原因，宋代"胡商识宝"故事式微的原因主要有以下几点。

（一）宋人域外知识增多，见怪不怪

唐代对外国商人入境的手续较为宽松而对本国人出境管理严格。而宋代对本国人的出境和外商入境实行理论上同一标准，事实上外商管理更为严格的模式。

唐代对异国人来到大唐的要求很宽松，制约较少，"一个显著特点是外国商人可以毫无限制地深入中国内地，他们足迹遍天下"。②"番客往来，阅其装重，入一关者，余关不讯。"③胡商在中国受到的限制较少，可以在内地定居，买田置屋，娶妻生子，行旅往来不受限制，生活和营业。因此前文也提到，在贞观初，突厥人"人居长安者近且万家"④，其他外域的人也大量涌入到大唐，来寻找属于自己的致富机会。

与对外籍工商业者比较开明的政策相比，唐政府对本国居民外出是相对比较封闭的。⑤唐代法律明文规定，按唐制，凡度关皆须请"过所"（犹后世之通行证），无过所而度者是为私度，不由门而度者是为越度，冒名请过所而度者为冒度。凡是要通过边境关境者，一律要得到地方政府发放的"过所"，

---

① ［宋］郑载：《乞禁止番客带妻儿过广州居住奏》，引自曾枣庄、刘琳主编：《全宋文》第19册，卷408，上海辞书出版社；安徽教育出版社2006年版，第424页。

② 傅筑夫：《中国封建社会经济史（第四卷）》，人民出版社1986年版，第454页。

③ ［宋］欧阳修、宋祁撰，中华书局编辑部点校：《新唐书》卷46《刑部》，中华书局1975年版，第1201页。

④ ［后晋］刘昫等撰，中华书局编辑部点校：《旧唐书》卷61《温彦博》，中华书局1975年版，第2361页。

⑤ 魏明孔：《唐代对外政策的开放性与封闭性及其评价》，载《甘肃社会科学》1989年第2期，第73—77页。

方可"度关"，出边塞逾月者，只有更换政府发给的"行牒"才能有效，否则要受到不同程度的处罚，"诸私度关者，徒一年。越度者，加一等"。又不应度关而给过所条"诸不应度关而给过所，若冒名请过所而度者，各徒一年"。① 这和"关已西诸国，兴贩往来不绝"② 的通商局面形成了鲜明的对比。玄奘去天竺取经在大唐边境关卡所面临的困难就颇能说明唐代对外政策的二重性。安禄山尽管集兵权、财权于一身，"刑赏在己"，要反叛唐王朝，他也只能"潜于诸道商胡兴贩，每岁输异方珍货计百万数"③。连安禄山这种权臣都只能私下让少数民族商人外出经商的行为，恰恰说明了唐政府对包括边疆少数民族胡人在内的限制比其他商人要少，所以他才可以也只能钻这种空子。开明的对外政策、有效的对内封闭，使得唐人外出不易，同时由于大唐的繁华，更多是吸引外人来到大唐，而唐人本身外出的积极性不高。因此他们对域外知识的了解更多来自对胡人，对远处的西域天然充满了好奇的幻想，对异域事物的认识想象多于事实，在文学的创作中也展开了想象的翅膀。

宋代番商来华的手续较唐代更为完备。宋徽宗崇宁三年（1104）颁布了申请公凭办法，外商来华必须第一时间向市舶司提出申请，并"勘验诣实，给予公凭"。沿途要接受前路官衙的查验，"不得夹带禁物及奸细之人"④。"淳熙二年（1175）十二月五日，提举福建路市舶苏岘说：'近降旨挥，番商止许于市舶置司所贸易，不得出境。此令一下，其徒有失所之忧。乞自今番物货既经征榷之后，有往他者，召保经舶司陈状，疏其名件，给据付之，许令就福建路州军兴贩。'从之。"⑤

宋代由于西北边境长期少数民族政权林立，边防压力大，政府的财政收入分外倚重商业和商税。政府一方面如前文所述，积极招揽外商来华，促进海外交易发展。另一方面也大力鼓励中国商人出海贸易，中国商船出海贸易的难度较之前代大为简化，返回本国后也可以享受到与外商同等的优遇。这样一来，中国商人的出海热情有很大提升。宋代经济重心南移后，南方经济

---

① 刘俊文撰：《唐律疏议笺解》卷第5《犯罪未发自首》，中华书局1996年版，第375页。

② ［宋］王溥撰：《唐会要》卷86《关市》，中华书局1960年版，第1579页。

③ ［唐］姚汝能撰，曾贻芬点校：《安禄山事迹》卷上，中华书局2006年版，第83页。

④ ［清］徐松：《宋会要辑稿》职官44，上海古籍出版社2014年版，第4207页。

⑤ ［清］徐松：《宋会要辑稿》职官44，上海古籍出版社2014年版，第4219页。

和海上贸易空前繁荣，由于南方多水道，因此造船业得到迅速发展，在船舶的种类和数量上都有明显增加。航海技术也取得了长足的进步，如指南针的使用，为宋商的远行提供了客观条件的支持。海上丝绸之路上，宋商的身影越来越多，大批农产品、手工业产品包括矿产原料、铜钱等被运往海外各国。"贩海之商，无非豪富之民，江淮、闽浙处处有之"①。从事长途的海路贩运，成为宋代沿海诸路很多人的选择。

由于与海外国家和地区的交往增多，宋人对了解海外诸国的地理、风土、物产等情况的兴趣增加。一些文人开始关注这一方面的知识并著书立说，比如太平兴国三年（978）三月，就有"知广州李符献《海外诸域图》《岭表花木图》各一"②。咸平六年（1003）五月，"知广州凌策献《海外诸藩地理图》"③，《萍洲可谈》《岭外代答》《诸蕃志》等书中对海外诸国有详细的记载。随着越来越多的宋商踏足海外，原本神秘莫测的外国已经揭开了那层神秘的面纱，宋人记叙本国商人在海外的奇遇也增多。如《夷坚志》中有福州福清的海商杨氏父子三人④、温州"数贩南海"的巨商张愿⑤、"数贩于南海"的建康巨商杨二郎⑥、泉州僧人本偶的"海贾"表兄⑦，《独醒杂志》中有善于和海外商人做生意的彭姓商人周游异国、观光游历的故事。⑧ 本国商人冒险的故事在数量上明显增加，可读性较之前代更强。

---

① ［宋］包恢《禁铜钱申省状》，引自曾枣庄、刘琳主编：《全宋文》第 319 册，卷 7328，上海辞书出版社；安徽教育出版社 2006 年版，第 283 页。
② ［宋］钱若水修，范学辉校注：《宋太宗皇帝实录校注·附录一：辑佚·太平兴国三年》，中华书局 2012 年版，第 828 页。
③ ［宋］李焘撰，上海师范大学古籍整理研究所、华东师范大学古籍整理研究所点校：《续资治通鉴长编》卷 54（真宗咸平六年），中华书局 2004 年版，第 1195 页。
④ ［宋］洪迈撰，何卓点校：《夷坚志》丁志卷第 6《泉州杨客》，中华书局 2006 年版，第 588 页。
⑤ ［宋］洪迈撰，何卓点校：《夷坚志》支丁卷第 3《海山异竹》，中华书局 2006 年版，第 987 页。
⑥ ［宋］洪迈撰，何卓点校：《夷坚志》补卷第 21《鬼母国》，中华书局 2006 年版，第 1741 页。
⑦ ［宋］洪迈撰，何卓点校：《夷坚志》支甲卷第 10《岛上妇人》，中华书局 2006 年版，第 787 页。
⑧ ［宋］曾敏行撰：《独醒杂志》卷 10，大象出版社 2019 年版，第 278 页。

（二）宋代官府运用禁榷制度掌控舶来品交易

唐代的对外贸易主要由遣唐使和民间胡商两大群体完成。遣唐商使是基于朝贡形式，进行的官方贸易。各国商使到大唐来，按照礼仪要向唐王朝进贡方物，唐朝讲究礼尚往来，对各国使节馈赠本国的丝绸彩帛、金银精器等回礼。然而，因二者之间交换的物品价值整体上是相当的，所以在来往的过程中，"方物"和"礼品"具有等价的商品的身份，"进贡"及"馈赠"本质上是一种国家贸易。外国使臣还会利用出使唐朝的机会进行，携带一些货物进行私下的贸易活动，这些使者他们拥有较雄厚的资金，兼有商人身份。民间胡商主要从事贩卖珠宝、举质取利、做卖胡食、开设酒肆等，其中以珠宝和香料贩卖为多。

唐代市舶司对进出口货物有"舶脚"和"下碇"等税名，也有"纳舶脚，禁珍异"①的规定，但唐政府对胡商的管理是比较宽松的②，"其岭南福建及扬州番客、宜委节度观察使、除舶脚收市进奉外，任其来往，自为交易。不得重加率税"③。胡商在国内享受高度的自由，与本国商人的待遇无异。因此胡商除了与中国商贾进行直接大宗商品交易外，还会自己开设店铺，买卖交易。《太平广记》中记下来的故事中，很多就发生在中小城镇。④

宋代政治经济积弱积贫，由此导致"政事之先，理财为急"⑤。海番贸易主要目的是直接追求财税利益和生活享用，希望有更多的外国商旅来华交易，朝廷通过实行抽解、禁榷、和买等制度，从而获得更多的市舶利益。因此对外国的番商采取招徕政策，但对贸易交易的过程严加管理，力求将利润尽可能多地归于政府。这些制度不断沿革变化，对宋代的海外贸易产生了重要的

---

① 李肇著，曹中孚校点：《唐国史补》卷下，载丁如明等编：《唐五代笔记小说大观》，上海古籍出版社 2000 年版，第 199 页。

② 成书于回历二三七年（公元 851 年，唐宣宗大中五年）的《苏莱曼游记》记载说："外国商抵埠，官吏取其货而收之，一季之船即全入口，官吏征百分之三十关税，乃将货还原主发卖。"该史料被张星烺、白寿彝、桑原骘藏等中外学者广泛引证。

③ ［宋］宋敏求编：《唐大诏令集》卷第 10《太和三年疾愈德音》，中华书局 2008 年版，第 65 页。

④ 《太平广记》卷 402《李勉》记载：开元初年，李勉在睢阳（今河南省商丘市）遇到一位年迈的波斯商人，自称"我本王贵种也，商贩于此，已逾二十年"。出《集异集》，第 3240 页。

⑤ ［元］脱脱等：《宋史》卷 186《食货下八》，中华书局 1985 年版，第 4558 页。

影响。

宋初统治者标榜"不许与民争利"①"大抵海舶至，十先征其一，其价直酌番货轻重而差给之"②。这种政策严格意义上属于一种收购，不是征收关税。但这一政策没有持续太长，从太平兴国七年（982）开始，宋政府将进口舶货分为禁榷物和"放通行药物"两类，规定"凡禁榷物八种，玳瑁、牙犀、宾铁、鼊皮、珊瑚、琥珀、乳香。放通行药物三十七种：木香、槟榔……后紫矿亦禁榷"。③其后乃诏："自今惟珠贝、玳瑁、犀象、宾铁、鼊皮、珊瑚、琥珀、乳香禁榷外，他药官市之余，听市于民。"④宋朝将奢侈品和畅销利厚的香药纳入禁榷物品由国家进行销售，而允许百姓贩卖的主要是利润较低或销路不畅的舶货，二者品种虽时有变化，但大抵如此分类。在贸易的过程中也大都遵循禁榷物品由市舶司代表官府全部收购，非禁榷物品则根据物品的好坏和朝廷的需求适当收购，收购后的余物或不收购物品实行和买制，允许民间自由贸易的原则。

宋政府通过抽解和博买掌握了大量进口商品，再由分设于京城及各地的榷易院、榷易务等机构直接向消费者销售出去。在这种销售模式下番商常贩运的珠宝、象牙、名贵香药等货物，进入中国的港口就必须按照当时的法律，将货物卖给市舶司。直到崇宁三年（1104），由于大食等国商人"乞往诸州及东京买卖"。宋政府才下令说"应番国及土生番客愿往他州或东京贩易货物者，仰经提举市舶司陈状，本司勘验诣实，给与公凭，前路照会。经过官司常切觉察"⑤。考虑到交通安全和运输成本，可能对其利润没有明显的促进作用，还不如就近销售，因此在广州、泉州等港口城市形成了规模巨大的"番市"，经营珠宝、香药、金属制品、织物、外来食品和器物等，番商大量聚集在此，主要与商人或官员打交道，将货物批发出售，而不像唐代的胡商一样需要深入市井从事零售交易。

---

① ［清］徐松：《宋会要辑稿》职官44，上海古籍出版社2014年版，第4204页。
② ［清］徐松：《宋会要辑稿》职官44，上海古籍出版社2014年版，第4203页。
③ ［清］徐松：《宋会要辑稿》职官44，上海古籍出版社2014年版，第4203—4204页。
④ ［元］脱脱等：《宋史》卷186《食货下八》，中华书局1985年版，第4559页。
⑤ ［清］徐松：《宋会要辑稿》职官44，上海古籍出版社2014年版，第4207页。

（三）宋代已经建立了发达的国内商业市场和网络

海外贸易从距离上可以分为海外贩运和国内运销两个阶段，二者相辅相成，构成海外商品流通的整个环节。这个流通过程包括了好几个环节，其中口岸兼具舶货收购和批发商业两大职能，是将海外贩运和国内市场联结在一起的关键，天然具有控制货源，掌握海外贸易命脉的作用。宋代的统治者正是认识到了控制口岸舶货收购商业的重要性，由官府实行垄断，抽解、禁榷、和买等制度都是贯彻这一认识的重要工具。

唐都长安远离海港，靠近西域，当时的朝贡贸易必须在长安进行，民间贸易虽然遍及全国，但长安是当时全国最大的贸易中心无疑。对于胡商来说，即便从海路到达大唐，仍需穿越大唐国土到达长安进行交易。扬州作为中唐以后最繁华的经济贸易中心和港口城市，因此也吸引了一大批胡人到此居住和消费。

《宋史·大食传》载：大食的使者来华的路径"先是，其入贡路繇沙州，涉夏国，抵秦州。乾兴初，赵德明请道其国中，不许。至天圣元年来贡，恐为西人钞略，乃诏自今取海路繇广州至京师"[1]。因为很多外国商人开始从海路来到中国，广州作为重要的登陆港口在北宋继续发展，成为第一大贸易港，号称"宝货雄富"[2]。从事海外贸易港口的数量的增加与繁盛表明以"丝绸之路"为代表的陆路对外商道已逐渐被东南的海道所取代。

国内商人积极参与到舶来品的交易中，他们从政府和番商手中收购各类舶货，再贩运出卖，只需要由市舶司出具"公引"，在出售地缴税后即可按政策买卖。所以我们才能看到《泉州杨客》的主人公携带价值四十万缗的香药宝货去临安销售[3]，四川商人"唯富商自蜀贩锦至钦，自钦易香至蜀，岁一往返，每博易动数千缗"[4]，嘉定六年（1213），两浙转运司上书说："临安府市舶务有客人于泉、广番名下转买已经抽解胡椒、降真香、缩砂、豆蔻、藿香等物，

---

① ［元］脱脱等：《宋史》卷490《大食》，中华书局1985年版，第14121页。
② ［元］脱脱等：《宋史》卷466《张继能》，中华书局1985年版，第13621页。
③ ［宋］洪迈撰，何卓点校：《夷坚志》丁志卷第6《泉州杨客》，中华书局2006年版，第588页。
④ ［宋］周去非著，杨武泉校注：《岭外代答校注》卷5《钦州博易场》，中华书局1999年版，第197页。

给到泉、广市舶司公引，立定限日，指往临安府市舶务住卖。"①

　　唐代对内封闭对外开放的政策以及发达的国力，使得不能出去也不需要远行的唐人对于远道而来的胡商充满了新鲜感和好奇感。开放的态度和强盛的国力使大唐能与周围的政权形成平等的互相影响，国内上下对异域文化的心理和态度都非常平和，能够如饥似渴地吸收异域的文化和理念，而崇尚财富、拥有财富的胡商也变成了唐人在初兴的商品经济浪潮中追逐财富的异化符号。

　　随着宋代商品经济进一步发展，商人群体数量增加，分工也更加细致。航海技术和制船业的进步使宋商的活动领域拓展到海外，对外贸易迅速发展起来。珠宝、香药由于其体积小、价格昂贵的特点，天然成为胡商远洋贸易的主要商品。由于宋代禁榷制度的完备，到华后，番商们更多与专卖政权而不是普通消费者相接触，足迹更多集中在一些大型的港口。随着对海洋的认识比前人更深入，描写宋代海商的现实内容增加，宋人对"义""利"之间的认识也在改变，孜孜以求经营商业的人很多，对重"利"的胡商不再敏感。相反宋代海商的生活开始成为焦点，远洋贸易从奢侈品珠宝开始变为日用品香药、瓷器等。种种因素结合在一起，充满丰富想象和浪漫色彩的"胡商识宝"故事的式微也成为一种必然。

① ［清］徐松：《宋会要辑稿》职官44，上海古籍出版社2014年版，第4221页。

第三章 《夷坚志》所反映的宋代商业情况

《夷坚志》由南宋文人洪迈编撰而成，书名取自《列子·汤问》："大禹行而见之，伯益知而名之，夷坚闻而志之。"[①]虽然其书创作的目的专意"志怪"，但故事内容也体现了市井小民的生活和经历，保留很多北宋末年和南宋时期日常社会生活的记载。在书中所记载的故事不仅曲折生动，而且故事的背景对时间和地点及讲述人都有记录，主人公有名可查，于史有征用，学界将其作为研究宋代的史料来源之一。书中对宋代的商人和商业行为多有记述，通过对其中涉及商人和商业活动故事的分析，有助于我们更好地了解宋代一段时期的商品经济发展情况和社会生活。

第一节 《夷坚志》简介

一部作品的创作与作者、作者所处的时代背景息息相关。洪迈历经半生收录、整理《夷坚志》，全书收集的志怪故事讲究亲眼所见，亲耳所闻。它的成书，既是志怪故事的一脉相承，也是商品经济发展大潮下市民化的必然选择。

[①] 杨伯峻撰：《列子集释》卷第 5《汤问第五》，中华书局 1979 年版，第 157 页。

一、作者简介

（一）主撰者洪迈其人

洪迈（1123—1202），字景卢，号野处老人，是饶州鄱阳（今江西省鄱阳县）人。在绍兴十五年登博学宏词科，文采出众，历任授两浙转运司干办公事、起居舍人、泉州知州、起居郎、敷文阁学士、焕章阁学士、龙图阁学士、端明殿学士，吏部郎兼礼部侍郎等官职，死后追赠光禄大夫，谥号文敏。曾修四朝帝纪，宋孝宗曾表扬他"文备众体"①，代表作有《容斋随笔》（共五笔）、《夷坚志》等。

洪迈的家庭为书香世家，文化氛围浓厚。父亲洪皓，字光弼，洪迈是他的第三子。史载洪皓"少有奇节，慷慨有经略四方志"，政和五年进士，曾以礼部尚书的身份代表南宋出使金，被金扣押滞留十三年不辱使命，宋高宗赞许其为"卿忠贯日月，志不忘君，虽苏武不能过也"。②回朝后，因得罪秦桧而被贬官英州九年后再徙袁州，最终死于途中。洪迈兄长洪适和洪遵都在绍兴十二年登博学宏词科，"适、遵、迈相继登词科，文名满天下，适位极台辅，而迈文学尤高，立朝议论最多"，洪氏父子四人都在《宋史》有传，"父子相承，四上鸾坡之直；兄弟在望，三陪凤阁之游"③，可谓一时之佳话。在这种家庭氛围下，洪迈从小就打下了良好的文学基础。

洪迈的仕途大体上曲折向上，但其中也多有波折。第一次大挫折在其父洪皓得罪秦桧被贬时，他也受到影响，被贬为福州教授。第二次是在绍兴三十二年（1162）出使金国。高宗希望他能忍辱负重，争取让金国退还河南赵氏祖地，"若彼能以河南地见归，必欲居尊如故，正复屈己，亦何所惜"。洪迈自己立的目标是"解山东之兵"。但因为洪迈坚守使节礼仪，在北强南弱，性命几于不保的情况下，仍态度强硬，与金人针锋相对，被金人锁在使馆内，

① ［元］脱脱等：《宋史》卷373《洪迈》，中华书局1985年版，第11570—11574页。
② ［元］脱脱等：《宋史》卷373《洪皓》，中华书局1985年版，第11560页。
③ 凌郁之：《洪迈年谱》，上海古籍出版社2006年版，第1页。

三天不给饮食，金人差点将其扣留下来。此次出使没有达成预期的目的，回朝后又碰上高宗和孝宗皇位更迭，洪迈被御史张震弹劾说"使金辱命"[①]，因而被罢免。直到第二年才重新起复为泉州知州。

洪迈一生经历了徽、钦、高、孝、光、宁六位皇帝，屡次担任要职，见多了朝廷的风云变幻。他生卒于鄱阳，先后在临安、福州、泉州、平江、吉州、赣州、建宁、婺州、绍兴等地任职，父亲和其本人先后出使过北方，这些履历让他有机会了解各地的风土人情，社会阅历也变得丰富，对他的写作是非常有用的。

洪迈为官期间，整体上是精练有为的。时人何异在《容斋随笔总序》中表扬他"经行之地，笔墨飞动，人诵其书，家有其像，平易近民之政，悉能言之。有诉不平者，如诉之于其父，而谒其所欲者，如谒之于其母"[②]。虽然语境有点夸张，但洪迈在知赣州期间大力提倡文化教育，兴建浮桥；知建宁期间，打击豪强；知婺州期间，大修水利，这些事迹都在《宋史·洪迈传》中有载。这种勤政爱民的精神也在《夷坚志》中体现出来，洪迈个人能整理编写出卷帙最繁多的一部民间小说集，究其原因，离不开这种务实爱民的思想，所以才能放下身段，以士大夫的身份记录了数量远超前代作品的普通百姓的日常故事。

（二）《夷坚志》创作过程中的讲述者们

根据《夷坚志》诸志现存的《序》及赵与时《宾退录》所引的材料，国内外的学者们对夷坚诸志的成书过程进行整理，各志撰写的时间大体明晰。

表 3-1　《夷坚志》诸志写作时间表

名目	起撰时间	完成时间
甲志	绍兴十三年（1143）	绍兴三十年（1160）或三十一年（1161）
乙志	绍兴三十年（1160）或三十一年（1161）	乾道二年（1166）十二月十八日
丙志	乾道二年（1166）十二月十八日后，或乾道十三年	乾道七年（1171）五月十八日

---

① ［元］脱脱：《宋史》卷 373《洪迈》，中华书局 1985 年版，第 11571 页。
② ［宋］洪迈撰，孔凡礼点校：《容斋随笔》附录《宋何异序一篇》，中华书局 2005 年版，第 979 页。

续表

名目		起撰时间	完成时间
丁志		乾道八年（1172）	淳熙五年（1178）
戊志		淳熙六年（1179）	淳熙十二年（1185）
己志		淳熙十二年（1185）	淳熙十六年（1189）
庚志		淳熙十六年（1189）	淳熙十六年（1189）到绍熙元年（1190）之间
辛志			
壬志		绍熙四年至五年编撰	绍熙五年（1194）夏季全部完成
癸志			
支志	支甲		绍熙五年（1194）六月一日
	支乙		庆元元年（1195）二月二十八日
	支景		庆元元年（1195）十月十三日
	支丁		庆元二年（1196）三月十九日
	支戊		庆元二年（1196）七月五日
	支己		庆元二年（1196）十月前
	支庚		庆元二年（1196）十月前
	支辛		庆元三年（1197）
	支壬		庆元三年（1197）四月中旬前
	支癸		庆元三年（1197）五月十四日
三志	三志甲		庆元三年（1197）七月
	三志乙、三志景、三志丁、三志戊		庆元三年（1197）七月 庆元四年（1198）二月
	三志己		庆元四年（1198）四月一日
	三志庚		庆元四年（1198）四月、五月之间
	三志辛		庆元四年（1198）六月八日
	三志壬		庆元四年（1198）九月六日
	三志癸		
四志	四志甲		庆元四年（1198）到嘉泰二年（1202）之间
	四志乙		

资料来源：此表主要引用复旦大学张文飞博士学位论文第一章材料的梳理。（张文飞：《洪迈〈夷坚志〉研究》，复旦大学博士论文，2008 年。）

洪迈本人在《乙志》的《序》里提道：

> 《夷坚》初志成，士大夫或传之，今镂板于闽，于蜀，于婺，于临安，盖家有其书。人以予好奇尚异也，每得一说，或千里寄声，于是五年间又得卷帙多寡与前编等，乃以乙志名之。凡甲、乙二书，合为六百事，天下之怪怪奇奇尽萃于是矣。……若予是书，远不过一甲子，耳目相接，皆表表有据依者。谓予不信，其往见乌有先生而问之。乾道二年十二月十八日，鄱阳洪迈景卢叙。
>
> 八年夏五月，以会稽本别刻于赣，去五事，易二事，其他亦颇有改定处。淳熙七年七月又刻于建安。①

按照《乙志》序所说的时间计算，甲志的写作时长足足持续十八年，乙志只用了五年的时间，在乾道二年（1166）就完成了，其后《夷坚志》的成书速度越来越快。这点在赵与时的《宾退录》中所引的庚志《序》中有印证："初《甲志》之成，历十八年，自《乙》至《己》，或七年，或五六年，今不过数阅月，闲之为助如此。"② 为什么创作的速度越来越快。究其原因，一方面洪迈自己致仕后的时间增加，写作愈发娴熟；另一方面，包括洪迈的亲友在内的人们，为他提供了大量的素材支持也是一个重要的原因。《支乙集序》中说："群从姻党，宦游规、蜀、湘、桂，得一异闻，辄相告语。闲不为外夺，故至甲寅之夏季，《夷坚》之书绪成辛、壬、癸三志，合六十卷，及支甲十卷。财八改月，又成支乙一编。"③

结合洪迈本人的描述和《夷坚志》诸志中的注出，我们可以把《夷坚志》的创作者和搜集者看成一个群体。一是其中最大的人群是洪迈的亲人。甲志从绍兴十三年开始写作，这年他的父亲洪皓从金归南，《夷坚志》的第一卷中记

① ［宋］洪迈撰，何卓点校：《夷坚志》甲志卷第20《夷坚乙志序》，中华书局2006年版，第185页。

② ［宋］赵与时撰，姜汉椿整理：《宾退录》卷第8，大象出版社2019年版，第176页。这段话在《夷坚志》原文中已丢失。

③ ［宋］洪迈撰，何卓点校：《夷坚志》支乙集《序》，中华书局2006年版，第795页。

载了很多洪皓讲述的内容，开卷第一篇《孙九鼎》即云"（孙九鼎）旧与家君同为通类斋生，至北方屡相见，自说兹事"①。《刘将军》《宝楼阁咒》两篇注明"二事皆孙九鼎言，孙亦有书纪此事甚多，皆近年事"②。这三个故事，经历了孙九鼎撰写—洪皓转述—洪迈记述三个环节。包括《刘厢使妻》《天台取经》《阿保机射龙》《犬异》《黑风大王》《崔祖武》，以及此外滞留北方的宗室赵伯璘所讲的《熙州龙》《石氏女》《王天常》等北国故事，都是来自洪皓的讲述。洪迈的亲友也提供了各地的故事，族兄弟中洪景裴提供了《刑舜举》《阎罗诚》等篇，洪迈妇侄临桂丞张寅提供了丙志卷四《阆州通判子》，丙志卷一三《蟹治漆》讲述了洪迈妹婿任当阳尉摄邑令时的亲身经历，其余兄弟、子侄、连襟、舅姑等等，不一而足。乙志里开始出现洪迈妻族的身影，丙志卷十四《张五姑》《宜都宋仙》《刘姐故夫》《锡盆冰花》《王八郎》《杨宣赞》，卷十九《宋氏葬地》《饼家小红》等篇的故事题材得之于妻族。

二是随着洪迈交友范围的扩展，不断有人主动找上门来向其提供素材。以丁志为例，其中的卷二"此卷皆王稚川说"③。卷三前十篇都是"郑人孙申元翰所录"④。后七篇是"孙革说"⑤。卷五、卷六由黄德琬提供⑥，卷十八开始的三卷"除《路当可》一事外，皆建昌士人邓植端若转为予言"⑦。支丁卷第二，支景卷第三、第四、第五前九篇，支庚卷第四、第五前十篇，志癸卷第二卷、第三卷，第八《李小五官人》等都是吕德卿提供的。

三是洪迈直接引用了当时已有著作中的故事。丁志卷四里的《司命府丞》和《刘士彦》两篇"见《浮休集》"⑧，卷七从《戴楼门宅》到《朱胜私印》这八则故事收录自《秀水仙居录》⑨，卷八《何丞相》的作者是叶石林，卷十《天门授事》由黎珣作记，《大洪山跋虎》出自《汉东志》，卷十四《白崖神》先

① ［宋］洪迈撰，何卓点校：《夷坚志》甲志卷第1《孙九鼎》，中华书局2006年版，第2页。
② ［宋］洪迈撰，何卓点校：《夷坚志》甲志卷第1《宝楼阁咒》，中华书局2006年版，第3页。
③ ［宋］洪迈撰，何卓点校：《夷坚志》丁志卷第2《李元礼》，中华书局2006年版，第554页。
④ ［宋］洪迈撰，何卓点校：《夷坚志》丁志卷第3《胡大夫》，中华书局2006年版，第559页。
⑤ ［宋］洪迈撰，何卓点校：《夷坚志》丁志卷第3《谢花六》，中华书局2006年版，第563页。
⑥ ［宋］洪迈撰，何卓点校：《夷坚志》丁志卷第6《张翁杀蚕》，中华书局2006年版，第590页。
⑦ ［宋］洪迈撰，何卓点校：《夷坚志》丁志卷第20《雪中鬼迹》，中华书局2006年版，第709页。
⑧ ［宋］洪迈撰，何卓点校：《夷坚志》丁志卷第4《刘士彦》，中华书局2006年版，第566页。
⑨ ［宋］洪迈撰，何卓点校：《夷坚志》丁志卷第7《朱胜私印》，中华书局2006年版，第593页。

见于宣和七年宇文虚中所作的庙记。此外"壬志全取王景文《夷坚别志序》，表以数语"①。此外他在修史的过程中也获得了一些故事，如《阳大明》结尾"其事具《起居注》"②。

后面的几本书能在很短的时间完成，主要原因在于洪迈通过各种方式短时间就获得了大量素材，用时最短的"三志甲才五十日而成"③。由于创作的时间过短，洪迈往往来不及多做润色，较多地保留了故事原本的特点和风格，因此，《夷坚志》也可以看作民间集体创造的故事集。

二、《夷坚志》的主要内容

宋人陈振孙在《直斋书录解题》记录说："《夷坚志》，甲至癸二百卷，支甲至支癸一百卷三甲至三癸一百卷，四甲四乙二十卷，大凡四百二十卷。翰林学士都阳洪迈景卢撰。"④赵与时《宾退录》描述洪文敏著《夷坚志》，积三十二编，凡三十一序，各出新意，不相复重，昔人所无也。⑤从两段文字中我们可以知道《夷坚志》曾分初志、支志、三志、四志，按甲乙丙丁等天干为序，有三十二志，每志各分十集，但现在保存下来的仅有十四志。⑥除丁志的序以外，其余序都对各志的写作时间有明确交代。今存的版本有明嘉靖间刻本、《四库全书》本、景宋钞本、《丛书集成》本等。这些版本中涵芬楼印本《新校辑补夷坚志》最全，但也只保留了206卷。⑦

---

① ［宋］赵与时撰，姜汉椿整理：《宾退录》卷第8，大象出版社2019年版，第176页。
② ［宋］洪迈撰，何卓点校：《夷坚志》乙志卷第3《阳大明》，中华书局2006年版，第209页。
③ ［宋］赵与时撰，姜汉椿整理：《宾退录》卷第8，大象出版社2019年版，第175页。
④ ［宋］陈振孙：《直斋书录解题》卷11，上海古籍出版社1987年。
⑤ ［宋］赵与时撰，姜汉椿整理：《宾退录》卷第8，大象出版社2019年版，第175页。
⑥ 为甲志、乙志、丙志、丁志支甲、支乙、支景、支丁、支戊、支庚、支癸三志己、三志辛、三志壬十四志。保存着《序》的是乙志、丙志、丁志支甲、支乙、支景、支丁、支戊、支庚、支癸三志己、三志辛、三志壬。
⑦ 中华书局在1981年据涵芬楼印本校点出版，再又根据《永乐大典》的记载辑出佚文二十八则附后。本文写作参考的是中华书局在2006年出版的，由何卓点校的《夷坚志》，它保留了206卷，是目前最为完整的版本。

　　《夷坚志》所涉及内容十分广泛，既有神仙鬼魅的志怪部分，也有百态人生的志人篇章。南宋叶祖荣的《新编分类夷坚志》就将其分为三十六个门类 ①，该分类不按洪迈创作的时间顺序，只是根据故事的内容再进行编辑和选录。方便读者进行有针对性的阅读，因此在明清时期广为流传。这本书对于今人研究《太平广记》有积极的作用，也常有人再对该书进行细分和研究。②

　　因为统计角度的不同，一个故事可能分属于不同的类别，但其中大多数的篇章在描述神鬼之事，这也符合洪迈在《夷坚丙志序》中说的"始予萃《夷坚》一书，颛以鸠异崇怪，本无意于纂述人事及称人之恶也。然得于容易，或急于满卷帙成编，故颇违初心"③。虽然以作者志怪为本意，但仍不可避免地述及人事。其中关于人事的内容，如那些商人牙侩、胥吏无赖、小偷强盗、贩夫走卒恰是宋代市井生活百态的集中展现，故事的主题更进一步拓展到衣食住行、家常日用、籴粜采买，这些就是我们研究的重点。下面是对《夷坚志》中涉及商人以及商业行为的故事进行辑录而成的表。

---

① 三十六个门类包括忠臣、孝子、节义、阴德、阴遣、禽兽、冤对报应、幽明二狱、欠债、妒忌、贪谋、诈谋骗局、奸淫、杂附、妖怪、前定、冥婚嗣息、夫妻、神仙、祀教、淫祀、神道、鬼怪、医术、十相、杂艺、妖巫、梦幻、奇异、精怪、坟墓、设醮、冥官、善恶、僧道恶报、入冥。（[宋]洪迈撰，何卓点校：《夷坚志·诸家序跋·又跋》，中华书局2006年版，第1841页。）

② 比如张馥蕊曾经统计过《夷坚志》篇章的内容，总结说："根据残存的不到原书一半的《夷坚志》，共有2721个故事。关于梦的故事就有535个多。关于神、鬼、仙、怪的故事有729个。在人事方面，关于宋代名人、官吏、士农工商、巫师、卜者、医生、和尚、道士、盗匪、孝子、骗子、富人、穷人、优伶等故事，共有616个。关于植物（虎耳……）及动物（龙、九龙鸟……）的故事有150个。关于器物（盆盂桶箕……）的故事有44个。关于幻化变形（狐蛇土偶……幻化成美女或男与人交合，悍妇变为虎，不孝女变为牛……）、前身、后身、再生、异产、因果报应……的故事有529个。关于诗词（爱情诗、讽刺诗、预言诗、醉中诗、梦中诗、死前诗……）共有52个。关于语言（双关语、行话……）共有37个。"（张馥蕊：《洪迈与〈夷坚志〉》，载《93中国古代小说国际研讨会论文集》，开明出版社1996年版，第134—140页。）

③ [宋]洪迈撰，何卓点校：《夷坚志》乙志卷第20《丙志序》，中华书局2006年版，第363页。

表3-2　《夷坚志》中反映商人及商业行为的故事 [1]

序号	姓名及居住地区	经营何种行业	类型	文献出处
1	京师民石氏	坐贾（开茶肆）	中小商人	《甲志卷第一·石氏女》
2	登州黄县人宗立本	行商	中小商人	《甲志卷第二·宗立本小儿》
3	建昌人黄袭云的同乡	行商	中小商人	《甲志卷第二·神告方》
4	徽州婺源县怀金乡民程彬	药商（卖毒药）	中小商人	《甲志卷第三·万岁丹》
5	豫章商人	药商	中小商人	《甲志卷第三·窦道人》
6	婺源人方客	行商（盐商）	不详	《甲志卷第四·方客遇盗》
7	当垆女	坐贾（酒肆）	中小商人	《甲志卷第四·吴小员外》
8	建州浦城人黄衡的同乡	行商	中小商人	《甲志卷第五·黄平国》
9	平江草桥屠者张小二	屠宰商，后改业为油商家仆人	中小商人	《甲志卷第七·张屠父》
10	无锡县村民陈承信	贩豕为业，后富有	中小商人	《甲志卷第七·陈承信母》
11	泉州僧本偁表兄	行商（海商）	大商人	《甲志卷第七·岛上妇人》
12	常德府富户余翁	坐贾（粮商）	大商人	《甲志卷第七·查市道人》
13	仁和县货药道人	行商（药商）（道士）	中小商人	《甲志卷第七·仁和县吏》
14	温州瑞安人王居常	行商（海商）	中小商人	《甲志卷第七·搜山大王》
15	青州囚犯	开旅邸（杀人越货）	中小商人	《甲志卷第八·金刚灵验》
16	桐口村港西段二十六	坐贾（粮商）	中小商人	《甲志卷第八·闵氽震死》
17	朱元	行商（茶商）	大商人	《甲志卷第九·邹益梦》
18	明州昌国海商	行商（海商）	不详	《甲志卷第十·昌国商人》
19	潘君	行商	大商人	《甲志卷第十一·潘君龙异》
20	巨商	行商（珠宝商）	大商人	《甲志卷第十二·林积阴德》
21	南康建昌县民	行商	中小商人	《甲志卷第十六·碧澜堂》
22	卖冠珥者	行商（卖冠珥）	中小商人	《甲志卷第十六·升平坊官舍》

———————

[1]　因篇幅有限，本表仅统计由商人或者商业行为推动故事情节发展的故事，诸如仅有商人身份，而没有从事商业行为的故事则布录入其中。罗陈霞：《宋代小说与宋代商贸活动》，南开大学博士学位论文，2009年第57—62页中对《夷坚志》中的商人故事进行统计，本统计方式与其大致相同，但在数量上有增加。

续表

序号	姓名及居住地区	经营何种行业	类型	文献出处
23	傅氏子	行商（布帛商）	大商人	《甲志卷第十八·乘氏疑狱》
24	贩缯老妇人	行商（布帛商）	中小商人	《甲志卷第十九·误入阴府》
25	泉州妇人	行商（药商）	中小商人	《甲志卷第二十·一足妇人》
26	严州商人	开旅店/与行商	中小商人	《乙志卷第三·浦城道店蝇》
27	洪州崇北坊人杜三	行商（卖水，卖蚊子药）	中小商人	《乙志卷第七·杜三不孝》
28	大商人某	行商（布商）	大商人	《乙志卷第七·布张家》
29	明州商人	行商（海商）	不详	《乙志卷第八·长人岛》
30	阆喜/张氏	坐贾（水果商/张家茶肆）	中小商人	《乙志卷第十一·米张家》
31	临安某氏	坐贾（破烂商、质库主人）	大商人	《乙志卷第十一·涌金门白鼠》
32	山东商人	行商（海商）	不详	《乙志卷第十三·海岛大竹》
33	荐福寺外买药者	行商（药商）（道士）	中小商人	《乙志卷第十四·笋毒》
34	推小车小贩	行商（染色）	中小商人	《乙志卷第十五·诸般染铺》
35	昆山民沈十九	小吃商（卖螃蟹、卖饧）	中小商人	《乙志卷第十七·沈十九》
36	临州某人	行商（卖蛇毒药）	中小商人	《乙志卷第十九·疗蛇毒药》
37	戴确	行商（卖卦）	中小商人	《乙志卷第二十·神霄宫商人》
38	某里贩缯者家	坐贾（布帛商）	不详	《丙志卷第三·费道枢》
39	买饼家	坐贾（开饼店卖饼）	中小商人	《丙志卷第四·饼店道人》
40	巨商	行商（有舟）	大商人	《丙志卷第六·温州风灾》
41	商客	行商（卖佛像）	中小商人	《丙志卷第六·张八削香像》
42	密州板桥镇商人	行商（海商）	大商人	《丙志卷第六·长人岛》
43	李吉	行商（卖爐鸡）	中小商人	《丙志卷第九·李吉爐鸡》
44	贩妇	卖花粉之属的小贩	中小商人	《丙志卷第九·郑氏犬》
45	平江民	坐贾（茶肆）	中小商人	《丙志卷第十·茶肆民子》
46	鄱阳城中民张二	小吃商（卖粥）	中小商人	《丙志卷第十一·张二子》
47	府子城吴旺	卖布帛（绦）	中小商人	《丙志卷第十二·吴旺诉冤》
48	福州北门卖豆乳人家	坐贾（卖豆乳）	中小商人	《丙志卷第十三·福州异猪》
49	广州估客	行商（海商）	大商人	《丙志卷十三·长乐海寇》
50	卖药翁	药商	中小商人	《丙志卷第十四·綦叔厚》

序号	姓名及居住地区	经营何种行业	类型	文献出处
51	唐州比阳富人王八郎 / 其妻	大商人 / 其妻卖瓶罌之属	大商人	《丙志卷第十四·王八郎》
52	太清宫道人	药商（道士）	中小商人	《丙志卷第十六·太清宫道人》
53	阆州客邸主家	坐贾（邸店）	中小商人	《丙志卷第十八·阆州道人》
54	炸虾老人	小吃商（炸虾）	中小商人	《丙志卷第十八·炸虾翁》
55	汴人张拱	坐贾（药肆）	中小商人	《丙志卷第十八·张拱遇仙》
56	洪迈岳父	坐贾（经营邸店）	大商人	《丙志卷第十九·饼家小红》
57	任齐	行商（货卖乳香）	不详	《丙志卷第十九·朱通判》
58	番城西南元生村屈师	坐贾（扑买鱼塘）	中小商人	《丙志卷第十九·屈师放鲤》
59	温州隐者某 / 王浪仙	行商（卖卦）	中小商人	《丁志卷第一·王浪仙》
60	雷州杨一	行商（药商）	不详	《丁志卷第一·治挑生法》
61	董国庆妾	行商（卖面粉）	中小商人	《丁志卷第二·侠妇人》
62	刘道昌	药商（术士）	中小商人	《丁志卷第二·刘道昌》
63	李全	药商（道士）	中小商人	《丁志卷第二·李家遇仙丹》
64	王立	小商贩（卖火鹿鸭）	中小商人	《丁志卷第四·王立火鹿鸭》
65	建安人叶德孚	行商（贩茶）	中小商人	《丁志卷第六·叶德孚》
66	泉州商人杨某	行商（海商）	大商人	《丁志卷第六·泉州杨客》
67	洺州人韩洙	坐贾（酒肆及客邸）	中小商人	《丁志卷第七·荆山客邸》
68	宜黄县民莫寅	行商（盐商）	大商人	《丁志卷第八·宜黄人相船》
69	宜黄细民胡五	卖煮螺蛳	中小商人	《丁志卷第八·胡道士》
70	许道寿	卖仿广州造龙涎诸香	中小商人	《丁志卷第九·许道寿》
71	临安骆生	行商（药商）	中小商人	《丁志卷第九·西池游》
72	临安浙江人舒懋	小吃商（鱼饭）	中小商人	《丁志卷第九·舒懋育鳝》
73	河东人郑六十	坐贾（杀猪卖肉）	中小商人	《丁志卷第九·河东郑屠》
74	严州人陈永年	坐贾（银铺）	中小商人	《丁志卷第九·龙泽陈永年》
75	襄阳邓城县富室	坐贾（经营酒坊）	大商人	《丁志卷第十·邓城巫》
76	卖酒人	私酿酒	中小商人	《丁志卷第十四·孔都》
77	抚州南门黄柏路居民詹六、詹七	坐贾（牙人，接鬻缣帛）	中小商人	《丁志卷第十五·詹小哥》

续表

序号	姓名及居住地区	经营何种行业	类型	文献出处
78	余干乡民张客/杨生	行商/坐贾（经营邸店）	中小商人	《丁志卷第十五·张客奇遇》
79	鄱阳士人黄安道	往来京洛关陕间的行商	中小商人	《丁志卷第十六·黄安道》
80	泽州凌川县卖饼人	坐贾（卖胡饼）	中小商人	《丁志卷第十六·鸡子梦》
81	吴中甲、乙两细民	卖鳝鱼	中小商人	《丁志卷第十六·吴民放鳝》
82	官妓蓝氏	坐贾（卖粥）	中小商人	《丁志卷第十八·紫姑蓝粥诗》
83	卖诗秀才	文商，以卖诗为生	中小商人	《丁志卷第十八·卖诗秀才》
84	乐平明口人许德和	行商（粮商）	中小商人	《丁志卷第十九·许德和麦》
85	市货药道人	药商（道士）	中小商人	《丁志卷第二十·兴国道人》
86	贵溪逆旅碰到的贾客	行商（卖香贾人）	中小商人	《支甲卷第三·刘承节马》
87	鄱阳市民汪乙	行商（卖鱼鳖）	中小商人	《支甲卷第三·汪乙鼋》
88	鄱阳张廿二	坐贾（陶器店）	中小商人	《支甲卷第三·张鲇鱼》
89	沈全、施永	行商（捕青蛙卖）	中小商人	《支甲卷第四·钱塘老僧》
90	钱塘陈翁	坐贾（行头，卖炙泥鳅）	中小商人	《支甲卷第四·九里松鳅鱼》
91	临川市民王明	雇工种菜卖	中小商人	《支甲卷第五·灌园吴六》
92	石叔献	不详	大商人	《支甲卷第五·石叔献》
93	鄂州张二	坐贾（屠夫、卖肉）	中小商人	《支甲卷第八·哮张二》
94	鄂渚王媪	卖饭	中小商人	《支甲卷第八·鄂渚王媪》
95	海王三之父	行商（海商）	不详	《支甲卷第十·海王三》
96	临安人王彦太	行商（海商）	大商人	《支乙卷第一·王彦太家》
97	定陶县陂泽居民	小商贩（卖水产）	中小商人	《支乙卷第一·定陶水族》
98	董成二郎	行商（米商）	中小商人	《支乙卷第一·董成二郎》
99	上饶人王三客、翟八姐	行商	中小商人	《支乙卷第一·翟八姐》
100	孟思恭的父亲	盐商	大商人	《支乙卷第六·单于问家世词》
101	鄱阳彭仲光	鱼商	中小商人	《支乙卷第七·彭氏池鱼》
102	乐平县城商客	行商（布帛商）	中小商人	《支乙卷第七·潘璋家僧》
103	京师人张二大夫	医生兼药商	大商人	《支乙卷第七·张二大夫》
104	南陵某生	坐贾（酒肆）	中小商人	《支乙卷第八·南陵美妇人》

续表

序号	姓名及居住地区	经营何种行业	类型	文献出处
105	江牛屠	屠夫（诡法杀牛）	中小商人	《支乙卷第八·江牛屠》
106	江陵村俭	坐贾（贩猪商）	中小商人	《支景卷第一·江陵村俭》
107	陈甲	行商（菜农）	中小商人	《支景卷第四·宝积行者》
108	临安米氏桥旁	小吃（萁豆）	中小商人	《支景卷第四·人生尾》
109	许六郎	卖糖饼兼营高利贷	中小商人	《支景卷第五·许六郎》
110	台州山民童七	行商（原为贩猪商，后改业为贩纱帛）	中小商人	《支景卷第五·童七屠》
111	郑四客	行商（贩贸纱帛海物）	中小商人	《支景卷第五·郑四客》
112	雩都县曲阳铺东廖少大、廖少四兄弟	坐贾（经营旅舍、卖鱼）	中小商人	《支丁卷第三·廖氏鱼塘》
113	温州巨商张愿	行商（海商）	大商人	《支丁卷第三·海山异竹》
114	临安荐桥门外太平桥北细民张四	卖海蜇（后改行卖煎豆腐）	中小商人	《支丁卷第三·张四海蜇》
115	福州闽清林自诚	坐商贾	不详	《支丁卷第四·林子元》
116	海船客人	卖鱼	中小商人	《支丁卷第五·海口镇鳜鱼》
117	淮西商人	行商（卖牛）	中小商人	《支丁卷第五·淮西牛商》
118	西乡冷水村细民方九	坐贾（卖酒）	中小商人	《支丁卷第七·张方两家酒》
119	丽水商人王七六	行商（布帛商）	中小商人	《支丁卷第八·王七六僧伽》
120	侯潮门外羽老	卖面粉人	中小商人	《支丁卷第八·周氏买花》
121	盐城吴某	坐贾（开质肆）	大商人	《支丁卷第九·盐城周氏女》
122	剑州顺昌县石溪村村民李甲	行商（卖炭）	中小商人	《支戊卷第一·石溪李仙》
123	福州长乐县陈公任	行商（贩布）	大商人	《支戊卷第一·陈公任》
124	莆田阮秀才	坐贾（开酒肆）	中小商人	《支戊卷第二·阮秀才酒钱》
125	商贩	行商（海商）	大商人	《支戊卷第二·海船猴》
126	建康巨商杨二郎	行商（海商）	大商人	《支戊卷第三·鬼国母》
127	九江小民黄二	行商（卖果子）	中小商人	《支戊卷第四·德化鸳兽》
128	京师人许大郎	卖面粉	中小商人	《支戊卷第七·许大郎》
129	金陵人陆道姑的丈夫	行商	不详	《支戊卷第八·陆道姑》

续表

序号	姓名及居住地区	经营何种行业	类型	文献出处
130	临川商客	卖篦头钗镮	中小商人	《支戊卷第十·程氏买冠》
131	平江屠者贾循	坐贾（货獐）	中小商人	《支庚卷第二·贾屠宰獐》
132	临安茶商沈八等三十多人 / 洞庭绢客某某 / 谈大公三子	茶商 / 布帛商 / 私酒商	不详	《支庚卷第四·奔城湖女子》
133	平江人江仲谋	坐贾（熟药铺）	中小商人	《支庚卷第四·伏虎司徒庙》
134	鄂州富商武邦宁	坐贾（启大肆卖缣帛）	大商人	《支庚卷第五·武女异疾》
135	处州邸店主人	坐贾（邸店）	大商人	《支庚卷第六·处州客店》
136	溧阳黎道人	卖药（道士）	中小商人	《支庚卷第八·黎道人》
137	黄州市民渠生	行商（货油为业）	中小商人	《支癸卷第二·黄州渠油》
138	福清海商杨氏父子三人	行商（海商）	不详	《支癸卷第三·鬼国续记》
139	王良佐	行商（货担卖油）	中小商人	《支癸卷第三·宝叔塔影》
140	饶州张霖 / 郑大郎	行商（贩易陶器 / 小盐商）	中小商人	《支癸卷第四·郑三百妻》
141	福建淮安县津浦坊民郑四	行商（卖羊）	中小商人	《支癸卷第四·郑四妻子》
142	平江西馆桥市民某	坐贾（卖水果的商贩）	中小商人	《支癸卷第五·西馆桥塑龙》
143	抚州陈泰	原来是贩布的小商人，后来成为大布帛商	大商人	《支癸卷第五·陈泰梦冤》
144	市民龚三	蒸芋	中小商人	《支癸卷第五·石头镇民》
145	临安秦氏	坐贾（银铺）	大商人	《支癸卷第六·张七省干》
146	饶州天庆观后居民李小一	以制造通草花朵为业	中小商人	《支癸卷第八·李大哥》
147	建昌人祝某等	贩南药的药商	中小商人	《三志己卷第二·姜七家猪》
148	姜七	坐贾（经营邸店）	中小商人	《三志己卷第二·姜店女鬼》
149	颜氏	坐贾（经营邸店）	中小商人	《三志己卷第二·颜氏店鹅》
150	泉州商客七人：陈某、刘某、吴某、张某、李某、余某、蔡某	行商（海商）	不详	《三志己卷第二·余观音》
151	支氏夫妇	坐贾（经营邸店）	中小商人	《三志己卷第三·支友璋鬼狂》

续表

序号	姓名及居住地区	经营何种行业	类型	文献出处
152	舒州民燕五／十二行商	行商（糍饵）／不详	中小商人	《三志己卷第四·燕仆曹一》
153	临安市民某	日用品商（卖冠）	中小商人	《三志己卷第五·卫灵公本》
154	纲首吴大，凡火长之属一图帐者三十八人	海商主舶船贸易	大商人	《三志己卷第六·王元懋巨恶》
155	婺州梅花门边民家／刘、韩二酒家／徐氏	坐贾（饭店／酒店／药寮）	中小商人	《三志己卷第六·养皮袋》
156	平江城北民周氏	货麸面	大商人	《三志己卷第七·周麸面》
157	临安孙三	行商（熟肉）	中小商人	《三志己卷第九·干红猫》
158	襄阳宜城富人刘三客	行商（贩贸纱帛海物）	大商人	《三志辛卷第二·宜城客》
159	信州五通楼前王氏	小吃商（荷包煿肉）	中小商人	《三志辛卷第六·五色鸡卵》
160	胡廿四／弋阳某客	经营邸店／行商（贩贸丝麻）	中小商人	《三志辛卷第六·胡廿四父子》
161	市客金生	行商（布商）	中小商人	《三志辛卷第六·金客隔织》
162	鄱阳阎大翁	行商（盐商）	大商人	《三志辛卷第七·阎大翁》
163	枣阳申师孟	行商（受雇于富室裴氏）	大商人	《三志辛卷第八·申师孟银》
164	饶州城内德化桥高屠	坐贾（卖风药）	中小商人	《三志辛卷第十·鬼杀高二》
165	赣州宁三十	不详	中小商人	《三志辛卷第十·宁客陆青》
166	鄱阳莫岗民黄廿七	行商（贩卖景德镇瓷器）	中小商人	《三志辛卷第十·湖口庙土地》
167	湖州人陈小八	行商（贩贸纱帛）	大商人	《三志辛卷第十·陈小八子债》
168	福州士人父	茶笼	不详	《三志壬卷第四·湖北稜睁鬼》
169	信阳军罗山县沈媪	坐贾（杂货／酒药）	中小商人	《三志壬卷第六·罗山道人》
170	鄱阳市民蒋二	装造印香	中小商人	《三志壬卷第六·蒋二白衣社》
171	饶州细民萧七	坐贾（猪肉脯）	中小商人	《三志壬卷第六·萧七佛经》
172	婺州人王道成	行商	不详	《三志壬卷第七·王道成先生》
173	范信之、孙十郎	盐商	不详	《三志壬卷第八·孙十郎放生》
174	饶州德化桥张小五	坐贾（卖瓷器）	中小商人	《三志壬卷第九·杨廿一人冥》

序号	姓名及居住地区	经营何种行业	类型	文献出处
175	岳州民邹曾九	行商（贩贸纱帛）	中小商人	《三志壬卷第十·邹九妻甘氏》
176	归州民施华	行商	中小商人	《三志壬卷第十·解七五姐》
177	德兴南市乡民汪一	坐贾（开酒肆）	中小商人	《三志壬卷第十·汪一酒肆客》
178	宗室赵善式	卖酒，也卖牛肉	中小商人	《补卷第三·赵善式梦警》
179	某人	行商（卖鳖）	中小商人	《补卷第四·村叟梦鳖》
180	德兴县某氏	行商（卖玩具）	中小商人	《补卷第四·程氏诸孙》
181	鄂岳之间居民张客	行商（贩贸纱帛）	中小商人	《补卷第五·张客浮沤》
182	某茶商	行商（贩茶）	中小商人	《补卷第五·莲花桥》
183	信州贵溪闻人氏	坐贾（茶肆、药肆）	中小商人	《补卷第五·闻人邦华》
184	湖州小客	行商（货姜）	中小商人	《补卷第五·湖州姜客》
185	歙州朱庆	坐贾（卖纸）	中小商人	《补卷第六·金源洞》
186	商贾某	行商	不详	《补卷第六·周翁父子》
187	某州商人王兰	行商	大商人	《补卷第六·王兰玉童》
188	衢州江山县峡口市祝大郎	坐贾（开质库）	大商人	《补卷第七·祝家潭》
189	临安市民沈一	坐贾（酒肆）	大商人	《补卷第七·丰乐楼》
190	临安恶人	坐贾（茶邸）	中小商人	《补卷第八·京师浴堂》
191	鄱阳徐商	行商（盐商）	不详	《补卷第八·鲍八承务》
192	贡院前姚氏	坐贾（邸店）	不详	《补卷第十一·钱生见前世母》
193	建康朱家	行商（卖谷物）	中小商人	《补卷第十一·宣城葛女》
194	华亭客商	行商（贩苇席）	中小商人	《补卷第十二·华亭道人》
195	江陵傅氏	坐贾（卖纸）	中小商人	《补卷第十二·傅道人》
196	临安中瓦市吴翁	坐贾（卖冻鱼）	中小商人	《补卷第十六·卖鱼吴翁》
197	徽州歙县士人李生	坐贾（米铺）	大商人	《补卷第十六·蔡五十三姐》
198	临安某少妇之夫	行商	不详	《补卷第十八·孙生沙卦》
199	乐平向十郎	行商（贩贸纱帛）	中小商人	《补卷第二十·桂林秀才》
200	广州人潘成	行商（贩香药）	中小商人	《补卷第二十·潘成击鸟》
201	建康巨商杨二郎	行商（海商）	大商人	《补卷第二十一·鬼国母》
202	金陵商客富小二	行商（海商）	大商人	《补卷第二十一·猩猩八郎》
203	广南海贾	行商（海商）	大商人	《补卷第二十一·海外洋怪》

序号	姓名及居住地区	经营何种行业	类型	文献出处
204	鄂州民媪	坐贾（盐商）	中小商人	《补卷第二十五·李二婆》
205	绕城客商	行商（卖米）	大商人	《补卷第二十五·鄱阳雷震》
206	潭州卖药媪	行商（卖药）	中小商人	《再补·卖药媪治眼虫》
207	福州赵某妻	卖酒	中小商人	《再补·义妇复仇》
208	乐平流槎金伯虎	行商（贩贸纱帛）	中小商人	《三补·梦前妻相责》

资料来源：本章关于《夷坚志》中各种商人群体的统计均来自［宋］洪迈撰，何卓点校：《夷坚志》，中华书局 2006 年版。

从该统计表可以看出，《夷坚志》中 208 篇故事与商人或者商业活动有关，除去无法辨明资产多寡的 22 个故事，其中描述大商人的故事 42 篇，中小商人故事 145 篇。

从经营的内容来看，宋代商人们的经营范围广泛，布帛、茶、药、粮食、牲畜、水产、水果等种种不一而足。有很多商人不单单经营某一种产品，或者甚至没有确定是什么产品，随时变换商品的原因就是为了追求更大的利润。宋代商品种类繁多，在市面上流通的商品十分丰富；商品质量不断提高，商品供给呈现出从追求量的增长转变为追求质的提升的发展趋势；替代性商品和互补性商品有较大的增长。[1]

"在每一个国家，下层阶级人们或中等阶级以下人民的全部消费，无论在数量上还是在价值上，都比中等阶级及中等以上阶级人民的全部消费要大得多，下层阶级的支出要比上层阶级的支出大得多。"[2] 正是因为宋代的普通百姓日常生活和市场连接紧密，他们和商人打交道的次数越来越多，《夷坚志》中也记录了很多为他们提供服务的中小商人的故事。

---

[1] 张锦鹏：《宋代商品供给研究》，云南大学出版社 2003 年版，第 33 页。

[2] ［英］亚当·斯密著，杨敬年译：《国富论》，陕西人民出版社 2001 年版，第 961 页。

第二节　从《夷坚志》看宋代商人群体变化

以商人为题材的小说作品，早在东晋干宝的《搜神记》中便有出现。《夷坚志》记叙的志怪故事反映了北宋末年和南宋日常社会生活的线索。全书故事与《太平广记》相比较，有两个明显的不同：一是富商大贾数量减少，中小商人数量增多，且药商或从事与药业相关行业的商人增多，开始出现书生卖诗等商业活动；二是故事的重点不在于商人如何获得财富，如何扩大商业规模，转而重点介绍或者描写商人的从业道德，对义商和奸商进行褒贬，且对奸商非礼非义的批判的故事多于儒商行善遇好报的故事，反映了宋人重教化的特点[①]。

本节对《夷坚志》中的以食盐和海商为代表的大商人、从事茶肆酒店经营的中小商人，以及走街串巷的小商贩三个群体分布进行分析。

一、经营食盐交易和从事海外贸易的大商贾

宋朝商业贸易活动活跃，商人的资本也迅速膨胀起来，无论是资本的累计程度和大商人的数量都超越前代。真宗朝宰相王旦曾说："京城资产，百万者至多，十万而上，比比皆是。"[②]汴京"大商富贾坐列贩卖，积贮倍息，乘上之令，操其奇利。不知稼穑之艰难，而粱肉常余，乘坚策肥，履丝曳彩，羞具居室过于侯王"[③]。临安多富商，不过当时出现了一个新的特点："其寄寓人多为江商海贾，穷桅巨舶，安行于烟涛渺莽之中，四方百货不趾而集。自

---

① 秦川、王子成著：《〈太平广记〉与〈夷坚志〉比较研究》，光明日报出版社 2016 年版，第 43 页。

② ［宋］李焘撰，上海师范大学古籍整理研究所、华东师范大学古籍整理研究所点校：《续资治通鉴长编》卷 85（真宗大中祥符八年），中华书局 2004 年版，第 1956 页。

③ 张方平：《食货论》上《畿赋》，引自曾枣庄、刘琳主编：《全宋文》第 38 册，813 卷，上海辞书出版社；安徽教育出版社 2006 年版，第 111 页。

此成家立业者众矣。"①富商们主要利用国家政策、垄断经营、长途贩卖、买贱卖贵等方式，进行多种经营，在《夷坚志》中，富商群体主要经营粮食、丝绸、水产品、木材、生产工具、盐铁、香药、珠宝、高利贷、邸店质库等行业。

（一）宋代的盐商类型

郭正忠根据宋代盐商的经营方式，把他们分为五种类型：第一类，是承揽产销的豪商或大扑买主；第二类，是交引户或钞引铺主；第三类，是贩运客；第四类，是销售商；第五类，是盐牙子。②

《夷坚志》中对盐商的着笔并不多，记录的盐商故事有 8 篇。

表 3-3　《夷坚志》中所载盐商故事③

序号	姓名	经营方式	类型	文献出处
1	方客	行商	不详	《甲志卷第四·方客遇盗》
2	莫寅	行商	大商人	《丁志卷第八·宜黄人相船》
3	孟思恭的父亲	不详	大商人	《支乙卷第六·单于问家世词》
4	郑大郎父子	行商	中小商人	《支癸卷第四·郑三百妻》
5	阎大翁	行商	大商人	《三志辛卷第七·阎大翁》
6	范信之	不详	大商人	《三志壬卷第八·孙十郎放生》
7	徐姓商人	行商	大商人	《补志卷第八·鲍八承务》
8	李二婆	坐贾	中小商人	《补卷第二十五·李二婆》

按照前文的分类，莫寅造好大船以后，拿着"三百万贯"去淮东置盐，阎大翁"以贩盐致富，家赀巨亿"，孟思恭的父亲"为贩齑巨贾"，鄱阳盐商徐某一个晚上玩博彩能输掉三十九万贯，最后拿盐直抵押，这四人的资金都

---

① ［宋］吴自牧撰，黄纯艳整理：《梦粱录》卷 18《恤贫济老》，大象出版社 2019 年版，第 401 页。

② 郭正忠：《宋代的盐商与商盐》，载《盐业史研究》1996 年第 1 期，第 4—14 页。

③ 除此本表所列故事外，另《夷坚志》支乙卷第 6《建康三孕》故事中有"盐商刘一妻杯孕产怪物"的故事，《夷坚志》补卷第七《直塘风暴》有"有盐商从鄂州来"告知张三八翁其子投生为牛的故事，这故事中，盐商都没有明显商业活动，因此不录。

比较雄厚，可能是第一类或者第二类。婺源人方客外出贩盐"至芜湖遇盗"，饶州的郑大郎在《夷坚志》中明确其是"小盐商"，且有携其子"父子同往通州取盐"的经历，他们二人应该是第三类贩运商，鄂州的李二婆，"居于南草市"，来买她盐的人，"来买一斤，以十八两与之"，她的货物总量是"盐两席"，所以她应该是盐商中最末端的销售商。盐商徐某把卖盐的收入寄托在临安的"霸头大驵"家中，这个"霸头大驵"可能是临安城中一个颇有实力的大盐牙子。范信之、孙十郎仅文章中告知身份，余则不详，无从判断其是哪类盐商，但以孙十郎每日放生都要"一日费钱二三万"，范信之能和在信州任职的洪迈相识，并称孙十郎为"同辈"[1]，则两人都是大商人无颖。

宋代盐商的贩运途径，大多是从淮东运盐到上江销售，再从上江贩运米、茶、竹木等回来，一来一去，做回脚生意，收入自然也能加倍。

（二）宋代海商情况

宋代的海外贸易发达，与其他朝代相比，突出的特点是当时的政府没有直接经营对外贸易，而是采取在广州、泉州、明州等大型港口城市设置市舶司，来专门负责进口舶货的抽解抽税和博买及其他市舶具体管理工作[2]，真正海外贸易的部分完全由民间商人自行开展，所谓"市舶司惟借番商往来贸易"[3]。宋代活跃在"海上丝绸之路"的，不仅有被称为"番商"的外国商人，还有被称为"海商"的中国商人。其原因主要是宋代经济重心发生向南转移后，随着商品经济的蓬勃发展，江南地区产生了强烈的向近海市场乃至远洋市场拓展的内驱力。因为商品经济以追求最大利益为目标，当它逐步发展，最终区域性的市场交易已经远远不能满足不断扩大的商品生产和流通的要求时，就会以强大的扩张力量急切寻求新的市场。北宋以来，东南沿海地区充分发挥其有利的区位条件，大力拓展与日本、高丽、大食、三佛齐、勃泥等

---

① ［宋］洪迈撰，何卓点校：《夷坚志》三志壬卷第八《孙十郎放生》，中华书局 2006 年版，第 1526 页。

② 夏时华：《宋代香药业经济研究》，陕西师范大学博士学位论文，2012 年，第 85 页。

③ ［宋］李心传撰：《建炎以来系年要录》卷116，中华书局1988年版，第1868页。

国家和地区的海外贸易。①

　　这一面向海外市场发展的特点也充分体现在《夷坚志》文集中，《夷坚志》记载了17篇和海商及海洋商业活动有关的故事②：

表3-4　《夷坚志》中所载海商故事

序号	居住地、姓名	资财情况	经历	章节
1	泉州僧本偁表兄	不详	舟触礁沉没，被岛上妇人所救，七八年后乃得归。	《夷坚甲志卷七·岛上妇人》
2	温州东山人王居常	不详	贩海往山东，为伪齐所拘，脱身由陆路归。	《夷坚甲志卷七·搜山大王》
3	明州昌国人某氏	不详	至巨岛泊舟伐薪，为岛人所执，历经折磨，两股变得如龟卜一样。	《夷坚甲志卷十·昌国商人》
4	明州人某	不详	到一岛后被岛上的长人所执，差点被烹。	《夷坚乙志卷八·长人国》
5	密州板桥镇人某氏	不详	航海往广州，遭大风雾，迷航后到某岛，被长人用石头堵在山洞中。	《夷坚丙志卷六·长人岛》
6	广州估客及部官纲者、凡二十有八人	丰厚	商人们被船上的篙工、舵师等人全部杀害，仅留两仆。	《夷坚丙志卷十三·长乐海寇》
7	泉州杨客	海贾十余年，致资二万万。	在海上遭风涛之厄，就叫呼神明，指天日立誓，许诺饰塔庙设水陆，然而只要上岸，就弃之脑后，后来在杭州因火灾财富全部被火烧了，因此自刭于库墙上。	《夷坚丁志卷六·泉州杨客》
8	山阳海王三之父	不详	到泉南做生意，航被风浪打翻，同载数十人俱溺，到一岛，两年后始得返。	《夷坚支甲卷十·海王三》
9	临安人王彦太	家甚富，有华室	出门做生意多年未归，音书断绝，妻子方氏被山精木魅所污。	《夷坚支乙卷一·王彦太家》
10	温州巨商张愿	世为海贾	航海时得到宝伽山聚宝竹，卖给倭客得五千缗钱。	《夷坚支丁卷三·海山异竹》
11	海商某	不详	养的猴子将其子抱上桅杆之巅，小儿被摔死。	《夷坚支戊卷二·海船猴》

---

① 张锦鹏、曾蕾：《宋代"胡商识宝"故事式微原因探析》，载《思想战线》2022年第1期，第66—74页。

② 除此本表所列故事外，另还有《夷坚志》支景卷第9《林夫人庙》，《夷坚志》支戊卷第1《浮熙妃祠》等提到海商信仰的篇幅，因为没有商业活动，因此不录。

续表

序号	居住地、姓名	资财情况	经历	章节
12	福州福清海商杨氏	不详	父子三人同溺于大洋，附木漂浮到鬼国。父兄不堪鬼气熏蒸皆死，幼子数年后得以回归，人已如"猿猴"。	《夷坚支戊卷三·鬼国续记》
13	泉州商客七人	不详	余姓商人才离岸三天就得病，同伴想把他丢在岸边，幸亏病好了，才得以还舟。	《夷坚三志己卷三·余观音》
14	纲首吴大，凡火长之属一图帐者三十八人	不详	泛海十年，获息数十倍，回国途中被徒弟林五、王儿及同恶四人所戕。	《夷坚三志己卷六·王元懋巨恶》
15	建康巨商杨二郎	累资千万	遇盗于鲸波中，一行人尽遭害。	《夷坚志补卷二十一·鬼国母》
16	金陵商客富小二	不详	在绍兴间泛海经商，舟溺后漂泊到猩猩国，娶妻生子，四年后得归。	《夷坚志补卷二十一·猩猩八郎》
17	广南海贾	不详	海上碰到各种怪物，幸亏风向是对的，但也过了数月才回到家。	《夷坚志补卷二十一·海外洋怪》

　　《夷坚志》中的海商故事，有《长乐海寇》《泉州杨客》《王彦太家》《海山异竹》《鬼母国》5篇写明了商人的资产丰厚，其余12篇没有注明作者的资产情况。只有《泉州杨客》《王元懋巨恶》2篇提到了海商所经营的业务，其余篇目更多在讲述海商经商过程中历经千辛万苦，在海上遭遇生病、风暴、海盗、鬼怪等危险，九死一生，甚至看不到一点浪漫或者传奇的色彩。从中我们可以知道：第一，海商出海的时间很长，往往是以几年甚至十多年为一趟往返时间。第二，海商们贩运的货物已经不再是体积小、价值高的珠宝，而更多是将瓷器、镔铁、布匹等生活用品运出去，从国外运回来的也多是香药等日常用品。第三，海商经营的利润很高，如果能顺利返回，则货物立刻可以身价百倍。

　　宋代的文人包恢对当时的海贾有一段描述，可以作为我们对海商研究的细节的补充：

　　　　贩海之商，无非豪富之民，江淮、闽浙处处有之……其实以高大深广之船，一船可载数万贯文而去。每是一贯之数可以易番货百贯之物，百贯之数可以易番货千贯之物……北自庆元，中至福建，南至广州，沿海一带数千里，一岁不知其几舟也。……所谓带泄者，乃以钱附搭其船，转相结托，以买番货而归。少或十贯，多或百贯，常获数倍之货。……每伺番舶之来，如泉、广等处，则所带者多银，乃竞贵现钱买银。凡一两止一贯文以上，得之可出息两贯文。[①]

包恢提出的观点中对海商的认知主要有：第一，因为船只造价昂贵，所以从事海商的人原本就多是"豪富之民"；第二，从事海商的人非常多；第三，海商经营的货物利润很高；第四，海商经营方式比较灵活，就算无钱单独造船，可以把钱投给海船的所有者，捎带买番货回来，也能有数倍的利润；第五，不出海的人也可能与番舶上的人进行货币兑换，每一两银子可以比平时多换得两贯钱。按照包恢的描述，海商无论是自己直接出海经营，还是委托投资带货，甚至是最简单的在国内以钱买银，利润都是非常可观的，最高时可以达到百倍之多。马克思在《资本论》中讨论利润的时候引用说："一旦有适当的利润，资本就胆大起来，如果有 10% 的利润，它就保证到处被使用；有 20% 的利润，它就活跃起来；有 50% 的利润，它就铤而走险；为了 100% 的利润，它就敢践踏一切人间法律；有 300% 的利润，它就敢犯任何罪行，甚至绞首的危险。"[②] 如果出海经商真的会有如此大的利润，也难怪人们会趋之若鹜。

二、开设酒店茶肆的服务业商人

饮酒一道，从上古时期便有记载，茶之一道，却一直到唐代中期才成为社会流行。茶和酒作为宋代饮食的两个重要产业，在百姓的生活中占有一席之地，"酒之于世也……上自缙绅，下逮闾里。诗人墨客，渔夫樵妇，无一可

---

① ［宋］包恢：《禁铜钱申省状》，引自曾枣庄、刘琳主编：《全宋文》第 319 册，7328 卷，上海辞书出版社；安徽教育出版社 2006 年版，第 283—284 页。

② ［德］马克思：《资本论》第一卷，人民出版社 2004 年版，第 871 页。

以缺此"①。"盖人家每日不可缺者，柴、米、油、盐、酱、醋、茶"②，茶肆和酒店将作为这两种饮料商品销售的主要渠道，十分广泛地将社会各阶层联系起来，从而成为当时商业市场中最富吸引力和表现力的所在。③

（一）宋代茶店酒肆的数量大为增加

宋代茶酒的销售规模迅速扩大，城市中的酒肆有大型造酒直营酒的"正店"和分销的"脚店"两种，仁宗天圣五年曾颁布诏书说"白矾楼酒店如有情愿买扑，出办课利，令于在京脚店酒户内拨定三千户，每日于本店取酒沽卖"。④从中可以看出当时汴京城内的脚店酒户数量相当多。《东京梦华录》中记载"在京正店七十二户，此外不能遍数，其余皆谓之脚店"⑤。正店是城内卖酒的主力，他们按照官府划定的区域，把酒批发卖给区域内的脚店。光是正店就有七十二户，白矾楼当时已经改名为丰乐楼，仅仅是其中规模比较大的一家而已。南宋临安酒店的生意更加兴隆，"欲得富，赶着行在卖酒醋"⑥，甚至因为思念汴京旧景在临安重建了一座更高的新丰乐楼。《东京梦华录》《梦粱录》和《武林旧事》等书中都有专门的"酒楼""酒肆"条目介绍当时酒店业的繁荣。

茶肆的数量虽然不如酒店之多，然数量也不为少，"朱雀门外……以南、东西两教坊，余皆居民或茶坊"⑦，《梦粱录》专有茶肆条记录茶肆的情况，有名的有清乐茶坊、八仙茶坊、珠子茶坊等，"京师民石氏开茶肆，令幼女行茶"。⑧临安宋话本《赵伯升茶肆遇仁宗》⑨的故事就发生在茶肆中。

---

① ［宋］朱肱著，任仁仁整理校点：《北山酒经》卷上，上海书店出版社2016年版，第13页。

② ［宋］吴自牧撰，黄纯艳整理：《梦粱录》卷16《鲞铺》，大象出版社2019年版，第373页。

③ 李春棠：《从宋代酒店茶坊看商品经济的发展》，载《湖南师院学报》（哲学社会科学版）1984年第3期，第100—107页。

④ ［宋］赵祯：《白矾楼酒店买扑事诏》，引自曾枣庄、刘琳主编：《全宋文》第44册，947卷，上海：上海辞书出版社；安徽教育出版社2006年版，第119页。原载于《宋会要辑稿》食货20之7）。

⑤ ［宋］孟元老：《东京梦华录》卷2《酒楼》，中国商业出版社1982年版，第16页。

⑥ ［宋］庄绰撰，萧鲁阳点校：《鸡肋编》卷中《建炎后俚语》，中华书局1983年版，第67页。

⑦ ［宋］孟元老：《东京梦华录》卷2《朱雀门外街巷》，中国商业出版社1982年版，第13页。

⑧ ［宋］洪迈撰，何卓点校：《夷坚志》甲志卷第1《石氏女》，中华书局2006年版，第7—8页。

⑨ ［明］冯梦龙编撰：《喻世明言》第11卷《赵伯升茶肆遇仁宗》，中华书局2009年版，第104页。

（二）茶店酒肆经营方式多样化

加藤繁指出宋代城市中的酒楼面朝着大街，修筑有重叠的高楼，这些情形都是宋代以后才出现的①。《宋会要辑稿》记载仁宗时丰乐楼每年卖官曲五万斤造酒，"乃京师酒肆之甲，饮徒常千余人"。②南宋的丰乐楼有过之而无不及，这些大酒楼"皆缚彩楼欢门""飞桥栏槛，明暗相通，珠帘绣额，灯烛晃耀"③。大型酒楼档次高，消费也贵，是达官贵人和豪商巨贾的消费场所。《夷坚志》中的《丰乐楼》篇中记载了丰乐楼的某一任酒库经营者沈一因为贪婪被鬼神所骗毁银酒器，重新再团打器皿"费工直数十千"④。

有很多酒店采用优雅的花园模式经营，"酒店必有厅院，廊庑掩映，排列小阁子，吊窗花竹，各垂帘幕，命妓歌笑，各得稳便"⑤。有些酒店是直接以园子为名，如"中山园子""蛮王园子""朱宅园子"等，这些讲究的大型酒店都有自己的招牌拿手美酒，如"千日春""玉浆""瑶光"⑥。除此之外还有很多规模小，以特色服务而著称的酒肆，比如东京的王楼以卖梅花包子而出名⑦。"桥炭张家、奶酪张家……不卖下酒，唯以好腌藏菜蔬，卖一色好酒。"⑧临安有肥羊酒店、包子酒店等。此外还有"零沽散卖"只卖酒不卖食物"角球店"，竹栅布幕，挂着各种标识"只三二碗便行"的"打碗头"小酒店⑨，还有娼妓陪宿的"菴酒店"，大部分讲究的小酒店也是"花竹扶疏，器用罗陈，极潇洒可爱"⑩。不唯陈设清雅，服务也非常周到。《清明上河图》中就有一个用托盘送菜的小伙计，北宋汴京的酒店就已经有了外送服务。到了南宋，临安的饮食

① ［日］加藤繁著，吴杰译：《宋代都市的发展》，收入吴杰：《中国经济史考证（卷一）》，华世出版社1981年版。
② ［宋］周密撰，张茂鹏点校：《齐东野语》卷11《沈君与》，中华书局1983年版，第206页。
③ ［宋］孟元老：《东京梦华录》卷2《酒楼》，中国商业出版社1982年版，第16页。
④ ［宋］洪迈撰，何卓点校：《夷坚志》补卷第7《丰乐楼》，中华书局2006年版，第1613页。
⑤ ［宋］孟元老：《东京梦华录》卷2《饮食果子》，中国商业出版社1982年版，第18页。
⑥ ［宋］朱弁撰，孔凡礼点校：《曲洧旧闻》卷7《张次贤记天下酒名》，中华书局2002年版，第178页。
⑦ ［宋］孟元老：《东京梦华录》卷2《宣德楼前省府宫宇》，中国商业出版社1982年版，第13页。
⑧ ［宋］孟元老：《东京梦华录》卷2《饮食果子》，中国商业出版社1982年版，第18页。
⑨ ［宋］吴自牧撰，黄纯艳整理：《梦粱录》卷16《酒肆》，大象出版社2019年版，第364页。
⑩ ［宋］洪迈撰，何卓点校：《夷坚志》甲志卷第4《吴小员外》，中华书局2006年版，第29页。

店不仅在点菜后送餐饮上门，还提供了"就门供卖""沿门歌叫熟食：爐肉、炙鸭、爐鹅、熟羊、鸡鸭等类，及羊血、灌肺、撺粉、科头"，目的是帮助顾客"应仓卒之需"。①

据《梦粱录》卷16《分茶酒店》和《武林旧事》卷6《诸色酒名》的记载，南宋中期，临安城内仅分茶酒店所经营的各种菜肴、面点、羹汤、水果等食品名件就多达390余种，各酒楼所经营的名酒品种也有50多种。《夷坚志》中也有不少的故事，因洪迈各处为官的原因，其中多有州治和县城甚至乡村饮食的记载，与前者一起为我们了解宋代的饮食服务提供了全貌。②

茶坊的经营也有许多花色，总体上比酒店的环境更加清雅。

> （杭城茶肆）插四时花，挂名人画，装点店面，四时卖奇茶异汤，冬月添卖七宝擂茶、馓子、葱茶，或卖盐豉汤，暑天添卖雪泡梅花酒或缩脾饮暑药之属。向绍兴年间，卖梅花酒之肆以鼓乐吹《梅花引》曲破卖之。用银盂杓盏子亦如酒肆，论一角二角。今之茶肆列花架，安顿奇松异桧等物于其上，装饰店面，敲打响盏歌卖，止用瓷盏、漆托供卖，则无银盂物也。③

孟元老评论这一段话说："茶肆本非以点茶汤为业，但将此为由多觅茶金耳。"也可以理解成茶坊原本的社会交流作用超过了它的主业，为了获取更多利润，往往兼卖酒食，甚至兼营澡堂、邸店，等等。《夷坚志补卷八·京师浴堂》说某参选的官人因为时间太早，所"如茶邸少憩，邸之中则浴堂也"④。有的和旅店结成一体，《方大年星禽》有"过一茶肆，肆之后皆作僦舍，商贾杂沓"⑤。这种情况和现在的宾馆很相似，但现代的茶馆却不再具有这种功能。

---

① ［宋］吴自牧撰，黄纯艳整理：《梦粱录》卷16《荤素从食店（附诸色点心事件）》，大象出版社2019年版，第371页。
② 刘树友：《宋代城市中层居民经济活动初探——以〈夷坚志〉为中心》，载《西安建筑科技大学学报》2018年第6期，第40—47页。
③ ［宋］吴自牧撰，黄纯艳整理：《梦粱录》卷16《茶肆》，大象出版社2019年版，第362页。
④ ［宋］洪迈撰，何卓点校：《夷坚志》补卷第8《京师浴堂》，中华书局2006年版，第1625页
⑤ ［宋］洪迈撰，何卓点校：《夷坚志》支庚卷第2《方大年星禽》，中华书局2006年版，第1151页。

（三）所有权和经营权开始分离

宋代的酒肆茶店吸引了社会资金广泛参与，就《夷坚志》中单个店铺的投资来说，资本构成仍是以个人独资为主，即便是如临安"无比店"，西京"巴楼"这样的大型酒楼，也没有见到有联合经营的描述。但《夷坚志》中有几个故事可以看到早期租赁经营的影子，如《处州客店》一篇：

> 处州民叶青，世与大家掌邸店。至青，以贫舍业，而应募括苍尉司为弓手。……城外有大店，方建造三年，极新洁，商客投宿甚众。淳熙十六年，民周二十者主之。其子周九，愚不解事，岁十二月，因以片瓦贮火炙手，热，顿于漆柜上，忘复取。柜颇烧破。父拈柴枝棰之，怒不已。子惧，其夜自经于厕。明日，父唤起洒扫，不应，又携杖逐索，始睹其死。邻人皆咎厥父。父追悔痛恻，葬之于十五里外。自是每夕为厉，哀哭不绝声。寓客不胜扰困，相戒勿来，至于扫迹。父亦辞去。后人继之者亦然，店遂扃锁。至绍熙三年，或言于主人，谓叶青可付。主邀致青，捐一岁傥直为饵。青欣然而入。……客以其处于交易趋市为便，渐肯来宿。[1]

按照文章的描述，叶青家祖上"世与大家掌邸店"，也就是代为掌管，包括处州客店之前的经营者周二十，都属于主人雇用而来的管理者。在《曹三香》故事中曹氏的邸店也有"主事仆"[2]，他有一定的管理权力和职能，但并不能完全做主，遇到棘手事情还是需要主人出面解决，酒店的风险和收益都归于主人。处州客店从淳熙十六年（1189）到绍熙三年（1192）这三年的时间一直都处于经营不善的状态，因此主人无心自己经营，所以把房子完全租给叶青，并且"捐一岁傥直"，也就是免了一年的租金，以后的收益和风险都由叶青个人来承担。从这个故事可以看出，至少在宋代，已经出现了所有权和

---

[1] ［宋］洪迈撰，何卓点校：《夷坚志》支庚卷第6《处州客店》，中华书局2006年版，第1178页。

[2] ［宋］洪迈撰，何卓点校：《夷坚志》补卷第13《曹三香》，中华书局2006年版，第1665页。

经营权相分离的情况。

酒肆茶馆本就是商品经济发展的产物。茶和酒都是饮料，原非生存需求所必需的物品，只有当生存需求得到满足，转而对生存质量有所要求时才会得到体现。原料并非不可得，但因手工技艺和产地、原料的不同会产生很大的差异，因此在一经市场认可，便会产生很大不可替代性，快速占有一席市场。茶馆的兴起，体现的不再是反映吃喝的"食"文化或者是勾栏瓦肆的"玩"文化，它反映了蓬勃兴起的市民阶层对自由交流、休闲娱乐融为一体的渴望。

三、经营小生意的小商小贩

受当时客观物质条件的限制，宋代自然经济仍然占主导地位，家庭仍然是最基本的经济单元。国内外的市场虽然有不同程度的扩大，跨地区的大规模经营属于极少数大商人资本，区域市场或者地方市场上活跃的还是中小商人。面对普通百姓这一庞大的消费群体，在宋代商品经济发展的大背景下，投身商业的小商贩越来越多，他们成为庞大的销售网络中最末梢的一环，与百姓的生活紧密接触。因此洪迈在搜集素材的时候，他们的故事被广泛地关注。

（一）经营的商品种类繁多

对于小商小贩来说，商品的选择关系到他们经营的成败，他们经营的商品要必须密切地服务于当时兴旺的城市经济和市民经济，什么有利可图就去经营什么。从商品流通以及销售的过程来看，从宋代开始，与普通民众生活息息相关的日常生活必需品在商业活动中占了越来越重的比例，日用必需品"是全社会各阶级、各阶层共同消费的商品，其销售对象广泛、市场比较广阔……这种产品质量一般，尤其是包括农产品，故其对商品经济的意义往往容易为人所忽略，但实际上封建社会的主要商品就是这种民用必需品，因为它的数量很大，对社会居民生活影响广泛"[1]。《夷坚志》中有不少小商人专门

---

[1] 胡如雷：《中国封建社会形态研究》，生活·读书·新知三联书店1979年版，第180页。

从事粮食、菜蔬、瓜果、盐、茶、酒等相关商品的运销。

其一，卖米面。漆侠在《宋代经济史》中谈到两宋期间形成的粮食加工手工业，有人专门从事磨面舂米，以供应社会的需要，包括农民将自己剩余的粮食拿到市场上或是卖钱，或是交换其他物品，这时的米面完全是以交换为目的生产的，因此能将其称之为商品。①《夷坚志》中卖米面的记录很多。

有些贩卖的规模较大，如士人李生因为"堕于讲习"因此离家出走，在路上碰到了蔡五十三姐，二人结为夫妻后，拿着蔡五十三姐给的金银数十两到"汉川县，开米铺，历七年，生一男一女，贸运积数千缗，渐成富室"②。还有处州龙泉县张氏米铺。当然常见的是零星小贩，"（董生姜）性慧解，有姿色，见董贫，则以治生为己任。罄家所有，买磨驴七八头，麦数十斛，每得面，自骑驴入城鬻之，至晚负钱以归。率数日一出，如是三年，获利愈益多，有田宅矣"③。"许大郎者，京师人。世以鬻面为业，然仅能自赡。"④董生之妾和许大郎二者都是行走卖面粉的小贩，但二者一个获利很多，一个仅能自赡，说明这个行业的竞争还是比较激烈的。根据行文估计董生之妾是自己经营磨坊，从农户手中买麦子来磨，而许大郎应该是购买面粉销售，形式上有所不同，所以最后的利润差别也很大。

其二，卖蔬菜水果。因为城镇居民的增多，对果蔬的需求比较大。临川市民王明，从事贸易稍微赚了一点钱以后就买城西空地为菜园，雇健仆吴六种植培灌，又以其余者俾鬻之。⑤这是全部交由别人来进行，还有是租赁土地来种菜的，"园人陈甲常种蔬菜来鬻"⑥。水果的销售也比较常见，"青城道会时，会者万计，县民往往旋结屋山下，以鬻茶果"⑦。"有卖果小民黄二，正在德化县村田间。"⑧

---

① 漆侠：《宋代经济史》，中华书局 2009 年版，第 997 页。
② ［宋］洪迈撰，何卓点校：《夷坚志》补卷第 16《蔡五十三姐》，中华书局 2006 年版，第 1697 页。
③ ［宋］洪迈撰，何卓点校：《夷坚志》乙志卷第 1《侠妇人》，中华书局 2006 年版，第 190 页。
④ ［宋］洪迈撰，何卓点校：《夷坚志》支戊卷第 7《许大郎》，中华书局 2006 年版，第 1110 页。
⑤ ［宋］洪迈撰，何卓点校：《夷坚志》支甲卷第 5《灌园吴六》，中华书局 2006 年版，第 752 页。
⑥ ［宋］洪迈撰，何卓点校：《夷坚志》支景卷第 4《宝积行者》，中华书局 2006 年版，第 909 页。
⑦ ［宋］洪迈撰，何卓点校：《夷坚志》丙志卷第 4《饼店道人》，中华书局 2006 年版，第 391 页。
⑧ ［宋］洪迈撰，何卓点校：《夷坚志》支戊卷第 4《德化鸳兽》，中华书局 2006 年版，第 1079 页。

其三，卖水产。南宋因为经济中心在南方，对于水产的嗜好远胜于北宋，《梦粱录》里记载临安人多爱吃鱼鳖之属，242 种菜名中，有 120 种是水产，因而从事这个买卖的也多。有的是自己偶尔抓卖野生水产贴补家用，"周三蛙南城田夫周三，当农隙时，专以捕鱼鳖鳅鳝为事，而杀蛙甚多，至老不辍"①。有专门以此为业，"钱塘民沈全、施永，皆以捕蛙为业……往本邑灵芝乡，投里民李安家寓止。彼处固多蛙，前此无人采捕。沈、施既至，穷日力取之，令儿曹挈入城贩鬻，所获视常时十倍"②。"鄱阳市民汪乙，居仓步门外，贩鱼鳖以供衣食。"③"曹州定陶县之北有陂泽，民居其傍者，多采螺蚌鱼鳖之属鬻以赡生。"④"淮上多蚌蛤，舟人日买以食。"⑤面对如此大的市场，光是捕捞野生水产品肯定不能满足要求，宋代出现了养殖水产的现象，雩都县的廖少大和廖少四两兄弟"所居有两塘，各广袤二十亩，田畴素薄，只仰鱼利以资生"⑥。彭氏池鱼鄱阳彭仲光，"有鱼湖在郡三十里外"⑦。除了鱼以外，青蛙也出现了人工养殖。

其四，卖饮食。宋人饮食精细，"南方精饮食，菌笋比羔羊。饮以玉粒粳，调之甘露浆。一馔费千金，百品罗成行"⑧。这些名贵的饮食大多在前文说的大酒楼中出售。普通民间的饮食诸如："鄱阳城中民张二以卖粥为业。"⑨"北门卖豆乳人家。"⑩"鄂渚王氏，三世以卖饭为业。"⑪"胡五者……以煮螺蛳为

① ［宋］洪迈撰，何卓点校：《夷坚志》支甲卷第 5《周三蛙》，中华书局 2006 年版，第 747 页。
② ［宋］洪迈撰，何卓点校：《夷坚志》支甲卷第 4《钱塘老僧》，中华书局 2006 年版，第 743 页。
③ ［宋］洪迈撰，何卓点校：《夷坚志》支甲卷第 3《汪乙鼋》，中华书局 2006 年版，第 734 页。
④ ［宋］洪迈撰，何卓点校：《夷坚志》支乙卷第 1《定陶水族》，中华书局 2006 年版，第 797 页。
⑤ ［宋］洪迈撰，何卓点校：《夷坚志》乙志卷第 13《蚌中观音》，中华书局 2006 年版，第 293 页。
⑥ ［宋］洪迈撰，何卓点校：《夷坚志》支丁卷第 3《廖氏鱼塘》，中华书局 2006 年版，第 985—986 页。
⑦ ［宋］洪迈撰，何卓点校：《夷坚志》支乙卷第 7《彭氏池鱼》，中华书局 2006 年版，第 845 页。
⑧ ［宋］洪迈撰，孔凡礼点校：《容斋随笔》五笔卷 9《欧公送慧勤诗》，中华书局 2005 年版，第 934 页。
⑨ ［宋］洪迈撰，何卓点校：《夷坚志》丙志卷第 11《张二子》，中华书局 2006 年版，第 462 页。
⑩ ［宋］洪迈撰，何卓点校：《夷坚志》丙志卷第 13《福州异猪》，中华书局 2006 年版，第 474 页。
⑪ ［宋］洪迈撰，何卓点校：《夷坚志》支甲卷第 8《鄂渚王媪》，中华书局 2006 年版，第 775 页。

业。"①"饶州细民萧七，居于双碑下，能批炙猪肉片脯行贾，以取分毫之利，赡育妻子。"②"俄而鬻蒸枣者来，道士取先所掷一钱买之，得七枚。"③一钱就能买七个蒸枣，这些都是最基础的食品加工，因此利润微薄。有些心灵手巧的商贩总结出了一些独门的诀窍，因此生意兴隆。"秀州人好以鳅为干……陈五者，所货最佳，人竞往市。"陈五所做的泥鳅干为什么好吃，因为他有自己独门秘方，"每得鳅，置器内，如常法用灰盐外，复多拾陶器屑满其中，鳅为盐所蜇，不胜痛，宛转奔突。皮为屑所伤，盐味徐徐入之，故特美"④。"临安荐桥门外太平桥北细民张四者，世以鬻海蛳为业。每浙东舟到，必买而置于家，计逐日所售，入盐烹炒。杭人嗜食之。"⑤"信州五通楼前王氏，专售荷包熝肉，调芼胜于它铺。……自此家业小康。"⑥除了掌握特殊的烹饪技法，有些还很讲究食物的新鲜度，"临安浙江人舒懋，以卖鱼饭为业。多育鳅鳝瓮器中，旋杀旋烹"⑦。

总的来说当时城市的餐饮还是很丰盛的，普通市民的伙食也不错，"符离人从四，居澭上，家素肥饶，好事口腹，多酿酒沽卖，炰鳖脍鲤，朝暮饫食"⑧。临安"处处各有茶坊、酒肆、面店、果子、彩帛、绒线、香烛、油酱、食米、下饭鱼肉、鲞腊等铺"，其中饮食类店铺约占了三分之二，"盖市井之家，往往多于店舍，旋买见成，以此为快便"⑨。仅从饮食一项来看，已经非常

① ［宋］洪迈撰，何卓点校：《夷坚志》丁志卷第 8《胡道士》，中华书局 2006 年版，第 603 页。
② ［宋］洪迈撰，何卓点校：《夷坚志》三志壬卷第 6《萧七佛经》，中华书局 2006 年版，第 1513 页。
③ ［宋］洪迈撰，何卓点校：《夷坚志》丙志卷第 18《张拱遇仙》，中华书局 2006 年版，第 520 页。
④ ［宋］洪迈撰，何卓点校：《夷坚志》甲志卷第 4《陈五鳅报》，中华书局 2006 年版，第 32 页。
⑤ ［宋］洪迈撰，何卓点校：《夷坚志》支丁卷第 3《张四海蛳》，中华书局 2006 年版，第 991—992 页。
⑥ ［宋］洪迈撰，何卓点校：《夷坚志》三志辛卷第 6《五色鸡卵》，中华书局 2006 年版，第 1427 页。
⑦ ［宋］洪迈撰，何卓点校：《夷坚志》丁志卷第 9《舒懋育鳅鳝》，中华书局 2006 年版，第 611 页。
⑧ ［宋］洪迈撰，何卓点校：《夷坚志》支甲卷第 9《从四妻袁氏》，中华书局 2006 年版，第 781 页。
⑨ ［宋］吴自牧撰，黄纯艳整理：《梦粱录》卷 13《铺席》，大象出版社 2019 年版，第 337 页。

方便了。

其五，卖牛、猪、羊、狗等家畜。宋代东南地区家畜养殖业发展很快。"浙东、福建系产牛去处"，朝廷曾要求这两路在三个月之内要提供一千头牛，足见牛的数量多①。浙江人"以牛肉为上味，不逞之辈竞于屠杀"②。违法杀牛后还敢公然贩卖牛肉，"原来不但在郊关之外，而城市之中亦复滔滔皆是"③。村社的集会也要杀牛吃，"庆元元年夏，浮梁北乡桃树村，众户买牛赛神。得一头于淮西商人，极肥腯。享献既毕，分胙而食之"④。对牛的需求非常大。

民间猪、羊、犬等家畜的饲养十分普遍。它们除供给当地丰富的肉食之外，还能为手工业生产提供皮毛等原料，增加了家庭收入，改善了人们的生活的条件。⑤这些常见的家畜家禽都已经出现了专业化养殖和批发的情况。"江陵民某氏，世以圈豕为业。有村侩居五十里外，每为钩贩往来，积有年矣。"⑥"平江城中草桥屠者张小二，绍兴八年，往十五里外黄埭柳家买狗。……张提其耳以度轻重，用钱三千得之。"⑦"福建淮安县津浦坊民郑四，以鬻羊为生。"⑧养猪业的兴盛促进了生猪贸易和屠宰业的兴起，常有人因此致富，"常州无锡县村民陈承信，本以贩豕为业，后极富"⑨。

还有些人另辟蹊径，养一些不常见的牲畜，也能有丰厚的收入。"平江屠者贾循，以货獐为业。常豢饲数十头，每夕宰其一，追旦持出鬻于市。吴地

① ［宋］韩世忠：《言牛纲奏》，引自曾枣庄、刘琳主编：《全宋文》第181册，3972卷，上海辞书出版社；安徽教育出版社2006年版，第195页。

② ［清］徐松：《宋会要辑稿》刑法2，上海古籍出版社2014年版，第8288页。

③ ［宋］胡颖：《宰牛当尽法施行判》，引自曾枣庄、刘琳主编：《全宋文》第34册，7923卷，上海辞书出版社；安徽教育出版社2006年版，第165页。

④ ［宋］洪迈撰，何卓点校：《夷坚志》支丁卷第5《淮西牛商》，中华书局2006年版，第1008—1009页。

⑤ 张显运：《试论宋代东南地区的畜牧业》，载《农业考古》2010年第8期，第390—397页。

⑥ ［宋］洪迈撰，何卓点校：《夷坚志》支景卷第1《江陵村侩》，中华书局2006年版，第883页。

⑦ ［宋］洪迈撰，何卓点校：《夷坚志》甲志卷第7《张屠父》，中华书局2006年版，第56页。

⑧ ［宋］洪迈撰，何卓点校：《夷坚志》支癸卷第4《郑四妻子》，中华书局2006年版，第1252页。

⑨ ［宋］洪迈撰，何卓点校：《夷坚志》甲志卷第7《陈承信母》，中华书局2006年版，第56页。

少此物，率一斤值一千，人皆争买，移时而尽。凡二十余年，赢得迨多。"①獐子这种生物，到现在也是极其稀少了，因此可以一斤卖到一千钱。

其六，经营布帛。南宋时期，对丝织品的需求除了传统满足贵族、官吏、军队之外，还要向金朝每年纳贡二三十万的巨额数量。而且在正赋之外，会有各种附加税，或缴纳丝帛，或用出售丝帛换取钱币，种种因素交织在一起，构成了一个庞大的丝织市场，从而促进了丝织品的生产和销售。②宋代的布帛贸易已经成为一种经常的、随处可见的商业活动。而北方的人口大量南迁，各种身份人群补充了当地的劳动力，这些人本身也有消费的需求，是一个很大的消费群体。在这些因素的刺激下，四川和江南的纺织业在经营的人数、产品的种类和数量、生产技术以及销售形态等方面都达到了相当的水平。临安城中诸行中，有"丝绵市、生帛市、枕冠市、故衣市、衣绢市"③等。其他城市也有大型的丝帛店，比如鄂州富商武邦宁"启大肆，货缣帛，交易豪盛"④，丽水的商人王七六，"每以布帛贩货于衢婺间"。"有严州客人赍丝绢一担来僦房安泊。"⑤"市客金生抱贩束帛，每出入镇宅甚熟。"⑥因为丝帛交易数量多，还产生了一些中介，"抚州南门黄柏路居民詹六、詹七，以接鬻缣帛为生"。⑦因为货物的价值比较高，所以这个行业整体上需要一定的启动资金，挣钱也比其他行业要多一些。"湖州人陈小八，以商贩缣帛致温裕。"⑧"郑四客，台州仙居人，为林通判家佃户。后稍有储羡，或出入贩贸纱帛海物。"⑨

---

① ［宋］洪迈撰，何卓点校：《夷坚志》支庚卷第 2《贾屠宰麝》，中华书局 2006 年版，第 1150 页。

② 葛金芳：《南宋通史（六）》，上海古籍出版社 2012 年版，第 63 页。

③ ［宋］西湖老人撰，黄纯艳整理：《西湖老人繁盛录》，大象出版社 2019 年版，第 123 页。

④ ［宋］洪迈撰，何卓点校：《夷坚志》支庚卷第 5《武女异疾》，中华书局 2006 年版，第 1174 页。

⑤ ［宋］洪迈撰，何卓点校：《夷坚志》乙志卷第 3《浦城道店蝇》，中华书局 2006 年版，第 204 页。

⑥ ［宋］洪迈撰，何卓点校：《夷坚志》三志辛卷第 6《金客隔织》，中华书局 2006 年版，第 1433 页。

⑦ ［宋］洪迈撰，何卓点校：《夷坚志》丁志卷第 15《詹小哥》，中华书局 2006 年版，第 664 页。

⑧ ［宋］洪迈撰，何卓点校：《夷坚志》三志辛卷第 10《陈小八子债》，中华书局 2006 年版，第 1465 页。

⑨ ［宋］洪迈撰，何卓点校：《夷坚志》支景卷第 5《郑四客》，中华书局 2006 年版，第 919 页。

其七，经营日用百货交易。日用必需品是当时市场需求量最大的商品，宋代的行业分工已经很细致，各项物品都有人买卖。"洪州崇真坊北有大井，民杜三汲水卖之，夏日则货蚊药以自给。"① "有沈媪者，启杂店于市，然亦甚微。"② 邑有贩妇，以卖花粉之属为业。③ "许道寿者……以鬻香为业。仿广州造龙涎诸香，虽沉麝笺檀，亦大半作伪。"④ "（刘承节）午驻逆旅，逢数贾客，携广香同坐。"⑤ 卖香的人很多，市场上的货物良莠不齐，还出现了假货。此外卖香药、卖油、卖篦头钗镊、卖纸、卖瓷器等日用品品类众多，不一而足。

（二）小商小贩勉强糊口，生存艰难

小商贩所经营的零售商业是商品经济网络中最基础的环节，大批的商品正是通过他们之手转移到消费者的手中，人们的衣食住行、柴米油盐也是通过他们的经营得到满足。⑥ 所谓"小市藏百贾"⑦，商品经济的繁荣离不开他们的贡献，无论是遍布大街小巷的各色店铺还是散布于街头村口的货郎担贩，他们的存在有效地弥补了商业网点的不足，促进了城乡之间的交流。

整体上来说，因为货物的价值整体不高，盈利有限，大部分小贩的生活都十分贫困，"街市小民，一日失业，则一日不食"⑧。《夷坚志》中记载了太多小商小贩的悲惨生活，"南剑州顺昌县石溪村民李甲……常伐木烧炭，鬻于市。得钱，则日籴二升米以自给；有余，则贮留以为雨雪不可出之用，此外未尝妄费"⑨。每日的利润只能勉强维持生计。诗人张耒笔下的卖饼儿，"北风吹衣

① ［宋］洪迈撰，何卓点校：《夷坚志》乙志卷第7《杜三不孝》，中华书局2006年版，第242页。
② ［宋］洪迈撰，何卓点校：《夷坚志》三志壬卷第6《罗山道人》，中华书局2006年版，第1508页。
③ ［宋］洪迈撰，何卓点校：《夷坚志》丙志卷第9《郑氏犬》，中华书局2006年版，第444页。
④ ［宋］洪迈撰，何卓点校：《夷坚志》丁志卷第9《许道寿》，中华书局2006年版，第609页。
⑤ ［宋］洪迈撰，何卓点校：《夷坚志》支甲卷第3《刘承节马》，中华书局2006年版，第730—731页。
⑥ 张金花：《宋诗与宋代商人》，河北教育出版社2006年版，第205页。
⑦ ［清］吴之振等选，管庭芬、蒋光煦补：《宋诗钞》，中华书局1986年版，第842页。
⑧ ［清］徐松：《宋会要辑稿》食货12，上海古籍出版社2014年版，第6232页。
⑨ ［宋］洪迈撰，何卓点校：《夷坚志》支戊卷第1《石溪李仙》，中华书局2006年版，第1052页。

射我饼，不忧衣单忧饼冷"[1]。在寒风中的卖饼歌声，字字泣血。洪迈在《程氏买冠》中形象地写出了商人营生之难：从临川到浮梁卖冠的客商，一顶帽子要价一千五百钱，结果客人还价到一百。这种大幅砍价，商人肯定无法接受，"初未肯为市"。但想到自己多次和这家做生意，"徐念往来此地岁久，人情习熟，谊不应校"，于是"留冠受直"。但晚上还是忍不住和邸店老板发感慨说自己："趋走营营……交易费力，销折本钱，去住无门，将若何而可？"[2]虽然忍痛做成了生意，但却是亏本生意。其他诸如胥吏盘剥、牙人欺诈、欺行霸市、杀人越货等，都是套在小商小贩身上的枷锁。

　　小商贩做人经商勉强糊口，穷人死后变成了鬼去做生意也只能经营小商业。洪迈在丙志卷第九和丁志卷第四分别记录了《李吉爁鸡》和《王立火鏖鸭》两个差不多内容的故事，都是讲某士人偶然在酒楼或者集市碰到已经死亡了的旧仆，他们变成鬼以后还要继续靠卖自己加工食品勉强糊口。其中丁志篇的故事情节更为完整，王立的鬼魂说每天从集市上买鸭子来加工了卖，因为本钱不多，每天只能买五只作为本钱。而且他自己没有烹饪工具，只能在"天未明，赍诣大作坊，就釜灶烰治成熟，而偿主人柴料之费，凡同贩者亦如此"。需要去到专门场地租借器材把鸭子做好，"一日所赢自足以糊口"。到晚上"不堪说，既无屋可居，多伏于屠肆肉案下，往往为犬所惊逐，良以为苦，而无可奈何"[3]。这篇故事的视角十分奇特，即便变成了鬼，也仍然要每日汲汲奔波，勉力糊口谋生。商品经济的洪流侵入之深，在文学史上第一次出现了一个自作自食的鬼魂形象。宋代是否有这种完全没有本钱的经营呢？《武林旧事》记载说：

　　　都民骄惰，凡买卖之物，多与作坊行贩已成之物，转求什一之利。或有贫而愿者，凡货物盘架之类，一切取办于作坊，至晚始以

①　［宋］张耒：《张耒集》卷15《北邻卖饼儿每五鼓未旦即绕街呼卖虽大寒烈风不废而时略不少差也因为作诗且有所警示秸秸》，中华书局1990年版，第265页。

②　［宋］洪迈撰，何卓点校：《夷坚志》支戊卷第10《程氏买冠》，中华书局2006年版，第1130页。

③　［宋］洪迈撰，何卓点校：《夷坚志》丁志卷第4《王立火鏖鸭》，中华书局2006年版，第571页。

所直偿之。虽无分文之储，亦可糊口。①

此段语句恰可与王立鬼魂所说的租赁一事相对应，小贩们甚至可以在一无所有的情况下，直接采取租赁货物的形式来进行销售，转求什一之利。

因为商品经济的发展，宋代虽然有贫富的差异，但阶层的界限并非严格而不可以逾越，一些小商小贩，能通过自己的努力奋斗成为富商大贾，甚至纳资鬻爵实现人生的飞跃。洪迈曾经详细描写了两个人的发家致富史，其一《布张家》中的张翁，原本是个小牙人"以接小商布货为业"，后来因为救了一个死囚，在其兴旺发达以后携货回来报恩。"张氏因此起富，资至十千万。"如果说张翁的富裕，还有一定的传奇色彩。另一篇《许大郎》则是一个小贩的成功历程：

　　许大郎者，京师人。世以鬻面为业，然仅能自赡。至此老颇留意营理，增磨坊三处，买驴三四十头，市麦于外邑，贪多务得，无时少缓。如是十数年，家道日以昌盛，骎骎致富矣。②

许大郎的致富历程用现代管理学的视角来看也是一个非常优秀的成功案例，他的几个关键词：第一，购买了三处磨坊和三四十头驴，改进自己的生产工具，提升生产力；第二，"市麦于外邑"，降低劳动对象的进货成本；第三，"无时少缓"，延长了工作时间。马克思说："不论生产的社会的形式如何，劳动者和生产资料始终是生产的因素。……凡要进行生产，它们就必须结合起来。"③以许大郎为代表的小商小贩们，也正是牢牢把握住生产力，生产资料，生产关系这三个要素，或租赁经营，或降低成本，或埋头苦干。与唐代的奇幻财富来源相比，宋代笔记中的商业生活描写得如此细致，也让读者能真切地感受到商人的财富不是来自天神赐宝，也不是来自突发横财，而是

① ［宋］周密著，杨瑞点校：《武林旧事》卷第6《作坊》，浙江古籍出版社2015年版，第134页。
② ［宋］洪迈撰，何卓点校：《夷坚志》支戊卷第7《许大郎》，中华书局2006年版，第1110页。
③ ［德］马克思：《资本论》第二卷，人民出版社2004年版，第44页。

一步一个脚印踏踏实实地创造。这种感受来源于浓厚的商业氛围，又对商业氛围产生了刺激作用。

第三节　从《夷坚志》看邸店业的发展

邸店业的主要职责是为旅行者提供住宿和休憩的场地，这是一个古老的传统服务业，在宋代以前就获得了相当的发展。邸店也被称"逆旅""客邸""旅邸""旅馆"等。《周礼》有云："凡国野之道，十里有庐，庐有饮食；三十里有宿，宿有路室，路室有委；五十里有市，市有候馆，候馆有积。"[①]《左传》喜公二年说："今虢为不道保于逆旅"[②]，可见至少在春秋时期，我国已经出现了旅店。《说文·邑部》中记载："邸，属国舍也。"曹操《步出夏门行·冬十月》诗中说"逆旅整设，以通商贾"[③]。潘岳上书说："逆旅，久矣其所由来也。行者赖以顿止，居者薄收其直，交易贸迁，各得其所。官无役赋，因人成利，惠加百姓而公无末费。"[④]他请求朝廷增设客舍，得到了朝廷的同意。《汉书》记载："（刘）绾妻与其子亡降，会高后病，不能见，舍燕邸。"初唐的颜师古（581—645）注释说："诸侯王及诸郡朝宿之馆，在京师者谓之邸。"[⑤]说明至少在初唐时，人们观念中还是认为旅店是国家开设的，主要用途是专供给诸侯，作为在京城接受陛见时居住的寓所。邸店经营对象的范围在唐代被打破了，不过唐代的"旅邸"和商店一样，只能在政府规定的"市"的范围内经营，业务以货物堆栈为主，兼营旅客住宿。[⑥]唐代坊市制度瓦解

---

① ［清］阮元校刻：《十三经注疏》清嘉庆刊本卷第18《崧高》，中华书局2009年版，第1223页。

② ［清］阮元校刻：《十三经注疏》清嘉庆刊本卷第12《二年》，中华书局2009年版，第3888页。

③ ［三国］曹操著，中华书局编辑部编：《曹操集》，中华书局2013年版，第11页。

④ ［唐］房玄龄等撰，中华书局编辑部点校：《晋书》卷55《潘岳》，中华书局1974年版，第1502页。

⑤ ［汉］班固撰，［唐］颜师古注，中华书局编辑部点校：《汉书》卷34《卢绾》，中华书局1962年版，第1894页。

⑥ 郁建民：《试论南宋杭州发达的旅馆业》，载《杭州商学院学报》1982年第5期，第43—47页。

后，这种情况开始出现转变，官办和民办的旅店都有所发展，建到了"市"外。宋代的邸店业进一步发展，《夷坚志》中记录了相当多邸店的故事，下面一一进行分析。

一、《夷坚志》中的邸店与旅行者

宋代整个社会的经济结构以及消费结构的改变很大，有个很明显的特点就是社会服务行业开始从工商业中独立出来，形成相对特殊的产业体系。邸店的分类可以按照经营者来划分，分为官营、民营和寺院经营三种形式。官营邸店包括了国宾馆、驿舍、递铺等，这些场所一应费用都来自官府，有资格入住的人只能是各类官员和外国使者。其他人无论收入高低都不得入住，否则将视为违法，按律处罚。公差人员入住的凭证是政府配给的"驿券"①，凭驿券就能享受入住驿站的食宿，还能领取补给，自己并不需要支付经费。

官府也有收费赢利的邸店业务。民营邸店主要以追求利润为目的。这一类邸店存在的数量最多，作用也大。寺观因为收取四方信士的香火供奉，房间也一般作为广结善缘使用，虽然也可能有赢利性质的业务，但因为《夷坚志》中的记录中无法分辨其是否收费，因此不在本篇讨论。

笔者重点梳理了《夷坚志》中官营和民间私营的邸店的住宿情况。

表 3-5　《夷坚志》中所载邸店故事

序号	姓名	身份	住宿地	经过的原因	文献出处
1	桂缜	官员	严衢间逆旅	擢第调鄱阳尉	《甲志卷第三·窦道人》
2	侯元功与同乡	士子	密州道旁驿舍	赴省试	《甲志卷第四·驿舍怪》
3	项宋英	士子	临安逆旅	赴省试	《甲志卷第四·向宋英》
4	林迪功	官员	临安邸店	侯官	《甲志卷第五·林县尉》
5	温州人周公才	官员	姑射山下客邸	公干	《甲志卷第六·绛县老人》
6	某女子	不详	邓州南阳县驿	不详	《甲志卷第八·南阳驿妇人诗》

---

① 曹家齐：《宋代交通管理制度研究》，河南大学出版社 2002 年版，第 33 页。

续表

序号	姓名	身份	住宿地	经过的原因	文献出处
7	寿春府死囚	强盗	寿春城外三十里	开设邸店用以杀人越货	《甲志卷第八·金刚灵验》
8	林积	士子	蔡州旅邸	到京城求学	《甲志卷第十二·林积阴德》
9	王槩	官员	信州玉山驿	赴邵武建宁丞	《甲志卷第十六·女子穿溺珠》
10	汪致道	官员	宣州小村邸	赴任途中	《甲志卷第二十·木先生》
11	董国庆	官员	莱州胶水县村逆旅	弃官走村落	《乙志卷第一·侠妇人》
12	严州客人	商人	浦城永丰境村庄旅店	经商	《乙志卷第三·浦城道店蝇》
13	沈传曜	官员	袁州逆旅	自江西移帅湖南	《乙志卷第四·掠剩相公奴》
14	李南金	士子	临安旅舍	参加科举	《乙志卷第五·李南金》
15	游士	不详	汴河上逆旅	不详	《乙志卷第九·李孝寿》
16	王昫	官员（罪官）	广德程家渡梅家店	因罪移鞫徽州	《乙志卷第十二·王昫恶识》
17	倪治	官员	新淦驿	送妻归宁	《乙志卷第十四·新淦驿中词》
18	李南金	官员	香屯客邸	与其叔往德兴	《乙志卷第十五·新淦驿中词》
19	张抚干、邓秀才	术士、士子	延平至福州间的村市旅舍	外出	《乙志卷第十六·张抚干》
20	杨起、任皋	士子	黄花右界村店	赴省试	《丙志卷第三·黄花怅鬼》
21	费枢	士子	燕脂坡下旅馆	候考	《丙志卷第三·费道枢》
22	徐生	犯官	吉水三十里客邸	鞫狱于庐陵	《丙志卷第六·徐侍郎》
23	姜迪	小吏	天长县道上古驿	从大仪镇回县城	《丙志卷第七·大仪古驿》
24	聂贲远	官员	绛州驿	外出	《丙志卷第九·聂贲远诗》
25	张风子	不详	鄱阳申氏客邸	做生意	《丙志卷第十八·张风子》
26	道士	道士	阆州廛市客邸	不详	《丙志卷第十八·阆州道人》
27	张外舅	经营邸舍	无锡	买隙地数亩营邸舍	《丙志卷第十九·饼家小红》
28	某人	盗贼	长沙	杀人越货后销赃	《丙志卷第十九·朱通判》

序号	姓名	身份	住宿地	经过的原因	文献出处
29	永嘉僧如胜	僧人	道店	去临安，路过	《丁志卷第一·僧如胜》
30	泉州杨客	商人	柴垛桥西客馆	经商	《丁志卷第六·泉州杨客》
31	韩洙	经营邸舍	信州弋阳县	在当地开设酒肆和邸店	《丁志卷第七·荆山客邸》
32	某郡守	官员	陕西道上驿舍	赴官	《丁志卷第七·华阴小厅子》
33	李大川	术士	和州逆旅	以星禽术游江淮	《丁志卷第八·华阳洞门》
34	秦楚材	官员	汴河上客邸	自建康贡入京师	《丁志卷第十·秦楚材》
35	郭畴	官员	瀼川驿	自昌州归临邛	《丁志卷第十四·白崖神》
36	某客	不详	饶州市店	不详	《丁志卷第十四·雷震犬》
37	张客	小贩	余干旅舍	因行贩入邑	《丁志卷第十五·张客奇遇》
38	难言	村民	楼烦道边邸舍	路过求热水	《支甲卷第一·楼烦道中妇》
39	刘承节	官员	贵溪逆旅	赴调	《支甲卷第三·刘承节马》
40	叶百一	士子	黄氏所经营的逆旅	至宪台投牒	《支甲卷第四·共相公》
41	孟开	官员	建昌南城驿站	侯官	《支甲卷第四·南城驿》
42	赵善祷及其子	宗室	临安旅舍	自建昌到临安侯官	《支甲卷第四·赵善祷》
43	江西某官人	官员	临安旅馆	调任都下，长住	《支甲卷第六·西湖女子》
44	童伯虞	官员	临安邸舍	调任前待班陛对	《支甲卷第六·赵岳州》
45	陈道光	幕僚	蓝田蓝桥驿	拿着檄文去商州公干	《支甲卷第八·蔡笋娘》
46	王揖双鸡	卜者	鄱阳邸店	长期租住	《支甲卷第八·王揖双鸡》
47	黄若讷	士子	临川附近旅邸	赴省试	《支甲卷第八·黄若讷》
48	朱讽	士子	临安邸舍	赴省试	《支甲卷第八·朱讽得子》
49	蒋坚	术士	鄱阳邸舍	到当地占卜	《支甲卷第十·蒋坚食牛》
50	翟八姐	商人	江边旅社	行商	《支乙卷第一·翟八姐》
51	黄若讷	士子	旅邸	赴省试	《支乙卷第二·黄若讷》

序号	姓名	身份	住宿地	经过的原因	文献出处
52	刘氏	官妻	饶州牌楼南钟氏邸舍	长期租住	《支乙卷第三·刘氏僦居》
53	王氏妻	商妇	桐林湾客邸	经营邸店	《支乙卷第六·建康三孕》
54	贫民某人	民妇	湘阴城下客邸、东街易二十三店	长期租住	《支乙卷第十·赵主簿妾》
55	刘暐	官员	临安邸	回京述职	《支乙卷第十·刘暐做官》
56	南城陈元	士子	贡院前旅馆	赴省试	《支乙卷第十·王尚书名纸》
57	江同祖	官员	阳台驿	公干	《支景卷第一·阳台虎精》
58	江同祖	官员	京山村驿	不详	《支景卷第一·京山鹿寨》
59	王宣	官员	荆郢间驿站	不详	《支景卷第一·王宣乐工》
60	吕义卿	官员	武康山下旅舍	从嘉禾到武康去	《支景卷第三·武康二叟》
61	王楘寿茂与弟嵋季夷	不详	建阳道中驿舍	到福建去	《支景卷第三·建阳驿小儿》
62	李邈	官员	不详	捧檄文去河北公干	《支景卷第三·水太尉》
63	刁端礼	官员	严州淳安道上旅邸	随亲戚邵运使往江西	《支景卷第五·淳安潘翁》
64	朱显	养马卒	白鹿岗旅店	回家途中	《支景卷第六·朱显值鬼》
65	程副	官员	江宿城下驿	运送官马途中	《支景卷第七·鄂州纲马》
66	赵德璘	宗室	泗州北城驿邸	从京师挈家东下	《支景卷第八·泗州邸怪》
67	何湛叔存	士子	三桥旅邸	赴省试	《支景卷第十·婆惜响卜》
68	向仲堪	官员	旅邸	自池州赴调	《支景卷第十·向仲堪》
69	杨戬	官员（宦官）	计划将太平兴国寺改成邸店	计划经营邸店	《支丁卷第二·杨戬毁寺》
70	黄寅	士子	小陈留旅舍	赴京城考试	《支丁卷第二·小陈留旅舍女》
71	吕德卿清	官员	雩都县曲阳铺东	以石城宰的官职去府城公干	《支丁卷第三·廖氏鱼塘》

续表

序号	姓名	身份	住宿地	经过的原因	文献出处
72	王质	士子	中都旅邸	以外州教授的身份受代到中都	《支丁卷第三·阮公明》
73	吕德卿一行四人	士子	临安黄氏客邸	旅游	《支丁卷第三·班固入梦》
74	丘岑	士子	金溪旅邸	从乡豪家回家途中	《支丁卷第四·丘岑食菌》
75	朱四客	平民	九江旅邸	到襄阳看望女儿	《支丁卷第四·朱四客》
76	孙禹功	官员	鄂州驿舍	赴襄阳官	《支丁卷第四·武昌客舍虎》
77	洪樯/孙道	士子/游医	婺州义乌县逆旅	自鄱阳往四明/行医	《支丁卷第五·义乌孙道》
78	程发	平民	黔县邸店	佣工回家途中	《支丁卷第五·黔县道上妇人》
79	刘改之	士子	襄阳到省城路途上的逆旅	赴省试	《支丁卷第六·刘改之教授》
80	丁湜	士子	临安旅邸	参加科举	《支丁卷第七·丁湜科名》
81	刘、黄二道人	道士	江南旅邸	见老师途中	《支戊卷第一·刘、黄二道人》
82	史本	士子	鄱阳旅舍	赴省试	《支戊卷第一·余氏婢报榜》
83	郑秀才	士子	杭州客邸	参加漕试	《支戊卷第二·郑秀才梦》
84	李兴	官员	临安小邸	折返城中	《支戊卷第三·李兴都监》
85	文惠公	官员	婺州义乌县璩川驿	回乡	《支戊卷第五·璩川驿》
86	河东道人	道士	长安邸店	避祸	《支戊卷第七·河东道人》
87	程迪功	官员	旅舍	中选官后回家途中	《支戊卷第八·程迪功失目》
88	王南强	士子	袁州东新市村邸	赴省试	《支戊卷第八·仰山行宫》
89	卖符水者	术士	南岸旅邸	长期租住	《支戊卷第八·解俊保义》
90	朱南功	士子	临安修文巷邸	就免举试	《支戊卷第十·朱南功》
91	林子安	士子	旅店	入州赴举人考试	《支庚卷第一·林子安赴举》
92	詹通二人	捕快	江州旅邸	抓强盗	《支庚卷第二·方大年星禽》
93	叶青	商人	处州城外	经营邸店	《支庚卷第六·处州客店》
94	扬州士人	士子	扬州郊外旅邸	旅游	《支庚卷第九·扬州茅舍女子》

续表

序号	姓名	身份	住宿地	经过的原因	文献出处
95	张诚	不详	醴陵村墟	往潭州省亲	《支癸卷第四·醴陵店主人》
96	岳州人杨大方主仆	士子	江陵道中村邸	赴漕台试	《支癸卷第四·杨大方》
97	古田村民子	强盗子	赣州道店	被发配广南	《支癸卷第七·古田民得遗宝》
98	王珩彦楚	士子	临安邸舍	赴省试	《三志己卷第一·京师贫士相》
99	寿春民姜七	商人	淮河边（宋境）	经营邸店	《三志己卷第二·姜七家猪》
100	颜氏	商人	淮河边（金境）	经营邸店	《三志己卷第二·姜店女鬼》
101	焦务本及仆人	商贾	万寿邸店	帅仆隶货金帛于颍昌	《三志己卷第三·颍昌赵参政店》
102	婺州民	商贾	婺州梅花门边	经营饭店	《三志己卷第六·养皮袋》
103	波斯客	商贾	鄱阳石门镇外二十里逆旅	经过	《三志己卷第十·石门珠岩》
104	胡廿四/弋阳某客	商贾	乐平永丰乡大梅岭	经营邸店/行商（贩贸丝麻）	《三志辛卷第六·胡廿四父子》
105	平江黄景祥父子	士子	天井街	赴特恩试	《三志辛卷第八·临安雷声》
106	术士李天佑	术士	吉州寮下刘公店楼上	占卜谋生	《三志辛卷第十·李天佑》
107	湖州人陈小八	商人	邵阳柯氏店	行商	《三志辛卷第十·陈小八子债》
108	绍兴富家	商人	建昌城内驿前	经营邸店	《三志壬卷第一·三井中竹木》
109	福州士子	士子	湖北村店	进店午炊	《三志壬卷第四·湖北稜睁鬼》
110	董风子	平民	夜宿黄花市	路过	《三志壬卷第八·岳阳董风子》
111	邹曾九	行商	鄂州柳林头旅店	回家路过	《三志壬卷第十·邹九妻甘氏》
112	归州民施华	行商	遂宁旅舍	行商	《三志壬卷第十·解七五姐》
113	德兴南市乡民汪一	商人	中小商人	开酒肆	《三志壬卷第十·汪一酒肆客》
114	王大夫	官员	扬州邵伯埭	长住	《补卷第五·王大夫庄仆》
115	某茶商	商人	淮北颍亳莲花栐	经过，吃饭	《补卷第五·莲花栐》
116	浙西后生官人	士子	三桥黄家客店楼上	赴铨试	《补卷第八·临安武将》
117	浙西郑主簿	官员	清河旅舍	赴调	《补卷第八·清和坊》

续表

序号	姓名	身份	住宿地	经过的原因	文献出处
118	鄱阳程汝楫与同郡徐、高、潘、李	商人	次龙山下邸店	去临安，路过	《补卷第八·鲍八承务》
119	临川贡士张举	士子	玉山道中旅店	赴省试	《补卷第十·崇仁吴四娘》
120	谢侍御	官员	邵武军城内别宅三间为邸舍	经营邸店	《补卷第十·谢侍御屋》
121	豫章钱某	士子	贡院前姚氏店	赴省试	《补卷第十一·钱生见前世母》
122	满少卿	士子	凤翔寓舍	路过，贫病交加	《补卷第十一·满少卿》
123	梁野人	道士	庐州旅邸	探亲	《补卷第十二·梁野人》
124	安丰县娟女曹三香	娟女	安丰县自住的房子	经营邸店	《补卷第十三·曹三香》
125	广州人潘成	商人	去成都路上的村邸	经商	《补卷第二十·潘成击鸟》

从上表我们可以看出，因为洪迈交友、任职的地点变动，虽然《夷坚志》的故事记述的地点整体上也会发生变迁，但发生在临安的邸店故事的数量仍是最多的，一共有 15 个。邸店的客源非常广泛，大小官吏、行商贩贾、应试士子、游客、外国的使节、僧侣都有在店内住宿的故事，其中尤以应试官员、士子、商贾三个群体为多。这些故事中，有 20 个故事是士子外出考试的，其中 8 个故事发生在临安，临安以其政治和文化的中心，在这里有各层级的考试，吸引了众多士子的到来。另外在外行走的就是官员，宋代的官员，铨选、调任等非常频繁，28 个官员的故事中，多是因为这些原因，此外官府驿站和递铺数量众多，还有官办的各种出赁房屋的机构。[①] 在外经商的行商、卜者到了某地后，往往会停留较长一段时间，因为他们还会在当地长期居住。市镇和乡村旅馆星罗棋布，给外出的行人生活带来了极大的便利。

二、宋代邸店业发展的情况

宋代邸店的职能已经和后代的基本相同，一般指租赁房舍的客店。宋代

---

① 周宝珠：《宋代东京研究》，河南大学出版社 1992 年版，第 291 页。

邸店以京城为中心，表现出分布广、密度大、单个实体规模大、业务范围广、从业人员多、类型多样等特点，成为当时社会经济的一个重要产业。①

（一）地域和空间上分布的范围比较广，密度也大

宋代坊市制度取消以后，居民市场没有了墙垣圈围和门禁制度，邸店业有了更大的自由发挥空间。邸店的设置不局限于市区，在城内外的繁华街道、名山大川、交通要道、流动人口聚集的区域、商品交易集散场地等都会被精明的商人看中，进行经营。

汴京和临安自不必多说，作为都城，同时也是政治、经济和文化的中心，每天流动人口多，对旅馆的需求量也大。《东京梦华录》记载说：东京"八荒争凑，万国咸通"②，熙熙攘攘的人流让城内形成了几个集中的旅馆区域。一个是大内前州桥东街巷"街西保康门瓦子，东去沿城皆客店，南方官员商贾兵级，皆于此安泊"③。这里靠近南方的城门，所以南方来的人多住在这片区域。此外，乾明寺"以东向南曰第三条甜水巷，以东熙熙楼客店，都下着数"④。在甜水巷附近邸店也比较集中。除了这些集中的区域，"别有幽坊小巷，燕馆歌楼，举之万数，不欲繁碎"⑤。比如汴河两边景色优美，那里也分布了很多邸店，如《李寿孝》中，有个人长期居住在这里，"汴河上逆旅"的游士生病，居然梦到开封府尹要死了⑥，秦楚材从建康到汴京，也是住在"汴河上客邸"⑦，汴河附近的邸店不仅数量多，还出现了很多有名的大客栈。

临安城受地形的限制，城区狭小，人口非常密集，"自大街及诸坊巷，大小铺席连门俱是，即无虚空之屋。……客贩往来，旁午于道，曾无虚日。至于故楮羽毛，皆有铺席发客，其他铺可知矣"⑧，也就是说连纸品店和羽毛店都

① 王福鑫：《试论宋代旅馆业与政府干预》，《政府与经济发展——中国经济发展史上的政府职能与作用国际研讨会论文集》，2004 年 7 月，第 154—176 页。
② 〔宋〕孟元老：《东京梦华录》序，中国商业出版社 1982 年版，第 1 页。
③ 〔宋〕孟元老：《东京梦华录》卷 3《大内前州桥东街巷》，中国商业出版社 1982 年版，第 20 页。
④ 〔宋〕孟元老：《东京梦华录》卷 3《寺东门街巷》，中国商业出版社 1982 年版，第 21 页。
⑤ 〔宋〕孟元老：《东京梦华录》卷 5《民俗》，中国商业出版社 1982 年版，第 31 页。
⑥ 〔宋〕洪迈撰，何卓点校：《夷坚志》乙志卷第 9《李孝寿》，中华书局 2006 年版，第 257 页。
⑦ 〔宋〕洪迈撰，何卓点校：《夷坚志》丁志卷第 10《秦楚材》，中华书局 2006 年版，第 620 页。
⑧ 〔宋〕吴自牧撰，黄纯艳整理：《梦粱录》卷 13《铺席》，大象出版社 2019 年版，第 337 页。

有给客人住宿的床铺，房源紧缺到这种地步。"三桥等处，客邸最胜"，《夷坚志》里记载有两个士子曾住在这里，其一是何湛叔存赴省试①，其二是三桥黄家客店的仙人跳骗局。②洪迈自己也曾住过三桥的旅邸，他的《容斋四笔》记录说"予初登词科，再至临安，寓于三桥西沈亮功主簿之馆"。③像这种比较集中经营邸店的地方还有贡院、太学等边上，这里学生数量多，每到考试期间就供不应求，"其诸处贡院前赁待试房舍，虽一榻之屋，赁金不下数十褚"④。此外，如清和坊，"浙西人郑主簿赴调，馆于清河旅舍"⑤。《泉州杨客》到临安后，住在"柴垛桥西客馆"，这个应该是一个大型的邸店，他把自己的货物也都放邸店主人家，"悉辇物货，置抱剑街主人唐翁家……举所卖沉香、龙脑、珠琲珍异纳于土库中，他香布、苏木不减十余万缗，皆委之库外"⑥。

不仅两京，前文表格中所列举的表格内邸店的地点有鄂州、赣州、和州、吉州、扬州、信州、建昌等，村舍的小邸也屡有见闻。宋代草市镇发达，这些小市镇多位于大城市的周边或是交通要道，是商旅兴贩往来的会聚之地，"数辰竞一虚，邸店如云屯"⑦，在这些草市上就存有很多的邸店。我们也得以跟着洪迈的笔触知道了诸如"饶州牌楼南钟氏邸舍""吉州寮下刘公店楼上"等他州邸店，"广德程家渡梅家店""香屯客邸""黄花右界村店""吉水三十里客邸""桐林湾客邸""乐平永丰乡大梅岭"等乡村逆旅。

（二）政府积极入市，参与经营邸店业

宋代京城设置了专门管理邸店的机构"左右厢店务"（又有称谓作楼店务、店宅务或者是都大店宅务等），不管名称如何变化，职能都围绕着"掌官屋、

---

① ［宋］洪迈撰，何卓点校：《夷坚志》支景卷第10《婆惜响卜》，中华书局2006年版，第958页。
② ［宋］洪迈撰，何卓点校：《夷坚志》补卷第8《临安武将》，中华书局2006年版，第1619—1620页。
③ 余祖坤编：《历代文话续编》卷12《杂文散语摘句谐谈》，凤凰出版社2013年版，第386页。
④ ［宋］吴自牧撰，黄纯艳整理：《梦粱录》卷4《解闱》，大象出版社2019年版，第236页。
⑤ ［宋］洪迈撰，何卓点校：《夷坚志》补卷第8《郑主簿》，中华书局2006年版，第1620页。
⑥ ［宋］洪迈撰，何卓点校：《夷坚志》丁志卷第6《泉州杨客》，中华书局2006年版，第589页。
⑦ ［清］吴之振等选，管庭芬、蒋光煦补：《宋诗钞》，中华书局1986年版，第2989—2990页。

邸店计直、出僦及修造、缮完"① 几项来开展，经营邸店"课利"是非常丰厚的②。

除了京城以外，朝廷在地方州、府和县城也经营旅馆业。蔡襄曾经在泉州万安渡桥"桥岸造屋数百楹，为民居，以其僦直入公帑，三岁度一僧掌桥事"③。宋太宗咸平五年（1002）"除果州官邸本课外地铺钱"④，说明当时宋代朝廷在果州也有邸店。宦官杨戬在政和年间"又议取太平兴国寺改为邸店及民舍，以收僦直"⑤。为了获取利益，可谓无所不用其极。

在城外的交通要道上，宋朝廷一方面维护好唐朝遗留下来的部分旧驿站，同时也建设了很多新驿站。在人烟罕迹的地方，驿站是重要的落脚点。"自鄂渚至襄阳七百里，经乱离之后，长涂莽莽，杳无居民。唯屯驻诸军每二十里置流星马铺，转达文书，七八十里间则治驿舍，以为兵帅往来宿顿处，士大夫过之者亦寓托焉。"⑥ 宋代在驿站之外又另外创建了递铺，专门用来传递文书，和驿站并行，建立了比较完备的官方通信。"饶风铺兵金洋之间，驿路萧条，但每十里一置。饶风驿铺卒送文书"⑦。递铺也往往建有铺屋用以提供住宿，虽然条件简陋，但住人是没有问题的，"故人应问我，客里定何如。马铺为行馆，鸡栖是使车"⑧。"方今州府县镇驿舍亭铺相望于道，以待宾客，其法

① ［清］徐松：《宋会要辑稿》食货55，上海古籍出版社2014年版，第7251页。

② 按《宋会要辑稿》记载："自大中祥符五年，左厢钱八万八千七百五十七贯，右厢钱五万四千七百九十二贯。天禧元年，两厢钱十四万九十贯：左厢八万五千八百八十贯，右厢五万四千二百十三贯。天圣三年，两厢钱十三万四千六百二十九贯：左厢八万二千九百三十九贯，右厢五万一千七百贯。"（［清］徐松：《宋会要辑稿》食货55，上海古籍出版社2014年版，第7254页。）

③ ［宋］方勺撰，许沛藻、杨立扬点校：《泊宅编》卷2，中华书局1983年版，第11页。

④ ［宋］李焘撰，上海师范大学古籍整理研究所、华东师范大学古籍整理研究所点校：《续资治通鉴长编》卷51（真宗咸平五年），中华书局2004年版，第1116页。

⑤ ［宋］洪迈撰，何卓点校：《夷坚志》支丁卷第1《杨戬毁寺》，中华书局2006年版，第972页。

⑥ ［宋］洪迈撰，何卓点校：《夷坚志》支景卷第1《阳台虎精》，中华书局2006年版，第880页。

⑦ ［宋］洪迈撰，何卓点校：《夷坚志》支丁卷第5《饶风铺兵》，中华书局2006年版，第1006页。

⑧ ［宋］张孝祥著，辛更儒校注：《张孝祥集编年校注》卷8《五言律诗》，中华书局2016年版，第324页。

固已具备。"① 说明当时在旅途中住递铺很常见。

（三）邸店经营的业务范围广泛，方式灵活，服务周到

宋人李元弼《作邑自箴》一书中记载了一个以官府的名义颁布的宋代邸店经营细则，对民营邸店的经营范围进行明文规定，比较完整。

榜客店户

知县约束客店户如后：

一、逐店常切洒扫头房三两处，并新净荐席之类，祗候官员、秀才安下。

二、官员、秀才到店安下，不得喧闹无礼。

三、客旅安泊多日，颇涉疑虑，及非理使钱，不着次第，或行止不明之人，仰密来告官，或就近报知捕盗官员。

四、客旅不安，不得起遣，仰立便告报耆壮，唤就近医人看理，限当日内具病状申县照会。如或耆壮于道路间抬舁病人，于店中安泊，亦须如法照顾。不管失所，候较损日，同耆壮将领赴县出头，以凭支给钱物与店户医人等。

五、客旅出卖物色，仰子细说谕，止可令系籍有牌子牙人交易。若或不曾说谕商旅，只令不系有牌子牙人交易，以致脱漏钱物及拖延稽滞，其店户当行严断。

六、说谕客旅，凡出卖系税行货，仰先赴务印税讫，方得出卖，以防无图之辈恐吓钱物，况本务饶润所纳税钱。

七、说谕客旅，不得信凭牙人说作，高抬价钱，赊卖物色前去，拖坠不还，不若减价见钱交易。如是久例赊买者，须立壮保分明邀约。右仰知委。

年　月　日

---

① ［宋］许㦂：《乞令诸路修整州府县驿舍奏》，引自曾枣庄、刘琳主编：《全宋文》第138册，2972卷，上海：上海辞书出版社；合肥：安徽教育出版社，2006年版，第88页。

才礼上榜，无亲戚门客等随行。①

这条规定对邸店的经营者如何经营，对待不同人群的态度以及业务的范围都进行了明确的要求。邸店最基本的业务是提供住宿，经营方式比较灵活，房间可以长包，也可以短住。中长期居住的例子有很多，"浦城永丰境上村民作旅店，有严州客人赍丝绢一担来，僦房安泊，留数日"②，严州贩丝的客人住店一次要住好几天。《张风子》篇中记载说："张风子者，不知何许人。绍兴中来鄱阳，止于申氏客邸，每旦出卖相，晚辄醉归。"③张风子居住的时间就更久了，他夜投邸店住宿，白天入肆买卖。"鄱阳卜者王揖，僦旅邸一室畜双鸡，一牝一牡，牝生子，正抱啄于栖中。"④王揖也属于长期租住的住户，居然能够抱窝养鸡了。"侯元功自密州与三乡人偕赴元丰八年省试，止道旁驿舍室中，四隅各有榻。"⑤侯元功一行四人去考试，因此选了一个四人间，这间房的床铺是分布在四角的。

邸店还兼营饮食服务，"宣和间，陕西某郡守赴官，食于道上驿舍"⑥。如果客人需要外面菜馆的饭菜，邸店也能帮忙采买，还能帮客人烧煮自带的食物。此外邸店还会提供贮存货物、代购代售物品、浆洗衣服、陪同游玩等服务。为了适应客人货物储存的需求，当时已经有专门堆货的"榻房"（又称为"廊、廊屋、楼店、堆垛场、垛场"等），东京"商客贩茶到京，系民间邸店堆垛，候货鬻了当，或翻引出外，自例出备垛地户钱与邸店之家"⑦。前文

① ［宋］李元弼撰，张亦冰点校：《作邑自箴》卷第7《榜客店户》，中华书局2019年版，第45—46页。
② ［宋］洪迈撰，何卓点校：《夷坚志》乙志卷第3《浦城道店蝇》，中华书局2006年版，第204页。
③ ［宋］洪迈撰，何卓点校：《夷坚志》丙志卷第18《张风子》，中华书局2006年版，第513页。
④ ［宋］洪迈撰，何卓点校：《夷坚志》支甲卷第8《王揖双鸡》，中华书局2006年版，第772页。
⑤ ［宋］洪迈撰，何卓点校：《夷坚志》甲志卷第4《驿舍怪》，中华书局2006年版，第33页。
⑥ ［宋］洪迈撰，何卓点校：《夷坚志》丁志卷第7《华阴小厅子》，中华书局2006年版，第597页。
⑦ ［清］徐松：《宋会要辑稿》食货30，上海古籍出版社2014年版，第6673页。

所讲的周景在汴河边所建的"十三间楼"里"邀巨货于楼，山积波委"。^①到南宋时，临安"城中北关水门内，有水数十里，曰白洋湖，其富家于水次起迭塌坊十数所，每所为屋千余间，小者亦数百间，以寄藏都城店铺及客旅物货。四维皆水，亦可防避风烛，又免盗贼，甚为都城富室之便，其他州郡无此"。^②"自梅家桥至白洋湖方家桥，直到法物库市舶前，有慈元殿及富豪内侍诸司等人家于水次起造塌房数十所，为屋数千闲，专以假赁与市郭闲铺席宅舍，及客旅寄藏物货，并动具等物，四面皆水，不惟可避风烛，亦可免偷盗，极为利便。盖置塌房家，月月取索假赁者。管巡廊钱会，顾养人力，遇夜巡警，不致疏虞。"^③这些大店不仅在选址上精心挑选，讲究防火防盗，到了晚上组织专人巡逻，提供的服务不可谓不周到。

> 韩洙者，洺州人，流离南来，寓家信州弋阳县大郴村。独往县东二十里，地名荆山，开酒肆及客邸。乾道七年季冬，南方举人赴省试，来往甚盛。琼州黎秀才宿其邸，旦而行，遗小布囊于房。……洙笑曰："为君收得，不必忧。"命仆取以还，封记如初。……黎感泣而去。明年，游士范万顷询知其事，题诗壁间曰："囊金遗失正茫然，逆旅仁心尽付还。从此弋阳添故事，不教阴德擅燕山。"又跋云："世间嗜利为小人之行者，比比皆是，闻韩子之风得无愧乎？"洙今见存。^④

从《荆山客栈》这则故事我们可以看到，客栈的经营者韩洙作为一名流亡到南方的北人，他在县城外二十里的交通要道上开了酒肆和邸店，主要的服务对象是从南方来参加省试的举人，客栈提供基础的住宿和餐饮。他诚信经营，会把客人遗留的物品封记起来，加以保管，客人来取时原封退还。这种拾金不昧、不贪小利的经营风格得到士子们的肯定。游士范万顷在他邸店的

① ［宋］文莹撰，郑世刚、杨立扬点校：《玉壶清话》卷3，中华书局1984年版，第27页。
② ［宋］耐得翁撰，汤勤福整理：《都城纪胜》，大象出版社2019年版，第18页。
③ ［宋］吴自牧撰，黄纯艳整理：《梦粱录》卷19《塌房》，大象出版社2019年版，第407页。
④ ［宋］洪迈撰，何卓点校：《夷坚志》丁志卷第7《荆山客邸》，中华书局2006年版，第596页。

墙壁上题的诗无形之中变成了一种广告，每一个路过的士子一经读到，就会知道这个故事，从而使他的事迹又得到一次宣传。

邸店的人员会用热情的服务来打动顾客，"某道人舍于客邸，主家遇之颇厚，时时召与小饮，虽僦直或亏，弗校也"。阆州的这位老板对一名住店道士关怀备至，经常在一起喝酒不说，甚至不在意房租是否赚钱。这个道士住了几个月，临走的时候送了老板一粒丹药，投在井中，从此店内"永绝蚊蚋之患"，故事传开以后"士人估客往来无算，骈集此邸，至于散宿户外。计所获，视它邸盖数倍焉"①。可谓是一本万利的生意。

"京师有道人姓郑，持一铜铃……号位'郑摇铃'，宣和末，忽迤逦南来维扬，摇铃丐钱如故，夜则寄宿逆旅。久之，谓主人曰：'吾将死，愿以随身衣物悉置棺中而焚之。'已而果死。主人如其言，舁棺出城。"②一个能为乞丐提供住宿的邸店，肯定收费不是很高，但主人能信守诺言，帮忙处理后事，或者如董国庆故事"宣和六年登进士第，调莱州胶水县主簿。会北边动兵，留家于乡，独处官下。中原陷，不得归，弃官走村落，颇与逆旅主人相往来。怜其羁穷，为买一妾"③。为租户考虑，根据租户的情况为其购买一妾照顾生活，这些都反映了部分邸店主人待客的真诚。也正是因为这份真诚，汪藻《宿招贤馆》诗歌里说："儿时客衢州，尝过招贤馆。主人敬爱客，置驿极安便。堂前花作屏，堂后竹成援。"④四十年前的住宿经历给他留下的深刻印象使得他四十年后还要重返故地。

此外，邸店老板往往还兼营牙人或者帮客人介绍牙人，"涟水民支氏，起客邸于沙家堰侧，夫妇自主之。遇商贾持货来，则使其子友璋作牙侩"，"乐平永丰乡民胡廿四，开旅店于大梅岭。乾道元年冬，弋阳某客子独携包复来宿，至夜，买酒邀胡同饮，询问麻价，胡亦添酒报之。客既醉，出白金两小瓜授之云：'明日烦主人分付籴麻打油，归乡转售。'胡甚喜曰：'此甚易，一

---

① ［宋］洪迈撰，何卓点校：《夷坚志》丙志卷第18《阆州道人》，中华书局2006年版，第516页。

② ［宋］郭彖撰，张剑光整理：《睽车志》卷2，大象出版社2019年版，第142页。

③ ［宋］洪迈撰，何卓点校：《夷坚志》乙志卷第1《侠妇人》，中华书局2006年版，第190页。

④ 栾贵明辑：《四库辑本别集拾遗》《武英殿聚珍版丛书》所收四库辑本别集二十八种拾遗，汪藻：《浮溪集》36卷《宿招贤馆》，中华书局1983年版，第85页。

朝可办，且饮酒。'"① 根据前文的榜文可以知道店主对客人的交易还有监督的义务，劝其纳税，防止被不良牙人行骗，以保证客商的正当利益。

之所以会出现这些周到服务的情况，除了故事说教的需要，另一方面也是因为宋代邸店业存有竞争。通常情况下，商品经济越发达，同行业之间的竞争程度就会越激烈，竞争的水平会越高。② 因为存有竞争关系，想要有效地吸引顾客，邸店的经营者们才会如此投入。

（四）注意陈设和广告，以吸引顾客

在做好硬件设施和服务的同时，宋代的邸店经营者会采用各种手段来宣传本店，招徕顾客。比如开始注重广告，"最早的招徕方式是采用高高悬挂于店前的灯笼和幌子，作为商招物而招徕客源"③。又如取一个别出心裁、富有特色的店名，比如，"张四官人客店"，"久住王员外家"，还有适应文人心态的"熙熙楼客店"（形容生意兴隆）④，"状元楼"⑤ 等。

宋代朝廷在房屋形制上有严格的管理要求，规定"凡民庶家，不得施重栱、藻井及五色文采为饰，仍不得四铺飞檐。庶人舍屋，许五架，门一间两厦而已"⑥。仁宗时朝廷规定"天下士庶之家，屋宇非邸店、楼阁临街市，毋得为四铺作及斗八"⑦。能够突破这种规定的，只有从事邸店和商业经营的房子。宋代的酒店为了吸引更多的顾客，可谓是花样百出，把店名、牌匾都作为商业广告在运行。比如店面的装饰，"凡京师酒店，门首皆缚彩楼欢门。唯任店人其门，一直主廊约百余步，南北天井两廊皆小阁子，向晚灯烛荧煌，上下相照"。⑧ 除了店面，邸店还有一种很特殊的广告——题诗，这一风气始于初

① ［宋］洪迈撰，何卓点校：《夷坚志》三志辛卷第6《胡廿四父子》，中华书局2006年版，第1428页。

② 王福鑫：《试论宋代旅馆业与政府干预》，载《政府与经济发展——中国经济发展史上的政府职能与作用国际研讨会论文集》2004年7月，第154—156页。

③ 郑向敏：《中国古代旅馆流变》，旅游教育出版社2000年版。

④ ［宋］孟元老：《东京梦华录》卷3《寺东门街巷》，中国商业出版社1982年版，第21页。

⑤ ［宋］孟元老：《东京梦华录》卷2《朱雀门外街巷》，中国商业出版社1982年版，第13页。

⑥ ［元］脱脱等：《宋史》卷154《臣庶室屋制度》，中华书局1985年版，第3600页。

⑦ ［宋］李焘撰，上海师范大学古籍整理研究所、华东师范大学古籍整理研究所点校：《续资治通鉴长编》卷119（仁宗景祐三年），中华书局2004年版，第2798页。

⑧ ［宋］孟元老：《东京梦华录》卷2《酒楼》，中国商业出版社1982年版，第16页。

唐，在晚唐五代形成规模，在宋代大为盛行。"巍巍使馆开华堂，行人旧题诗满堂"大客栈的题诗，数量多到已经写不下，不得不"恶以赤白漫青灰"。①不过大部分的邸店不会如此，因为客人题诗已成风气，还有不少客人专门来看自己的旧题诗，"道左忽逢曾宿驿，壁间闲看旧留题"②。《夷坚志》所载的故事中很多邸店会留有题诗的墙壁，如"靖康元年，邓州南阳县驿有女子留题一诗曰：'流落南来自可嗟，避人不敢御铅华。却怜当日莺莺事，独立春风雾鬓斜。'字画柔弱，真妇人之书，次韵者满壁"③。这个妇女的题诗，不但能引起过往士子的家国之叹，也带来了无限的遐想，以至于应者如云。《梦溪笔谈》卷二四有类似的故事："信州杉溪驿舍中，有妇人题壁数百言……言极哀切，颇有辞藻，读者无不感伤。……行人过此，多为之愤激，为诗以吊之者百余篇，人集之，谓之《鹿奴诗》，其间甚有佳句。"④愤怒的读者们甚至还把作者的生平查找出来，这位妇人的公公靠巴结权贵得到了官职，逼迫她产后才一两个月就带着孩子随全家赴任，最终产妇因为长途奔波而丧命。而她的公公是夏文庄的家奴，时人鄙视他，呼为"鹿奴"。不过也有很多名为女子所作的题壁诗，其实是男子托名伪作，究其原因，可能旨在引起轰动，也不排除是店家为了吸引顾客故意制造的噱头。如《清波杂志》卷一〇就记载了这样一段故事：

> 邮亭客舍，当午炊暮宿，弛担小留次，观壁间题字，或得亲旧姓字，写途路艰辛之状，篇什有可采者。其笔画柔弱，语言哀怨，皆好事者戏为妇人女子之作。顷于常山道上得一诗："迢递投前店，飔飚守破窗。一灯明复暗，顾影不成双。"后书："女郎张惠卿。"迨

---

① ［清］吴之振等：《宋诗钞》，中华书局 1986 年版，第 499 页。

② ［宋］陆游：《客怀》，钱仲联、马亚中主编：《陆游全集校注》卷 60，浙江古籍出版社2015 年版，第 330 页。

③ ［宋］洪迈撰，何卓点校：《夷坚志》甲志卷第 8《南阳驿妇人诗》，中华书局 2006 年版，第68 页。

④ ［宋］沈括撰，金良年点校：《梦溪笔谈》卷二 24《杂志一》，中华书局 2015 年版，第232 页。

回程，和已满壁。[①]

因为冒充女子题诗，不过十天左右的时间，后人所题的和诗就写满了墙壁，这种营销手段远胜过任何广告。前文所讲的《荆山客栈》墙壁的题诗，就是一种对老板店铺诚信经营的最佳宣传。

三、宋代邸店业发展的原因

邸店作为人类经济活动的产物，其发展需要稳定且有一定规模的消费市场。宋代商品经济的发展，为消费市场的形成创造了条件。此外，宋代社会产业结构和社会分工的发展变化，对社会服务也提出了更多的要求。

宋初太祖和太宗因五代时期交通路线的分割和中断之弊，格外重视交通运输的建设，逐渐恢复全国性的交通网络，并推动进一步以汴京为中心的水陆交通网络。南宋则以杭州为中心，建立了周全的交通网络，对各地的商业起到了积极的促进作用。宋代陆地的交通工具种类很多，有各式畜力和车辆，牛、马、驴、骡、骆驼，或驮货载人，或牵引货车客车。[②]水路交通方面，宋代造船技术取得了很大进步，在内河外海有各色大小航船。不过客观来说，无论是陆路还是水路，总体的交通速度都不快。宽松的运营环境、发达的交通网络和平缓的交通速度几个因素交杂在一起，让宋代人流动人口大量增加。

（一）流动人口的住宿要求

宋代人口增长迅速，从宋太祖开宝九年（976）到徽宗大观四年（1110）一共 134 年的时间里，全国的户口按照每年 11% 的年增长率增加。[③]南宋嘉定十一年（1218）全国总户数为 13669684，已经远远超过之前历史上任一朝

---

① ［宋］周辉撰，刘永翔、许丹整理：《清波杂志》卷 10《客舍留题》，大象出版社 2019 年版，第 109 页。

② 程民生：《略述宋代陆路交通》，载《陈乐素教授九十诞辰纪念文集》，广东人民出版社 1992 年版，第 329 页。

③ 漆侠：《宋代经济史》，中华书局 2009 年版，第 46 页。

代的总户数。到南宋中晚期，户数比北宋中晚期增加了 50% 甚至一倍以上。[①]
人口增加的显著后果就是可耕种的耕地数量不足。人口增加官府也想办法增加
很多耕地，但是受到客观地理条件和疆域面积的限制，增加的数量是有限的。
加上宋代"田制不立"[②]"不抑兼并"[③]人地矛盾一直非常突出。农民和土地的
依附关系明显减弱，大量的农民开始流动，从土地上游离出来，有的演变为
手工业者，有的变成小商贩，有的成为出卖体力劳动的人，还有的成为术士、
僧道等群体，他们在城市与乡村之间，城市与城市之间穿梭。"秋成之时，百
逋丛身，解偿之余，储积无几，往往负贩佣工，以谋朝夕之赢者，比比皆是
也。"[④] 为了减轻生活的负担，他们或是靠佣工为生，"为工为匠，为刀镊，为
负贩"[⑤]。或是弃农专业从事别的行业，"耕织之民，以力不足，或入于工商、
髡褐、卒夫，天下无数，皆农所为也，而未之禁"[⑥]。在交通条件相对落后的情
况下，各种邸店就成为他们的必然选择。

（二）商人群体的数量增长，商贸活动扩大

在宋代，朝廷针对商业制定了一些保护政策，比如对细小商品的交易减
免商税，太宗淳化二年下诏说："征算之条，当从宽简。宜令诸路转运使以部
内州军市征所算之名品，共参酌裁减，以利细民。"又诏："除商旅货币外，
其贩夫、贩妇细碎交易，并不得收其算。常税名物，令有司件析揭榜，颁行
天下。"[⑦]

---

① 梁庚尧：《南宋的农村经济》，新星出版社 2006 年版，第 69 页。

② ［元］脱脱等：《宋史》卷 173《食货上一》，中华书局 1985 年版，第 4163 页。

③ ［宋］王铚：《枢廷备检序》，引自曾枣庄、刘琳主编：《全宋文》第 182 册，3992 卷，上海
辞书出版社；安徽教育出版社 2006 年版，第 168 页。

④ ［宋］王柏：《社仓利害书》，引自曾枣庄、刘琳主编：《全宋文》第 338 册，7789 卷，上海
辞书出版社；安徽教育出版社 2006 年版，第 88—89 页。

⑤ ［宋］戴栩：《论抄札人字地字格式札子》，曾枣庄、刘琳主编：《全宋文》第 380 册，7030 卷，
上海辞书出版社；安徽教育出版社 2006 年版，第 147 页。

⑥ ［宋］吕祖谦编，齐治平点校：《宋文鉴》卷第 125《望岁》，中华书局 1992 年版，第
1752 页。

⑦ ［元］马端临撰，上海师范大学古籍研究所、华东师范大学古籍研究所点校：《文献通考》卷
14《征商》，中华书局 2011 年版，第 403 页。

这种激励政策的鼓舞作用是明显的，"众以为法，贱稼穑，贵游食。皆欲货末耡而买车舟，弃南亩而趣九市"。①"农本工商末"和"重农抑商"价值观念开始松动，社会各阶层纷纷经营商业，他们为了追求高额的利润，不惜背井离乡，辗转全国甚至远赴重洋而去。

两宋都城汴京和临安在当时都是全国最大的消费城市。城内官民的日常生活所需来自全国各地的供应。汴京"以其人烟浩穰，添十数万众不加多，减之不觉少"②。每日"生鱼有数千檐入门"③，"杀猪羊作坊，每人担猪羊及车子上市，动即百数"，用太平车或骡马驮入的粮食，每天自五更开始，"从城门外守门入城货卖，至天明不绝"④。杭州"商贾买卖者十倍于昔，往来辐辏，非他郡比也"⑤。《夷坚志》里也记载了很多行商的故事，如乐平向十郎、黄县宗立本、余干张客、严州客人茶商叶德孚等，这些行商"陆驾大车，川浮巨舶，南穷瓯越，北极胡漠"⑥。这些商人不仅货物数量多，交通的距离也远，是邸店的重要住宿群体。出门在外，他们的居住离不开邸店。很多邸店开在交通要道上，专做商旅的生意，前文所讲的处州客店，虽然建在城外，但"极新洁，商客投宿甚众"。⑦因为新开的店，设备很新，而且"其处交易趋市为便"，所以甚得商人的喜欢。

（三）士子的应试需求增加

宋代把科举取士当作选拔官吏的最主要来源，建立了非常完善的科举制度。凡吏民百姓，无论贵贱，都可以参加考试，所有人理论上在科考上都处于平等的地位。统治者也分外重视科考，宋真宗亲自写《劝学文》，一时之

① ［宋］夏竦：《贱商贾策》，引自曾枣庄、刘琳主编：《全宋文》第17册，345卷，上海辞书出版社；安徽教育出版社2006年版，第52页。

② ［宋］孟元老：《东京梦华录》卷5《民俗》，中国商业出版社1982年版，第31页。

③ ［宋］孟元老：《东京梦华录》卷4《鱼行》，中国商业出版社1982年版，第30页。

④ ［宋］孟元老：《东京梦华录》卷3《天晓诸人入市》，中国商业出版社1982年版，第24页。

⑤ ［宋］吴自牧撰，黄纯艳整理：《梦粱录》卷13《两赤县市镇》，大象出版社2019年版，第333页。

⑥ ［宋］李昭玘：《代四兄求荐举书》，引自曾枣庄、刘琳主编：《全宋文》第121册，2607卷，上海辞书出版社；安徽教育出版社2006年版，第110页。

⑦ ［宋］洪迈撰，何卓点校：《夷坚志》支庚卷第6《处州客店》，中华书局2006年版，第1178页。

间，文风大盛，各地都出现了大量的读书人。

> 诸州贡士，国初未有限制，来者日增。淳化三年正月丙午，太宗命诸道贡举人悉入对崇政殿，凡万七千三百人。时承平未久也，不知其后极盛之时，其数又几倍也。①

从《燕翼诒谋录》的记载可以看出，参加科举考试的读书人在宋初就已经达到了17300多人。宋朝规定每逢大比之年，只要是取得了发解资格的举人，要在入闱之前两个月左右就到达京城准备考试。"宣和六年，诸道进士赴省试者几万人。"②南宋晚期"诸路士人比之寻常十倍，有十万人纳卷"。人数还不仅只有士子，十万士子每人带一个仆人，"十万人试，则有十万人仆，计二十万人"。③这二十万人从家乡到京城，考完以后从京城再返乡都需要住宿，如前文所讲的"侯元功"故事和"林积"故事，一个是赴省试"止道旁驿舍室中"④，一个是"少时入京师，至蔡州，息旅邸"⑤。无论是考试还是到京师入庠读书，都要在路途上投宿邸店。到了京城以后，也需要有住处，他们或是租赁私人的宅邸，或是寄宿到寺院道观，或者是投宿商业旅馆。《夷坚志》里有很多士子上京考试的记载，前文表格中所列的数量很多。

宋代官员实行三年一调任，官员们常因为被任命、擢升、被贬、流放、待缺等官场的变动而携妻带子在各地区之间流动。当时的交通工具并不能让他们一两天就到达目的地，在路途上经常要投宿邸店。《夷坚志》里描述过好几个官员在邸店的所见所闻，如"宣和间，陕西某郡守赴官，食于道上驿舍"⑥。

---

① ［宋］王栐撰，诚刚点校：《燕翼诒谋录》卷2《淳化贡举人数》，中华书局1981年版，第16页。

② ［宋］洪迈撰，何卓点校：《夷坚志》坚甲志卷第18《宋应辰》，中华书局2006年版，第159页。

③ ［宋］西湖老人撰，黄纯艳整理：《西湖老人繁盛录》，大象出版社2019年版，第114页。

④ ［宋］洪迈撰，何卓点校：《夷坚志》甲志卷第4《驿舍怪》，中华书局2006年版，第33页。

⑤ ［宋］洪迈撰，何卓点校：《夷坚志》甲志卷第12《林积阴德》，中华书局2006年版，第100页。

⑥ ［宋］洪迈撰，何卓点校：《夷坚志》丁志卷第7《华阴小厅子》，中华书局2006年版，第597页。

"右侍禁姜迪，蔡州新息人，为天长县大仪镇巡检。寨去县六十里，迪尝趋县回，遇雨，弛担道上古驿，遣从者具食。"① "湖州人王槩，绍兴十六年八月，赴邵武建宁丞，宿信州玉山驿。"② 这些故事都是在路上住宿的。还有官员到外地任职后经常因为各种原因不住官署，而是在外寓住房屋。《西湖女子》中的江西某官，在乾道中"赴调都下"，与西湖女子相遇，后"注官而归"。两个人含恨分开，五年后"再赴调"，这次他仍然没有购置房产，还住在旅馆里，只是这次是单独"僻在一处"，居住条件与上一次相比要好很多。③

宋朝地方高级官员，如果外任期满，在回到京城之后，必须上殿朝见皇帝。④ 除非是得到朝廷特许的"就移"，也就是要求从某一地方官直接移任另一地方官，或者特殊情况下的免见、"放辞谢"。这些官员不仅一路都需要到邸店住宿，到京城后可能也需要入住邸店。《刘暐做官》中，刘暐担任韶州司户时"当待六年阙"，回到临安时"适与新太守同邸"⑤，两个回京朝见的人住到了一起。童伯虞之前任期在到绍熙壬子年就满秩了，"吏部差知雷州，客都城待班陛对，买二少妾，滞留颇久"。⑥ 绍兴初年，莆田人林迪功担任江西尉，秩满后，"用捕盗赏改京官，未得调"，在临安邸店丢了四次敕书，每次都要悬赏三万贯的巨额才能找回，最终不胜其扰自杀了。⑦ "宗室善莳，居建昌城南之麻洲，与其子汝泰皆常取应荐名，该遇己酉覃霈，当补右列。父子俱诣阙料理，留滞旅舍，行囊将竭，舍而西归。"⑧ 宗室赵善莳父子，虽然是宗室，但是也没有办法在临安的旅舍长久地等待补缺，只好又先回家了。

---

① ［宋］洪迈撰，何卓点校:《夷坚志》丙志卷第 7《大仪古驿》，中华书局 2006 年版，第 419 页。

② ［宋］洪迈撰，何卓点校:《夷坚志》甲志卷第 16《女子穿溺珠》，中华书局 2006 年版，第 139 页。

③ ［宋］洪迈撰，何卓点校:《夷坚志》支甲卷第 6《西湖女子》，中华书局 2006 年版，第 754—755 页。

④ 苗书梅:《朝见与朝辞——宋朝知州与皇帝直接交流的方式初探》，载《首都师范大学学报》（社会科学版）2007 年 10 月，第 112—119 页。

⑤ ［宋］洪迈撰，何卓点校:《夷坚志》支乙卷第 10《刘暐做官》，中华书局 2006 年版，第 873 页。

⑥ ［宋］洪迈撰，何卓点校:《夷坚志》支甲卷第 6《赵岳州》，中华书局 2006 年版，第 758 页。

⑦ ［宋］洪迈撰，何卓点校:《夷坚志》甲志卷第 5《林县尉》，中华书局 2006 年版，第 43 页。

⑧ ［宋］洪迈撰，何卓点校:《夷坚志》支甲卷第 7《赵善莳》，中华书局 2006 年版，第 764 页。

此外，宋代和周边的少数民族政权以及海舶往来的诸国之间基本上都保持有外交和贸易上的往来，"北宋境外朝贡诸国和政权有于阗、高昌、吐蕃、归义军、达靼、甘州、夏国、大理国、定安、女真、渤海、高丽、日本、交趾、占城、三佛齐、阇婆、勃泥、注辇、蒲端、丹流眉、涂渤、佛泥、真腊、宾同陇、蒲甘、天竺、层檀、勿巡、大食、大食陁罗离慈、大食俞和卢地、西天大食国、波斯、拂菻、陁婆罗、麻罗拔、邈黎、三麻兰、蒲婆众、古逻摩逸41 个，南宋有罗斛、大理、蒲甘、交趾、占城、真腊、真里富、大食、高丽、日本、阇婆、三佛齐 12 个"。① 这些国家的使臣和商人来到中国后，一路住宿在驿站中，也是一个不可小觑的群体。

《夷坚志》中的故事里保留了丰富的民众日常生活资料，通过对这些资料的整理和收集，可以对当时的衣食住行和休闲活动，以及商业经营的广度和宽度有一定的认识，更能体会到当时的生活状态和思想理念演变过程。

《太平广记》和《夷坚志》二书尽管成稿的时代相差不远，但表现的对象却出现了明显的变化，《太平广记》所介绍的仍是达官贵人、富商大贾的饮食、住行、商业经营和商业生活，少见底层民众的参与。而《夷坚志》一书中我们能够看到宋代居民无论高低贵贱，贫富与否，都积极而热烈地参与到经济生活发展的浪潮之中。"胡商识宝"故事淡去的一个主要的原因，也是在于宋代海商积极拓展海外市场，从而带回了更多关于域外的消息，在宋代民众的脑海中构建出一个全新的，有具体细节的海外形象，从而削弱了人们对海外虚妄和奇幻的兴趣。

---

① 黄纯艳：《宋朝对境外诸国和政权的册封制度》，载《厦门大学学报（哲学社会科学版）》2013 年第 4 期，第 128—138 页。

第四章 从《清明上河图》和其他笔记小说看两宋都市商业生活

　　宋代是中国古代城市发展的一个高潮，也是城市形态发生重大转折的时期，从封闭的城市走向开放。唐代中后期偶尔零发性的"侵街"现象，到宋代已经成为一种经常性的现象，坊市制度最终瓦解，工商业市场逐步获得空前的自由。东京和临安以其繁多的人口和繁华的商业，成为宋代最为人瞩目也是最有代表性的特大城市。[①]《东京梦华录》和《梦粱录》描绘记忆中的故都，文笔竭尽翔实，但是纸质的文字再多，读者的脑海里仍是模糊的，如果有图像资料加以印证，则眼前豁然开朗。研究二京的图像资料，北宋莫过于风俗画《清明上河图》，南宋虽无大型城市风俗画卷存世，《梦粱录》《都城纪胜》《西湖老人繁盛录》等著作以及《咸淳临安志》中的图画高密度地囊括了临安城内外各方面的地理要素，也可以作为临安城市研究的一个有力补充。

第一节 《清明上河图》简介

　　《清明上河图》创作于宋徽宗时期，生动地描绘了北宋东京汴京以及汴河两岸在清明时间的繁荣景象和自然风光。它伴随着北宋时期古代城市的历史性转折变化应运而生，鲜明地反映出在那个时代不断发展城市的历史特

---

① 葛永海：《宋代小说与城市文化研究》，复旦大学出版社 2004 年版，第 91 页。

征。① "观者见其邑屋之繁，舟车之盛，商贾财货之充羡盈溢，无不嗟赏歆慕，恨不得亲生其时，亲目其事。"② 通过将画作与其他纸质的文本对比研究，能够让我们更直观地看到两宋都城东京和临安城市风貌和商业中心。

一、《清明上河图》的作者及版本

（一）《清明上河图》的作者

关于张择端的生平，历史不显其名，唯一的记载，是在《清明上河图》的跋文里，记录着金人张著曾写过一段关于其生平的话：

> 翰林张择端，字正道，东式人也。幼读书，游学于京师，后习绘事，本工界画，尤嗜于舟车市桥亦径，别成家数也。按向氏《评论图画记》云：《西湖争标图》《清明上河图》，选入神品，藏者宜宝之。大定丙午清明后一日，燕山张著跋。③

这是现在已知最早和最可靠的关于张择端生平的记载，时间大概在北宋灭亡后的第五十八年。直到今日，我们对张择端的认识仍然没有超出这一段文字。从中知道张择端的人生中有两个重要的城市：东式（今山东省诸城市）和京师；在学习上有两段跨越式的经历："幼读书"，"后习绘事"；在艺术创作上他擅长界画，并能够在北宋画工的界画圈中自成一格。

张择端"幼读书"，表明他从小接受过科举的教育。因为宋代实行以文治国，从上到下都重视文教。朝廷开设童子科，录取的对象是各地十五岁以下能诵经作诗赋的人。④ 张择端幼年读书，也是希望走上一条科举的大道。他后来"游学于京师"——这也是一个有宋代特色的行为，司马光在治平三年

---

① 周宝珠：《〈清明上河图〉与"清明上河学"》，载《河南大学学报》（社会科学版）1995年第5期，第1—8页。
② 见《清明上河图》上的历代题跋诗文。
③ 文字来源于北京故宫博物院所藏《清明上河图》张著跋文。
④ 余辉：《张择端生平考略》，载《中国书法》2016年第5期，第191页。

（1066）的上疏中曾经对宋朝的选拔用人提出过一个意见：

> 国家之用人法，非进士及第者不得美官，非善为诗赋论策者不得及第，非游学京师者不善为诗赋策论。[①]

司马光的提议，北宋的读书人的求学做官过程应该遵循"游京师—（通过学习）善为诗赋策论—（通过考试）进士及第—得美官"这四个步骤，彼此之间环环相扣。所以要想通过进士及第从而得美官，首先就得到京师游学增长学问和见识。张择端"游学于京师"也是因为想走科举这一条通天之道，但不知出于何原因，他"后习绘事"，又弃文而转去学画画了。这种半路学画情况在宋代时有见闻，比如李嵩，也是"少为木工，颇远绳墨"[②]，成为画师李从训的养子后才学习画画。

（二）《清明上河图》的版本

《清明上河图》一经现世就因风物具备，描写细致传神而引起轰动，再加上画作创作完后没过多久，汴京就毁于金人入侵的战火，这幅图画从此也成为这座辉煌城市最后的绝照，在宋人心中具有特殊的意义。在南宋的时候就已经出现了很多的仿本，在明代的杂卖铺里就有售价黄金一两的摹本销售[③]。所以现存于世的画作中，以《清明上河图》为名的仿本和摹本很多，其中有影响力的主要有北京故宫博物院珍藏的《清明上河图》；台北"故宫博物院"珍藏的"清院本"；辽宁博物馆珍藏的"石渠宝笈重编本"三种。由于本文重点讨论北宋时期城市的商业行动，其他明清版本无法作为研究这一历史时段

[①] ［元］马端临撰，上海师范大学古籍研究所、华东师范大学古籍研究所点校：《文献通考》卷31《举士》，中华书局2011年版，第903页。

[②] ［清］厉鹗撰，曹明升、孔祥军主编：《南宋院画录》卷5《李嵩》，浙江古籍出版社2019年版，第89页。

[③] ［明］李日华曾在其所著《紫桃轩又缀》中说，这种《清明上河图》"京师杂卖铺"便有销售，"一卷定价一金"。可见在明代市面上托名《清明上河图》的画作是很多的。（张小庄、陈期凡编著：《明代笔记日记绘画史料汇编》，上海书画出版社2019年版，第435页。）

的史料，故宫博物院收藏的版本绝大多数学者认为是张择端的真迹[1]，因此本文的讨论仅限于北京故宫博物院藏版本。

二、主要内容

《清明上河图》画卷纵 24.8 厘米，横 528 厘米，绢本，设淡色，现珍藏于北京故宫博物院[2]。画卷东起于城外的郊区，中有虹桥、城门等城市地标建筑，西到东水门内的商业街道[3]。围绕着建筑、漕运、商业和交通等视角，对汴京各阶层人民的生活状况和社会风貌进行了集中展示。画作共描绘各类人物810 多个，牲畜 94 头，船 20 多艘。车、轿 20 多乘，树有 170 多棵。[4] 画家以高超的现实主义手法和卓越的艺术才能，广阔而又细致地展示了北宋汴京城内各阶层人物的生活的动态。[5] 画作的结构可以分为三段：

上段展现的是汴京郊野的景象。画卷最右端从田野和村落起笔，一个驼队沿着河边的小道向京城前行，为寂静的郊外平添生机，画面开阔，境地深远。随着画卷缓缓推开，沿途可见草舍、场院、田畴、村落，行人寥寥，地面高低纵横，阡陌布局自由，景观肃穆清净。而到了汴河附近时，房舍为之一变，两岸白墙黑瓦，房屋连片，近郊的码头上，大小船只首尾相连，船工忙着搬卸货物，岸边的茶棚、店铺准备招呼顾客，开始营业了，一派繁忙的

---

① 周宝珠：《〈清明上河图〉与"清明上河学"》，载《河南大学学报》（社会科学版）1995 年第5 期，第 1—8 页。

② 该段文字来源于北京故宫博物院网站。https://www.dpm.org.cn/fully_search/%E6%B8%85%E6%98%8E%E4%B8%8A%E6%B2%B3%E5%9B%BE/%E6%95%85%E5%AE%AB%E5%8D%9A%E7%89%A9%E9%99%A2。

③ 学界对《清明上河图》描绘的是什么地方一直有不同的意见，多数人认为画的是外城"东水门"一带（见徐邦达：《清明上河图的初步研究》，载《故宫博物院院刊》1958 年第 1 期）；或者认为他画的是"汴河上的虹桥一带"（见张安治：《张择端清明上河图研究》，朝花美术出版社 1962 年版），也有人认为是内城东角子门内外一带地方（见姜庆湘、萧国亮：《从〈清明上河图〉和〈东京梦华录〉看北宋汴京的城市经济》，载《中国社会科学》1981 年第4 期），本文采用第一种说法。

④ 周宝珠：《〈清明上河图〉与"清明上河学"》，载《河南大学学报》（社会科学版）1995 年第5 期，第 1—8 页。

⑤ 姜庆湘、萧国亮：《从〈清明上河图〉和〈东京梦华录〉看北宋汴京的城市经济》，载《中国社会科学》1981 年第 4 期，第 185—207 页。

景象。

中段展现的汴河近郊的景象。汴河码头在解冻以后恢复了繁忙，河边的街市上人流繁多，其中"虹桥"为全画的高潮，观赏者的视线也随着纤夫用力的方向和船工划船的动势牵引而逐渐转向虹桥。人物由稀疏渐变密集，氛围闲散转向繁忙，场面由冷清变为热烈。漕运船只与虹桥隐然相撞的危机则是整幅画作的焦点。辛勤劳作的船夫、匆忙赶路的行人、悠然自得的看客的种种造型，形成了强烈的对比。

后段展现的东京外城门进出街市的画面。此部分的画面最长，着意描绘了过虹桥之后汴京的繁盛，可以看到鳞次栉比的建筑，大小店铺临街而设，各行各业应有尽有。大街上百货杂陈铺设，人群摩肩接踵。熙熙攘攘的人流中，有徜徉街道的官员，有推车挑担走街串巷的小商贩，有勤于吆喝、辛苦劳作的雇工，也有闲适自得、信步而逛的看客……这里聚集的人群最多，还能看到各种官署坐落期间。

《清明上河图》中展现的车水马龙，人流如织，艺术地将当时京师百姓的日常生活以及自由开放的市民心态呈现纸上，让人"恍然如入汴京，置身流水游龙间，但少尘土扑面耳"[1]，内容可以和南宋孟元老《东京梦华录》中的相关内容互相印证。

《清明上河图》中的810多个人物，包括了士人、农民、手工业者、商人、僧道、巫觋、医生、学子、士兵、乞丐、村夫、牙人、店小二、轿夫、车夫等各个不同群体。图中以力夫的工作种类最多，贩夫的售卖类型最繁杂。

图中的动物有马、驴、牛、猪、骆驼等动物。牛是古代社会最重要的生产工具之一，禁止杀牛是朝廷严格执行的政策。屠宰牛马的行为予以严厉的处罚，"京城无赖辈相聚蒲博，开柜坊，屠牛马驴狗以食，销铸铜钱为器用杂物，令开封府戒坊市，谨捕之，犯者斩"。[2]把屠牛马驴和私铸假钱相提并论，定为要处死的重罪。《清明上河图》中的耕牛和拉牛车的牛，也能起到禁戒和

① 《石渠宝笈》三编关于《清明上河图》的记载。转引自周宝珠：《宋代东京研究》，河南大学出版社1992年版，第412页。

② ［宋］李焘撰，上海师范大学古籍整理研究所、华东师范大学古籍整理研究所点校：《续资治通鉴长编》卷32（太宗淳化二年），中华书局2004年版，第713页。

启迪的作用。

宋代羊肉被广泛用于官员的食料和祭祀，"饮食不贵异味，御厨止用羊肉"①。官僚贵族阶层主要吃羊肉，"以地方官而论……仅此一项，每年即需百余万只羊"②。都江堰祭祀李冰父子的崇德庙，祭祀的人"岁刲羊五万……庙前屠户数十百家，永康郡计至专仰羊税，甚矣其杀也"③。当时下层民众常吃的是猪肉，养猪和吃猪已经是很常见的现象。每天从汴京城门进城的猪"民间所宰猪，须从此（南薰门）入京，每日至晚，每群万数"④。"其杀猪羊作坊，每人担猪羊及车子上市，动即百数。"⑤对猪肉的消耗量非常大。

图中城门处有一队驼队，一般会认为骆驼作为沙漠之舟，应该是属于从西域而来的商队，但实际上北宋北方地区饲养骆驼的情况比较常见，汴京城里还设置有专门的骆驼饲养机构——驼坊。⑥与"车营、致远务、鞍辔库、皮剥所、养象所"一起"并专隶驾部"⑦，所饲养的骆驼主要用于交通运输和骑乘。

我们从卷首一路看去，可以看清楚的东西有卖酒、万灵膏药、鲜花、南货、古玩字画、佛像、上白细面、首饰、酒局、染布、帽子、靴子、餐具，最后一个应该是水果。图中有长凳、交椅和靠背椅等，这些家具都是在宋代才开始流行并且普及的。河边的铁铺的小摊位上在出售铁制作的刀、钳子等铁质工具。画中保留了宋代最有时代特色的温酒的注子和注碗，这个东西在当时的文献和绘画中多有见到。

还有些特殊的用品，在虹桥的四个角上，分布立着四根木头柱子，每个木头顶端都有一个鸟状的物品，名称叫作"五两"，也就是五两重的鸡毛。五两是一个很精密的测风仪器，通过鸟头的方向就能判断风向。另外在一医铺

---

① ［宋］李焘撰，上海师范大学古籍整理研究所、华东师范大学古籍整理研究所点校：《续资治通鉴长编》卷480（哲宗元祐八年），中华书局2004年版，第11417页。

② 程民生：《宋代地域经济》，河南大学出版社1999年版，第141页。

③ ［宋］范成大撰，孔凡礼点校：《吴船录》卷上，中华书局2002年版，第189页。

④ ［宋］孟元老：《东京梦华录》卷2《朱雀门外街巷》，中国商业出版社1982年版，第14页。

⑤ ［宋］孟元老：《东京梦华录》卷3《天晓诸人入市》，中国商业出版社1982年版，第24页。

⑥ ［元］脱脱等：《宋史》卷189《兵三》，中华书局1985年版，第4666页。

⑦ ［宋］李焘撰，上海师范大学古籍整理研究所、华东师范大学古籍整理研究所点校：《续资治通鉴长编》卷388（哲宗元祐元年），中华书局2004年版，第9440页。

"赵太丞家"的柜台上放着一把算盘。在汴河岸边有雇主给雇工发签筹的画面，这个签筹，表明了宋代出现了雇佣劳动的现象以及计件付薪酬的事情。

因为汴京运河发达，全图以虹桥为视觉中心，绘制了总共 28 艘神态各异的船只，包括 11 艘漕船、8 艘客船、3 艘货船和 1 艘渔船。[①]《清明上河图》中穿过虹桥的那艘大船，采用人字桅杆，也被称呼为"可眠式桅杆"，这种桅杆采用了转轴的技术，可以放下来卧倒，以便于通过桥梁。船帆是用席子制成的，船头和船尾各有一支大橹，需要六到八个人来操作。船舵的面积很大，已经有使用了铁制的锚链。[②]造船技术进步很大，水密舱技术和指南针技术互相配合，为宋代的海商大规模走出国门从事海外贸易奠定了基础。

第二节　宋代都城商业发展情况

宋人郑樵曾说"见书不见图，闻其声不见其形；见图不见书，见其人不闻其语。图至约也，书至博也，即图而求易，即书而求难，古之学者为学有要，置图于左，置书于右。索象于图，索理于书"[③]，这段话深刻地阐释了图画和文字互证的关系。因此我们通过对《清明上河图》和"京城四图"的描述，能够更直观地看到两宋都城商业的直观情况。

一、汴京商业写实

汴京城内的商店、邸店、酒楼、茶肆、货摊遍布于城内外的街道两旁；手工业作坊众多，有 160 多种行业；有 6000 多个大中型商家，8000 多个小商小贩。商品有来自全国各地的特产和消费品，包括水产、牛羊、果品、酒、茶、书本、瓷器、药材、金银器皿和生产工具等。还有舶来品，比如日本的木材

---

① 全留洋：《〈清明上河图〉视角下的北宋商业文化》，载《殷都学刊》2019 年第 3 期，第 34—36 页。

② 《中国古代造船发展史》编写组：《唐宋时期我国造船技术的发展》，载《大连工学院学报》1975 年第 6 期，第 65—71 页。

③ ［宋］郑樵撰，王树民点校：《通志二十略》，中华书局 1995 年版，第 1825 页。

和折扇、高丽的墨料、大食的香料。

（一）形形色色的商人

1. 经营规模庞大的大商人

与唐代相比，宋代东京的店铺在建筑规格和经营规模上都有很大的发展，出现了很多屋宇雄壮、经营规模很大的店铺。在第三章我们提到宋代在房屋形制上有严格的要求，规定"凡民庶家，不得施重栱、藻井及五色文采为饰，仍不得四铺飞檐。庶人舍屋，许五架，门一间两厦而已"①。只有从事邸店和商业经营的可以例外，"天下士庶之家，屋宇非邸店、楼阁临街市，毋得为四铺作及斗八"②，因此东京有很多大型的林立在街道的两侧。《清明上河图》中的"孙羊正店"和"十千脚店"前的彩楼欢门在一片平房中格外显眼，孙羊正店的房屋有三层高楼。这种情况不是作者的想象，东京城本就有"三层相高，五楼相向，各有飞桥栏槛，明暗相通，珠帘绣额，灯烛晃耀"③的丰乐楼，"前有楼子，后有台"④的遇仙正店。此外卖药的"赵太丞家"，经营邸店的"王员外家"，经营酒业零售的"十千脚店"，这些都是《清明上河图》中的大店。真实的东京城中，还有潘楼街界身巷金银彩帛店"屋宇雄壮，门面广阔，望之森然"，"每一交易，动即千万"⑤，唐代时人们动辄千万买卖宝物的想象在这成为现实。潘楼东街的刘家药铺"高门赫然，正面大屋七间"⑥。东角楼街巷的桑家瓦子是著名的娱乐场所，"其中大小勾栏五十余座"⑦，可以同时容纳几千个人在这参与娱乐活动。

2. 灵活经营，勉强糊口的小摊小贩

城市商品经济的魅力，主要在于其能创造更多的就业机会，数量庞大的

---

① ［元］脱脱等：《宋史》卷154《臣庶室屋制度》，中华书局1985年版，第3600页。
② ［宋］李焘撰，上海师范大学古籍整理研究所、华东师范大学古籍整理研究所点校：《续资治通鉴长编》卷119（仁宗景祐三年），中华书局2004年版，第2798页。
③ ［宋］孟元老：《东京梦华录》卷2《酒楼》，中国商业出版社1982年版，第16页。
④ ［宋］孟元老：《东京梦华录》卷2《宣德楼前省府宫宇》，中国商业出版社1982年版，第13页。
⑤ ［宋］孟元老：《东京梦华录》卷2《东角楼街巷》，中国商业出版社1982年版，第15页。
⑥ ［宋］洪迈撰，何卓点校：《夷坚志》丙志卷第14《綦叔厚》，中华书局2006年版，第489页。
⑦ ［宋］孟元老：《东京梦华录》卷2《东角楼街巷》，中国商业出版社1982年版，第15页。

农村剩余劳动力涌入城市，借助城市经济的力量成为一名小商贩，便能养家糊口，如果机会不错，还能发家致富，从而改变自己的命运。[①] 东京城里不仅有着高门大户的富商大贾，也有无数的流动摊点，"大为声利驱，小者饥寒催"[②] 是宋代商人的真实写照。

《清明上河图》中描绘了很多小商小贩，他们或设摊于桥畔，或负担于路衢，或推车于里巷，有挑水卖的，有卖糕的，有卖瓜果的。宋人称其为"小经纪"。当时的小经纪每天到宅舍宫院前兜售，有卖食物的，"就门卖羊肉、头、肚、腰子、白肠、鹑、兔、鱼、虾、退毛鸡鸭、蛤蜊、螃蟹、杂燠、香药果子"，有卖日用品的，"博卖冠梳、领抹、头面、衣着、动使、铜铁器、衣箱、瓷器之类"。有的开个小店，卖点零碎性的东西，"其后街或闲空处，团转盖局屋，向背聚居，谓之'院子'，皆小民居止。每日卖蒸梨枣、黄糕糜、宿蒸饼、发牙豆之类"[③]。

小摊小贩们的存在，是大商人在营业时间和地点上的延伸。欧阳修曾论证大小商人之间的关系，认为大商人们不直接去市场上销售东西，而是将商品批发给小商贩后由其去经营，让一部分利润给小商贩。而大商人因为商品销售的速度加快，总量增加，从整体上看利润也在增加。"虽取利少，货行流速，则积少而为多也。"[④] 双方互相依存，形成了良好的互补关系。

（二）广泛的商业网点

1. 城内商业网点

东京城是三套重城，四水贯都，从城里的商业网点来看，素有"南河北市"[⑤] 的说法，指的是东京城内的两大商业交易区。

"南河"是指城南部围绕汴河和蔡河的市场交易区。因为河道尤其是汴河，是东京重要的运输线，从南方来的粮食和其他东西都要从汴河运输进来，

---

① 吴钩：《宋现代的拂晓时辰》，广西师范大学出版社 2015 年版，第 19 页。
② ［清］吴之振等：《宋诗钞》，中华书局 1986 年版，第 1711 页。
③ ［宋］孟元老：《东京梦华录》卷 3《诸色杂卖》，中国商业出版社 1982 年版，第 25 页。
④ ［宋］欧阳修著，李逸安点校：《欧阳修全集》卷 54《通进司上书》，中华书局 2001 年版，第 643 页。
⑤ ［清］徐松：《宋会要辑稿》食货 37，上海古籍出版社 2014 年版，第 6809 页。

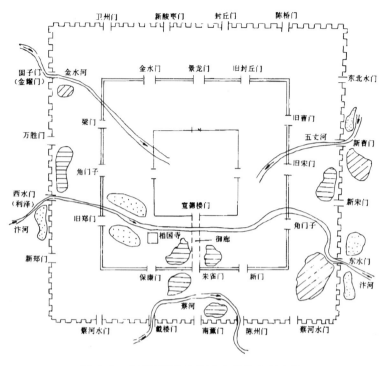

图 4-1　北宋国都汴京商业市场分布示意图

资料来源：李学工、安成谋：《论北宋汴京城市商业网点的布局》，载《兰州商学院学报》1995年第 1 期，第 67—71 页。

所以河道、河岸还有桥头变成了商业交易的场所，汴河两岸码头林立，修建了很多的货栈、堆垛场、邸店、商铺。从事大宗贸易的商人以及为他们提供服务的各种摊铺汇集在这一片区域。如西水门的门外，有很大的鱼市，"新郑门、西水门、万胜门，如此生鱼有数千檐入门。冬月即黄河诸远处客鱼来，谓之'车鱼'"。[①]《清明上河图》的一个焦点就是"虹桥"附近的繁华景象。

"北市"是指城北的马行街、潘楼街和西市周围的街市贸易区域。这里是纵横的街巷，茶肆、酒店、金银交引铺、珠宝店、瓦子等多集中在此，在北宋汴京的众多行业中，饮食业最为发达。[②]汴京城内的大街小巷酒楼、食摊密布，《东京梦华录》里提到的店铺数量有 100 多家，其中餐饮类的就占了一半

---

① ［宋］孟元老：《东京梦华录》卷 4《鱼行》，中国商业出版社 1982 年版，第 30 页。

② 李学工、安成谋：《论北宋汴京城市商业网点的布局》，载《兰州商学院学报》1995 年第 1 期，第 67—71 页。

以上。以至于"市井经纪之家，往往只于市店旋买饮食，不置家蔬"[1]。然后是医药类的医馆和药店。汴京城中的居民对医药的接受程度很高，药铺还销售香料，宋人将二者合称为"香药"，因此香药铺子的数量也很多。第三个数量多的行业是邸店，这个在第三章我们已经专门论述过，不仅官府的左右厢宅店务在经营邸店，民间资本也纷纷加入邸店的经营，在汴河沿岸尤其之多。此外还有彩帛、交引、典当等行业，种种不一而足。

根据上图我们可以发现东京城内的商业网点多分布在城门的关卡、交通路口和桥梁等节点附近，外来的各色人口出入城市，宴饮聚会都要路过这里，因此在这些地方建了大量的酒楼、茶肆以及瓦子等，并以这些大的商铺为核心，扩大成为具有贸易、娱乐、文化等商业功能为一体的繁华商业区。[2] 如旧宋门、保康门附近的商业区交易的是从汴河漕运来的粮食等大宗物品。汴河两岸因为这繁忙的交易而形成了各种交易场所，市场、商店、房廊、客栈、茶坊、酒楼等还建有各种存放货物的仓库堆垛场，从而形成了商品经济发达的商业圈，被称为"河市"。《清明上河图》中很多临河的商店，他们在河边打上坚固的木桩，上面铺上一层木板然后再搭上棚子或者盖上房子，铺面或向河道开门，或开窗，人在船上可以不上岸也能买东西。

此外，朱雀门外是集中卖果子的，旧曹门和马行街周边交易的是百货、牛、马和医药等行市。交易也在逐步向外城进行扩散，比如南薰门内外猪市、肉市、面市等都在这里，每天傍晚有几万头猪会从这里被赶入城市，再到各肉行和零售摊铺交易。

2. 城外的草市集镇

草市是百姓在交通要道或者河津渡口自发组织起来的交易场所，一直到唐代都还属于被打击的对象，但因经营形式灵活，贴近乡民需求，聚散容易，因而在官府的打压和盗贼的劫掠中仍顽强地存活并不断成长起来。宋太祖时将草市一并纳入纳税的范畴中，草市获得了合法的地位，开始迅速发展起来。[3]

---

[1]　［宋］孟元老：《东京梦华录》卷3《马行街铺席》，中国商业出版社1982年版，第22页。

[2]　李瑞：《唐宋都市空间形态研究》，陕西师范大学博士研究生学位论文，2005年，第144页。

[3]　周宝珠：《试论草市在宋代城市经济发展中的作用》，载《史学月刊》1998年第2期，第79—87页。

　　汴京城外的环城草市在唐代的时候就已经开始出现，"草市迎江货，津桥税海商"①，是唐代诗人王建笔下的汴州城外景象。当时汴河还在城外，唐末汴州城扩展的时候，因为草市已经发展壮大，成了新的商业市区②，于是就把汴河圈入了城内，其后城市的经济功能不断向边缘发展。周世宗在显德二年（955）重修罗城时，要求草市在新城之外七里远的地方设置，随着时间的推移，到真宗景德年间，汴京已然是"十二市之环城，嚣然朝夕"③。这些地方聚集了大量的人口，"都门之外，居民颇多"。在新城以外还有大片的工商业区，这些地方以前归京畿的赤县来管理，两宋都把城厢纳入城市的一部分管理，设置官员，城市的空间逐步向外延伸。宋真宗大中祥符元年（1008）"置京新城外八厢"。④并把这些区域全部划给市区。天禧五年（1021）又设置了九厢，每个厢设置了厢吏若干。⑤城市的管辖范围进一步扩大。

　　一些草市人口增加后，还能在当地因地制宜发展手工业生产、果蔬种植经济等。有些草市镇中商铺林立，商业繁荣，变成更大规模的市镇，如赤仓、陈桥、郭桥、八角等地。这种以附城的草市为基础，推动城外厢坊逐渐增加为形式的城市波浪式发展，是有宋一代城市扩展的新模式。⑥通过城外草市镇的发展，以东京为代表的宋代城市摆脱了墙垣的限制，尽可能地扩大城市的规模和范围，走出了一条摆脱坊市制度后向街市制度发展的新的城市发展道路。

（三）延长的经营时间

1. 早市和夜市

　　宋代夜禁被打破以后，"日中为市"的惯例自然也不复存在，为了满足市

---

① ［清］彭定求等编：《全唐诗》卷 299《汴路即事》，中华书局 1960 年版，第 3391 页。
② 郭学信：《论宋代城市发展的时代特征》，载《西北师范大学学报》（社会科学版）2009 年第5 期，第 33—37 页。
③ ［宋］吕祖谦编，齐治平点校：《宋文鉴》卷 2《皇畿赋》，中华书局 1992 年版，第 21 页。
④ ［宋］李焘撰，上海师范大学古籍整理研究所、华东师范大学古籍整理研究所点校：《续资治通鉴长编》卷 70（真宗大中祥符元年），中华书局 2004 年版，第 1582 页。
⑤ ［宋］李焘撰，上海师范大学古籍整理研究所、华东师范大学古籍整理研究所点校：《续资治通鉴长编》卷 97（真宗天禧五年），中华书局 2004 年版，第 2241 页。
⑥ 傅宗文：《宋代草市镇研究》，福建人民出版社 1989 年版，第 286—288 页。

场的需求，赚取更多的商业利润，早市和夜市也就应运而生。

东京的早市往往聚集在内城门和外城门的街头和桥头，分为两种类型，其一是商贩与商贩之间的交易。主要是从郊区或者周边的市镇进城买卖的农民，他们挑着担子运送猪羊、果子、蔬菜、米面等进城，将货物卖给城里的商行。其二是城内众人，比如为早朝的百官提供服务的小贩。每天早晨寺院的僧人打铁牌或者木鱼"循门报晓"，"诸趋朝入市之人，闻此而起。诸门桥市井已开……"这些小贩有卖洗脸水的，有卖茶点的，有卖药的，酒店和瓠羹店点着蜡烛卖酒、卖灌肺、炒肺等。从州北桥一直通到宣德门前的御街，因为是百官上朝的必经之路，政和之前商贩们沿着"御街州桥至南内前趁着朝卖药及饮食者，吟叫百端"。①政和年间这段路不准买卖东西，市场转移到宫城东华门外，"市井最盛，盖禁中买卖在此"，就连宫中的官员和宫女们纷纷跑到这里来买东西，故这一带的货物多为"天下之奇"，即便是普通的瓜果蔬菜，只要赶上新上市，如茄子瓠瓜之类，在新出的时候也能卖到"每对可直三五十钱"②的高价，还要抢着买。

《东京梦华录》中记录说东京"夜市直至三更尽，才五更又复开张。如要闹去处，通晓不绝"③。城里不仅一般的店铺开门早关门晚，也出现了通宵营业的店铺。潘楼到东十字大街"茶坊每五更天点灯，博易买卖"④，大酒楼上"飞桥栏槛，明暗相通，珠帘绣额，灯烛晃耀"⑤。灯火通明的高楼，恍若人间仙境。这繁华的景象也成为画家笔下的创作选题，据说北京画家燕文贵就曾经创作《七夕夜市图》，可惜画作没有保存至今。

2. 汴京的庙会集市

北宋时期的汴京作为全国的政治、经济、文化中心，寺观林立，其中多有庙会。"普通民众以时令节日、祭祀礼仪、宗教信仰和庙会活动作为休闲旅

---

① ［宋］孟元老：《东京梦华录》卷3《天晓诸人入市》，中国商业出版社1982年版，第24—25页。

② ［宋］孟元老：《东京梦华录》卷1《大内》，中国商业出版社1982年版，第10页。

③ ［宋］孟元老：《东京梦华录》卷3《马行街铺席》，中国商业出版社1982年版，第22页。

④ ［宋］孟元老：《东京梦华录》卷2《潘楼东街巷》，中国商业出版社1982年版，第15页。

⑤ ［宋］孟元老：《东京梦华录》卷2《酒楼》，中国商业出版社1982年版，第16页。

游的时间和空间。"[1] 从《东京梦华录》的记载来看，以相国寺的集市最多，已经不是一年一次的庙会，而变成了一个固定的交易市场。

表 4-1　宋代汴京的庙会

庙会名称	寺观名称	会期	资料来源
相国寺庙会	相国寺	每月五次	《东京梦华录笺注》卷 3《相国寺内万姓交易》
崔府君诞	崔府君庙	六月六日	《东京梦华录笺注》卷 8《六月六日崔府军生日二十四日神保观神生日》
二郎神诞	神保观	六月二十四日	《东京梦华录笺注》卷 8《六月六日崔府军生日二十四日神保观神生日》
狮子会	开宝寺	九月初九	《东京梦华录笺注》卷 8《重阳》
狮子会	仁王寺	九月初九	《东京梦华录笺注》卷 8《重阳》

资料来源：［宋］孟元老：《东京梦华录》，北京：中国商业出版社，1982 年版。

　　宋代的相国寺的地理位置非常优越，它在大内的东南处，汴河自西向东流过汴京，相国寺以南都是河道的必经之地。与宫城正南的宣德门和西大街州桥在一条直线上，所以这里和附近的地段很容易形成商品的集散地，至少在五代时期，就已经发展成为商品交易的中心地带。不仅如此，相国寺同时具有宗教渊源和文化重塑的复合因素，士庶入寺参拜、游园、休憩、玩乐，在其殿廊的范围内进行艺术创作工作，留下了不少的壁画碑刻。文人以相国寺为交流之所，丰富了相国寺的文化遗产，提升其在全国的知名度，各种集体活动也缔造出了一个庞大的消费市场。[2]

　　宋代的史籍对其交易多有记载：

　　　　东京相国寺乃瓦市也，僧房散处，而中庭两庑可容万人，凡商旅
　　交易，皆萃其中，四方趋京师以货物求售转售他物者，必由于此。[3]

————————

① 彭勇：《中国古代民间群体旅游》，载《中州学刊》2006 年第 5 期，第 204—207 页。

② 赵雨乐：《北宋的都市文化——以相国寺为研究个案》，载《新宋学》2003 年第 2 辑，第 30—46 页。

③ ［宋］王栐撰，诚刚点校：《燕翼诒谋录》卷 2《东京相国寺》，中华书局 1981 年版，第 20 页。

都城相国寺最据冲会，每月朔望三八日即开，伎巧百工列肆，罔有不集，四方珍异之物，悉萃其间。[①]

相国寺每月五次开放万姓交易，大三门上皆是飞禽猫犬之类，珍禽奇兽，无所不有。第二三门皆动用什物，庭中设彩幕露屋义铺，卖蒲合、簟席、屏帏、洗漱、鞍辔、弓剑、时果、腊脯之类。近佛殿，孟家道院王道人蜜煎、赵文秀笔，及潘谷墨，占定两廊，皆诸寺师姑卖绣作、领抹、花朵、珠翠、头面、生色销金花样幞头、帽子、特髻冠子、绦线之类。殿后资圣门前，皆书籍玩好图画及诸路罢任官员土物香药之类。后廊皆日者、货术、传神之类。[②]

以上史料表明，相国寺每月开放五次[③]，相对于其他一年举办一次的集市，这里是开放时间固定且频率较高的定期集市了。考古发现，宋代的相国寺是一个轴对称长方形，以中轴和两边的殿阁作为建筑主体，加上东、西、南、北四面的长廊，构成了前、中、后三个阔大的区域。"僧房散处，而中庭两庑可容万人"，因庙里的香火旺盛，佛会聚集了很多的人，加之场地旷阔，交通便利，所以很快就吸引了各处的商品来此销售。销售的物品按照种类分布在全寺的不同区域；从货物的种类上看，有手工业和农业生产提供的日用品，更有士人喜好的各种赏玩物品；在寺院内卖东西的人包括了商人、士子、道士、师姑、术士和各类手工业者，涵盖了社会上不同的阶层和职业。

相国寺的瓦市自兴起后，每月都定期进行，成为汴京城中百姓生活的一部分。而且因为相国寺独特的地理位置，从寺院以东向街外扩张，形成了东门大街这一延续的商业区，也加速了汴京的都市化。据《东京梦华录》中"寺东门街巷"条记载寺东门大街上售卖的物品"皆是幞头、腰带，书籍、冠

---

① ［宋］王得臣撰，黄纯艳整理：《麈史》卷下《谐谑》，大象出版社 2019 年版，第 261 页。
② ［宋］孟元老：《东京梦华录》卷 3《相国寺内万姓交易》，中国商业出版社 1982 年版，第 20 页。
③ 关于大相国寺每月开放的时间，学界有不同的观点，杨宽认为是每个月的初一、初八、十五、十八、二十八，正好和孟元老记录相吻合（杨宽：《中国古代都城制度史研究》下编之三，上海人民出版社 2003 年版，第 327 页注释①）。周宝珠认为应该是初一、十五，以及初三、十三、二十三和初八、十八、二十八，共八天（周宝珠：《宋代东京研究》第六章，河南大学出版社 1992 年版，第 239—240 页）。

朵铺席，丁家素茶。寺南即录事巷妓馆，绣巷皆师姑绣作居住"①。卖东西的师姑就住在这条街上，所以不仅物品和大相国寺集市时卖的一样。甚至可以说大相国寺的集市，就是这些店铺东西的第二个销售地点。

寺东门大街上，当时很多珍贵的书籍和画作因战乱或者家境变迁流入相国寺的集市中，吸引了广大的士子来集市上购物，如黄庭坚、米芾、李清照夫妻等，他们经常有收获。王得臣记录说他在开封时，"长子渝游相国寺，得唐漳州刺史张登《文集》一册"②。百岁老人所著的《枫窗小牍》记录说他家中收藏的《春秋繁露》，"中缺两纸"，无论是从藏书家借阅还是找馆阁订本都没有查找到所缺的内容，"后从相国寺资圣门买得抄本，两纸俱全"。③

汴京还有一些季节性的商业市场，比如清明节纸马铺子卖纸品，端午节前后卖"桃、柳、葵花、佛道艾"④，七夕前后在潘楼前有乞巧市，卖乞巧节的物品等，因这些东西的销售讲究时令性，所以在节日前集中销售，节日过后就自动解散。

汴京城的市场种类繁多，营业时间长，交易规模也很大，说明当时汴京经济发达、市场繁荣的都市经济特点。

二、临安商业区情况

时人对临安的繁华多有记载，"南渡以来杭为行都二百余年，户口蕃盛，商贾买卖者十倍于昔，往来辐辏，非他郡比也"。⑤元初到杭州的马可·波罗认为即便经历过宋末战争，地位已然下降的杭州还是"世界最富丽名贵之城"。⑥南宋经济能持续增长，商业持续繁荣的原因在于：第一，南宋时的临

---

① ［宋］孟元老：《东京梦华录》卷3《寺东门街巷》，中国商业出版社1982年版，第21页。
② ［宋］王得臣撰，黄纯艳整理：《麈史》卷中《论文》，大象出版社2019年版，第233页。
③ ［宋］百岁老人袁褧撰，俞钢、王彩燕整理：《枫窗小牍》卷下，大象出版社2019年版，第270页。
④ ［宋］孟元老：《东京梦华录》卷8《端午》，中国商业出版社1982年版，第52页。
⑤ ［宋］吴自牧撰，黄纯艳整理：《梦粱录》卷13《两赤县市镇》，大象出版社2019年版，第333页。
⑥ ［意］马可·波罗：《马可·波罗游记》，中华书局2004年版，第570页。

安城中，人口一直保持较快速度的增长，大部分是皇室、百官、军队、资本家、僧侣等消费人口，对各类消费品的需求量大。第二，临安本土的商业供给也在持续增长，临安本地的制造业和产品主要有绢织、书籍印刷、造纸、瓷器、漆器和服饰，当时的商业和税收都有长足的进步。临安不同于长安，不是纯政治性的消费城市，而明确具有可以称为经济都市的一面。[①]

宋代《咸淳临安志》中有"京城四图"[②]，这是一套完整的城市地图，标示了南宋末年临安的1582个地名[③]，其中《皇城图》地名有213条，绘制的是南宋皇宫及周边的街区。《京城图》有地名585条，绘制的是临安的核心城区。《西湖图》有地名497条，绘制的是西湖及其周边的地名。《浙江图》地名有287条，描绘临安城外的地名，重点强调了艮山门到新开门以东一代的地名，是南宋临安城市结构、商业区域、人口分布的图画性史料。

通过对当时笔记小说和宋代"京城四图"的分析，可以看到南宋临安城及其周边的商业十分发达，具体体现在：

（一）夹街店铺众多

在建炎和绍兴年间，经过北宋末战火的杭州城"三经戎烬，城之内外，所向墟落，不复井邑"，一直到高宗决定把杭州作为行在，改名临安后，才

---

① ［日］斯波义信：《中国都市史》，北京大学出版社2013年版，第28页。
② 《咸淳临安志》作为南宋末年的官修地方志，记载当时的人口、土地、经济发展状况等比较翔实，是研究南宋经济史的重要史料。作者潜说友，字君高，是处州缙云（今丽水市缙云县）人。其人的事迹《宋史》无传，但见于《咸淳临安志》《南宋馆阁续录》第七卷、《景定严州续志》第五卷、《通鉴续编》第二十四卷、《钱塘遗事》第八卷、《姑苏志》第四十卷、《四库全书总目提要》第六八卷、光绪年间《缙云县志》第八卷、《善本书室藏书志》第十一卷等。该书卷一《皇城图》《京城图》《浙江图》和《西湖图》四幅舆图，是研究临安历史的重要文献，被合称为"京城四图"。但"京城四图"因为时间久远，字迹湮没，在之前的学术研究中的加以分析和研究的成果不多，在学者姜青青致力修复、考证后，有了更为清晰的版本，将其与《清明上河图》一起，作为两宋都城的图像史料，与其他文字史料一起进行对比分析，使得两宋都城的地理分布、商业中心、区域经济有了更为翔实的印象。本文所举的《京城图》为姜青青修复后的版本。（参见姜青青：《咸淳临安志》宋版"京城四图"研究》，上海古籍出版社2015年版。《从宋版"京城四图"看临安城基本保障体系的构建》，载《国际社会科学》2016年第3期，第112—125页。）
③ 姜青青：《〈咸淳临安志〉宋版"京城四图"复原研究》，上海古籍出版社2015年版，第22页。

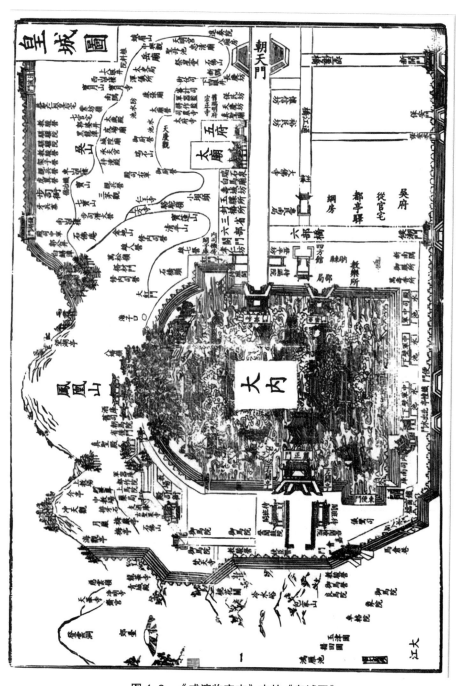

图 4-2　《咸淳临安志》中的《皇城图》

资料来源：姜青青：《〈咸淳临安志〉宋版"京城四图"复原研究》，上海古籍出版社 2015 年版。

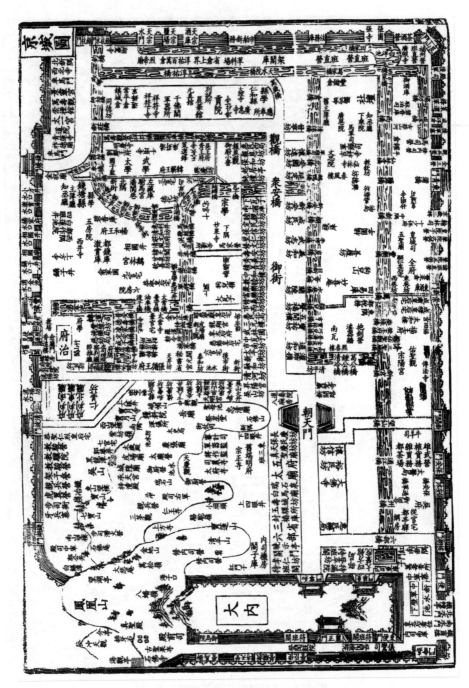

图 4-3 《咸淳临安志》中的《京城图》

资料来源：姜青青：《〈咸淳临安志〉宋版"京城四图"复原研究》，上海古籍出版社 2015 年版。

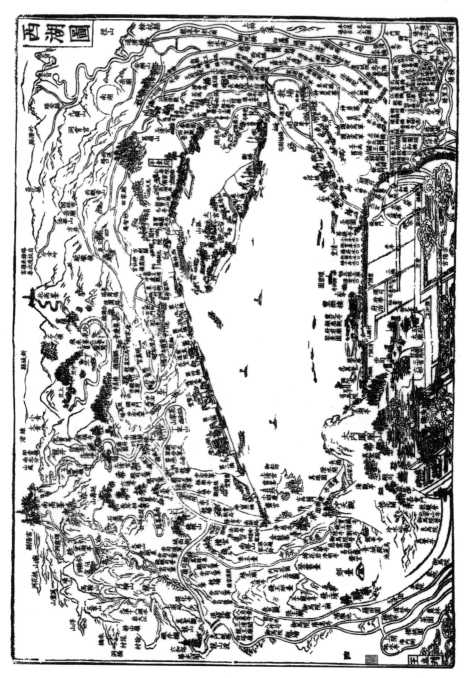

图 4-4　《咸淳临安志》中的《西湖图》

资料来源：姜青青：《〈咸淳临安志〉宋版"京城四图"复原研究》，上海古籍出版社 2015 年版。

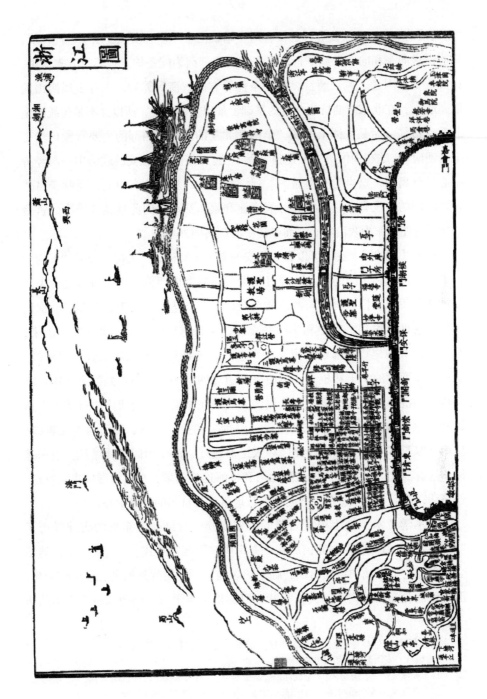

图 4-5 《咸淳临安志》中的《浙江图》
资料来源：姜青青：《〈咸淳临安志〉宋版"京城四图"复原研究》，上海古籍出版社 2015 年版。

"士民稍稍来归，商旅复业，通衢舍屋，渐就伦序"[①]。临安城受限于地理环境，只能谋求向东和向北发展。行在临安的皇宫"因为配备护卫官军及方志水患、火灾等安全因素、风景观赏、居住条件等方面权衡利弊后，占有了凤凰山麓的高地"[②]，在北宋时期杭州州府的基础上加以重新建设，所以并不是传统的坐北朝南格局，而是大体上呈现"坐南朝北"的效果（内部的主要宫殿仍然是坐北朝南），这在中国历史上是独一无二的。而且南宋临安的政治中心与经济中心是分离的，这点看《皇城图》就一目了然，皇城建在山上，受制于自然环境的制约，没有办法围绕其开展商业和娱乐活动，因此皇城及周围的官署的主要功能是作为政治中心，而经济中心则转向外城。

根据《京城图》我们可以看到临安的御街（又称为"大街"或者"天街"）以皇城北边的和宁门为起点，经过朝天门后略微向西偏折再一直向北，中间经过众安桥和观桥后再转向西，北至余杭门，长达一万三千五百多尺。临安的皇宫有四个城门，其中和宁门是北门，也是宫城的后门，由和宁门出来，符合古代都城建设"前朝后市"的理念。御街即是临安厢坊划分的中轴线，也是临安商业的主干和核心，再由御街通过四周的街巷辐射到整个城市。临安作为经济都市，其经济的发展程度，表现在城里的交通线周边就是批发市场和金融中心的所在地，也就是说，以御街和盐桥运河、市河为南北轴线，呈南北纵长状的杭州城的西北门和大运河相连，而东南门和钱塘江、浙东运河相连，西北门和东南门由运盐河和市河连接起来，在其中形成水陆发达、经济活跃的商业区域。两河之间的狭长地带就是杭州的经济中心。[③]

日本学者木田知生根据店肆的位置变换，总结北宋东京的店肆经历了"坊内店肆—临街店肆—倾街店肆—夹街店肆"四种形式。[④] 这种历程自然不会在重建的临安城中再次出现，临安的店铺从一开始就是和民居混杂在一起，沿街设店分布在城内外的大街小巷，以御街为主干道，两边分布着许多的店

① ［宋］曹勋：《仙林寺记》，引自曾枣庄、刘琳主编：《全宋文》第 191 册，4205 卷，上海辞书出版社；安徽教育出版社 2006 年版，第 85 页。

② ［日］斯波义信著，方键译：《宋代江南经济史研究》，江苏人民出版社 2001 年版，第 328 页。

③ ［日］斯波义信著，布和译：《中国都市史》，北京大学出版社 2013 年版，第 28 页。

④ ［日］木田知生著，冯佐哲译：《关于宋代城市研究的诸问题——以国都开封为中心》，载《河南师范大学学报》1980 年第 2 期，第 42—48 页。

铺。"自大街及诸坊巷，大小铺席连门俱是，即无虚空之屋。"①

罗陈霞根据《都城纪胜》《西湖老人繁盛录》《梦粱录》《武林旧事》等书的记载，把临安主要名牌店铺进行了归类。共统计出食品店 31 家，水果店 3 家，海鲜店 1 家，医药铺 21 家，彩帛铺 8 家，绒线铺 3 家，针线铺 1 家，衣冠服饰铺 11 家，槐简铺 1 家，鞋靴铺 3 家，面具铺 1 家，饰物店 6 家，化妆品店 5 家，日用器物店 16 家，金银交引铺 2 家，金银铺 2 家，珠子铺 1 家，古董铺 1 家，裱褙铺 1 家，纸扎铺 2 家，书籍铺 2 家，扇子铺 4 家，乐器铺 2 家，卦肆铺 1 家。② 这些商业行铺包括生活消费品行铺，"如城南之花团、泥路之青果团、江下之鲞团、后市街之柑子团……官巷之花行"，零星的小店"中瓦前皂儿水、杂卖场前甘豆汤，如戈家蜜枣儿、官巷口光家羹、大瓦子水果子、寿慈宫前熟肉、钱塘门外宋五嫂鱼羹、涌金门灌肺、中瓦前职家羊饭、彭家油靴、南瓦宣家台衣、张家米圆子、候潮门顾四笛、大瓦子丘家鬻篥"③，代表商业资本的交引铺、金银彩帛铺；代表高利贷资本的质户和钱民等；与北宋的汴京相比较，临安的商业和手工业在内部的分工更加的细致，商品经济也随着市场的细分化程度加深而更加繁荣。

（二）临安的生活供给系统完备

《梦粱录》里记载了一条谚语："东菜西水，南柴北米。"④ 这句谚语在讲临安的人口基本生活的供给系统。清代人注解说："盖东门绝无居民。弥望菜圃。西门则引水注城中。以水舟散给坊市。严州、富州、富阳之柴。聚于江干。由南山入苏湖。米则来自北关云。"⑤ 杭州的人口多，不仅仅是体现在城市内。"杭城之外，城南、西、东、北各数十里，人烟生聚，民物阜蕃，市井坊陌铺席骈盛，数日经行不尽，各可比外路一州郡。"⑥ 这么多的人，形成了一个

---

① ［宋］吴自牧撰，黄纯艳整理：《梦粱录》卷 13《铺席》，大象出版社 2019 年版，第 337 页。

② 罗陈霞：《宋代小说与宋代民间商贸活动》，南开大学博士研究生学位论文，2009 年，第 23—28 页。

③ ［宋］耐得翁撰，汤勤福整理：《都城纪胜》，大象出版社 2019 年版，第 7 页。

④ ［宋］吴自牧撰，黄纯艳整理：《梦粱录》卷 18《菜之品》，大象出版社 2019 年版，第 388 页。

⑤ ［清］杜文澜辑，周绍良校点：《古谣谚》卷 30《吴自牧引杭人谚论日用》，中华书局 1958 年版，第 445 页。

⑥ ［宋］吴自牧撰，黄纯艳整理：《梦粱录》卷 19《塌房》，大象出版社 2019 年版，第 407 页。

庞大的市场需求，临安所需要的各种物资都要从周边的市镇运入。斯波义信将其归入他划定的"第一层次市场圈"，认为在这个小的商圈的区域内，东郊不仅担任着新鲜蔬菜的供应基地的角色，同时也是城里谷物、肉类、建材和染料等物品的储存地；西郊风景优美，生态很好，是供水基地；南郊是燃料、脂肪、鱼贝和部分米的输入口；北郊是以米的屯集、贮备，以及作为建筑材料、燃料的装卸地和蔬菜的供给地为特色。[①]

《西湖图》中西湖周边虽然已经出了杭州城垣的范围，但因为风景秀丽，人流如织，所以商业也十分发达。《浙江图》中围绕临安的商业城镇，就是临安生活供给系统中的重要的组成部分是一个更大的商业供应系统。在宋代不仅周边乡村的物品能提供给城市，城市中也同时能向农村输出大量的手工业商品和日用品，二者之间形成良性的双向流动。

（三）商业区占比较大的城市

在主要的商业城市中，设立商业区的首选地段在市外的交通要道进入市内交通要道的城门周边，以及作为城外主干线的市内交通干道及其交会点。沿着城内的主要道路呈现出带状扩散的模式，顶点在位于市中心的富裕的工商区，末端在临近城门外的郊区工商区。按照这个模式来看，临安的商业中心是在贯穿城内的盐桥运河和辅助它的市河、菜市河、外沙河等几条河流以及纵贯南北的御街整合而成的一个南北轴线。北起盐桥，南到清冷桥的一个下场纵贯的经济中心区。[②] 这里同时也是城市的中心区域，由于"自五间楼北至官巷南街"一带多居住着达官显贵等富贵人士，因此那片也是商业闹市区，"两行多是金银盐钞引交易。自融合坊北，至市南坊，谓之'珠子市'"。[③] 著名的金银首饰店市西坊南的沈家金银交引铺、张家金银交引铺，保佑坊前的俞家韦宝铺，李博士桥畔的邓家金银铺，官巷口的盛家珠子铺。第二个在后市街一带，是一个商业的集散中心。第三个在芳润桥、丰乐桥边河盐桥边。

---

① ［日］斯波义信著，方键译：《宋代江南经济史研究》，江苏人民出版社 2001 年版，第 314 页。
② ［日］斯波义信著，方键译：《宋代江南经济史研究》，江苏人民出版社 2001 年版，第 345 页。
③ ［宋］吴自牧撰，黄纯艳整理：《梦粱录》卷 13《铺席》，大象出版社 2019 年版，第 335 页。

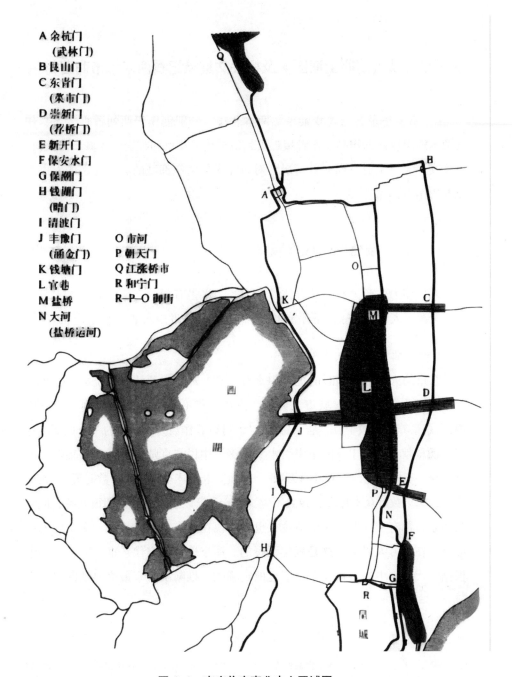

A 余杭门
  （武林门）
B 艮山门
C 东青门
  （菜市门）
D 崇新门
  （荐桥门）
E 新开门
F 保安水门
G 保㴑门
H 钱湖门
  （暗门）
I 清波门
J 丰豫门   O 市河
  （涌金门）   P 朝天门
K 钱塘门   Q 江涨桥市
L 官巷   R 和宁门
M 盐桥   R—P—O 御街
N 大河
  （盐桥运河）

图 4-6 南宋临安商业中心区域图

资料来源：［日］斯波义信著，方键、何忠礼译：《宋代江南经济史研究》，江苏人民出版社
2001 年版，第 332 页。

第三节　从《清明上河图》及相关文集笔记看两宋都市商业特色

《东京梦华录》与《梦粱录》两本著作，分别创作于两朝覆亡之后，作为两本追思故都的作品，作者接近极致地描绘了汴京和临安两座城市的人口、市场交易、手工业和商业等情况，对研究宋代两座都城的城市经济的发展有重要的作用。

一、人口繁盛的宋代都城

人口作为生产力和消费群体，在生产力水平有限的古代社会，是无可替代的资源，人口的多寡也是评定当时当地社会经济发展水平的重要指标。

（一）北宋东京的人口

东京的人口数在当时的史籍中常有提及，却多为预估的笼统数字，纯粹用来形容人口之众多，城市之繁荣。淳化二年（991）太宗因汴河泛滥感慨说：“东京养甲兵数十万，居人百万”[①]，可以看作当时人口数的一个例证。神宗时侯叔献在《乞于汴河南岸引水溉田奏》中说“京师帝居，天下辐辏，人物之众，车甲之饶，不知几百万数”。[②]孟元老描述东京的人口数时说：“人烟浩穰，添十数万众不加多，减之不觉少。”[③]尽管以上三个数字都很笼统，但究其核心，都有“百万”这个单位，也就是说在北宋人的心目中，东京的人口应该是在百万人以上，这是确定无疑的。周宝珠在《宋代东京研究》一书中根据宋代史料中的户数和东京漕运的定额数，推断出宋京最盛时期的户口在

---

① ［宋］李焘撰，上海师范大学古籍整理研究所、华东师范大学古籍整理研究所点校：《续资治通鉴长编》卷 32（太宗淳化二年），中华书局 2004 年版，第 716 页。

② ［清］徐松：《宋会要辑稿》食货 61，上海古籍出版社 2014 年版，第 7504 页。

③ ［宋］孟元老：《东京梦华录》卷 5《民俗》，中国商业出版社 1982 年版，第 31 页。

13.7 万户，人口有 150 万左右。[①] 与日本学者木田知生的观点大致相同。[②] 姜庆湘认为，在崇宁年间（1102—1106），汴京及开封府的总人口是 136 万人，人口主要有驻军、官员贵族、一般官吏、大中地主、富商巨贾、中小商人、手工业者、服务性人口和其他人口。[③]

和唐代的长安城相比，宋代东京不唯人口数量增长，结构也产生了很大的变化，首先是从事工商业人口所占的比例增加，其次是流动人口的数量持续大幅增长。

（二）南宋临安的人口

北宋时杭州已经是东南最大的城市。柳永曾在《望海潮》中用"东南形胜，三吴都会，钱塘自古繁华。烟柳画桥，风帘翠幕，参差十万人家"[④] 来形容这座东南名城的人口繁多和城市繁华。到靖康之变时，"四方之民，云集两浙，百倍常时"。[⑤] 皇室、贵族、官员以及大批保护皇室安全的军队、地主等消费能力很强的人群，以及大批知识分子、手工业者和农民等到临安避难。这么多的人口涌入进来，一方面带来了大量的劳动力和先进的生产技术，社会的生产能力随之提升；另一方面也形成了一个大规模的消费市场，又进一步刺激了商品经济的发展。

对于南宋的人口数字，宋元时期的著作各有差异，《西湖老人繁盛录》中说："钱塘有百万人家"[⑥]，《梦粱录》说："数十万户，百十万口"[⑦]，《都城纪胜》认为"仅百万余人家"[⑧]。其后的学者们各有提法，究其原因主要是因为统计的方法和时间段不尽相同。林正秋基于《乾道临安志》《淳祐临安志》《咸淳

---

① 周宝珠：《宋代东京研究》，河南大学出版社 1992 年版，第 348 页。

② ［日］木田知生，冯佐哲译：《关于宋代城市研究的诸问题——以国都开封为中心》，载《河南师范大学学报》1980 年第 2 期，第 42—48 页。

③ 姜庆湘、萧国亮：《从〈清明上河图〉和〈东京梦华录〉看北宋汴京的城市经济》，载《中国社会科学》1981 年第 4 期，第 185—207 页。

④ 唐圭璋编著：《宋词纪事》，中华书局 2008 年版，第 15 页。

⑤ ［宋］李心传撰：《建炎以来系年要录》卷 158 绍兴十八年己巳，中华书局 1988 年版，第 2573 页。

⑥ ［宋］西湖老人撰，黄纯艳整理：《西湖老人繁盛录》，大象出版社 2019 年版，第 115 页。

⑦ ［宋］吴自牧撰，黄纯艳整理：《梦粱录》卷 16《米铺》，大象出版社 2019 年版，第 371 页。

⑧ ［宋］耐得翁撰，汤勤福整理：《都城纪胜》，大象出版社 2019 年版，第 18 页。

临安志》三本临安官员主修的地方志中的人口进行统计，认为临安（包括属县）的人户数，在乾道年间（1165—1173）共有 261688 户，人口 552606 口；淳祐年间（1241—1252），共有 381335 户，人口 767739 口；咸淳年间（1265—1274）有 391259 户，人口 1240760 口。[1] 从乾道到咸淳短短百年的时间里，虽然后期人口的增长变缓，但到南宋末年临安的人数达到顶峰，较之南宋初期增加了一倍有余。

临安的人口结构，学界一般认为主要是由皇族、官吏、商人、工匠、市民、僧尼、道士、军士、农民及流动性的应试举子所构成。和东京一样，这些人大部分为纯消费型的人口，两个城市都是名副其实的大型消费型的城市。

二、与市民生活息息相关的商业活动

（一）丰富多样的商品供给

1. 农副产品从农村向城市统一性集中

衣食住行是个人消费中最基本和最重要的内容。[2] 庞大的人口基数使得两宋的都城每天都要消耗大量的农副产品。漆侠以粮食和布帛这两种来自农村的产品作为典型，把它们通过墟市和镇市向城市集中的过程形象地总结为"求心"运动。[3] 宋代人口数量不断增加，政府所实行的农业政策对农耕有积极的促进作用，荒田开垦的面积不断扩大，农业生产技术也有较大的进步，这些举措聚集在一起，最终使得宋代农产品的产量迅速增加。在满足自身生活以后，农民有多余的农产品能够拿到市场上去销售，以换取基本的生活用品。货物经由农户—货郎 / 牙人—行铺—行商四个层次来到城市。

这些货物先进入到城市的集散地，再将各类物资转送到相关的销售部门和行业。《东京梦华录》里面记载了"果子行""青鱼行""肉行"以及"姜行"等，临安的民间谚语"东门菜，西门水，南门柴，北门米"说明在临安城的

---

[1] 林正秋：《南宋都城临安人口数考索》，载《杭州大学学报》1979 年第 1—2 期，第 147—149 页。

[2] 吴晓亮：《略论宋代城市消费》，载《思想战线》1999 年第 5 期，第 99—104 页。

[3] 漆侠：《宋代经济史》，中华书局 2009 年版，第 1000 页。

周围，商品批发地点已经相对固定。这些地方的存在为买卖双方都提供了极大的方便，让双方都不必为渠道而发愁，提高了经营的效率。而且集中的批发相对价格低廉，薄利多销，节约了成本。

当货物从批发市场来到零售市场后，会以两种形式在城内流转，一种是直接销售原材料，不做加工，一种是进行加工生产。宋朝两都都是高度依赖转运的纯消费型城市，"杭城除有米之家，仰籴而食凡十六七万人。人以二升计之，非三四千石不可以支一日之用"①。临安的米主要来自"苏、湖、常、秀、淮、广"，"柴炭、木植、巧橘、干湿果子等物品"是来自"严州、婺州、冲州、徽州"，"海鲜、鱼、蟹、鳌"等水产品来自"明州、越州、温州、台州等地"②。各地的货物源源不断地涌入临安，摆满城内的店铺。

2. 手工业产品从产地向四周放射性销售

手工业产品和农产品相比较，最大的不同在于它更受自然条件和地理条件的制约，因而有些产品在最开始便具有不可替代性。各地区在经营制作的过程中，逐步积累了生产经验，改进生产技术，最终能制作出精密的产品。手工业品的需求是广阔的，不唯城市，农村地区也同样需要手工业品，因此作为商品的手工业品的流通，所表现出来的流通趋势是一种"辐射"型。③当某一种东西在其产地被生产出来以后，就会被商人们将其汇集到附近的城市，再运往各地，城市也变成了大型商品集散的中心地点。一方面城市要汇集各方的商品，并将其再分散到各个区域；另一方面，城市也要将本区域手工业和农业的产品汇集起来后输送到其他的城市去。流通模式从传统的"商家—消费者"变成了"商家—批发商—消费者"。由于批发商的加入，商品流通的半径和速度大大加快了。

对于都城来说，首先它是规模最大、产量最高、品种最丰富的手工业品生产基地，生产的主体主要是城内的各种手工作坊，包括"修内司、八作司、

---

① ［宋］周密撰，吴企明点校：《癸辛杂识》续集上《杭城食米》，中华书局1988年版，第135页。

② ［宋］吴自牧撰，黄纯艳整理：《梦粱录》卷12《江海船舰》，大象出版社2019年版，第331页。

③ 漆侠：《宋代经济史》下，中华书局2009年版，第1001页。

广固作坊、后苑作坊、书艺局、绫锦院、文绣院、内酒坊、法酒库"①等官办作坊。南宋少府监下有文思院、绫锦院和将作监这些宫廷重要的手工业作坊。这些作坊规模大，工匠的人数也比较多，比如绫锦院的织工就有四百多人，军器监的工匠人数甚至多达七八千人。但他们生产的产品大部分是不对外销售的。②除此之外，还有大量私人的手工作坊，它们的数量繁多，纺织、印刷、造船等行业发展迅速。这些行业多是劳动力密集型的产业，会集了大量的人口。人口和手工业的集合，一方面促进了手工业的发展，另一方面也能对因城市无业人口增加而引发的管理难题有所化解，是一个"双赢"的局面。私人的作坊有些只负责制造各类产品，有些在制造之余还兼营买卖。

（二）其他新兴的生活服务业

当市民的物质需求尽可能得到满足以后，原本能够自我满足的生活服务也开始逐步独立出来，并衍发成为一个单独的行业。宋代两都人口众多，城市基础服务的市场庞大，产生了一大批为之服务的人员。从内容上来看，只要有需求，就能提供服务。其中雇佣服务、保洁、修理和租赁在唐宋以前的记录很少，唐代也只是偶有提及，但到了宋代的记载就已经很多了。这些在城市发展过程中新发展起来的新型服务业既适应了民众生活需求的广泛性，也成为城市生活服务业的新增长点。③

《梦粱录》中列举了很多提供服务的例子：

> 凡宅舍养马，则每日有人供草料。养犬，则供饧糠。养猫，则供鱼鳅。养鱼，则供虮虾儿。若欲唤锢路钉铰、修补锅铫、箍桶、修鞋、修幞头帽子、补修魫冠、接梳儿、染红绿牙梳、穿结珠子、修洗鹿胎冠子、修磨刀剪、磨镜，时时有盘街者，便可唤之。且如

---

① ［宋］孟元老：《东京梦华录》卷4《军头司》，中国商业出版社1982年版，第26页。

② 漆侠在《宋代经济史》第二十六章里提道："虽然官府作坊中的铸锅务所生产的器物会'差人押赴商税院出卖'，都曲院制作的法曲作为官府的专利而出卖，还具有商品的性质，但在官府作坊中的比重太小了"。（漆侠：《宋代经济史》下，中华书局2009年版，第949—950页。）

③ 刘艳秋、宁欣：《笔记小说中的唐宋都市生活服务业》，载《唐史论丛》2016年，第324页。

供香印盘者，各管定铺席人家，每日印香而去，遇月支请香钱而已。供人家食用水者，各有主顾供之，亦有每日扫街盘垃圾者，每支钱槁之。其巷陌街市常有使漆修旧人，荷大斧斫柴，闲早修扇子，打镶器，修灶，提漏，供香饼炭墼。

遇新春，街道巷陌官府差顾淘渠人沿门通渠，道路污泥，差顾船只，搬载乡落空闲处。人家有泔浆，自有日掠者来讨去。杭城户口繁伙，街巷小民之家多无坑厕，只用马桶。每日自有出粪人瀽去，谓之倾脚头，各有主顾，不敢侵夺。或有侵夺，粪主必与之争，甚者经府大讼，胜而后已。①

在结合宋代的文献资料梳理后可以整理出当时大概有以下服务行业。

1. 零散雇佣服务业

东京和临安都有不少的游民，他们身无长物，可能只有一身力气或者某种手艺，因此就受雇于人，以从事体力劳动的方式养活自己，同时服务城市大众。这是城市化发展程度的重要体现，也是市民生活质量提升的重要反映。宋代都城人力市场高度繁荣，城市居民的生活能享受到方方面面的服务，任何细微的服务，都是要花钱的。②有专门给宠物提供服务的，马、犬、猫、鱼这些宠物都有人专门供应食物。在汴京也有帮人挑水、担柴的服务。《清明上河图》中说书棚的对面有一口青石砌成框架的水井，有三个青年正在挑水，因为仁宗庆历六年（1046）曾下诏在汴京城内开凿了 390 口水井缓解了城内的河水困难问题，但对于很多没有劳动力的家庭或者富豪之家，也需要挑水之人，因此形成了送水的队伍。

僧道也加入零散雇佣的团队中来，《东京梦华录》"斋请僧道"就提到道士僧人，也如同那些杂货工匠一样，清晨来到桥头，"罗立会聚，候人请唤"③。《夷坚志》"淮阴民女"篇里，民女的母亲为了超度女儿，卖了自己的头发得

---

① ［宋］吴自牧撰，黄纯艳整理：《梦粱录》卷13《诸色杂货》，大象出版社2019年版，第340页。

② 伊永文：《行走在宋代的城市》，中华书局2005年版，第2页。

③ ［宋］孟元老：《东京梦华录》卷4《修整杂货及斋僧请道》，中国商业出版社1982年版，第28页。

了六百钱出门请了一个僧人来念经。^①僧人的业技也成为花钱就可以得到的服务。

2. 修补业

家里的东西难免会有修修补补，有些事情可以自己做，但有些过于专业的修缮，则需要专门的手工技术。随着人口的增加，各种手工业者也来到城市，修补业也随之发展起来。比如汴京城里的修补要想"修整屋宇，泥补墙壁"，早晨去桥市街巷口喊一个"杂货工匠"回来就行。^②其他诸如"锢路钉铰、修补锅铫、箍桶、修鞋、修幞头帽子、补修鬃冠、接梳儿、染红绿牙梳、穿结珠子、修洗鹿胎冠子、修磨刀剪、磨镜"^③等，都有手工艺人在盘街走动。生活中各种物件损坏了，呼唤他们进来就行，这种送手艺上门的业务可以说是极为方便了。

3. 租赁业

宋人好享受，对于买不起的物品或者有些不是必需的物品往往采用租赁的形式，《武林旧事》里列举了南宋时能够租用的货品，包括："花担、酒檐、首饰、衣服、被卧、轿子、布囊、酒器、帏设、动用、盘合、丧具"^④，可谓包揽了衣、卧、行几大生活方面。

平时出门如果嫌路远，可以租马车和轿子，"稍以路远倦行，逐坊巷桥市，自有假赁鞍马者，不过百钱"。^⑤前文讲到的许将就是到二更以后才租马回家。旅游风景点还有船可以租，"宣政间，亦有假赁大小船子，许士庶游赏，其价有差"。船的大小不一样，价格也有差异。

城里不仅可以租赁物品，还能提供服务。当时民间有"筵会假赁"服务，在主家有事时"凡吉凶之事，自有所谓'茶酒厨子'专任饮食请客宴席之事。

---

① ［宋］洪迈撰，何卓点校：《夷坚志》丁志卷第 12《淮阴民女》，中华书局 2006 年版，第 642 页。

② ［宋］孟元老：《东京梦华录》卷 4《修整杂货及斋僧请道》，中国商业出版社 1982 年版，第 28 页。

③ ［宋］吴自牧撰，黄纯艳整理：《梦粱录》卷 13《诸色杂货》，大象出版社 2019 年版，第 340 页。

④ ［宋］周密撰，范荧整理：《武林旧事》卷 6《赁物》，大象出版社 2019 年版，第 82 页。

⑤ ［宋］孟元老：《东京梦华录》卷 4《杂赁》，中国商业出版社 1982 年版，第 28 页。

凡合用之物，一切赁至，不劳余力。虽广席盛设，亦可咄嗟办也"。[①] "若凶事出殡，自上而下，凶肆各有体例。如方相、车舆、结络、彩帛，皆有定价，不须劳力。"[②] 从原材料到制作，甚至是配套产品都有服务，可谓方便快捷。

不仅民间有租赁服务，官府也设置了"四司六局"机构，专门承办各种经营服务。"常时人户每遇礼席，以钱倩之，皆可办也。"因为四司六局各有分工，而且常年从事这个行业，"凡四司六局人祇应惯熟"，因此"便省宾主一半力"[③]。租赁市场已经比较规范了。

租赁这种在宋代兴起的新型商品交换方式，其实是把商品的价值化整为零，顾客是在以"次"为单位购买商品的价值。通过租赁，很多平时无用的东西也变成了商品，一次性购买不起的高档商品也能被普通百姓所享用，这种方式有效刺激了人们的消费。

4. 保洁业

城市居民繁多，生活垃圾的处理也形成了一个很大的市场。两宋都城里有很多的清洁工，"每日扫街盘垃圾"做好垃圾的清扫与运营，还有淘渠人在晚上工作，"沿门通渠"[④]。第二章所讲的《太平广记》中的罗会就是以剔粪为业，他对自己从事这个行业还有点遮遮掩掩，拿"分合如此"[⑤]来为自己解释。但他没有想到的是到南宋时的临安城里面，生活垃圾的处理已经进一步细分成了更多细小的行业。有收泔水的，有清理下水道的，有剔粪的。甚至剔粪这个行业还会有竞争。每个从业者都有自己的主顾，不敢侵夺。如果有人越界，则必定会发生冲突，严重的还会到官府提出诉讼。

新兴的服务业是伴随着城市发展而兴起的产物，反过来也服务于城市中的居民，其发展水平反映了宋代城市化水平的高度。

（三）两个都城市民的一天

透过字里行间的文字，我们对两宋的商业尽己所能地进行描述和想象，

① ［宋］周密著，杨瑞点校：《武林旧事》卷6《赁物》，浙江古籍出版社2015年版，第134页。
② ［宋］孟元老：《东京梦华录》卷4《杂赁》，中国商业出版社1982年版，第27页。
③ ［宋］耐得翁撰，汤勤福整理：《都城纪胜》，大象出版社2019年版，第11页。
④ ［宋］吴自牧撰，黄纯艳整理：《梦粱录》卷13《诸色杂货》，大象出版社2019年版，第340页。
⑤ ［宋］李昉等编：《太平广记》卷第243《罗会》，中华书局1961年版，第1875页。

但当时的市民的生活到底是怎样一幅场景，在《夷坚志》中有两则故事，给后人生动地展现了南北两宋都城市民一天的生活。

> 《西池游》：宣和中，京师西池春游，内酒库吏周钦倚仙桥栏槛，投饼饵以饲鱼……唯一妇人留，引周裾与言。视之，盖旧邻卖药骆生妻也。……即邀入酒肆，草草成约，纳为妻。逾数月，因出城回，买饭于市，骆生适负药笈过门，周以娶其出妇之故羞见之，掩面欲避。……周益自失，惧不敢还家，又不知所为，纵饮酒垆，醉就睡，迨夜乃出，信步行，茫无所之。[1]

北宋人周钦的故事可谓跌宕起伏。他遇到女鬼成婚，最后还因为醉酒夜归而沾惹上了人命官司。我们抛却故事的玄幻因素，着意分析其中体现经济色彩的词汇。

第一个词"春游"。前文讲到，宋代的旅游业发达，"春游"是清明节的一个重要的内容，"都城之歌儿舞女，遍满园亭，抵暮而归"。[2]像主人公周钦这样的小吏可能囿于某种原因不能出城，但北宋政府在城市建设特别是公共旅游休闲游乐空间建设投入也有很多，所以在城内也有游玩之处。开凿于北宋初年的金明池到了北宋中期以后，已经逐渐淡化了水军训练的军事意义，娱乐的功能逐渐增强。徽宗时重新兴起了游幸金明池的高潮，"乙巳之春，开金明池，有旨令从官于清明日恣意游宴。是夜，不扃郭门，贵人竞携妓女，朱轮宝马骈阗西城之外"[3]，"三月一日……开金明池琼林苑……许士庶游行"。《东京梦华录》记载说金明池除了景色优美，还有龙舟表演、关扑百货、钓鱼、水军表演等项目。池子南岸西边百步是临水殿，"又西去百步，乃仙桥，南北约数百步"[4]，主人公周钦就是在仙桥上喂鱼。

---

① [宋]洪迈撰，何卓点校：《夷坚志》丁志卷第9《西池游》，中华书局2006年版，第610页。

② [宋]孟元老：《东京梦华录》卷2《饮食果子》，中国商业出版社1982年版，第43页。

③ [宋]曾慥撰，俞钢、王彩燕整理：《高斋漫录》，大象出版社2019年版，第15页。

④ [宋]孟元老：《东京梦华录》卷7《三月一日开金明池、琼林苑》，北京：中国商业出版社1982年版，第44页。

第二个词"内酒库"。酒库原意是贮藏酒的地方，自中唐以后，随着酒类专卖在国家财政收入的比重日益加重，酒库也开始具有酿酒的功能。《宋史》记载说"禁中既有内酒库，酿殊胜，酤卖其余，颇侵大农"①。宋代皇室宴饮、祭祀所用的酒就是由内酒库酿造的。内酒库所产的内酒很有名，苏轼曾经感叹说："内库法酒、北苑茶，他处纵有嘉者，殆难得其仿佛。"②宋代光禄寺下有都曲院、法酒库、内酒坊三个机构，"都曲院，掌造曲，以供内酒库酒醴之用，及出鬻以收其直"。③"若造酒以待供进及祭祀、给赐，则法酒库掌之；凡祭祀，供五齐三酒，以实尊罍。内酒坊惟造酒，以待余用"。④形成了完备的酿造体系。内酒坊酿酒多糯米，宋初只有 800 石，宋真宗时用到了 3000 石，到仁宗时就增加到了 8 万石之多。所以才说"颇侵大农"。因为产量不断增加，所以内酒库的官员人数也不断增加。

第三个词"酒肆""酒垆"。酒肆前文已多有描述，此处不赘叙，重点强调周钦与旧邻女是在酒肆"草草成约"为夫妻的。汴京酒肆数量多，高中低各档次都有，去酒肆不仅可以饮酒，还兼具社交的功能。鲁宗道曾和仁宗感慨说："臣家贫，无器皿，酒肆百物具备，宾至如归。"⑤所以周钦议定婚事的时候，选了比较高档的酒肆，等他发现妻子身份有异时，就去"纵饮酒垆"。《东京梦华录》之"饮食果子"条中记录了东京城内的各中小酒店内的特色美酒和美食，让我们知道，就算是小酒店，也是收拾得整整齐齐，"亦卖下酒（菜）"还有外带的"外卖软羊诸色包子、猪羊荷包、烧肉干脯、玉板鲊犯、鲊片酱之类"⑥。

第四个词"买饭于市"。前文也提到，宋代的酒楼不仅可以到堂用餐，还能提供外卖，城里还有诸多盘卖食物的小贩，到南宋，酒店还有人专门负责

---

① ［元］脱脱等：《宋史》卷 382《张焘》，中华书局 1985 年版，第 11762 页。

② 孔凡礼撰：《苏轼年谱》卷 31《元祐七年》，中华书局 1998 年版，第 1028 页。

③ ［元］脱脱等：《宋史》卷 165《司农寺》，中华书局 1985 年版，第 3905 页。

④ ［元］脱脱等：《宋史》卷 164《光禄寺》，中华书局 1985 年版，第 3891 页。

⑤ ［宋］欧阳修著，李逸安点校：《欧阳修全集》卷 126《归田录》，中华书局 2001 年版，第 1910 页。

⑥ ［宋］孟元老：《东京梦华录》卷 2《饮食果子》，中国商业出版社 1982 年版，第 18 页。

"沿门歌叫熟食"①。所以已经成家的周钦在因为出城错过饭点以后，也会选择去买饭来吃。

> 《班固入梦》：乾道六年冬，吕德卿偕其友王季夷崵、魏子正羔如、上官公禄仁往临安，观南郊，舍于黄氏客邸。……适是日案阅五辂，四人同出嘉会门外茶肆中坐，见幅纸用绯帖，尾云："今晚讲说汉书。"相与笑曰："班孟坚岂非在此邪！"旋还到省门，皆觉微馁。入一食店，视其牌，则班家四色包子也。且笑且叹，因信一憩息一饮馔之微，亦显于梦寐，万事岂不前定乎！②

《班固入梦》中的主人公吕德卿曾做过赣州石城县的知县，他曾提供了很多的素材给洪迈，本人也成为洪迈故事中的主人公。

第一个词"观南郊"。绍兴十三年（1143），南宋政府在南郊选定了祭天的地址，"在嘉会门外以南二里，三岁一郊天。"③从《咸淳临安志》中的《西湖图》上可以看到，郊坛在嘉会门外的山边，其东南侧是籍田。因为三年才举行一次，所以对南宋人来说是一个大事件，外地人也慕名聚集临安来观看盛典。吕德卿和朋友是在乾道六年（1170）到了临安，说明当时南宋在社会生活方面已经趋于正常。

第二个词"黄氏客邸"。四个年轻人到了临安，居住在哪里呢？临安的客邸数量很多，而且较之汴京，临安兴起了很多中小邸店。这些中小客邸也许没有大大的彩楼欢门，但因为价钱较低，数量繁多，能让更多普通百姓入住，城市人口的流动更为方便。

第三个词"茶肆""说汉书"。在两宋蓬勃的都市生活背景下，新兴的市民群体从不回避自己情感、精神和娱乐的需要。这种需要也不断刺激产生一个

---

① ［宋］吴自牧撰，黄纯艳整理：《梦粱录》卷16《荤素从食店》（附诸色点心事件），大象出版社2019年版，第371页。

② ［宋］洪迈撰，何卓点校：《夷坚志》支丁卷第3《班固入梦》，中华书局2006年版，第991页。

③ ［宋］王象之编著，赵一生点校：《舆地纪胜》卷1《郊社》，浙江古籍出版社2013年版，第9页。

能够适应市民趣味的新的娱乐方式。在北宋中期，城市中开始出现各种瓦市勾栏。这些规模不等的建筑是宋代市民文化娱乐的场所。从太祖赵匡胤开始，宋朝历代君主都推崇史学。高宗曾和大臣商量说："故事，端午罢讲筵，至中秋开。朕以寡昧，遇兹艰难，知学先王之道为有益，方孜孜讲史。若经筵暂辍，则有疑无质，徒费日力。朕欲勿罢，可乎？大臣皆称善。"①宋代皇帝都如此重视讲史，民间当然也好其风，南宋时不仅在瓦市讲史，茶肆也开始把讲史作为吸引顾客的手段。

第四个词"班家四色包子"招牌。一个小店都已经有品牌意识，树立了自己的名称，并使用招幌广告，已经有了广告的自觉。

从《夷坚志》的两则故事看，宋代的商业活动已经和市民的日常生活紧密结合，广大市民身处商品经济的滚滚洪流之中，享受到了其所带来的方便。

三、广告业有一定发展的城市商业

宋代汴京的茶肆、酒店、邸店遍布，为了获得更好的收益，相同的行业之间开始了竞争关系。为了招徕更多的顾客，商家普遍采用商业广告宣传自己，广告的形式也变得丰富多彩起来。《清明上河图》可以用眼睛判断出来的商业广告有 50 多处，其中幌子有 10 面、招牌 23 块、灯箱广告 4 个、彩楼欢门 5 座，此外还有拿着拨浪鼓的货郎。

（一）市声广告

市声广告是指在市场上通过吆喝叫卖、敲击器物、吟唱歌谣等形式发出叫卖声的方引起人们有意或无意的关注的广告形式。这种广告形式由来已久，又可以分为叫卖广告和响器广告两种。②

1. 叫卖广告

也被称为吆喝叫卖，是一种原始却也简单有效的广告形式。《韩非子》中

---

① ［宋］李心传撰：《建炎以来系年要录》卷 15 建炎二年庚申，中华书局 1988 年版，第 310 页。
② 刘家林：《新编中外广告通史》，暨南大学出版社 2000 年版，第 77 页。

楚人卖盾和矛时的叫喊，"吾盾之坚，莫能陷也""吾矛之利，于物无不陷也"[①] 是现存最早关于叫卖的记录。《清明上河图》中城墙下、桥头边各处小商贩的摊点随处可见，小商贩们为了吸引顾客，可能更多地通过口头广告宣传自己。在宋代的文献中，叫卖广告随处可见。汴京"御街、州桥至南内前，趁朝卖药及饮食者，吟叫百端"。[②] 时人高承也说："京师凡卖一物，必有声音，其吟哦俱不同。"[③] 到了南宋临安的叫卖的种类更多，仅《梦粱录·诸色杂货》一条内就有数种叫卖的商品，有提供上门服务的叫卖："锢路钉铰、修补锅铫、箍桶、修鞋、修幞头帽子、补修鱿冠、接梳儿、染红绿牙梳、穿结珠子、修洗鹿胎冠子、修磨刀剪、磨镜，时时有盘街者"，"罗帛脱蜡像生、四时小枝花朵沿街市吟叫扑卖"；有各类食物"并于小街后巷叫卖"，"又沿街叫卖小儿诸般食件"[④]。

《梦粱录·夜市》条中记录了南宋夜市的叫卖声：

> 更有瑜石车子卖糖糜乳糕浇。亦俱曾经宣唤，皆效京师叫声。
> 又有沿街头盘叫卖姜豉、膘皮……
> 更有叫运来时买庄田、取老婆卖卦者。
> 亦有卖卦人盘街叫卖，如顶盘担架卖市食，至三更不绝。
> 冬月虽大雨雪，亦有夜市盘卖。[⑤]

这段话中透露了几个信息。第一，当时的叫卖已经有配乐和表演的色彩了，洪进是唱曲卖糖、虾须卖糖、福公背张婆卖糖、射箭卖糖等，都是通过表演来吸引顾客。第二，广告词语已经开始丰富起来，不仅是简单地叫卖自己的业务或商品，而是加上了宣传的词汇，如"时来运转买庄田，取老婆"，

---

① ［战国］韩非著，梁启雄著：《韩子浅解》第36篇《难一》，中华书局2009年版，第349页。
② ［宋］孟元老：《东京梦华录》卷3《天晓诸人入市》，中国商业出版社1982年版，第24页。
③ ［宋］高承：《事物纪原》卷9《吟叫》，清轩丛书本木刻，第35页。
④ ［宋］吴自牧撰，黄纯艳整理：《梦粱录》卷13《诸色杂货》，大象出版社2019年版，第340—342页。
⑤ ［宋］吴自牧撰，黄纯艳整理：《梦粱录》卷13《夜市》，大象出版社2019年版，第339—340页。

这是卖卦人的叫卖声。他不是简单地介绍自己的业务，而是将业务的效能宣传了出来。此外"卖花担上，菊蕊金初破，说着重阳怎虚过"①。"重阳怎虚过"就是广告词，在贩卖商品时，有一定的广告词，更能吸引顾客。

插花作为一种生活装饰品，也成为宋代都市的生活时尚，广泛出现在不同阶层的家庭中。街头的卖花声也成为文人雅士笔下的独特风景，"卖花声是临安的本地风光"②。慢慢地，叫卖声中加入了吟唱的因素，特别是卖花的小贩们用马头竹篮装着鲜花"歌叫于市"③，他们的"歌叫之声，清奇可听"，似乎成为城内的一道风景，"对景行乐，未易以一言尽也"④。

2. 代声广告

代声又被称为"货声"。因为小商贩们流动性很强，需要整天不停地吆喝，单纯的叫卖，传播的范围终究有限，所以为了减少嗓子的疲惫，商贩会结合各种器具敲、打、摇、吹等发出不同的音响，来代替吆喝。这种形式不仅传递的声音更远，而且特点鲜明。《清明上河图》中有两个商贩，一个沿街叫卖的商贩手持竹板边走边打击，另外一个货郎手中拿着拨浪鼓，都是使用了竹板和拨浪鼓这些代声的工具。《梦粱录·夜市》记载"中瓦前有带三朵花点茶婆婆、敲响板，掇头而拍板"。这位卖茶的婆婆，她就是敲着响板买茶。

小贩贩卖的货物品种往往比较单一，把所售卖的东西用某一种乐器的乐音固定作为该类小贩的听觉标志，更容易让顾客接收到信息，从而起到辨识的作用。把行业的属性赋予到声响和声响工具上，久而久之，二者就绑定在一起，从而实现其行业化的进程。《东京梦华录》中描述了"打旋罗"这种比较复杂的代声广告设计，在青伞上架上竹架子，用梅红色的镂金小灯笼做点缀，架子前后都有这种灯笼，这是架子的外在形象。从声音上来说，货郎手中会拿着鼓来敲，"敲鼓应拍，团团转走，谓之'打旋罗'，街巷处处有之"⑤。

馄是唐宋时在正月十五上元节吃的一种节日的食物，"京师上元节，食焦

---

① ［宋］戴复古：《洞仙歌》，引自唐圭璋编：《全宋词》，中华书局 1965 年版，第 2306 页。
② 钱钟书：《宋诗选注》，人民文学出版社 1979 年版，第 206 页。
③ ［宋］吴自牧撰，黄纯艳整理：《梦粱录》卷 2《暮春》，大象出版社 2019 年版，第 223 页。
④ ［宋］孟元老：《东京梦华录》卷 7《驾回仪卫》，中国商业出版社 1982 年版，第 13 页。
⑤ ［宋］孟元老：《东京梦华录》卷 6《十六日》，中国商业出版社 1982 年版，第 41 页。

馇，最盛且久，又大者名柏头焦馇。凡卖馇，必鸣鼓，谓之'馇鼓'"[1]。但因为加上了"打旋罗"这种耀眼的音响广告系统，食物就和代声广告有效地捆绑起来了。

清代丁柔克的《柳弧》一书中总结了金属拨浪鼓，称为"唤娇娘"，用来卖花线，乞丐用两小圆片乞食，卖熟食的人用竹片，卖糖的人击小锣。[2]大抵如此。此外还有一些特殊的经营行业，人们由于习惯或者是受到某种禁忌的制约，不便开口，也会使用代声。[3]

（二）招幌广告

招幌是"招牌"和"幌子"两类事物的统称，泛指那些挂在门首或者是店外的物品，主要凭借图案、造型和文字来传播广告信息。在《韩非子》中"宋人有沽酒者……悬帜甚高"。[4]《晏子春秋》也有"宋人有沽酒者……置表甚长"。[5]"帜"和"表"都是酒幌，可见早在春秋时期，卖酒的人就已经在使用酒幌了，是最早的实物之外的商品招徕标识。多是零售酒店悬挂，一般用青布制成，其上或有"酒"字，称为"酒旗"或"青旗"。《全唐诗》中提及酒幌或者酒旗的诗歌有48处，遍及全国各地[6]，杜牧诗云"水村山郭酒旗风"[7]，可谓写尽江南春景。到了宋代，"凡鬻酒之肆，皆揭大帘于外，以青白布数幅为之，微者随其高卑小大，村店或挂瓶瓢，标帚秆"。[8]

宋代招牌开始流行，形式多样，有竖牌，横额、挂板，等等。招牌上有文字，有些还有图案，一般文字描述店铺的名称，图案凸显店铺的行业类别。

---

[1] ［宋］陈元靓撰，许逸民点校：《岁时广记》卷11《咬焦馇》，中华书局2020年版，第225页。

[2] ［清］丁柔克撰，宋平生、颜国维等整理：《柳弧》卷3《乐器》，中华书局2002年版，第160页。

[3] 王锐：《市井商情录——中国商业民俗概说》，河北人民出版社1997年版，第100页。

[4] ［战国］韩非著，梁启雄著：《韩子浅解》第34篇《经三》，中华书局2009年版，第322页。

[5] 张纯一校注，梁运华点校：《晏子春秋校注》卷3《景公问治国何患晏子对以社鼠猛狗第九》，中华书局2014年版，第145页。

[6] 舒小坚：《古代招幌广告媒介的艺术》，载《文艺争鸣》2011年第3期，89—91页。

[7] ［唐］杜牧撰，何锡光校注：《樊川文集校注》第3卷《江南春绝句》，巴蜀书社2007年版，第297页。

[8] ［宋］洪迈撰，孔凡礼点校：《容斋随笔》续笔卷16《酒肆旗望》，中华书局2005年版，第417页。

《清明上河图》中有 20 多处招幌，形式包括旗幌、字牌、柜招、地招、冲天招等。其中在城东门外的十字路口，可以看见 30 多块招幌以及宣传牌匾，基本上采取横标挂于上、竖标示于右、坐标设于台的格式。可以分为两种：其一，只简单告知"此处销售某物"的产品广告；其二，已经有品牌意识，标注出了商家的特色和品牌。

表 4-2　《清明上河图》中的招幌广告

店铺名称	位置	所设置的广告类型
孙羊店（酒店）	城外十字路口	彩楼欢门、红栀子灯、"正店"灯箱、"香醪"灯箱、"孙羊店"酒旗
李氏商店	孙羊店对面	"李家输卖上……"招牌
久住王员外家（旅店）	孙羊店对面	"久住王员外家"招牌
解（质库）	久住王员外家对面	"解"字招牌
刘家香药铺	孙羊店左侧	"刘家上色沉檀拣香"招牌、"刘家沉檀口口丸散口香铺"招牌
王家锦帛铺	刘家香药铺上面	"王家罗明匹帛铺"横匾、"罗锦匹帛铺"招牌
杨家药铺	王家锦帛铺旁边	"杨家应症"招牌
十千脚店（酒店）	虹桥边	"十千脚店"灯箱、"天之""美禄"两块招牌，写着"新酒"的"川"字形酒旗，彩楼欢门
饮子摊 1	十千脚店对面	木牌上写着"饮子"
饮子摊 2	汴河大街上	木牌上写着"饮子"
占卦	饮子摊 2 对面	三块招牌"神课""看命""决疑"
解盐店	城内十字路口	"解"招牌
王家纸马店	郊外、码头边	"王家纸马"招牌
赵太丞家（医药铺）	画卷结尾	"赵太丞家统理男妇儿科""治酒所伤真方集香丸""五劳七伤回春丸""大理中丸医肠胃冷"四块招牌，"赵太丞家"横匾
酒店	画卷开段，城郊	"小酒"酒旗

资料来源：北京故宫博物院馆藏《清明上河图》。

　　从表 4-2 可以看出，北宋的汴京城里使用了招幌广告的商家特别多，下文选择几个有特色的对比分析。

　　首先我们看"孙羊店"，其可谓是《清明上河图》的第一大店。修在城门外的十字路口的繁华地段，有三层楼高，从图片上看，三楼应该还有包厢。宋代大酒店一般"门设红杈子、绯缘帘、贴金红纱栀子灯之类"①，孙羊店的门口是大大的彩门欢楼，上面有彩带彩球之类的装饰物，有栀子灯，有灯箱，有酒幌。通过招牌我们可以知道"孙羊店"说明酒店的拿手菜或者主营的菜品是羊肉，"正店"标明其身份，是一家既可以酿酒也可以卖酒的大酒店，其中"香醪"应该是这家店招牌酒的名称。为了做好宣传，可谓是十八般武艺，样样都用上了。酒店侧边有很多木制的酒桶，并一些挑夫拿着扁担，应该是把酒挑走分销的人。宋代的酒制严格，所有的正店只能在自己的管辖范围内经营生意，彼此之间不能互抢市场，带私酒进入正店的管辖范围是不被允许的。

　　"孙羊店"是汴京城里七十二家正店之一，规模自不在话下。此外虹桥附近的酒店也非常显眼，大门边设置了"十千脚店"灯箱广告，大门口的木头柱子上，挂着"天之""美禄"两块招牌，楼上还横着一根长杆，上面挂着一面"川"字形酒旗，上面写着"新酒"。"脚店"的层级要低于正店，只能卖酒不能酿酒。它的彩楼虽然不如孙羊店的店面阔绰，但也很有气势。这家十千脚店的规模也很大，名字起得相当文雅，"十千"出自曹植《名都赋》"我归宴平乐，美酒斗十千"②，"天之美禄"出自《汉书》的"食货志"，鲁匡说："酒者，天之美禄。"③这家酒店起名如此文雅，应该主要的顾客群体是士子阶层。此外，城中还有一个酒店的酒旗上写着"小酒"。宋人按照储存的时间长短给酒分为大酒和小酒两类："腊酿蒸鬻，候夏而出，谓之'大酒'"，大酒是冬季酿造，使用了隔水煮酒的工艺对酒进行蒸煮、加热杀菌，又被称为"煮酒"，"在京七十二户诸正店，初卖煮酒，市井一新"。④大酒价格比较贵，"自八钱至四十八钱，有二十三等"。而小酒储存的时间要短很多，"自春至秋，酿成即鬻，谓之'小酒'"，小酒的价格比较便宜，"其价自五钱至三十钱，有

---

① ［宋］耐得翁撰，汤勤福整理：《都城纪胜》，大象出版社 2019 年版，第 8 页。
② ［三国魏］曹植著，赵幼文校注：《曹植集校注》卷 3《名都篇》，中华书局 2016 年版，第 721 页。
③ ［汉］班固撰，［唐］颜师古注，中华书局编辑部点校：《汉书》卷 24 下《食货志第四下》，中华书局 1962 年版，第 1182 页。
④ ［宋］孟元老：《东京梦华录》卷 8《四月八日》，中国商业出版社 1982 年版，第 52 页。

二十六等"。^① 因此这个卖小酒的小酒馆的顾客应该是在城内的普通居民。

《清明上河图》中出现了另一类广告，用简短的词语把自己产品的特点告诉顾客。如：孙羊店对面的刘家的香药铺。招牌上写着"刘家上色沉檀拣香"。"刘家"是一种以姓氏为品牌，"上色"是上等货色的意思，"沉檀拣香"则说明店铺经营的是沉香、檀香等高档的香药。

而孙羊店街对面的"久住王员外家"用"久住"两个词来表达自己的客栈"很舒适，很值得"常住。从第三章的分析我们也知道这家店主要是提供给到京城赶考的士子们居住的，内里的陈设还比较豪华。此外还有"王家罗明匹帛铺""赵太丞家"等以姓氏或者官职来命名的广告品牌。药店广告有"神农遗术"，赵太丞家门口立着三座冲天座招，中间的那个写着："治酒所伤真方集香丸"，说明这家店看病的同时还兼营卖药。不是对东京特别熟悉的人，是画不出来这些细节的。

随着商品经济的繁荣和发展，以及当时激烈的市场竞争，宋代商人不得不绞尽脑汁用各种方式来宣传自己的商品。除了本文所列举的这些广告，宋代常用的还有商标广告、综合的动态广告等。宋代广告不断推陈出新，形态多样的广告，是市场催化的结果，也是宋代商人的广告自觉推动的产物。广告发挥了传达信息、塑造形象、促进竞争的作用，以其对前代广告形式和内容的不断完善、突破和创新，奠定了其在中国广告史上的地位。^② 当宣传成为一种常态后，又有商人不再满足于简单地传达信息，而是走向品牌和形象的塑造。

《清明上河图》这幅历史名画用细腻的笔触艺术地再现了北宋汴京的社会风貌和经济特征。^③ 栩栩如生的画面不啻一个研究宋代汴京城的资料宝库，画作的内容与《东京梦华录》的内容互相加以对比和印证，能够让后人对这座名城有更直观的认识和深切的感受。而《梦粱录》对于临安细致的描述，其与南宋的方志、图画的互相印证，则更能感受临安的盛况。笔记小说和绘画以直观的描述呈现了许多民间商业活动的特点和真实图景、新的经济现象和社

---

① 〔元〕脱脱等：《宋史》卷185《食货下七》，中华书局1985年版，第4514页。
② 张金花：《宋诗与宋代商业》，河北教育出版社2006年版，第312页。
③ 周宝珠：《试论〈清明上河图〉所反映的北宋东京风貌与经济特色》，载《河南师范大学学报（社会科学版）》1984年第1期，第27—34页。

会审美倾向。这些图文作品的审美倾向来自民间，又反过来从城市折射回农村，影响到民间。在宋代，人的欲望得到了充分的鼓励，人们追求实际，讲究功利，拜金和享乐之风盛行，有效推动了城市商品经济的发展，旅游业和服务业也飞速地成长起来。以《清明上河图》和《货郎图》系列为代表的风俗画题材，以及宋代流行的"界画"创作技法的作品，在宋代能大行其道，恰是因为宋人讲究"格物致知"的风格的体现。其后的明清虽然商品经济也很繁荣，但由于文人画的创作意识占据了主流，商人的需求和意见没有得到足够的重视，包括帝王对这类题材都没有投入过多关注，因此未能再形成这一题材的经典之作。

第五章 宋代《货郎图》所反映的
乡村商业生活

　　《辞海》解释"货郎"为：荷担鼗鼓，卖妇女用物者曰货郎，又称货郎儿。[①] 指的是或挑着担子、或背着箱子或者包袱、或推着独轮车，在城乡之间流动贩卖日常用品的小商贩。这一词汇最早出现在南宋周密所著的《武林旧事》一书中，周密记载了一出名为"货郎"的傀儡戏名[②]。傀儡戏作为当时最受欢迎的曲艺艺术之一，货郎能成为作品的主人公，说明这一职业在当时已经在百姓日常生活中很常见，所以才能被创作者想起和被观赏者接受。宋代以表现民间风俗为题材的风俗画开始兴起，并成为我国古代绘画史中一个重要的组成部分，苏汉臣、李嵩等知名画家都有此类题材的画作，货郎形象也成为宋朝风俗画的一个重要的创作题材，并影响后世。在城乡村巷之间兜售货物的货郎，他们的商品琳琅满目，种类繁多，会招引来一批妇孺稚子围观挑选商品。《货郎图》再现的就是这一充满强烈而鲜活生活气息的商业场景，对这一题材的画作进行分析，有助于我们更好地了解宋代的商业生活。

第一节 宋代现存《货郎图》简介

　　货郎的图画形象，竟最早出现在《清明上河图》中，但因为张择端的这

---

① 舒新成，沈颐主编：《辞海》，中华书局 1981 年版，第 2741 页。
② ［宋］周密撰，范荧整理：《武林旧事》卷 2《舞队》，大象出版社 2019 年版，第 33 页。

幅巨著是全景式的取景构图，里面的人物众多，货郎也被略去了个体的独特性和丰富性，只是汴京街头的一个点缀。一直到苏汉臣和李嵩作品《货郎图》的出现，货郎这一形象才变得立体和生动起来，成为能反映当时社会生活的"综合体"[①]。

一、《清明上河图》中的货郎

在《清明上河图》中有很多个挑着担子的货郎形象，"孙羊店"前面的大街上就有两个。一个把货郎担摆在"孙羊店"前正在招揽顾客，和右边的坐地摊相比较，这个货郎的担子要小很多，桌子上只有一个比较大的黑色的圆板，上面散放着一些小碎块，不能辨明是什么东西。这个小贩正在卖东西，他身体半俯，右手拿着一根小棍，左手指着货担上的一个小块。顾客是一位年轻的男性，他的右手也在指着那个小块，买卖双方就购买的物品达成了一致。这个货郎边上的摊主支着一把大圆伞，两个条凳上搭着一块长条状的大木板，上面摆着两个圆盘，桌前的方形木桶里插着棍子状的东西，木桶的四角还垫着砖头，说明短时间不会移动，是一个坐地摊。另一个货郎正走在"孙羊店"对面的大街上，也就是"久住王员外家""李家输卖"两个商铺的门前。同一个路口就有两个货郎，说明从事这一职业的人数很多，已经成为汴京的一景。

这两个货郎虽然售卖的货物不相同，但所挑的货担样式是一样的。这种货担两头高挑，像是一把反弓，弓弦在上面，这种担子可以像扁担一样，把货挑挑起来，也能放下来卖货。两个担子都有雨伞进行遮盖。《梦粱录》里记载："杭城风俗，凡百货卖饮食之人，多是装饰车盖担儿，盘盒器皿新洁精巧，以炫耀人耳目。盖效学汴京气象。"[②]说明南宋的杭州城内流行的货郎担也是这种样式。

此外还能看见一个在街头卖玩具的货郎。他的货物较少，用一根长杆挂

---

① 曹智滔：《寻绎〈货郎图〉之形态》，载《美术》2009 年第 3 期，第 106 页。
② ［宋］吴自牧撰，黄纯艳整理：《梦粱录》卷 18《民俗》，大象出版社 2019 年版，第 385 页。

着很多个玩具，垂在长杆上摇摇晃晃非常有吸引力，吸引了一个带小孩的妇女来询价。

《清明上河图》中货郎们的货担非常实用，没有多余的物品，所卖的东西主要是饮食与日用品。在这一长篇画卷中，货郎只是张择端所绘制的众多人物中的一个类别，隐没在熙熙攘攘的东京街头，并不是作者想特别突出的对象。

二、苏汉臣绘制的《货郎图》

单独把货郎作为主角的风俗画由宋代的苏汉臣（1094—1172）首创。苏汉臣为开封人，师从刘师古，曾在宋徽宗宣和年间（1119—1125）担任画院待诏，南渡后在高宗绍兴年间复职位。[1]他的画作多以富家子弟为对象，反映他们的喜好和生活状态，富贵气息浓厚。《文嘉严氏书画记》记载说他创作了八轴《货郎图》[2]，流传至今并被学界认可度较高的有两幅[3]。

苏汉臣《货郎图》为绢本，竖构图，纵长 159.2 厘米，横宽 97 厘米（典藏号：故画 003492N000000002），现藏于台北"故宫博物院"。画面描绘的是一名货郎站在桃树下，推着货车，车上挂满各种货物，吸引了六名儿童前来围观的场景。货架上的商品各种各样，农具有斧头、刨子、耙、镬头等；日用品有草帽、毡帽、布匹、针、瓦罐、麻鞋、刷子、化妆盒等；儿童玩具有小鼓、铃铛、弓箭、木刀等。它们被放在大红色的箱子、黑色的圆盒以及红色的高筒之中，车上满坠着荷包等装饰挂件，看起来分外的喜庆。老货郎面容和蔼，衣冠华丽，腰带上还挂着一些玩具，胸前挂着一个葫芦。他右手扶着车把，左手给背着白衣幼童的红衣儿童介绍着车上的玩具。中间一个买到玩具的儿童在追逐另一个孩子，右边的红衣小孩和青衣小孩看到货郎来了，高兴

---

① （元）夏文彦《图绘宝鉴》卷 4 记载："苏汉臣，开封人，宣和画院待诏，师刘宗古，工画释道人物臻妙，尤善婴儿。"（安澜编：《画史丛书》第 2 册，人民美术出版社 1963 年版，第 101 页。）

② ［清］孙锦标著，邓宗禹标点：《通俗常言疏证》，中华书局 2000 年版，第 570 页。

③ 苏汉臣《货郎图》1 来自薄松年：《中国年画艺术史》，湖南美术出版社 2008 年版，第 15 页。

得手舞足蹈。

苏汉臣《货郎图》2为绢本，设色，横构图，纵267.3厘米，横181.5厘米，现藏于台北"故宫博物院"（典藏号：故画0037N000000000）。与前一幅画作相比，这幅作品中有了两名货郎和16名儿童，人物更多了。推着独轮车的货郎年纪稍长，他笑逐颜开，头戴篷帽，留着胡须，敞开衣襟，胸前垂挂着放钱的布袋，应该是这辆货郎车的主人。在前面拉车的货郎看起来是助手，他穿着简朴，只有一层单衣，袒胸露腹，只用一只手来拉货，表情愁苦。两位货郎的头上和手上都挂着各种装饰物。他们推车上的货物能够识别出来的有陀螺、风车、葫芦、小鼓、儿童画、挂饰等玩具，还有阮、胡琴、大琵琶、小琵琶等乐器，更有木叉、犁耙、水瓶、碗、草帽、花布等日用品。在独轮车的竹竿上还高高挂着挂饰、花灯、镜子等，甚至还能看到长柄的刀、枪、斧子和旗帜等。根据比例大小来看，应该是儿童的刀枪类玩具。

这两幅《货郎图》因为绘画风格与明朝的货郎图非常相似，且关于苏汉臣画《货郎图》记载最早见于明朝中后期[1]，没有更早的文献支持。第二幅图苏汉臣《货郎图》左下角的红衣小孩的背上有一个"补子"，这是明代才出现的衣服上的装饰，因此学界也有学者认为可能是明朝人的仿作[2]，但台北"故宫博物院"把这两幅作品标识为"传苏汉臣绘制"，则说明对其作者是有所存疑但缺乏排除的证据，因此本文也将其列入讨论的范围。

三、李嵩绘制的四幅《货郎图》

南宋画家李嵩（1166—1243），临安人，"少为木工，颇远绳墨，后为李从训养子，工画人物道释，得从训遗意，尤长于界画，光、宁、理三朝画院待诏"[3]。李嵩和张择端一样，是从木工转做画家的。他擅长画人物、山水和

---

① 最早将苏汉臣和《货郎图》联系起来的记载，是明代文嘉编纂的《钤山堂书画记》，该书将图5-5的画卷记载为"苏汉臣《货郎图》一"，"钤山堂"是明朝严嵩的书斋名，该书所用的材料，多来自严嵩家被抄没的家藏书画。

② 见黄小峰：《乐事还同万人心》，载《故宫博物院院刊》2007年第2期，第103—117页。

③ ［清］厉鹗撰，曹明升、孔祥军主编：《南宋院画录》卷5《李嵩》，浙江古籍出版社2019年版，第89页。

花鸟等题材，尤其擅长风俗画。他在 1210 年前后曾经创作过很多幅《货郎图》，传世的至少有四幅，其中有三幅作品直接以《货郎图》命名，一幅作品以《市担婴戏图》命名，李嵩的《货郎图》系列作品将货郎图这一题材发扬光大①。

李嵩《货郎图》一为绢本水墨画，横构图，纵 25.5cm，横 70.4cm，目前由北京故宫博物院收藏。这幅图展现的是货郎来到农村受到众多妇女和儿童围观的热闹场景。图中货郎身穿布衣，头戴布帽，裤脚束结，脚上穿着一双草鞋，头上插着小旗子、野鸡毛等装饰物，一手晃着拨浪鼓，一手稳着货担，生怕压倒旁边的三个儿童。货担的左侧有一对母子，儿童正在伸手触摸物品，母亲担心他摔倒在货物担上，一手拉住儿童一手扶住货物。货担的右侧两个孩童，其中一个正在朝后来的同伴招手，招呼其过来看商品。图画的右侧有七个人物和四只狗，其中一个大人，六个孩童，他们又由三个小组构成：前端的两个孩童，大的正在一边吃刚买的食物，一边拉着还想往货郎方向走的小童；他们的身后，是两个围绕着母亲的孩童，其中一个正拉着妇女往货郎的方向走，似乎在告诉目前货郎的位置，妇女旁边的小孩正在用拨浪鼓逗着她怀中的小孩，还有一只大狗带着三只小狗紧跟在他们身后，欢快地迈着步伐；画面最右边的小孩，似乎已经买好了东西，拿着一个葫芦，含着手指正在往回走，头却扭回去看着货郎，分外地恋恋不舍。

货郎的货担挑着两个竹编的筐子，每个筐子有六层，里面有油、盐、醋、酒、鱼、肉等食品杂货，还有陶罐、厨具、风车、鸟笼、雨伞、拨浪鼓、不倒翁、泥人等东西，甚至还有喜鹊和八哥等活物。画中还用极小的笔迹写下"三百件"的字样。②货担上挂着"医牛马小二""义写文书"等字样的标语，布招又有"神"字，可见货郎售卖的货物不仅涵盖了生活、生产、娱乐、文化、医药等多个方面，还兼营占卜、医生、祈福驱鬼等行业。货郎风尘仆仆，面露疲惫。他的货担货物之多，甚至让人怀疑能否正常走动。整幅画面其乐

---

① 李嵩四幅《货郎图》图片来源于韩从耀主编《中华图像文化史》宋代卷上，中国摄影出版社 2016 年版，第 135—136 页。

② 李嵩《货郎图》中存于北京和台北两件作品中都出现了"三百件"，透过北京故宫古书画研究中心展示的数字化图像可以清晰辨认。在沈从文：《中国古代服饰研究》，上海书店 1999 年版，第 350 页中也有较清楚的线图。

融融，极具生活气息，是风俗画的典范之作。

　　李嵩《货郎图》二为绢本，水墨，纵 24.2 厘米，横 25.7 厘米，团扇形制，现收藏在美国克利夫兰艺术博物馆。本图的构图奇妙，描述的是当孩童们被货郎担上形色各异的用品和玩具吸引时，地面有一条小蛇蜿蜒游走，童子中一人抓石头，一人抢棍棒正在奋力打蛇。货郎离开了他被各色货物填充得满满当当的货担，手执摇鼓，把孩子们拨开，右侧货担前一个孩童正奔跑过来看热闹，一个孩童躲在货担后转头回视，好像受到了惊吓。这幅《货郎图》的有趣之处在于作者不仅仅是在从图画的角度来描绘一个场景，它还有故事情节。

　　李嵩《货郎图》三为绢本，水墨，纵长 26.4 厘米，横宽 27.2 厘米，团扇形制，现收藏在纽约的大都会艺术博物馆。这幅画展现的是一个怀抱婴儿的妇女，正带着三个孩童走向货郎，准备买东西的景象。这幅扇面上的人物形象和其他三幅有较大的差别。货郎的脸明显不同，妇女与其他两幅中的形象相比头饰上没有了灯球。招幌写的是"山东罗酒"，因为罗酒的兴起时间是在明朝末年，因此有学者提出这幅画作的真实性存疑[①]。

　　李嵩《市担婴戏图》为绢本，浅设色画，纵 25.8 厘米，横 27.6 厘米，团扇形制，收藏在台北"故宫博物院"。画面的左上角，是一株刚发嫩芽的柳树，在柳树的树缝里写有"嘉定庚午李嵩画"的落款，树干上题有货物众多的"三百件"字样。一位身穿襦裙，裹着头巾的母亲被四个孩童簇拥着来到货担前。她身后跟着一个穿着带花纹的裙子，头上扎着两个发髻的小女孩。小女孩背后跟着的男孩打着赤脚，一手拿着包子正在吃，一手扛着鸟笼，他没有面向货郎，反而斜着眼睛，视线好像是看着观画人。货担前光着屁股，只穿件褂子的小男孩戴着手环和脚环，好像已经迫不及待地伸出手去货架上

---

① 　如彭慧萍提出，大都会博物馆的《货郎图》为学艺不精的子系徒孙所画。（彭慧萍：《走出宫墙由画家十三科谈南宋宫廷画师之民间性》，载《艺术史研究》第七辑，中山大学出版社 2009 年版，第 215 页。）董文娥从李嵩的签名风格确定台湾"故宫博物院"藏的《婴戏货郎图》是他的基准作品，再对其他几幅作品从面部和衣纹线条的用笔方式进行了详细分析，认为美国纽约大都会艺术博物馆藏的作品应该是李嵩和别人合作的作品。（董文娥：《李嵩婴戏货郎图的研究》，台湾大学艺术史研究所硕士研究生论文，2006 年。）美国学者梁庄爱伦（Ellen Johnston Laing）也提出了差不多的观点。（梁庄爱伦：《李嵩和南宋人物画》，亚洲出版社 1975 年版，第 5—38 页。）

拿自己想要的东西。母亲怀中尚在哺乳的婴儿，也笑嘻嘻地学着伸出一只手去够货架上的物品。老货郎脚穿草鞋，身上满缀物品。中间的货担顶上的小招幌上写着"山东黄米酒"；另一边货担顶上吊着一个葫芦，上面写着"酸醋"；货郎担下方的草帽上写着"专攻牛马小儿"，还有"诵仙经"字样。

表 5-1　苏汉臣与李嵩货郎图题材作品主要信息与内容的比较 [①]

| 作者 | 画名 | 样式 | 尺寸（高 × 宽），尺寸为厘米 | 绘制时间 | 藏地 | 人物、动物 | | | | 配景 |
						货郎	妇女	孩童	动物	
苏汉臣	货郎图	卷	267.3 × 181.5	南宋，未见具体绘制时间	台北"故宫博物院"	2	0	16	0	柳树、太湖石、房屋、牡丹花
	货郎图	卷	159.2 × 97	南宋，未见具体绘制时间	台北"故宫博物院"	1	0	6	0	桃树、太湖石、竹子、杂草
李嵩	货郎图	卷	25.5 × 70.4	嘉定辛未（1211）	北京故宫博物院	1	2	12	4	柳树、土坡、杂草
	货郎图	团扇	24.2 × 25.7	嘉定壬申（1212）	美国克利夫兰美术馆	1	1	7	0	柳树、土坡、杂草
	货郎图	团扇	26.4 × 27.2	南宋，未见具体绘制时间	美国纽约大都会美术馆	1	1	4	1	梅枝、土坡、杂草
	市担婴戏图	团扇	25.8 × 27.6	嘉定庚午（1210）	台北"故宫博物院"	1	0	6	0	柳树、土坡、杂草

从表 5-1 的对比可以看出，虽然苏汉臣和李嵩二人都以《货郎图》为题材进行创造，但二者的差异是很明显的。苏汉臣的《货郎图》色彩明快绚丽，构图饱满，展现了皇家宫廷的富贵景象，货郎也是一个充满富贵气象的形象。李嵩的《货郎图》背景往往在村头树下，生动细腻，现实生活十分浓厚，展现的是充满乡土之气的货郎，带有更多的民间趣味。熊明遇曾在《绿雪楼集》中为他的画作《椿溪渡牛图》题字说"李师最识农家趣" [②]，可以看出其独特的

① 此表参考了韩丛耀主编：《中华图像文化史》宋代卷上，中国摄影出版社 2016 年版，第 137 页中的表格，在原表基础上有增加。

② 畏冬编著：《中国古代儿童题材绘画》，紫禁城出版社 1988 年版，第 36 页。

生活视角。他们二人的创作，代表了华丽和朴素两种风格，也成为后代《货郎图》创作的两大范式。宋代的《货郎图》无论是题材、构思、用笔、立意都表现出相当高的水平，也促成了后世中国画坛对这一题材的热捧和继续创作，为中国的美术史又增加了一个长盛不衰的创作题材。

第二节　宋代《货郎图》所记录与宋代商业相关的信息

《货郎图》系列把创作的视角转向普通乡村生活，主角为当时城乡穿梭的那些挑担推车、四处奔走贩卖的货郎。而琳琅满目的商品、蜂拥而至的顾客等交织在一起，也成为宋代商业活动特别是农村商业渗透的真实写照。宋代货郎图题材的兴起，是当时商品经济发展的必然产物。

一、货担中的货物

（一）货物的数量和种类繁多

几幅《货郎图》作品中，货担上货物都是画家的精心创作。这些货物层层叠叠，琳琅满目，勾勒之细致，令人叹为观止。货郎担或者是两个大的竹制的担筐，每个担筐分为若干层，中间作为隔断的是竹子编出来的藟，筐的四周用四根结实的竹条来围拢成形；或者是一辆手推车，上面有几层货架以及挑高的挂杆。我们细看货担中的竹筐就会发现，筐里面放东西的竹藟并不是像生活中常用的那种，是在筐子周围增加高度，使隔断和筐子一样高，从而方便更好地摆放物品。而是从筐底自下而上的五层竹藟隔断，每一层都是一个平面，各种货物是直接摆在平面上的。如果是推着的货车，也能看到大部分货物是以悬挂的方式呈现在货车上，货物的数量之多不啻一个移动的小商店。无怪李嵩自豪地在《货郎图》上用小字写上"三百件"。

我们按照用途将其进行分类，并与《梦粱录》卷十三《诸色杂货》记载的售卖内容进行对比。

表5-2　《货郎图》与《梦粱录》中所列物品的比较

物品类别	《货郎图》	《梦粱录》
1.生活用品	扫帚、茶具、陶罐、厨具、雨伞、斗笠、草帽、毡帽、竹笊篱、扇子、布匹、针、刷子、化妆盒、斗笠、水壶、风炉、葫芦形壶、坛子、柳斗、汤瓶、茶盏、茶托、饭碗、盘子、食盒、装糖果的木匣、酒幌子、笤帚、马扎、麻鞋、灯笼、花篮、珠串、簪子、香包	卖油、卖笤扫帚、竹帚、笔帚、鸡笼担、圣堂拂子、竹柴、茹纸、生姜、姜芽、新姜、瓜、茄、菜蔬等物，卖泥风炉、小缸、灶儿、天窗砧头、马杓，铜铁器如铜铫、汤饼、铜罐、熨斗、火锹、火筋、火夹铁物、漏勺、铜沙锣、铜匙筋、铜瓶、香炉、铜火炉、帘钩，镶器如樽榼、果盆、果盒、酒盏、注子、偏提盘盂杓。酒市急须马盂、屈卮、滓斗、箸瓶。家生动事如桌凳、凉床、交椅、杌子、长桄、绳床、竹椅、柟笋、裙厨、衣架、棋盘、面桶、项桶、脚桶、浴桶、大小提桶、马子桶、架木杓、研槌、食托、青白瓷器、瓯碗碟、茶盏、菜盆、油杆杖、榾辘鞋、楦棒槌、烘盘、鸡笼、虫蚁笼、竹笊篱、蒸笼、坌箕、瓶箪、红帘、斑竹帘、酒络、酒笼、筲箕、瓷鬏、炒铧、砂盆、水缸、乌盆、三脚罐、枕头、豆袋、竹夫人、懒架、凉簟、藁荐、蒲合席子。又有铙子、木梳、篾子、刷子、刷牙子、减装墨、洗漱盂子、冠梳、领抹、针线与各色麻线、鞋面、领子、脚带、粉心、合粉、胭脂、胶煤、托叶坠纸等物。
2.生产用品	锄头、竹耙、斧头、刨子、镘头、锯子、线拐、木叉、车轮、竹簸箕、笸箩、竹篓	
3.文化用品	书籍	文具物件如砚子、笔墨、书架、书攀、裁刀、书篰、簿子、连纸。
4.食品	瓜果、糕点、山东黄米酒、山东罗酒、田鸡、萝卜、茄子、青菜、包子、酸醋	又沿街叫卖小儿诸般食件，麻糖、锤子糖、鼓儿饧、铁麻糖、芝麻糖、小麻糖、破麻酥、沙团、箕豆、法豆、山黄褐青豆、盐豆儿、豆儿黄糖、杨梅糖、荆芥糖、榧子、蒸梨儿、枣儿、米食羊儿、狗儿、蹄儿、茧儿、栗粽豆团、糍糕、麻团、汤团、水团、汤丸、馉饨、炊饼、槌栗、炒槌、山里枣、山里果子、莲肉、数珠、苦槌、荻蔗、甘蔗、茅洋、跳山婆、栗茅、蜜屈律等物。又有挑担抬盘架，买卖江鱼、石首、鲥鱼、时鱼、鲳鱼、鳗鱼、鲚鱼、鲫鱼、白鲋鱼、白蟹、河蟹、河虾、田鸡等物及下饭海腊鲞、臊鸭子炙、鳅糟藏、大鱼鲊、干菜、干萝卜、菜蔬、葱姜等物。又有早间卖煎二陈汤，饭了提瓶点茶，饭前有卖馓子、小蒸糕，日午卖糖粥、烧饼、炙焦馒头、炊饼、辣菜饼、春饼、点心之属。

续表

物品类别	《货郎图》	《梦粱录》
5. 花朵		四时有扑带朵花，亦有卖成窠时花，插瓶把花、柏桂、罗汉叶。春扑带朵桃花、四香、瑞香、木香等花。夏扑金灯花、茉莉、葵花、榴花、栀子花。秋则扑茉莉、兰花、木樨、秋茶花。冬则扑木春花、梅花、瑞香、兰花、水仙花、蜡梅花。更有罗帛脱蜡像生四时小枝花朵，沿街市吟叫扑卖。
6. 玩具	喜鹊、鹩哥、鸟笼、拨浪鼓、小竹篓、香包、不倒翁、衣冠泥人、小炉灶、小壶、小罐、小瓶、小碗、圆形风车、六角风车、雏鸡翎、小鼓、纸旗、小花篮、竹笛、竹箫、大小琵琶、铃铛、八卦盘、六环刀、面具、小灯笼、鸟形风筝、瓦片风筝、风筝幌、小竹椅、拍板、球杆、滚灯、长柄棒槌、噗噗噔、长枪、铁鞭、铁链、剑、戟、曲刀等	及小儿戏耍家事儿，如戏剧糖果之类：行娇惜、宜娘子、秋千、稠糖葫芦、火斋郎馃子吹糖、麻婆子孩儿等、糕粉孩儿鸟兽、像生花朵、风糖饼、十般糖、花花糖、荔枝膏、缩砂糖、五色糖、线天戏耍孩儿、鸡头担儿、罐儿、楪儿、镟小酒器、鼓儿、板儿、锣儿、刀儿、枪儿、旗儿、马儿、闹竿儿、花篮、龙船、黄胖儿、麻婆子、桥儿、棒槌儿、及影戏线索傀儡儿、狮子猫儿。

资料来源：王连海：李嵩《货郎图》中的民间玩具，南京艺术学院学报 2017 年第 2 期，第 38—40 页。
凌燕君：《苏汉臣〈货郎图〉货物考》，江西师范大学硕士学位论文，2020 年。
［宋］吴自牧撰，黄纯艳整理：《梦粱录·卷十三·诸色杂货》，大象出版社 2019 年版，第 340—342 页。

通过表 5-2 对比可以看到，货郎担上的物品虽然从直观效果上来看种类和数量都很多，但总体上并没有脱离宋人总结的"夫行商坐贾，通货殖财，四民之一心也，其有无交易，不过服食、器用、粟米、财畜、丝麻、布帛之类"[1]的经营范围。尽管这些货物不可能在某一个货郎的货担上全部出现，但作者所绘制的物品都是当时真实存在并使用的物品无疑。而且通过对比，从物品的丰富程度来说，城市要远盛于乡村。货郎在两地售卖的物品也有不同，比如城市售卖的文具，在货郎的担子上只有一两本书籍，以及货郎担上的农具，在城市就没有售卖。

货郎肩挑手推的货物如此繁多，如果算上货担或者车子的重量，再加上

---

① ［宋］李焘撰，上海师范大学古籍整理研究所、华东师范大学古籍整理研究所点校：《续资治通鉴长编》卷 269 神宗熙宁八年，中华书局 2004 年版，第 6606 页。

货郎自己身上也挂满了各种货品，这样的货郎担或者货郎车的设置，是非常不利于货品的规整和保存的。我们都知道，因为货郎担的承重和体积的限制，货郎如果想要一次性带走更多的货物，应该是把货物储存在箱子或者是密实的担筐里，只留一小部分摆在外面，用于展览和招揽生意。这种方式除了装得多，还有利于货品保持干净整洁，更能有效防止别人顺手牵羊。笔者儿时在湖南农村碰到的货郎便是如此，货筐上的玻璃盖的木盒子里只是放着展示品，大量的货品被放在木盒子下的竹筐中。木盒子除了展示外，还是一个盖子，承担了防灰防晒防盗的作用。我们看到前面《清明上河图》中的街头小贩，他的担子就是如此——整洁、干净，货物摆了一层，没有层层叠叠，挂满东西。

"货郎百物杂陈、无所不卖，为了推销百货，招徕妇孺老少顾客，其身手表情，每做戏剧性的夸张。"[①]李嵩的《货郎图》是现实主义的写生画作，但是他画笔下的货担却偏偏没有遵循现实主义的俗套，而摒弃了围挡，把各种货物都进入理想化的视觉直接呈现。艺术来源于生活，又高于生活，《货郎图》的画面是出身社会底层的李嵩的一种选择和提炼。李嵩在所有的作品中都做如此呈现，肯定是基于他对货郎所售物品的深刻认识与了解，还有他想要实现一些意图。第一，每件货物的背后都映射着一个行业的发展情况，诸如纺织、食品、手工制作等。特别是宋代发达的手工业，即便是进入乡村市场的货物，也有这么多种类。第二，体现了当时乡村百姓对丰富物产和新鲜事物的好奇和喜爱，以及当时民间小农商品经济的兴盛。因为人们有需求，所以商贩们才有动力推着各种货物到处叫卖。第三，货郎头上插着鸡毛等装饰物，滑稽搞笑，因为他要通过娱乐和幽默的方式来吸引儿童的注意力。对于娱乐的追求，属于马斯诺需求层次里爱与美的追求，是人的需求中的最高层次，只有在生理、安全、社交等需求都被满足以后才会得以重视。"在做游戏中间，自然当被加工制造为精神……而且从这种身体的练习里，人类显示了他的自由，他把他的身体变化成了'精神'的一个器官。"[②]

———————————

① ［美］吴同编著，金樱译：《波士顿馆藏中国古画精品图录：唐至元代》，波士顿博物馆，大冢巧艺社1998年版，第123页。

② ［德］黑格尔：《历史哲学》，上海书店出版社1979年版，第250—251页。

（二）货郎同时也在收购货物

货郎担上的货物，有一些明显是产于乡村的，比如茄子、青菜、瓜果、田鸡、喜鹊等。这些货物，有学者视为是货郎特意拿到农村来卖的，比如货郎腰间垂挂的田鸡（青蛙），有人提出是一个玩具。但即便是今日，也很少有农村的父母会买田鸡给小孩玩。在宋代，农村地区会买田鸡来给孩子当玩具的可能性更是微乎其微。田鸡在宋代已经是一种广泛受到欢迎的食材。《四朝闻见录》说"杭人嗜田鸡如炙，即蛙也。旧以其能食害稼者，有禁"。宋人已经认识到青蛙可以吃害虫，加上青蛙长得像人形，因此宋高宗禁止大家吃它。但因为味道鲜美，所以还是很多人不惜违反禁令。黄公度把它称为"坐鱼"，甚至能一次吃三斤[①]。"云内人……泛索尤难应付，如田鸡动要数十斤。"[②] 当时杭州城里专门有人卖田鸡，"又有挑担抬盘架，买卖江鱼……田鸡等物"[③]。以杭州百万人口的基数，即便是一小部分人喜欢吃青蛙，供应量也不在少数。农村出现了农闲时专门捉青蛙的人，"南城田夫周三，当农隙时，专以捕鱼鳖鳅鳝为事，而杀蛙甚多，至老不辍"。[④]"每岁夏间，山傍人夜持火炬，入深溪或岩洞间，捕大蛤蟆，名曰石撞，乡人贵重之。"[⑤] 所以这个货郎腰上的青蛙，很大概率是货郎从乡村收购来，预备到城市中去出售的。

对于城里所需的农副生鲜和手工业品，深入农村的货郎起到一个收购商的角色。他们去收购一些农村的手工业或者农业的出产，到墟市或者更大的集市上进行贩卖，元曲《渔樵记》（二折）里的货郎反复叫喊"笊篱马杓，破缺也换哪"。[⑥] 说明货郎的买卖方式不仅是以钱以物，还可以以物易物。他不仅在农村卖货物，同时也能从农村收购东西到城市销售，是城乡之间物品交

---

① ［宋］叶绍翁撰，冯惠民、沈锡麟点校：《四朝闻见录》丙集《田鸡》，中华书局 1989 年版，第 98 页。

② 顾宏义、李文整理标校：《宋代日记丛编》《思陵录》卷下，上海书店出版社 2013 年版，第 1106 页。

③ ［宋］吴自牧撰，黄纯艳整理：《梦粱录》卷 13《诸色杂货》，大象出版社 2019 年版，第 341 页。

④ ［宋］洪迈撰，何卓点校：《夷坚志》支甲卷第 5《周三蛙》，中华书局 2006 年版，第 747 页。

⑤ ［宋］张世南撰，张茂鹏点校：《游宦纪闻》卷 2，中华书局 1981 年版，第 12 页。

⑥ ［明］臧懋循编：《元曲选》"朱太守风雪渔樵记杂剧"第三折，中华书局 1958 年版，第 872 页。

换的一个渠道。零售商人和批发商人通力合作，宋代商品流通区域也得以不断扩大，商品的流通速度得到提高。

二、走村串户的货郎

（一）货郎形象的差异

《货郎图》中的人物形象虽然是来自生活，但并不是简单地照搬生活。苏汉臣作为宣和画院精致画风的代表人物，他擅长画的是锦衣玉食的孩童，画风偏向富贵华丽。这种风格也折射到他所创作的《货郎图》中。货郎身着蓝色或绿色长袍，头戴下垂软翅的幞头，脚踩黑色长靴，货郎推着一辆车子，装饰华丽，画面的颜色艳丽。

和苏汉臣不同，李嵩笔下的货郎要写实很多。他们就是生活在社会最底层的普通小商贩，大多身形佝偻消瘦，头裹头巾，衣服破旧，头发胡须稀疏干枯，脚上穿着草鞋，打着绑腿，设色古朴淡雅。以北京故宫博物院馆藏的李嵩《货郎图》中的货郎为例，画面中的货郎留着络腮短胡子，头上戴着一顶软翅的璞头，上面插着一根长长的羽毛、小旗子、风车等东西。身着短衣，下穿缚裤，腿上系着绑腿，身上也挂满了各种小商品，似乎被繁重的货物压得躯体微微前屈。

日本学者井手诚之辅以二者风格迥异的精神风貌为标准，推断苏汉臣笔下的是宫中的行商，李嵩笔下的是民间的商贩。[1] 黄小峰也认为华丽的"宫装货郎"和朴实的"民间货郎"之间存在着一道鸿沟。[2] 苏李二人生活在差不多的时代，同为画院画师，他们的创作要么是满足统治者的欣赏需要，要么是用于销售，那必然要得到购买者的认同。如果是脱离社会现实的凭空拼凑，肯定无法得到观众的认可。所以尽管存有两种货郎形象，我们还是有理由相信这两个形象都是来源于当时的现实生活的，是宋代社会商贸的两个形态。

---

① ［日］小川裕冲监修：《故宫博物院》第 2 卷《南宋的绘画》，NHK 出版社 1998 年版，第85—86 页。
② 黄小峰：《乐事还同万众心——〈货郎图〉解读》，载《故宫博物院院刊》2007 年第 2 期，第105 页。

（二）苏汉臣笔下货郎经营的地点

通过表 5-1 的对比，李嵩所画的货郎经营的地点是在乡村，这是学界普遍认可的。如果确实有苏汉臣画作中这种形象的货郎存在，那么他的销售范围应该是在哪里呢？让我们回到这幅画作中去看一下画里的其他信息。在苏汉臣的《货郎图》上有两个地方是和李嵩的《货郎图》不一样的。第一，背景里出现了是牡丹花、太湖石、高大的屋舍、修竹和杂草。单太湖石一项，便说明货郎活动的区域是在城市。太湖石作为中国古代著名的四大奇石之一，深受宋徽宗的喜爱，甚至为之大动干戈，兴起"花石纲"。"太湖、灵璧、慈溪、武康诸石，二浙花竹、杂木、海错，福建异花……湖湘木竹、文竹……"这些都是各地进贡的方物①。

其次，苏汉臣的《货郎图》中货郎售卖的东西里面有很多兵器，包括长枪、戟刀、屈刀、娥眉钂、剑、蒺藜骨朵、蒜头骨朵、白桦弓、铁鞭等。按照图片的比例来看，这些兵器都非常小，应该并非真实的兵器，而是兵器的缩小版。苏汉臣的《百子敬歌卷》②中就有两个儿童分别拿着长枪和娥眉钂的画面，说明他是很熟悉儿童兵器类玩具的。《梦粱录》里提到说："及小儿戏耍家事儿，如戏剧糖果之类，……锣儿、刀儿、枪儿、旗儿、马儿。"③临安出现了专门卖儿童玩具的杂货铺，里面就包括了儿童戏耍的兵器道具。苏汉臣感受到了市井文化娱乐活动的盛行，所以把它反映到自己的画作中来。

结合以上两条信息，我们知道苏汉臣所画的货郎在城市中经营，那他经营的地点是在哪里。我们把目光再投回城市：

北宋开封：

> 南北大街西廊，面东曰凝晖殿，乃通会通门，入禁中矣。……殿
> 上常列禁卫两重，时刻提警，出入甚严。近里皆近侍中贵。……及

---

① ［清］黄以周等辑注，顾吉辰点校：《续资治通鉴长编拾补》卷 36（徽宗政和七年），中华书局 2004 年版，第 1151 页。

② 《故宫书画图录》，（台湾）第十六册，国立故宫博物院 1990 年版，第 175—178 页。

③ ［宋］吴自牧撰，黄纯艳整理：《梦粱录》卷 13《诸色杂货》，大象出版社 2019 年版，第341—342 页。

宫禁买卖进贡，皆由此入。唯此浩穰诸司，人自卖饮食珍奇之物，市井之间未有也。①

　　东华门外，市井最盛，盖禁中买卖在此，凡饮食、时新花果、鱼鰕鳖蟹、鹑兔脯腊、金玉珍玩衣着，无非天下之奇。②

　　坊巷御街，自宣德楼一直南去，约阔二百余步，两边乃御廊，旧许市人买卖于其间。③

南宋杭州：

　　杭城是行都之处，万物所聚，诸行百市，自和宁门杈子外至观桥下无一家不买卖者。行分最多，且言其一二，最是官巷花作，所聚奇异飞鸾走凤、七宝珠翠、首饰花朵、冠梳及锦绣罗帛、销金衣裙、描画领抹，极其工巧，前所罕有者，悉皆有之。更有儿童戏耍物件，亦有上行之所，每日街市不知货几何也。④

　　从《东京梦华录》的记载我们可以知道，在东京城内，东华门外区域在做禁中买卖，货物是"天下之奇"，"诸司人自卖饮食珍奇之物，市井之间未有也"，他们的销售对象也肯定不是普通的百姓，而是城内的达官贵人。在这种经营环境中，货郎要想迎合自己的销售对象的需求，就必须对自己的外在形象严格要求，对货物进行精挑细选。所以对苏汉臣而言，他所画的货郎，正是在这片区域从事商品经营的商人。

（三）货郎兼营的职业

1. 当医生

《货郎图》（北京故宫博物院本）中的货郎脖子上挂着牙齿、眼睛和耳朵

① ［宋］孟元老：《东京梦华录》卷1《大内》，中国商业出版社1982年版，第9—10页。
② ［宋］孟元老：《东京梦华录》卷1《大内》，中国商业出版社1982年版，第10页。
③ ［宋］孟元老：《东京梦华录》卷2《御街》，中国商业出版社1982年版，第12页。
④ ［宋］吴自牧撰，黄纯艳整理：《梦粱录》卷13《团行》，大象出版社2019年版，第334—335页。

的模型，或认为是玩具，但结合在北京故宫博物院藏的《眼药酸》册页画里卖眼药的人身上也有类似的眼睛大绒球，我们可判断这个眼睛应该是眼科医生或者卖眼药者的标识。"其卖药卖卦，皆具冠带。至于乞丐者，亦有规格。稍以懈怠，众所不容。其士农工商诸行百户衣装，各有本色，不敢越外。谓如香铺香人，即顶帽披背；质库掌事，即着皂衫角带不顶帽之类。街市行人，便认得是何目色。"[①] 货郎担左下方的斗笠上写着"攻医牛马小儿"（台北"故宫博物院"本）或者是"专医牛马小儿"（美国大都会博物馆本），身上挂着一个"病"字的小圆牌，头上除了插着花饰和羽毛外，还有一个弯钩状的东西，与李唐《灸艾图》（台北"故宫博物院"藏）中江湖郎中头上插着的类似，应该是做小手术的工具，说明这个货郎兼营医生，而且是牙科、眼科、儿科、耳科和兽医等多个医科门类，说明货郎日常经常处理一些生活中常见的小病痛。

泉州安溪县令陈宓生动地描述了偏远地区的缺少医药情况，他说：

> 然医药之利，民所未知，盖缘山乡僻远，仓促间有疾，求药于百里之外，药又非真，如服土壤，以病深之。人服不效之药，此医药之功所以未收，巫鬼之惑所以益甚，而人丁所以未繁也。[②]

城市之外的广大农村没有享受到城市的医疗政策，大部分地区还是处在缺医少药的环境中。哪里有需求，哪里就有市场，因为城市中购药和问方相对方便，所以货郎能够准备一些基础性的药物，并且学习一些常见的治疗方法，在经营买卖的过程中顺手为之。他们收费灵活且相对低廉，自然在乡村会拥有市场。如此之多的门类由一个货郎来兼任，既是无奈之举，也能视为是一种社会的进步。

2. 当巫觋

货担上斗笠的下方，还写着一个"神"字，加上上面的"明风水"三个

---

① ［宋］孟元老：《东京梦华录》卷5《民俗》，中国商业出版社1982年版，第31页。

② ［宋］陈宓：《安溪县劝民服药戒约巫师文》，引自曾枣庄、刘琳主编：《全宋文》第304册，6954卷，上海辞书出版社；安徽教育出版社2006年版，第373页。

字，说明这个货郎还兼营巫觋的角色，把"攻医牛马小儿"与"神""风水"放在一起，在今人看来未免有点荒谬和搞笑，但在当时却是非常正常的现象。

上古时代巫医不分，《广雅》云："医，巫也。"《太玄·玄数》篇云："为医，为巫祝。"人们常把无法解释的疾病产生原因归诸自然界的神祇惩罚，或者是鬼怪作祟。为了消灾除病，人们要么采取各种手段安抚鬼魂，或祭祀以讨好之，或以忏悔来消除鬼魂的不满，或表示屈服以取悦之，或用某种仪式驱赶疫鬼。[1] 这种情况直到现在仍然存在，虽然中国古代医学发展到当时，已经取得了相当的成就，但现代医学面对许多疑难杂症尚且不能攻克，更遑论当时的医学。王安石说："氓疾不治，谒巫代医。"[2] 李觏曾说："今也巫医卜相之类，肩相摩，毂相击也。或托淫邪之鬼，或用亡验之方，或轻言天地之数，或自许人伦之鉴，迁怪矫妄，猎取财物，人之信之若司命焉。"[3] 南宋的袁采也说："士大夫之子弟，苟无世禄可守，无常产可依，而欲仰事俯育之资，莫如为儒。……如不能为儒，则巫医、僧道、农圃、商贾、伎术，凡可以养生而不至于辱先者，皆可为也。"[4] 可见在当时士大夫的心目中，巫和医是相提并论的两个职业。

宋代的文献记载里，各地崇尚巫术的记载比比皆是，如潼川府路的叙州（今四川省南溪县）"俗不知医，病者以祈禳巫祝为事"[5]。"扬、楚间有窑家神庙，民有疾不饵药，但竭致祀以徼福"[6]。范志明《岳阳风土记》中记载"荆湖民俗，岁时会集，或祷祠，多击鼓，令男女踏歌，谓之'歌场'。疾病不事医药，惟灼龟打瓦，或以鸡子占卜，求祟所在，使俚巫治之"[7]。人们一方面希望得到超自然力量的预示和帮助，能够在未来规避风险，获得利益，另一方面又担心来自超自然力量的惩罚和施咎。出于祈福禳祸的目的，人们无论

---

① 朱天顺：《中国古代宗教初探》，上海人民出版社 1982 年版，第 181—187 页。

② ［宋］王安石：《虞部郎中晁君墓志铭》，引自曾枣庄、刘琳主编：《全宋文》第 65 册，卷 1417，上海辞书出版社；安徽教育出版社 2006 年版，第 196 页。

③ ［宋］李觏撰，王国轩点校：《李觏集》卷第 16，中华书局 2011 年版，第 139 页。

④ ［明］江起鹏撰，丁小明校点：《近思录补》卷 7，华东师范大学出版社 2015 年版，第 92 页。

⑤ ［元］脱脱等：《宋史》卷 300《周湛》，中华书局 1985 年版，第 9966 页。

⑥ ［元］脱脱等：《宋史》卷 287《王嗣宗》，中华书局 1985 年版，第 9648 页。

⑦ 黄仁生、罗建伦点校：《唐宋人寓湘诗文集》卷 26《岳阳风土记》，岳麓书社 2013 年版，第 1188 页。

是生老病死，还是婚丧嫁娶，抑或是衣食住行等各方面都离不开巫的卜占和规范。

因为有这么大的市场需求，走街串巷，小本经营的货郎自然不会放过这个生财之道。他们在市井百态中历练观察和沟通能力，见多识广，又善于表达，所以能够真正靠经验解决一些简单的医学上的问题。另一方面社会阅历也让他们能根据现实情况随机应变，通过占卜、祭祀等给人心理上的安慰，从而使得百姓能借助心理上的自我暗示起到解决问题的作用。

（四）货郎声声入梦来——深入村头的叫卖广告

在第四章我们分析了宋代的广告，和那些张灯结彩、招牌幌子的广告不同，小商贩们或是把货架装饰得缤纷多彩，卖馓的"打旋罗"的架子"唯焦馓以竹架子出青伞上，缀装梅红镂金小灯笼子，架子前后亦设灯笼。敲鼓应拍，团团转走"。[①]或是呼喊叫卖，集市上"吟叫百端"[②]。因为各种叫卖的声音太嘈杂，宋初的士大夫徐铉"每睹待漏院前灯火人物，卖肝夹粉粥，来往喧杂"。他对这些小商贩厌恶无比，说他们搞得"真同寨下耳"。[③]

随着商业的发展，货物的不同，叫卖声音的长短、高低及语调也变得不一样。货郎们的吆喝声，慢慢地开始变成一种带表演性质的歌唱，"叫声，自京师起，撰因市井诸色歌吟、卖物之声，采合宫调而成也"。[④]广告开始朝着艺术性的方向发展。

> 坊巷以食物动使果实柴炭之类，歌叫关扑。[⑤]
> 自隔宿及五更，沿门唱卖声，满街不绝。[⑥]

① ［宋］孟元老：《东京梦华录》卷6《十六日》，中国商业出版社1982年版，第41页。
② ［宋］孟元老：《东京梦华录》卷3《天晓诸人入市》，中国商业出版社1982年版，第24页。
③ ［宋］潘汝士撰，杨倩描、徐立群点校：《丁晋公谈录》，中国商业出版社1982年版，第13页。
④ ［宋］耐得翁撰，汤勤福整理：《都城纪胜》，大象出版社2019年版，第13页。
⑤ ［宋］孟元老：《东京梦华录》卷6《正月》，中国商业出版社1982年版，第36页。
⑥ ［宋］吴自牧撰，黄纯艳整理：《梦粱录》卷3《五月（附重午）》，大象出版社2019年版，第230—231页。

捧盘出户歌一声，市楼东西人未行。①

是月季春，万花烂漫，牡丹芍药，棣棠木香，种种上市，卖花者以马头竹篮铺排，歌叫之声，清奇可听，睛帘静院，晓慢高楼，宿酒未醒，好梦初觉，闻之莫不新愁易感，幽恨悬生，最一时之佳况。②

固定的旋律、响亮的歌声，能够给听众以美观和愉悦，把货郎们的货物广而告之。当货郎挑担推车带着沉重的货物来到乡村，他们跋山涉水，对体力的要求很高。加之乡村的顾客不像集市是非常集中的，为了招徕顾客，如果光靠口头的叫喊，不仅费力气，声音也传不远，起不到宣传的效果。货郎们开始寻求借助拨浪鼓、竹板、铜片等外力来做好产品的推广。他们唱着货郎调走街穿巷，叫声成为独特的乡村一景。

反映宋代市井生活的《水浒传》中也有一段货郎的记载：

次日宋江置酒与燕青送行。众人看燕青时，打扮得村村朴朴，将一身花绣把衲袄包得不见，扮做山东货郎，腰里插着一把串鼓儿，挑一条高肩杂货担子，诸人看了都笑。宋江道："你既然装做货郎担儿，你且唱个山东《货郎转调歌》与我众人听。"燕青一手捻串，一手打板，唱出《货郎太平歌》，与山东人不差分毫来去，众人又笑。③

燕青要去泰安州（今泰安市）打听消息，他便打扮成货郎。这段描述中有三个货郎形象的关键词语："村村朴朴""腰里插着一把串鼓儿""挑一条高肩杂货担子"，与我们所看到的《货郎图》里的货郎形象是非常吻合的。而且从宋江与他的对话可以看出，当时的货郎是有自己的广告歌曲的，《货郎太平歌》就是货郎们吆喝的一个升级版。随着行业和货物数量的增多，叫卖和动作结合起来，变成了一种新的特色和艺术创作：

① ［宋］张耒撰，李逸安、孙通海、傅信点校：《张耒集》卷15《北邻卖饼儿每五鼓未旦即绕街呼卖虽大寒烈风不废而时略不少差也因为作诗且有所警示秬秸》，中华书局1990年版，第265页。

② ［宋］孟元老：《东京梦华录》卷7《驾回仪卫》，中国商业出版社1982年版，第51页。

③ ［明］施耐庵：《水浒传》，中华书局2015年版，第669—670页。

中瓦……又有虾须卖糖、福公个背张婆卖糖、洪进唱曲儿卖糖。又有担水斛儿内鱼龟顶傀儡面儿舞卖糖。有白须老儿看亲箭度闹盘卖糖，有标杆十样卖糖。①

一个夜市上的卖糖，就出现了各种推销的手段：拍板、唱曲、杂耍、关扑……样样都有，商贩们的叫卖逐渐被艺术化，形成"货郎儿"这一广泛流行的民间说唱艺术。"叫声，自京师起，撰因市井诸色歌吟、卖物之声，采合宫调而成也。"②元代的《货郎担》第四折说："我这里无乐人，只有姐妹两个，会说唱货郎儿"③，"自家是个货郎儿。来到这街市上，我摇动拨浪鼓儿，看有什么人来"。④"货郎歌""货郎调"已经变成流行与市井的一种说唱艺术，元代的时候，进而演变为曲牌《转调货郎儿》。对于南宋末年之后的人来说，想到货郎可能会变成两个群体，一个是真正卖东西的货郎，一个是表演艺术中的货郎，如本章开篇提到的《武林旧事》在元宵节的杂耍清单目录的最后一个节目，就是《货郎》。

三、买货的人

货郎们行走于城乡村寨，他们为偏远的乡村所带来的不仅是生活中必需的商品，更有各种新奇的见闻，所以当货郎们来到乡村时，必然会受到热烈的欢迎，就像过节一般的热闹。前文提到，在苏汉臣和李嵩的《货郎图》中，被货郎吸引过来的都是年轻的妇女和儿童，却没有见到成年男子和老年妇女等群体的影子。画家笔下年轻的妇女头上戴着最时兴的灯球发饰，身着流行的开衩裙裤。每个孩子的神态不一，但如果一定要找一个共同的特点，那

---

① ［宋］吴自牧撰，黄纯艳整理：《梦粱录》卷13《夜市》，大象出版社2019年版，第339页。
② ［宋］耐得翁撰，汤勤福整理：《都城纪胜》，大象出版社2019年版，第13页。
③ ［明］臧懋循编：《元曲选》"风雨像生货郎旦杂剧第四折"，中华书局1958年版，第1649页。
④ ［元］关汉卿著，蓝立蒉校注：《关汉卿集校注》"王闰香夜月四春园第三折"，中华书局2018年版，第1021页。

就是"胖"，无论是小婴儿身上的莲藕节，还是孩童的胖胳膊、胖腿、胖屁股，或者是更大一点的孩子那圆滚滚的胖肚子，都分外招人喜爱，让人忍俊不禁。

"婴戏亦称戏婴，是风俗画的重要题材之一，从唐代描绘妇婴的题材中脱颖而出，至北宋成熟，多描绘儿童游戏和纠缠货郎，少则绘两三人，多则上百，借表现儿童天真烂漫的生活情趣，祈祝国泰民安、多子多福。故婴戏图常作为节令画中的年画，张贴于屏壁，增添年节的喜庆气氛"。① 婴戏以儿童为主要的描绘对象，以儿童游戏为主要的内容，重在表现儿童无忧无虑、活泼可爱的生活场景。按照薄松年的论断，《货郎图》也是广义上的婴戏图，只不过与狭义的纯粹表现儿童游戏或者玩耍的"婴戏图"题材不同的是：无论是创作者本身的创作意愿，还是观赏者的观图感受，《货郎图》都是以货郎兜售货物为主，儿童购物与游戏为辅，属于广义的婴戏图。

宋代的婴戏图脱胎于唐代的妇婴题材绘画，宋人自己将婴戏图归入人物绘画②，但事实上，后人往往将宋人的婴戏图从人物画中独立出来分析。

宋代婴戏图的画家和作品数量多，当时擅长婴戏题材的画家很多，比如苏汉臣，"释道人物臻妙，尤善婴儿"③。章允恭《苏汉臣浴婴图跋》评价他的画作"制作极工，其写婴儿，着色鲜润，体度如生"④。也就是说他原本就擅长画婴儿。李嵩自不必说，在《图画见闻志》《画继》《图绘宝鉴》《宣和画谱》《南宋院画录》《圣朝书画评》等书籍中明确记载，创作过婴戏题材的宋代画家共有 14 人，见于著录的画作有 51 件。无怪中国近现代的著名山水画家黄宾虹把宋代画家选题归纳为"一人、二婴、三山、四花、五兽、六神佛"⑤，把婴儿题材从人物中剥离出来，单独成为一个体系。

---

① 薄松年：《中国艺术史图集》，上海文艺出版社 2004 年版，第 120 页。
② 由北宋官方主修的《宣和画谱》按照释、人物、山水、宫室、番族、龙鱼、畜兽、花鸟、墨竹、蔬果等十个门类对魏晋至北宋的画家按时间顺序进行品第，其中将婴戏图画家归于人物科，《画继》《图画见闻志》《图绘宝鉴》等绘画著作也都将婴戏纳入人物科体系中。
③ ［清］厉鹗撰，曹明升、孔祥军主编：《南宋院画录》卷 2《苏汉臣（苏晋卿）》，浙江古籍出版社 2019 年版，第 28 页。
④ 同上，第 30 页。
⑤ 黄宾虹：《虹庐画谈》，上海书画出版社 2007 年版，第 39 页。

表 5-3　见于记载的宋代婴戏图画家及作品

画家姓名	活动年代	画家身份	作品	文献来源
杜孩儿	北宋	民间画家		《画继》
刘宗道	北宋	民间画家	《照盆孩儿》	《画继》
毛文昌	北宋	画院画家	《村童入学图》	《图绘宝鉴》
田景	北宋前期	画院画家	《童子弈棋图》	《图画见闻志》
高克明	北宋	画院画家	《村学图》	《画继》
陈坦	北宋	画院画家	《村学图》《小儿击瓮图》	《书画记》《冷斋夜话》
勾龙爽	北宋	画院画家	尤善婴孩，得其态度	《图绘宝鉴》
苏汉臣	北宋末南宋初	画院画家	《秋庭婴戏图》《长春百子图》等	《画继补遗》
徐世荣	南宋	画院画家	画界画，兼工婴儿	《图绘宝鉴》
刘松年	南宋	画院画家	《傀儡婴戏图》《诱鸟图》	《画继》
陈宗训	南宋	画院画家	《秋婴戏图》	《图绘宝鉴》
马远	南宋	画院画家	《蟋蟀居壁图》	《书画记》
李嵩	南宋	画院画家	《货郎图》《市担婴戏图》《骷髅幻戏图》《童子弈棋图》	《图绘宝鉴》
苏焯	南宋	画院画家	《端阳戏婴图》	《图绘宝鉴》

资料来源：曾永利：《宋代婴戏图与儿童游戏民俗研究》，青岛大学硕士研究生学位论文，2020 年。

从表 5-3 可以看出，宋代婴戏图的作品数量丰富，质量也很高，翰林图画院作为一个内廷供奉机构，选育了大批的画家。画家之间以师生、父子为主要的传承关系，和部分来自民间的画家一起为宋代画坛的兴盛起到了积极的作用。婴戏是他们很喜欢的作品题材。

第三节　《货郎图》背后的宋代乡村经济

《货郎图》是两宋时期风俗画中成就最高的题材之一，画作对宋代的风俗民情、宗教信仰、社会生活等各方面都有展示。这一题材的兴起，与宋代商品经济的发展，普通民众生活情趣的兴盛分不开。货郎们活跃在乡间的墟市上，墟市循着乡间聚落"自发"交易的途径，慢慢地，农村中也出现定期的集市，最终发展出具有一定交易规模的市场镇，商业网络覆盖的面积扩大，营业的时间延长，商品流通数量和范围都空前增长。[①] 通过研究《货郎图》，能对宋代乡村经济的概括有所了解。

一、乡村墟市有一定的发展

《易经》有云："日中为市，致天下之民，聚天下之货，交易而退，各得其所。"[②] 墟市，童宗说："虚，市也。"[③] 吴处厚《青箱杂记》解释说："岭南谓村市为虚，市之所在，有人则满，无人则虚也。"[④] 南宋的陈郁说："城邑，交易之地，通天下以市言。至村落则不然，约日以合，一斗而退，曰'墟'。以虚之日多，会之日少，故西蜀名墟曰'痎'，如疟之闲而复作也。江南人嫌痎之名未美，而取其义，节文曰'亥'。"[⑤] 称为集市、圩场、市和墟等，概而言之，"墟市只是为广大的农村小生产者交换自己的产品，方便生活，忽聚忽散，可以没有固定的地面建筑。"[⑥] 是比较原始的中国传统的商品贸易交换场所。

早期的墟市集中的交易大多是小生产者之间的余缺调剂和品种互换，也就是使用价值的交换，还是自然经济的一种补充。[⑦] 而随着宋朝经济的发展，大部分的墟市已经超越了它的初始阶段，成为区域性地方市场的基层市场。宋代的释道潜的诗歌《归宗道中》描述的归宗虚，对宋代的墟市研究比较有

---

① 宁可主编：《中国经济通史·隋唐五代卷》，经济日报出版社 2007 年版，第 282 页。
② ［清］阮元校刻：《十三经注疏》清嘉庆刊本卷第 8《系辞下》，中华书局 2009 年版，第 180 页。
③ ［唐］柳宗元撰，尹占华、韩文奇校注：《柳宗元集校注》卷第 42《柳州峒氓》，中华书局 2013 年版，第 2840 页。
④ ［宋］孙奕撰，侯体健、况正兵整理：《履斋示儿编》卷 15《人物异名》，大象出版社 2019 年版，第 259 页。
⑤ ［宋］陈郁撰，赵维国整理：《藏一话腴》，大象出版社 2019 年版，第 13 页。
⑥ 傅宗文：《宋代的草市镇》，载《社会科学战线》1982 年第 1 期，第 116—125 页。
⑦ 葛金芳：《南宋全史（六）》，上海古籍出版社 2016 年版，第 256 页。

代表性：

> 朝日未出海，杖藜适松门。老树暗绝壁，萧条闻哀猿。
>
> 迤逦转谷口，悠悠见前村。农夫争道来，聒聒更笑喧。
>
> 数辰竞一虚，邸店如云屯。或携布与楮，或驱鸡与豚。
>
> 纵横箕帚材，琐细难具论。老翁主贸易，俯仰众所尊。
>
> 区区较寻尺，一一手自翻。得无筋力疲，两鬓埋霜根。
>
> 吾乡东南会，百货常源源。金环衣短后，群奴列崑仑。
>
> 通衢旅犀象，颠倒同篱藩。鲛绡与翡翠，触目亦已繁。
>
> 少壮供所役，耆年卧高轩。翁今处穷独，未易听我言。
>
> 且当具盐米，归家饭儿孙。①

通过对这首诗歌的分析，我们可以看到，宋代的墟市一般具有以下几个特点。

第一，墟市聚市的时间一般是早上。"朝日未出海""农夫争道来"，对于墟市的时间很多诗人都有描述，比如"草市朝朝合"②，"峒人争趁五更市"③，归其原因一般是来趁墟的人多为当地的农民，他们所能拿来交换的物资有限，参与的人员也不多，所以半天的时间足够完成交换，还能有更多的时间去进行生产，尽量减少白昼非生产性活动的时间。当然也和墟市的商品有关系，"晨兴过墟市，喜有鱼虾卖"。④"晓日鱼虾市，新霜橘柚桥。"⑤墟市上卖的多为农副产品，特别是鱼虾类，如果过午就容易死去或者脱水，所以必须尽早卖出。

第二，墟市是在隔断性的间期举行。"数辰竞一虚"，时间不固定。比如

---

① ［清］吴之振等：《宋诗钞》，中华书局 1986 年版，第 2989—2990 页。

② ［宋］王象之编著，赵一生点校：《舆地纪胜》卷第 11《庆元府诗》，浙江古籍出版社 2013 年版，第 453 页。

③ ［宋］陆游著，钱仲联、马亚中主编：《陆游全集校注》卷 2《游卧龙寺》，浙江古籍出版社 2015 年版，第 174 页。

④ ［宋］范成大著，辛更儒点校：《范成大集》卷 7《清弋江》，中华书局 2020 年版，第 115 页。

⑤ ［清］吴之振等：《宋诗钞》，中华书局 1986 年版，第 214 页。

海南岛黎族和汉族约定"约定寅、酉二日为虚市"。[①] 吉阳军在城里只有数十家人，"散处数十家，境内止三百八户"，"无市井，每遇五七日，一区黎洞贸易，顷刻即散"[②]，这个地方可谓是经济不发达的地区，墟市是当地商品交换的重要市场；两广农村地区较为发达，有三数日的集市。隔日的集市"岭南村墟聚落，间日集稗贩，谓之墟市。"[③]《国朝宝训》云："旧岭去郡一百二十里，百姓多隔日相聚，交易而退，风俗谓之墟市"。[④] 间隔时间的长短，反映了这个区域贸易、交换能力的强弱[⑤]，经济越发达，则墟市交易的频次越多。

　　第三，墟市中交易的物品种类繁多。上文的诗句中描述说"或携布与楮，或驱鸡与狱。纵横箕帚材，琐细难具论"。"百货常源源"。傅宗文把这些货物总结为生活用品、生产用品和文化用品三类[⑥]。乡民们拿来卖的多是自家所产的物品，"自乡村持所产到市博镪"[⑦]。陆游的诗歌中多有描述。"逢人问虚市，计日买薪蔬。"[⑧]"虚市饶新兔，村场有浊醪。"[⑨]"山前虚市初多笋，江外人家不禁烟。"[⑩]"天寒无瘴疠，虚市饶鸡鹅。"[⑪]"海夷卢亭者……挑取其肉。贮以小竹笼。赴虚市。以易醋米。"[⑫]"买得紫荚虚市里。"[⑬] 不仅是这些零星的日常生活用品，随着墟市规模的扩大，一些价值不菲的东西也能在墟市中看到身影。"港

---

①　［宋］赵汝适著，杨博文校释：《诸蕃志校释》卷下《吉阳军》，中华书局 2000 年版，第 219 页。

②　［宋］周辉撰，刘永翔校注：《清波杂志校注》卷第 7《吉阳风土恶弱》，中华书局 1994 年版，第 302 页。

③　［宋］陈均编，许沛藻、金圆、顾吉辰、孙菊园点校：《皇朝编年纲目备要》卷 5《至道三年》，中华书局 2006 年版，第 111 页。

④　［宋］王象之编著，赵一生点校：《舆地纪胜》卷第 122《景物上》，浙江古籍出版社 2013 年版，第 2774 页。

⑤　漆侠：《宋代经济史》下，中华书局 2009 年版，第 954 页。

⑥　傅宗文：《宋代草市镇研究》，福建人民出版社 1989 年版，第 204 页。

⑦　［宋］方大琮：《与李丞相书》，引自曾枣庄、刘琳主编：《全宋文》第 321 册，卷 7374，上海：上海辞书出版社；安徽教育出版社 2006 年版，第 213 页。

⑧　［宋］陆游著，钱仲联、马亚中主编：《陆游全集校注》卷 1《溪行》，浙江古籍出版社 2015 年版，第 32 页。

⑨　同上卷 12《宿城头铺小饮而睡》，第 218 页。

⑩　同上卷 76《湖上》，第 170 页。

⑪　［宋］王象之编著，赵一生点校：《舆地纪胜》卷第 95《诗》，浙江古籍出版社 2013 年版，第 2327 页。

⑫　［宋］李昉等编：《太平广记》卷第 465《蚝》，中华书局 1961 年版，第 3834 页。

⑬　［宋］胡寅著，尹文汉点校：《斐然集》卷 5《重九简单令》，岳麓书社 2009 年版，第 131 页。

之两岸皆民居，日为墟市，舟车辐辏，麻、麦、粟、豆、糖、面、油、柴、鸡、羊、鹅、鸭、鱼、虾、枣圈、蒲萄、杂果皆萃焉。土地所出，珍珠、象牙、犀角、乳香、龙涎、木香、丁香、肉豆。"① 这个墟市的规模应该是比较大的，物品不仅种类多，名贵物品也不少。

第四，墟市上的主体是乡民。比如宋神宗熙宁十年（1077）曾下诏要求泸州那些距离州县太远，买卖不易的地方"于本地分兴置草市，招集人户住坐作业"②。因为主要是农民和农民之间、农民和手工业者之间的交易，他们同时兼有消费者和生产者的身份，可以按照材料的材质、时间等自行估价。当墟市进一步扩大，慢慢就会形成常设市，并进入官府纳税的范围。一般情况下，只有交易获得和市场规模达到一定的水平，当地的官府才会设置专门的税务机构，但"（宋熙）尝病三乡士民有虚市之征，控于部使者，为奏除之"。③

第五，墟市的交易地点多为交通会集的方便之处。"吾乡东南会"，"通衢旅犀象"，随着市场形态的日益成熟，墟市的交易规模也不断扩大。墟市的地址选择完全是基于市场的因素，地形上没有要求，可以在野外，"野有楼居，行有衢饮，虚之繁如通都"④，"所居五里外有虚市曰广平，距邑十五里"。⑤可以在庙宇边，"岳市者，环庙皆墟市，江、浙、川、广众货所聚"。⑥可以在水道边，"崎岖溪步通虚市，郁屈山蹊护短篱"。⑦"短桥虚市，听隔柳、谁家

① ［宋］赵汝适著，杨博文校释：《诸蕃志校释》卷上《大食国》，中华书局 2000 年版，第90 页。
② ［宋］李焘撰，上海师范大学古籍整理研究所、华东师范大学古籍整理研究所点校：《续资治通鉴长编》卷 281 神宗熙宁十年，中华书局 2004 年版，第 6896 页。
③ ［宋］魏了翁撰，张京华校点：《渠阳集》卷 12《宣教郎致仕宋君墓志铭》，岳麓书社 2012 年版，第 177 页。
④ 王安中：《北京深州安平县真府灵应真君庙碑记》，引自曾枣庄、刘琳主编：《全宋文》第146 册，卷 3159，上海辞书出版社；安徽教育出版社 2006 年版，第 352 页。
⑤ ［宋］洪迈撰，何卓点校：《夷坚志》支丁卷第 5《黟县道上妇人》，中华书局 2006 年版，第1008 页。
⑥ ［宋］黄震撰，王廷洽等整理：《黄氏日抄》卷 67《骖鸾录》，大象出版社 2019 年版，第326 页。
⑦ ［宋］洪咨夔著，侯体健点校：《平斋文集》卷第 8《移居西郭重楼》，浙江古籍出版社2015 年版，第 197 页。

卖饧。"①但概括起来还是基于交通的因素。

随着墟市的发展，更多的乡民被卷入到市场中来。"熟黎能汉语，变服入州县墟市。"②"温州隐者某，居于瑞安之陶山，所处深寂，以耕稼种植自供。易筮如神，每岁一下山卖卦，卦直千钱，率十卦即止，尽买岁中所用之物以归。"③连偏远的边民和深山中的隐者都需要到市场交易货物。而货郎的到来，满足了乡村的交易需求。他既能在墟市上贩卖货物，也能挑着货物送到乡村街巷，"要买物事只于门首，自有人担来卖，更是一日三次会合，亦通人情"。④他们挨家挨户地销售从集市上购买的日用品，为商品流通创造了空前的便利条件。他们"城郭虚市，负贩逐利"⑤。以"微细物博易于乡市中"⑥，不仅将东西卖到村庄，还会对村庄的特色物品或者是日用品进行收购后再到集市中转销，从中双向谋取些许利益。把货品送到农村居民的手中，为乡民提供了方便，也让城乡的经济关系越来越密切地捆绑在一起。

二、商业性农业有一定的发展

首先我们要明确"商业性的农业生产"与"农产品的商业化"是两个概念。"前者的农产品生产出来'不仅是为了供生产者使用，也是为了交换的目的'，就是说作为商品，而不是作为使用价值来生产的'。后者的农产品不一定有着这样明确的商品生产的目的，但农产品在各种情况下也实现了向商品的转化。"⑦宋代与前朝相比，最大的不同就是：当宋代的墟市和草市不断

① ［宋］张炎：《庆春宫》，引自唐圭璋编：《全宋词》，北京：中华书局，1965 年版，第 3464 页。
② ［元］马端临撰，上海师范大学古籍研究所、华东师范大学古籍研究所点校：《文献通考》卷 331《黎峒》，中华书局 2011 年版，第 9121 页。
③ ［宋］洪迈撰，何卓点校：《夷坚志》丁志卷第 1《王浪仙》，中华书局 2006 年版，第 538 页。
④ ［宋］黎靖德编，王星贤点校：《朱子语类》卷第 86《论近世诸儒说》，中华书局 1986 年版，第 2209 页。
⑤ ［宋］周去非著，杨武泉校注：《岭外代答校注》卷 10《十妻》，中华书局 1999 年版，第 429 页。
⑥ ［宋］赵彦卫撰，朱旭强整理：《云麓漫钞》卷 7，大象出版社 2019 年版，第 101 页。
⑦ 刘玉峰：《唐代商品性农业的发展和农产品的商品化》，载《思想战线》2004 年第 2 期。

发展，商品经济的浪潮不断席卷到古老的农村，并促进了农业结构发生多方面的变动，商业性的农业开始出现，农民参与到市场交易中来，带有谋利的色彩。

（一）农业的发展和粮食产量的提高

宋代农业生产工具取得了很大的进步，灌钢法的流行使以铸铁为原料的农具逐渐被钢刃熟铁农具所替代，农具的硬度和锋利程度大幅提升；江东犁、踏犁、龙骨车、筒车、秧马已经得到了普及和应用；在前代农具的形制上，又加以改进，比如耕犁在曲辕犁的基础上增加了钩环和犁刀，从而进一步提升了犁的灵活性和破土性；还出现了耖、耥等新形式的农具，宋代《农器谱》中记载了近百种农具。至此，北方的旱作农具和南方的水田农具无论是种类还是效能已经趋于完备，这为农业的发展创造了更加有利的条件。

通过梯田、围田、涂田、沙田、葑田等多样化的土地改造技术，一大批荒地得到利用，人们获得了更多的土地。以占城稻为代表的数量上百种水稻得到广泛种植，"刈麦种禾，一岁再熟"[1]复种技术的推广等，为提高土地利用率，增加粮食产量起到了积极的促进作用。

农业生产技术进步充分体现在农业生产率的提高上，亩产量的增长是生产率提高的标志。斯波义信认为"在宋代的长江下游地区，稳定的上田2—3石乃至更高的生产率较早就已经达到"[2]。漆侠指出："宋代人口不到汉唐的两倍，垦田也不到两倍，但其农业总产量则在汉唐的两倍以上。"[3]当时还形成了两浙、江南、广南等粮食高产中心，粮食不仅够本地区食用，还有剩余，可以放到市场上来销售。

粮食产量提高，剩余产品也增加了，不少剩余零食流入了市场。"春夏之间，淮甸荆湖新陈不续，小民艰食，豪商巨贾，水陆浮运，通此饶而阜彼乏

---

① ［宋］孟元老：《东京梦华录》卷1《河道》，中国商业出版社1982年版，第27页。
② ［日］斯波义信著，方健译：《宋代江南经济史研究》，江苏人民出版社2012年版，第139页。
③ 漆侠：《宋代社会生产力的发展及其在中国古代经济发展中的地位》，载《中国经济史研究》1986年第1期，第29—52页。

者，不知其几千亿万计。"[1] 吴慧估计北宋时期，全国粮食的商品化率已达到17%左右，而非农业人口需要向市场购买商品粮作为口粮的，占全国粮食总产量的11.7%。[2]

（二）经济作物的多种经营

经济作物是人们根据当地的土地条件，因地制宜种植的农产品。种什么经济作物，得服从本地区的区域性特点，主要目的是进入市场销售。人们种植经济作物，一种原因是土地面积扩大了，所以能够在粮食种植之外再进行种植；另一种原因就是土地贫瘠或者地理环境不利于种植粮食作物，而种植某些经济作物反而能获得更大的效益。增加经济作物的种植面积，反映了土地耕垦数量的增加和方式的转变，宋代茶叶、甘蔗、棉花、果蔬、桑柘的栽培日益普及，甚至出现了专门种植某种作物的地区。当时经济作物的种植面积大约在3000万亩，占耕地总数的6%左右。[3] 传统的老经济作物产区在继续扩大发展，新的农业分支和新专业区在不断地产生，从而形成了很多新的专业化产区。[4]

1. 棉花、麻和蚕桑等家庭经济作物的种植

在宋代，家庭手工业继续发展。传统的织布材料有桑和麻，男耕女织的小农经济模式被打破，种桑、养蚕和织帛三者互相独立，分别创立了经销市场。桑叶自不必多说，宋代桑叶的买卖已经很普遍了，在《夷坚志》中记载了很多买卖桑叶的故事[5]，在各蚕桑之乡有很多种桑专业户，蚕桑内部又进行了养蚕、种桑、买卖桑叶、纺织等的分化。麻是我国传统的纺织原料，因其易于种植，纺织方便，一直是我国劳动人民的主要制衣原料。宋代广南西路

---

① ［宋］曾安止：《禾谱序》，引自曾枣庄、刘琳主编：《全宋文》第111册，卷2408，上海辞书出版社；安徽教育出版社2006年版，第223页。

② 吴慧：《历史上粮食商品率商品量测沽——以宋明清为例》，载《中国经济史研究》1998年第4期，第16—35页。

③ 吴慧：《历史上粮食商品率商品量测估——以宋明清为例》，载《中国经济史研究》1998年第4期，第16—36页。

④ 许惠民：《两宋的农村专业户》，载《历史研究》1987年第12期，第61—77页。

⑤ 见洪迈《夷坚志》中的《江阴民》《张翁杀蚕》《南昌胡氏蚕》等篇。

和川峡路成为麻和麻布的主要种植区。

2. 甘蔗、果蔬、鲜花、药材的种植

甘蔗属于典型精耕细作的集约经济产物。《糖霜谱》记载宋代已经有杜蔗、西蔗、芳蔗和红蔗四种，每个品种的甘蔗用途不一，"红蔗止堪生噉，芳蔗可作砂糖，西蔗可作霜，色浅，土人不甚贵，杜蔗紫嫩，味极厚，专用作霜"。[①]还出现了专业从事甘蔗种植和加工的"糖霜户"，四川遂宁的"山前后为蔗田者十之四，糖霜户十之三"。甘蔗的种植区域也已经扩大到今天的江浙、湖广、四川、云南、两广、江西和福建等地。

果树在中国历史上一直是作为种植业的附庸而存在的。北宋时太湖地区的橘树和福建的荔枝开始脱离种植业，成为一个独立的农业生产部门。

> 福州种植最多，延迤原野。洪塘水西，尤其盛处，一家之有，至于万株。城中越山，当州署之北，郁为林麓。暑雨初霁，晚日照曜，绛囊翠叶，鲜明蔽映，数里之间，焜如星火，非名画之可得，而精思之可述，观览之胜，无与为比。初着花时，商人计林断之以立券，若后丰寡，商人知之。不计美恶，悉为红盐去声者，水浮陆转，以入京师，外至北戎、西夏。其东南舟行新罗、日本、琉球、大食之属，莫不爱好，重利以酬之。故商人贩益广，而乡人种益多，一岁之出，不知几千万亿。而乡人得饮食者盖鲜矣，以其断林鬻之也。品目至众，唯"江家绿"为州之第一。[②]

商人通过立券预付款的方式，和果园主之间形成一种包买关系。这种包买关系让果园主能够放心把荔枝种植做到更好。随着城市的发展，人们对蔬菜瓜果的需求多样化，蔬菜业也随之发展起来。首先表现的是城市附近的菜

---

① ［宋］洪迈撰，孔凡礼点校：《容斋随笔》五笔卷6《糖霜谱》，中华书局2005年版，第895页。

② ［宋］蔡襄：《荔枝谱》，引自曾枣庄、刘琳主编：《全宋文》第47册，卷1019，上海辞书出版社；安徽教育出版社2006年版，第214页。

圃越来越多。"大抵都城左近，皆是园圃，百里之内，并无闲地"①。有的菜园在城里面，颍昌府城东北门内多蔬圃，俗呼"香菜门"②。蔬菜的价格非常可观，俗有"一亩园，十亩田"的说法，"其岁时果瓜蔬茄新上市，并茄瓠之类新出，每对可直三五十千，诸合分争以贵价取之"。③丰厚的利润吸引了很多商人来经营，"临川市民王明，居廛间贩易，赀蓄微丰，买城西空地为菜园，雇健仆吴六种植培灌，又以其余者俾鬻之"。④汴老圃纪生，靠种植为业，"一锄庇三十口。病笃，呼子孙戒曰：'此二十亩地，便是青铜海也。'"⑤铜陵丁家洲的百姓以种植萝卜为业，杨万里赞扬他们说："岛居莫笑三百里，菜把活他千万人。"⑥足以说明规模之大。

药材是人们治病的手段，是人们日常生活中不可缺少的用品。有需求就有市场，宋代的很多地方都有了专业的药材种植，药材种植更多要看当地的气候和土壤是否适合种植，比如宋人总结的"上党人参、川属当归、齐州半夏、华州细辛……"⑦其中四川地区的药材种植最为普及。

3. 渔业和养殖业等经营

宋代日常生活中，包括家禽家畜和鱼类等肉食消费的比重逐渐增加。猪肉是宋代各个阶层都能接受的美食；羊肉是包括宫廷在内的上层社会常用的菜品；鸡、鸭、鱼等成为民间款客设宴的常用菜肴，烹饪的方式增多。以开封和杭州的猪肉及鱼的消费来看，数量是非常惊人的。都城开封"唯民间所宰猪，须从此入京，每日至晚，每群万数"⑧，"其杀猪羊作坊，每人担猪羊及

---

① ［宋］周必大：《二老堂杂记》卷 4，中华书局 2007 年版，880 页。
② ［宋］庄绰撰，萧鲁阳点校：《鸡肋编》卷上《风和纪元及陶瓦圈古井》，中华书局 1983 年版，第 34 页。
③ ［宋］孟元老：《东京梦华录》卷 1《大内》，中国商业出版社 1982 年版，第 41 页。
④ ［宋］洪迈撰，何卓点校：《夷坚志》支甲卷第 5《灌园吴六》，中华书局 2006 年版，第 752 页。
⑤ ［宋］陶谷撰，郑村声、俞钢整理：《清异录》卷上《青铜海》，大象出版社 2019 年版，第 35 页。
⑥ ［宋］杨万里撰，辛更儒笺校：《杨万里集笺校》卷 33《从丁家洲避风，行小港出获港大江》，中华书局 2007 年版，第 1684 页。
⑦ ［明］郎瑛撰：《七修类稿》卷 46《白丸子》，上海书店出版社 2009 年版，第 491 页。
⑧ ［宋］孟元老：《东京梦华录》卷 2《朱雀门外街巷》，中国商业出版社 1982 年版，第 14 页。

车子上市，动即百数"①。进入开封市场的鲜鱼，每天有"数千担入门（指城门）。冬月即黄河诸远处客鱼来"②。南宋"杭城内外，肉铺不知其几""一每日各铺悬挂成边猪，不下十余边。如冬、年两节，各铺日卖数十边"③，"城内外鲞铺，不下一二百余家"④。如此大的需求量，刺激了畜牧业的蓬勃发展。在民间，马、牛、驴、羊、狗、猪、鸡、鸭等家禽家畜的养殖发达。一方面，出现了大量的专业养殖户；另一方面，普通百姓通过兼营家庭养殖，可以获得收入，贴补家庭。"陂放万头鸭"⑤"荒陂十亩浴凫鸭"⑥都是当时规模化养殖的写照。如果想要鲜活的水产，就近养殖比打捞后长途贩运更加理性。"（建昌）无大鱼，江中所得，极不过一二斤，他皆池塘中豢养者耳。"⑦"番城西南数里一聚落曰元生村，居民百余家皆以渔钓江湖间自给。有屈师者，扑买他处鱼塘"⑧。屈师比他的同乡们的经营模式要高级很多，从钓鱼卖升格为扑买鱼塘经营。官府不仅鼓励民间发展养殖业，自身也有集约型的养殖场所。规模化、专业化的养殖专业户的出现，不仅丰富了百姓的饮食，也带动了其他行业的发展，比如专业的屠宰者大量出现，东京街头有卖"熅毛鸡鸭"⑨，一些商家还开始从事鸡食、鸡笼销售⑩。

概而言之，宋代农业因地制宜、精耕细作、多种经营，粮食产量提升。土地有了更多的产出后，可以将人口和部分土地释放出来从事集约化的经济作物的生产。商品经济发展起来以后，通过货物的流通，商品和货币的交换，

① ［宋］孟元老：《东京梦华录》卷3《天晓诸人入市》，中国商业出版社1982年版，第24页。
② ［宋］孟元老：《东京梦华录》卷4《鱼行》，中国商业出版社1982年版，第30页。
③ ［宋］吴自牧撰，黄纯艳整理：《梦粱录》卷16《肉铺》，大象出版社2019年版，第372页。
④ ［宋］吴自牧撰，黄纯艳整理：《梦粱录》卷16《鲞铺》，大象出版社2019年版，第373页。
⑤ ［宋］陆游著，钱仲联、马亚中主编：《陆游全集校注》卷65《稽山行》，浙江古籍出版社2015年版，第128页。
⑥ ［宋］陆游著，钱仲联、马亚中主编：《陆游全集校注》卷1《看梅绝句·又一首》，浙江古籍出版社2015年版，第13页。
⑦ ［宋］洪迈撰，何卓点校：《夷坚志》支乙卷第10《杨寿子》，中华书局2006年版，第875页。
⑧ ［宋］洪迈撰，何卓点校：《夷坚志》丙志卷第19《屈师放鲤》，中华书局2006年版，第528页。
⑨ ［宋］孟元老：《东京梦华录》卷3《天晓诸人入市》，中国商业出版社1982年版，第24页。
⑩ ［宋］周密著，杨瑞点校：《武林旧事》卷6《小经纪》，浙江古籍出版社2015年版，第143页。

又进一步解决了土地产出不足、人地分配不均等问题，反过来又促进农业生产进一步发展。

李嵩借助《货郎图》题材，反映了宋代乡村经济形态，以及当时流行的小商品售卖的方式。《货郎图》以精密的笔触和细腻的勾画反映了这个时代市场的审美和需求。他的画作充满了向土气息，记录了当时的现实情况，展现了宋代的社会风俗、世态人情和经济状况。

结 语

本文以笔记小说和风俗画所表现的商业活动为研究对象，通过画史互证、文史互证的方式，以多角度、多形式分析和解读了唐宋笔记小说和风俗画与商业活动之间的关系。唐宋时期作为中国商品经济发展的第二个高峰，社会经济取得了长足的发展，无论是农业、手工业还是工商业都创造了新一轮的发展高潮。从中晚唐开始，一直到两宋时代，一个以士大夫和平民文化为主体，严谨含蓄、生机勃勃的新的社会风貌正在形成。宋代的发展情况在唐代的基础上又有更长足的进步，无论是从经济层面，还是政治层面抑或是思想层面都取得了丰硕的成果。

由唐至宋，中国古代的商业生活一直在不断地进步。

第一，中小商人成为商业生活的重要力量。

中唐以后的市场发生了结构性的变化，主要体现在随着社会经济的发展，农民开始具备比较强的商品生产能力，为市场提供了源源不断的商品。这些商品通常具备数量多、范围广，能满足更长的交换时间和更多的社会分工的特点。唐代的官营手工业在生产规模、分布范围和分工精细化程度这些方面都有了很大的进步。繁盛的手工业和增产的农产品，为商业生活的兴盛奠定了物质条件。商业开始和百姓的生活密切相关，市场上的商品交换开始繁多且品类丰富起来。私营手工业也迅速发展，在城市和原产地涌现出一大批私人作坊主，行业之间已经有了日益明显的分工，比如农户和蚕桑养纺织户分离。在这个基础上，又产生了桑户、蚕户、丝户、织户等的进一步精细化分离。行业的细化形成了内部联系紧密，但彼此之间的工作又是完全不同的专业户。

这些专业户的生产和经营已经完全和市场的需要绑定在一起，所生产的产品本身就具有了交换价值，逐渐向着直接的商品演变。每个"手工业者同时也是商人"①，唐人对四民分工的看法是，"功作贸易者为工，屠沽兴贩者为商"。而手工业和商人，都是有家不回的"以求利者"②。可见当时手工业者和商人之间的差别不大，还是"一身而二任焉"③的状态。一直到两宋时期城里开设的各种商店"诸作分"，往往又是手工业的作坊，又是出售商品的商店，商人是贩卖生产产品的人。《夷坚志》中的故事，已经多是小商小贩的经营和治生故事。

第二，由唐入宋，商人的地位在不断提高。

唐宋之际受商品经济发展所带来的利益驱动，商品交易变成一种谋生的重要方式。朝廷逐步放松了对商人在经营等方面的限制，社会各阶层纷纷经营商业。"商业之演进，不征诸富商大贾之多，而征诸普通商人之众。普通商人众，则分工密，易事繁。社会生计，互相依倚，融成一片矣。"④官僚士人、皇室成员和僧侣、道士、尼姑还有广大平民百姓都纷纷涉足商业。通过这些商人群体的集体努力钩织成的一张商品经济的大网，将当时社会生活的各个角落网络其间，商人事实上的作用在不断加大。

当商人群体的人数越来越多，影响力越来越大的时候，商人就会要求获得更高的政治地位。禁止商人入仕，是"重农抑商"的一项重要内容。唐代的法律明确规定"工商之子不当仕"。⑤后期虽然有所松动，但整体上还是处于"食禄之家，无得与民争利；工商杂类，无预士伍"⑥的情况。但到宋太宗时，鉴于已有部分商人子弟偷偷参加了科举考试，到宋英宗治平元年

---

① ［德］马克思，［德］恩格斯：《德意志意识形态》，人民出版社1962年版，第48页。
② ［唐］李林甫等撰，陈仲夫点校：《唐六典》卷3，中华书局1992年版，第74页。
③ ［唐］韩愈著，刘真伦、岳珍校注：《韩愈文集汇校笺注》卷2《圬者王承福传》，中华书局2010年版，第208页。
④ 吕思勉：《中国文化史六讲》，上海古籍出版社，第270—271页。
⑤ ［后晋］刘昫等撰，中华书局编辑部点校：《旧唐书》卷158《韦贯之》，中华书局1975年版，第4174页。
⑥ ［宋］司马光编著，［元］胡三省音注：《资治通鉴》卷第190《高祖神尧大圣光孝皇帝中之下七年》，中华书局1956年版，第5982页。

（1064），朝廷下令："进纳及工商杂类有奇才异行者，亦听取解"[1]，从此工商杂类应举完全没有限制，"国家举场一开，屠贩胥商皆可提笔以入"[2]，"家不尚谱牒，身不重乡贯"[3]，参加科举考试的人不受门第和血统以及地域的限制，这是一场里程碑式的变化，用来表明商人在政治、经济和社会生活上特殊身份的限制政策弱化了。商人积极通过科考、纳捐、买官等方式入仕参政，通过参与国家和地方的各种建设，逐步争取话语权。他们同时通过贿赂、联姻等方式与贵族、官员结交，从而扩大这个群体的影响力。

到宋代，时人的义利观念出现了明显的变化。宋政府在总体上肯定工商业的发展对国家有利，"商者，能为国致财者也"。[4]李觏在《原文》中明确提出"利欲可言"的价值论，认为人有利欲是自然合理的，讲仁义不能离开言利，不准人们言利是"贼人之生，反人之情"[5]。南宋事功学派的代表人物陈亮、叶适更是在义利观的问题上体现出鲜明的反传统倾向。陈亮指出："人生何为？为其有欲。欲也必争，惟曰不足。"[6]认为人欲是与生俱来的。叶适提出人们"喜为物喜，怒为物怒，哀为物哀，乐为物乐"，指出对物欲的追求是人当然也包括君子在内的本性，"君子不以须臾离物"[7]。追求财富到了宋代已经成为时人公认的目标。

第三，城市商业逐步繁华。

在唐代的前期，城市的规划仍然着重强调政治和文化中心的作用，对于布局有着明确的要求，坊和市之间被坊墙所阻隔。市不仅数量少，范围小，而且开闭的时间都有明确的要求，整个城市的商业被要求在规定的时间和规

---

① ［宋］李焘撰，上海师范大学古籍整理研究所、华东师范大学古籍整理研究所点校：《续资治通鉴长编》卷202《英宗治平元年》，中华书局2004年版，第4890页。

② ［宋］周必大：《送黄秀才序》，引自曾枣庄、刘琳主编：《全宋文》卷5117，上海辞书出版社；安徽教育出版社2006年版，第126页。

③ ［宋］王应麟，［清］翁元圻辑注，孙通海点校：《困学纪闻注》卷15《考史》，中华书局2016年版，第1891页。

④ ［宋］李焘撰，上海师范大学古籍整理研究所、华东师范大学古籍整理研究所点校：《续资治通鉴长编》卷262神宗熙宁八年，中华书局2004年版，第6390页。

⑤ ［宋］李觏撰，王国轩点校：《李觏集》卷第29《原文》，中华书局2011年版，第326页。

⑥ ［宋］陈亮著，邓广铭点校：《陈亮集》卷36《刘和卿墓志铭》，中华书局1987年版，第488页。

⑦ ［宋］叶适著：《叶适集》卷7《大学》，中华书局2010年版，第731页。

定的地点营业。商业生活尽管有所发展，但仍然是受到时空的限制。而且商人必须按照行业来分开经营，不能混合起来。但唐代的商品经济在这样的形势下逐步发展，并最终展现出对传统自然经济的惊人的破坏力。到了唐代中后期，在商品经济的恢复发展之下，坊市制度很快就开始被打破，城市从封闭转向开放。商业经营不再被局限于一个很小的由行政限定的范围之内，而开始扩展到城市的交通要道以及富人聚集区域的周围，天门街的卖鱼小贩[①]、宣平坊的卖油郎张帽[②]、延寿坊里经营的金银珠宝铺[③]的经营者，就是敏锐地感受到了政府管理的松动而大胆逾越限制的商人。源于对利益孜孜不倦的追求，这些商人们犹如草根一样，一点点地展开了对传统自然经济的侵蚀。

宋代在选择都城时就不再是出于选择文化或者政治的中心，而去选择汉唐旧都长安或者洛阳，反而从交通和运输的角度出发，选择了在运河汇集，漕运方便的经济型城市汴京。汴京从府治发展为五代的国都，再进而变成北宋的都城，没有经历大规模的规划重修，几次扩城都是在原有的基础上按照外城、罗城、厢坊的模式一点点地进行拓展。城市的街道也不再参照唐都长安那种横平竖直、纵横交错的模式进行统一规划，而是大体上顺势而为。尽管统治者曾经试图恢复旧制，但商品经济发展趋势和政府财政对于商税的渴望等诸多原因夹杂在一起，不唯形制上没有恢复，在经营的时间上也慢慢被打破宵禁，从而不唯城内和城外，在运河和道路的汇集之处，如大相国寺、虹桥附近形成了繁荣的商业核心区域。

南宋的临安受制于山湖地形，在北宋时杭州城的构建就没有按照北方城市的"坐北朝南"的格局进行设计。到南宋定为都城并改名"临安"后，大量的人口涌入城市中，人口密集，"自大街及诸坊巷，大小铺席连门俱是，即无虚空之屋"。[④]大街小巷都是店铺，城市中的商业中心围着御街可以分为南（和宁门到朝天门外清河坊）、北（由棚桥至众安桥）和中（由官巷口至羊坝头）三个部分，不仅范围大，而且三个区域没有明显的界线，能够形成互补

---

① ［宋］李昉等编：《太平广记》卷第 156《崔洁》，中华书局 1961 年版，第 1125 页。
② ［唐］段成式撰，许逸民校笺：《酉阳杂俎校笺》前集卷 15《诺皋记下》，中华书局 2015 年版，第 1085 页。
③ ［宋］李昉等编：《太平广记》卷第 84《王居士》，中华书局 1961 年版，第 542 页。
④ ［宋］吴自牧撰，黄纯艳整理：《梦粱录》卷 13《铺席》，大象出版社 2019 年版，第 337 页。

之态势，完整的商业网络也能满足城内居民的消费需求。

第四，乡村的商品经济获得了长足的发展。

唐宋之际商品经济的发展浪潮，也渐渐席卷到了乡村。唐代以前，农户的日常消费，除了盐、铁等消费品因为生产会受到产地、技术和国家专卖政策的限制，而只能依赖于市场外，其余几乎所有的消费品都能靠自我生产来满足。[①]"闭门而为生之具以足，但家无盐井耳"[②]。

不过到了唐宋以后，随着商品生产以及社会分工的相对扩大，农民的日常生活消费品已经没有也不可能再全部由家庭生产来供给，很多物品必须通过市场购买来实现。中唐均田制瓦解后，土地私有制确立了起来，发展到宋代，租佃制因为劳动力和劳动资源相对比较集中，是一种比较高效的土地经营制度，推动了土地劳动生产率的提高，也使得农产品出现了以粮食生产为代表的农产品商品化。同时，茶叶、果木、蚕桑、养殖等商品性农业生产也得到了发展。农民将粮食或者其他的种植的农产品出售后，再去购买服装器具、香烛纸马、油盐酱醋等日常生活需要的手工业品和农产品。

这些交易往往在乡村的集市上进行。"村落细民，间日而集，有无相易，苟营朝晡之费"[③]。商品交易场所由乡村墟市—草市镇—都市这三级市场逐渐构建成型并进一步发展成一个完备的区域市场，成为国内市场的重要组成部分。墟市的繁荣也可以看作宋代社会经济发展的一大特点。墟市和货郎如同毛细血管，把乡村连接到城市商品经济的体系中来，墟市会吸引越来越多的贩夫走卒前来经商贩运，甚至定居，不断发展壮大，慢慢地发展成市镇，直接侵蚀并破坏自给自足的自然经济结构。从全国的范围来看，专业性的市场逐渐形成，并开始冲破地区樊篱，串联成一个商品经济的网络。区域性的市场也获得了长足的发展，商品流通的范围空前扩大。乡村社会从保守、稳定以及封闭的状态转化为开放、变化和流动的形态系统进行。

第五，胡商故事逐渐淡出大众传播。

---

① 武建国、张锦鹏：《从唐宋农村投资消费结构新特点看乡村社会变迁》，载《中国经济史研究》2008年第1期，第70—78页。

② ［北齐］颜之推撰，张霭堂译注：《颜氏家训译注》治家第五，齐鲁书社2009年版，第20页。

③ ［宋］吕陶：《著作佐郎李府君墓志铭》，引自曾枣庄、刘琳主编：《全宋文》第74册，卷1614，上海：上海辞书出版社；安徽教育出版社2006年版，第107页。

　　唐朝胡商多从大陆穿越沙漠千里来到中原，唐代的居民对这些外国商人充满好奇。胡商们很多人从事珠宝经营，广有珠宝经营知识，唐人将他们的形象中这些标志性的符号提炼出来，加以自己的想象，构造出一个财富惊人，善于识宝、鉴宝，不肯辱没宝物的胡商群体。胡商识宝的故事，以曲折离奇的情节，神仙化的特异能力和非理性的豪奢经济行为的因素，几近传奇，在唐代广有市场。当时的文人也多有围绕这一主题的创作，他们的创作又进一步推动了这一主题的流传。但是这些因素恰恰也说明，在当时的大众知识传播谱系中，对于真正胡商的形象、行业、风格等信息，以及异域的文化是十分匮乏的，所有对他们的印象，都是大唐人基于对本国神道、财富、传奇故事的一种臆想。

　　而到了宋代以后，情形为之一变。一方面，由于西北少数民族政权的崛起，西北商路的风险增加。而随着制船技术的进步，海船的速度和安全性大大增加，海路运输以其低廉的成本和庞大的规模而成为跨国贸易的首选，越来越多的外国商人从东南海路跨洋而来，宋人称他们为番商。他们和宋境走出去开拓海外市场的海商一起，成为海外贸易的主体。宋代东南沿海的区域市场在蓬勃的商品经济发展的促进下，开始向近海市场甚至是远海市场发展。商人们因为运载规模的扩大，加上普通民众的市场需求扩大。远洋贸易的货物从珠宝、丝绸、名贵的香料这些仅用于满足贵族消费的奢侈品，变成瓷器、香药等粗笨商品。国际贸易的结构变了，外国商人和珠宝之间没有了必然的联系。另一方面，表现为在宋代普通民众层面传播的域外知识，无论是传播速度还是扩散规模都大为增加。中国的海商群体在域外的见闻在传递过程中，极大地增加了宋人对域外的了解。这种了解不仅是口耳相传，还通过笔记文集等以初级的海外方域志的形式，扩大到广袤域外的自然地理、人文历史。而成熟的书籍雕版印刷以及销售市场又加快了这些知识的传播和扩散。重文的风气使得普通民众的识字率大大提升。他们能以便宜的价格购买书籍，又能通过书籍，去接收知识。所以异文化从天马行空的想象变成了具体的认知，以"胡商识宝"为代表的异域异人想象故事逐渐淡出了大众的传播。

　　唐宋时期作为中国古代经济史上商品经济发展的第二个高峰，无论是农业、手工业还是工商业都创造了新一轮的发展高潮：农业中粮食产量的提高，商品粮基地的出现，经济作物种植的推广；手工业中，商品生产的增加，再加上人口增多后消费市场的扩大，海外贸易和沿边贸易的发展等，使兴盛的商业达到了一个新的水平。从中晚唐开始，一直到两宋时代，一个以士大夫和平民的文化与生活为主体，商业生活发达、严谨含蓄、生机勃勃的新社会风貌正在形成。

参考文献

（一）史籍

（后晋）刘昫：《旧唐书》，中华书局 1975 年版。

（宋）薛居正：《旧五代史》，中华书局 1976 年版。

（宋）欧阳修：《新五代史》，中华书局 1974 年版。

（元）脱脱：《宋史》，中华书局 1977 年版。

（宋）司马光编撰，（元）胡三省音注：《资治通鉴》，中华书局 1956 年版。

（宋）李焘：《续资治通鉴长编》，中华书局 2004 年版。

（宋）李心传：《建炎以来朝野杂记》，中华书局 2000 年版（2006 年重印）。

（宋）李心传：《建炎以来系年要录》，中华书局 2013 年版。

（宋）欧阳修：《新五代史》，中华书局 1974 年版。

（宋）徐梦莘：《三朝北盟会编》，上海古籍出版社 1987 年版。

（宋）薛居正：《旧五代史》，中华书局 1976 年版。

（宋）晁公武：《郡斋读书志》，江苏广陵古籍刻印社 1987 年版。

（宋）陈振孙撰，徐小蛮、顾美华点校：《直斋书录解题》，上海古籍出版社 2015 年版。

（宋）范成大：《吴船录》，中华书局 1985 年版。

（宋）江少虞：《宋朝事实类苑》，上海古籍出版社 1981 年版。

（宋）梁克家：《淳熙三山志》，中华书局 1990 年版，影印宋元方志丛刊。

（宋）孟元老等著：《东京梦华录梦粱录都城纪胜西湖老人繁盛录武林旧事》，中国商业出版社 2006 年版。

（宋）潜说友：《咸淳临安志》，中华书局 1990 年版，影印宋元方志丛刊。

（宋）熊克：《中兴小纪》，福建人民出版社 1985 年版。

（宋）郑谯：《通志》，中华书局 1987 年版。

（宋）周密：《武林旧事》，中华书局 1982 年版。

（宋）祝穆：《方舆胜览》，中华书局 2003 年版。

（元）马端临撰，上海师范大学古籍研究所、华东师范大学古籍研究所点校：《文献通考》，中华书局 2011 年版。

（清）徐松辑：《宋会要辑稿》，上海古籍出版社 2014 年版。

（宋）蔡绦：《铁围山丛谈》，中华书局 1983 年版。

（宋）何薳：《春渚纪闻》，中华书局 1983 年版。

（宋）洪迈：《容斋随笔》，中华书局 2005 年版。

（宋）洪迈：《夷坚志》，中华书局 2006 年版。

（宋）黄震：《黄氏日抄》，上海古籍出版社 1987 年版。

（宋）黎靖德：《朱子语类》，中华书局 1986 年版。

（宋）李廌、朱弁、陈鹄撰，孔凡礼点校：《师友谈记·曲洧旧闻·西塘集耆旧续闻》，中华书局 2002 年版。

（宋）刘道醇著，云告译注：《宋朝名画评》，收录于《宋人画评》，湖南美术出版社 1999 年版。

（宋）陆游：《陆游全集校注》，浙江古籍出版社 2015 年版。

（宋）罗大经：《鹤林玉露》，中华书局 1983 年版。

（宋）吕祖谦：《少仪外传》，中华书局 1985 年版。

（宋）彭乘：《墨客挥犀》，中华书局 2002 年版。

（宋）彭乘：《续墨客挥犀》，中华书局 2002 年版。

（宋）沈括：《梦溪笔谈》，上海书店出版社 2003 年版。

（宋）释文莹：《玉壶清话》，中华书局 1984 年版。

（宋）宋敏求：《春明退朝录》，中华书局 1980 年版。

（宋）苏轼撰，王松龄点校：《东坡志林》，中华书局 1981 年版。

（宋）孙光宪：《北梦琐言》，中华书局 2002 年版。

（宋）王得臣、赵令畤著：《麈史·侯鲭录》，《历代笔记小说大观》系列，上海古籍出版社 2012 年版。

（宋）王明清：《挥麈录》，中华书局 1962 年版。

（宋）王辟之、欧阳修撰，吕友仁、李伟国点校：《渑水燕谈录·归田录》，中华书局 1981 年版。

（宋）王钦若等：《册府元龟》，凤凰出版社 2006 年版。

（宋）魏泰：《东轩笔录》，中华书局 1983 年版（2006 年重印）。

（宋）吴处厚：《青箱杂记》，中华书局 1985 年版。

（宋）吴曾：《能改斋漫录》，中华书局 1985 年版。

（宋）姚宽：《西溪丛语》，中华书局 1993 年版。

（宋）叶梦得：《石林燕语》，中华书局 1984 年版（2006 年重印）。

（宋）叶梦得：《避暑录话》，中华书局 1985 年版。

（宋）叶绍翁：《四朝闻见录》，中华书局 1989 年版。

（宋）叶廷珪撰，李之亮点校：《海录碎事》，中华书局 2002 年版。

（宋）袁褧、周辉著：《枫窗小牍清波杂志》，《历代笔记小说大观》系列，上海古籍出版社 2012 年版。

（宋）岳珂：《桯史》，中华书局 1981 年版（2005 年重印）。

（宋）赵与时：《宾退录》，大象出版社 2019 年版。

（宋）赵升：《朝野类要》，中华书局 2007 年版。

（宋）张邦基：《墨庄漫录》，商务印书馆 1939 年版。

（宋）张治甫：《可书》，中华书局 2002 年版。

（宋）周密：《齐东野语》，中华书局 1983 年版（2004 年重印）。

（宋）周密：《癸辛杂识》，中华书局 1988 年版。

（宋）庄绰：《鸡肋编》，中华书局 1983 年版。

（明）顾炎武著，于杰点校：《历代宅京记》，中华书局 1984 年版。

（明）陶宗仪：《说郛三种》，上海古籍出版社 2012 年版。

（清）潘永因：《宋稗类钞》，书目文献出版社 1985 年版。

（宋）陈起编：《江湖小集》，《文渊阁四库全书》本。

（宋）陈师道：《后山谈丛》，中华书局 2007 年版。

（宋）程毅中辑注：《宋元小说家话本集》，齐鲁书社 2000 年版。

（宋）范成大：《范成大笔记六种》，中华书局 2002 年版。

（宋）方勺：《泊宅编》，中华书局 1983 年版。

（宋）李昉等编：《太平广记》，中华书局 1961 年版。

（宋）李觏：《李觏集》，中华书局 1981 年版。

（宋）李新：《跨鳌集》，《文渊阁四库全书》本。

（宋）刘斧：《青琐高议》，上海古籍出版社 1983 年版。

（宋）吕祖谦编，任继愈主编：《中华传世文选·宋文鉴》，吉林人民出版社 1998 年版。

（宋）欧阳修：《欧阳修全集》，中华书局 2001 年版。

（宋）潘汝士：《丁晋公谈录》，中华书局 2012 年版。

（宋）钱易：《南部新书》，中华书局 2002 年版。

（宋）邵伯温：《邵氏闻见录》，中华书局 1983 年版。

（宋）司马光撰，邓广铭、张希清点校：《涑水记闻》，中华书局 1989 年版（2006 年重印）。

（宋）司马光：《传家集》，吉林出版集团 2005 年版。

（宋）苏轼：《苏轼文集》，中华书局 1986 年版。

（宋）苏辙：《栾城集》，上海古籍出版社 2009 年版。

（宋）苏舜钦：《苏学士集》，《文渊阁四库全书》本。

（宋）王安石著，中华书局上海编辑所编：《临川先生文集》，1959 年版。

（宋）王禹偁：《小畜集》，《四部丛刊》初编本。

（宋）无名氏撰：《湖海新闻夷坚续志》，中华书局 1986 年版。

（宋）西湖老人撰：《西湖老人繁胜录》，中国商业出版社 1982 年版。

（宋）谢逸著，上官涛校：《〈溪堂集〉〈竹友集〉校勘》，中山大学出版社 2011 年版。

（宋）杨冠卿：《客亭类稿》，《文渊阁四库全书》本。

（宋）杨万里：《诚斋集》，上海商务印书馆 1926 年版。

（宋）叶适：《叶适集》，中华书局 1983 年版。

（宋）佚名著，王群栗点校：《宣和画谱》，浙江人民美术出版社 2019 年版。

（宋）赵彦卫：《云麓漫钞》，中华书局 1996 年版。

（宋）张耒：《明道杂志》，中华书局 1985 年版。

（宋）周必大：《二老堂杂志》，中华书局 1985 年版。

（宋）朱熹：《晦庵集》，《文渊阁四库全书》本。

（清）丁传靖：《宋人轶事汇编》，中华书局 1981 年版。

（清）徐岪：《宋人小说类编》，中国书店 1985 年版。

（清）叶得辉：《书林清话》，上海古籍出版社 2012 年版。

梁太济、包伟民著:《宋史食货志补正》，中华书局 2008 年版。

欧阳健、萧相恺编订:《宋元话本小说集》，中州古籍出版社 1987 年版。

上海师范大学古籍整理所编:《全宋笔记》(一至十编)，大象出版社 2003—2018 年版。

上海古籍出版社编:《宋元笔记小说大观》，上海古籍出版社 2007 年版。

谭正璧、谭寻:《古本稀见小说汇考》，浙江文艺出版社 1984 年版。

唐圭璋编:《全宋词》，中华书局 2009 年版。

吴文治:《宋诗话全编》，江苏古籍出版社 1998 年版。

杨讷、李晓明编:《文渊阁四库全书补遗·集部·宋元卷》，北京图书馆出版社 2006 年版。

曾枣庄、刘琳编:《全宋文》，上海辞书出版社，安徽教育出版社 2006 年版。

张友鹤选注:《唐宋传奇选》，人民文学出版社 1964 年初版，1979 年初印。

北京大学古文献研究所编:《全宋诗》，北京大学出版社 1991—1998 年版。

（二）今人论著

白寿彝:《中国交通史》，团结出版社 2006 年版。

包伟民:《宋代社会史论稿》，山西古籍出版社 2005 年版。

包伟民:《宋代城市研究》，中华书局 2014 年版。

昌庆志:《宋元商业文明与文学》，黄山出版社 2017 年版。

陈国灿:《宋代江南城市研究》，中华书局 2002 年版。

程民生:《宋代地域经济》，河南大学出版社 1992 年版。

程民生:《宋代地域文化》，河南大学出版社 1997 年版。

程民生:《宋代物价研究》，人民出版社 2008 年版。

陈诏:《解读〈清明上河图〉》，上海古籍出版社 2010 年版。

段玉明:《中国市井文化与传统曲艺》，吉林教育出版社 1992 年版。

傅衣凌:《傅衣凌治史五十年文编》，厦门大学出版社 1989 年版。

傅宗文:《宋代草市镇研究》，福建人民出版社 1989 年版。

高聪明:《宋代货币与货币流通研究》，河北大学出版社 2000 年版。

葛金芳:《唐宋变革期研究》，湖北人民出版社 2004 年版。

葛金芳:《南宋手工业史》，上海古籍出版社 2008 年版。

葛金芳：《南宋全史：社会经济与对外贸易》第五卷、第六卷，上海古籍出版社 2016 年版。

葛兆光：《中国古代思想史》导论、第一卷、第二卷，复旦大学出版社 2013 年版。

关履权：《宋代广州的海外贸易》，广东人民出版社 1987 年版。

郭正忠：《宋盐管窥》，太原：山西经济出版社，1990 年版。

郭正忠：《两宋城乡商品货币经济考略》，经济管理出版社 1997 年版。

何忠礼：《科举与宋代社会》，商务印书馆 2006 年版。

何忠礼：《宋代政治史》，浙江大学出版社 2007 年版。

何忠礼：《南宋政治史》，人民出版社 2008 年版。

何忠礼主编：《南宋史及南宋都城临安研究》，人民出版社 2009 年版。

何忠礼著，王国平主编：《南宋科举制度史》，人民出版社 2009 年版。

何忠礼：《宋史选举制补正》，中华书局 2013 年版。

黄纯艳：《宋代茶法研究》，云南大学出版社 2002 年版。

黄纯艳：《宋代海外贸易》，社会科学文献出版社 2003 年版。

黄纯艳：《宋代经济谱录》，甘肃人民出版社 2008 年版。

黄纯艳：《唐宋政治经济史论稿》，甘肃人民出版社 2009 年版。

黄纯艳：《宋代财政史》，云南大学出版社 2013 年版。

姜青青：《〈咸淳临安志〉宋版京城四图复原研究》，上海古籍出版社 2015 年版。

姜锡东：《宋代商业信用研究》，河北教育出版社 1993 年版。

姜锡东：《宋代商人和商业资本》，中华书局 2002 年版。

李华瑞：《宋代酒的生产和征榷》，河北大学出版社 2001 年版。

李剑农：《宋元明经济史稿》，生活·读书·新知三联书店 1957 年版。

李景寿：《宋代商税问题研究》，云南大学出版社 2005 年版。

李晓：《宋代工商业经济与政府干预研究》，中国青年出版社 2000 年版。

梁庚尧：《南宋的农村经济》，新星出版社 2006 年版。

林文勋：《宋代四川商品经济史研究》，云南大学出版社 1994 年版。

林文勋、黄纯艳等著：《中国古代专卖制度与商品经济》，云南大学出版社 2003 年版。

林文勋、谷更有：《唐宋乡村社会力量与基层控制》，云南大学出版社 2005 年版。

林文勋：《中国古代"富民"阶层研究》，云南大学出版社 2008 年版。

林文勋：《中国传统社会变迁启示录》，北京：人民出版社，2010 年版。

林文勋：《唐宋社会变革论纲》，人民出版社 2011 年版。

林文勋、张锦鹏：《中国古代农商 富民社会研究》，人民出版社 2016 年版。

刘俊文主编，索戒然译：《日本学者研究中国史论著选译》，中华书局 1993 年版。

龙登高：《中国传统市场发展史》，人民出版社 1997 年版。

龙登高：《宋代东南市场研究》，云南大学出版社 1994 年版。

龙登高：《江南市场史》，清华大学出版社 2003 年版。

漆侠：《宋代经济史》，中华书局 2009 年版。

秦川、王子成：《〈太平广记〉与〈夷坚志〉比较研究》，光明日报出版社 2015 年版。

邱绍雄：《中国商贾小说史》，北京大学出版社 2004 年版。

邵毅平：《传统中国商人的文学呈现》，海天出版社 1993 年版。

邵毅平：《中国文学中的商人世界》，复旦大学出版社 2016 年版。

田欣：《宋代商人家庭》，社会科学文献出版社 2013 年版。

王菱菱：《宋代矿冶业研究》，河北大学出版社 2005 年版。

汪圣铎：《两宋货币史》，社会科学文献出版社 2003 年版。

王水照：《唐宋文学通论》，河南大学出版社 1997 年版。

汪圣铎：《两宋财政史》，中华书局 1995 年版。

王孝通：《中国商业史》，上海书店，1984 年据商务印书馆 1936 年版复印。

王曾瑜编著：《宋代阶级结构》，中国人民大学出版社 2010 年版。

魏天安：《宋代行会制度史》，东方出版社 1997 年版。

吴慧：《中国古代商业》，商务印书馆 1998 年版。

吴钩：《宋——现代的拂晓时辰》，广西师范大学出版社 2015 年版。

吴松弟：《中国人口史》第三卷《辽宋金元时期》，复旦大学出版社 2000 年版。

吴松弟：《南宋人口史》，上海古籍出版社 2008 年版。

吴晓亮编：《宋代经济史研究》，云南大学出版社 1994 年版。

邢铁：《宋代家庭研究》，上海人民出版社 2005 年版。

徐吉军：《南宋都城临安》，杭州出版社 2008 年版。

徐习文：《宋代叙事画研究》，东南大学出版社 2014 年版。

姚瀛艇主编：《宋代文化史》，河南大学出版社 1992 年版。

叶世昌：《古代中国经济思想史》，复旦大学出版社 2003 年版。

伊永文：《行走在宋代的城市》，中华书局 2005 年版。

游彪：《宋代特殊群体研究》，商务印书馆 2006 年版。

郑学檬主编：《中国赋役制度史》，上海人民出版社 2000 年版。

郑学檬：《中国古代经济重心南移和唐宋江南经济研究》，岳麓书社 2003 年版。

张邦炜：《宋代婚姻与社会》，四川人民出版社 1989 年版。

张金岭：《晚宋时期财政危机研究》，四川大学出版社 2001 年版。

张锦鹏：《宋代商品供给研究》，云南大学出版社 2003 年版。

张锦鹏：《南宋交通史》，云南大学出版社 2008 年版。

周宝珠：《宋代东京研究》，河南大学出版社 1992 年版。

周宝珠：《〈清明上河图〉与清明上河学》，河南大学出版社 1997 年版。

朱瑞熙、程郁：《宋史研究》，福建人民出版社 2006 年版。

（美）包弼德著，刘宁译：《斯文：唐宋思想的转型》，江苏人民出版社 2000 年版。

（美）道格拉斯·C.诺思著，厉以平译：《经济史上的结构与变革》，商务印书馆 2013 年版。

（美）费正清著，张沛译：《中国：传统与变迁》，世界知识出版社 2002 年版。

（日）加藤繁著，吴杰译：《中国经济史考证》，中华书局 2012 年版。

（德）马克思·韦伯著，阎克文译：《新教伦理与资本主义精神》，生活·读书·新知三联书店 1982 年版。

（美）马润潮著，马德程译：《宋代的商业与城市》，中国文化大学出版社 1985 年版。

（日）久保田和男著，郭万平译，董科校译：《宋代开封研究》，上海古籍出版社 2010 年版。

（日）桑原骘藏著，陈裕菁译订：《蒲寿庚考》，中华书局 2009 年版。

（日）斯波义信著，庄景辉译：《宋代商业史研究》，稻禾出版社 1997 年版。

（日）斯波义信著，方健译：《宋代江南经济史研究》，江苏人民出版社 2011 年版。

（日）斯波义信著，布和译：《中国都市史》，北京大学出版社 2013 年版。

（法）谢和耐著，马德程译：《南宋社会生活史》，中国文化大学出版社 1992 年版。

（法）谢和耐著，刘东译：《蒙元入侵前夜的中国日常生活》，江苏人民出版社 1995 年版。

（法）谢和耐著，耿升译：《中国社会史》，江苏人民出版社 1995 年版。

（美）伊沛霞著，胡志宏译：《内闱：宋代的婚姻和妇女生活》，江苏人民出版社 2004 年版。

（三）今人论文

白颖、陈涛：《南宋时期日本木材进口与翠寒堂》，载《建筑师》2019年第2期，第99—102页。

包广宽：《唐宋时期的方志发展状况》，载《图书情报工作网刊》2012年第2期，第64—67页。

蔡罕：《北宋"画学"与"翰林图画院"》，载《浙江学刊》1999年第2期，第147—151页。

蔡罕：《皇权控制下的北宋院画——谈北宋"翰林图画院"绘画的创作特性》，载《浙江大学学报（人文社会科学版）》2000年第3期，第41—44页。

蔡罕：《北宋翰林图画院若干问题考述》，载《浙江大学学报（人文社会科学版）》2006年第5期，第176—180页。

蔡静波、杨东宇：《试论唐五代笔记小说中的胡商形象》，载《西域研究》2006年第3期，第93—96页。

曹凛：《〈清明上河图〉与北宋汴河船》，载《中国船检》2009年第10期，第110—113页。

曹晓波：《南宋京城四图中的厢与坊》，载《杭州》2020年第22期，第52—53页。

曹智滔：《李嵩〈货郎图〉的艺术风格及图式》，载《中国书画》2017年第10期，第18—19页。

曹智滔：《寻绎〈货郎图〉之形态》，载《美术》2009年第3期，第74—75页。

曾洁：《〈梦粱录〉与咸淳〈临安志〉》，载《中国地方志》2012年第5期，第57—61，5页。

曾礼军：《〈太平广记〉中胡僧形象的群体特征与宗教意义》，载《赤峰学院学报（汉文哲学社会科学版）》2014年第35期，第150—152页。

查屏球：《唐宋变革与唐人偶像的宋型化》，载《文学遗产》2017年第6期，第168—170页。

陈晨：《变形故事中的原始思维特征——以〈太平广记〉为例》，载《中国石油大学学报（社会科学版）》2019年第35期，第77—81页。

陈德田：《两宋货币经济发展及影响》，载《哈尔滨师范大学社会科学学报》2017年第3期，第147—149页。

陈峰：《简论宋明清漕运中私货贩运及贸易》，载《中国经济史研究》1996 年第 1 期，第 122—129 页。

陈峰：《试论唐宋时期漕运的沿革与变迁》，载《中国经济史研究》1999 年第 3 期，第 85—95 页。

陈国灿：《南宋时期乡村集市的演变及其对农村经济的影响》，载《浙江社会科学》2010 年第 4 期，第 203 页。

陈国灿：《南宋时期江南地区农村市场探析》，载《第二届江南文化论坛——江南都市与中国文学》2013 年，第 194—203 页。

陈洪英：《〈太平广记〉中唐五代商人经营策略探析》，载《小说评论》2010 年第 1 期，第 213—215 页。

陈洪英：《〈太平广记〉中的商贾生活状况及其原因分析》，载《飞天》2010 年第 12 期，第 84—86 页。

陈洪英：《〈太平广记〉中唐五代商贾小说发展演变》，载《文艺评论》2014 年第 12 期，第 89—90 页。

陈军：《论人口因素在两宋"城市化"转型中的作用》，载《安徽工程大学学报》2018 年第 6 期，第 34—37，72 页。

陈磊：《从〈太平广记〉的记载看唐后期五代的商人》，载《史林》2009 年第 1 期，第 135—148，188 页。

陈维艳：《由装饰图案到独立成画——传统婴戏图发展路径探析》，载《美术教育研究》2021 年第 22 期，第 15—17，21 页。

陈先枢：《宋代汴梁、临安两都的店铺装饰》，载《包装世界》1999 年第 4 期，第 62—63 页。

陈长征、赵文坦：《从唐诗看唐代中后期的商人与商业》，载《山东理工大学学报（社会科学版）》2006 年第 5 期，第 35—38 页。

陈资灿：《对凯恩斯货币购买力理论的再认识》，载《宁夏社会科学》2018 年第 4 期，第 86—91 页。

成天骄：《唐宋变革视域下的文人身份认同与群体书写——评田安的〈知我者：中唐时期的友谊与文学〉》，载《社会科学动态》2021 年第 11 期，第 123—125 页。

成一农：《时代与历史书写——中国古代地图学史书写的形成以及今后的多元化》，载《唐宋历史评论》2021 年第 1 期，第 107—127 页。

成荫：《南宋临安西湖游乐活动与官方公共服务》，载《宋史研究论丛》第 7 辑，2006 年，第 353—368 页。

程国赋：《论唐五代小说中的胡商现象》，载《西北师范大学学报（社会科学版）》2001 年第 6 期，第 66—70 页。

程民生：《〈清明上河图〉及其世界影响的奇迹》，载《河南大学学报（社会科学版）》2016 年第 1 期，第 99—107 页。

程民生：《宋代粮食生产的地域差异》，载《历史研究》1991 年第 2 期，第 120—132 页。

程民生：《宋代瓦子勾栏新探》，载《河南大学学报（社会科学版）》2020 年第 5 期，第 1—15 页。

邓稳：《京都赋写作与古代地图之关系》，载《四川师范大学学报（社会科学版）》2013 年第 6 期，第 144—150 页。

邓卓海：《宋代都城的服务行业》，载《华中师范大学学报（哲学社会科学版）》1986 年第 5 期，第 24—29 页。

杜硕：《概论中国古代城市发展与小说的关系》，载《山西师范大学学报（社会科学版）》2014 年第 41 期，第 79—81 页。

杜文玉：《吴越国杭州佛寺考——以〈咸淳临安志〉为中心》，载《唐史论丛》2018 年第 1 期，第 232—255 页。

段塔丽：《唐代女性家庭角色及其地位》，载《中国文化研究》2002 年第 1 期，第 141—149 页。

范崇高：《〈太平广记选〉注释析疑》，载《古汉语研究》1997 年第 1 期，第 51—52 页。

方群：《中国古代涉海小说叙事流变》，载《湖南工业大学学报（社会科学版）》2019 年第 24 期，第 64—70 页。

方如金：《宋代两浙路的粮食生产及流通》，载《历史研究》1988 年第 4 期，第 262—270 页。

方如金：《宋代浙江的粮食商品化述评》，载《浙江师范大学学报》1991 年第 3 期，第 86—85 页。

方如金：《宋代都城的商业和经商风气的盛行》，载《山东社会科学》2006 年第 5 期，第 124—127 页。

冯汉镛：《唐宋时代的造船业》，载《历史教学》1957年第10期，第10—14页。

冯敏：《唐代商人类型概说》，载《宁夏师范学院学报》2013年第34期，第78—81页。

冯芸、桂立：《宋代城市商业的繁盛与坐贾势力的发展壮大》，载《北方论丛》2015年第2期，第93—98页。

冯芸、桂立：《宋代行商与坐贾在商品市场活动中由层级关系向平行关系的演进》，载《广西社会科学》2015年第5期，第108—113页。

傅筑夫：《唐宋时代商品经济的发展与资本主义因素的萌芽》，载《陕西师范大学学报（哲学社会科学版）》1979年第1期，第50—61页。

傅宗文：《宋代的草市镇》，载《社会科学战线》1982年第1期，第24—31页。

高铭怡：《从〈货郎图〉看宋代风俗画之"真"》，载《大众文艺》2011年第4期，第133页。

高荣盛：《两宋时代江淮地区的水上物资转输》，载《江苏社会科学》2003年第1期，第192—197页。

高雅婷、代谦：《河流上的繁荣：宋朝水路运输与海外贸易》，载《经济评论》2016年第2期，第112—123页。

葛金芳：《两宋工艺革命述论》，载《中国社会经济史研究》1991年第3期，第15—24，14页。

葛金芳：《宋代"钱荒"成因再探》，载《宋史研究论丛》2008年，第106—109页。

宫云维：《试论宋人笔记中科举史料的特点》，载《浙江学刊》2002年第5期，第185—189页。

龚胜生：《唐长安城薪炭供销的初步研究》，载《中国历史地理论丛》1991年第3期，第137—153页。

顾平、杨勇：《两宋画院教育初探》，载《南京艺术学院学报（美术与设计）》2010年第6期，第17—25，213页。

郭学信、张素英：《宋代商品经济发展特征及原因析论》，载《聊城大学学报（社会科学版）》2006年第5期，第50—55页。

郭学信：《宋代市民文化兴盛的时代特征及社会效应探论》，载《广西社会科学》2015年第6期，第115—118页。

郭正忠：《论宋代食盐的生产体制》，载《盐业史研究》1986年第1期，第8—20，

22 页。

郭正忠：《宋代的盐商与商盐》，载《盐业史研究》1996 年第 1 期，第 4—15 页。

郭正忠：《宋代食盐政策的历史变迁》，载《盐业史研究》1998 年第 1 期，第 3—13 页。

何莉、王立群：《试论唐宋商人子弟入仕权方面的变化》，载《兰台世界》2013 年第 15 期，第 73—74 页。

洪俊：《南宋郊坛考略》，载《杭州文博》2016 年第 1 期，第 137—141 页。

侯彦喜：《北宋宫廷酒文化探析》，载《开封大学学报》2010 年第 24 期，第 1—4 页。

黄纯艳：《朝贡体系维护了古代东亚和平》，载《历史评论》2021 年第 2 期，第 32—35 页。

黄纯艳：《宋代朝贡贸易中的回赐问题》，载《厦门大学学报（哲学社会科学版）》2011 年第 4 期，第 117—124 页。

黄纯艳：《宋朝对境外诸国和政权的册封制度》，载《厦门大学学报（哲学社会科学版）》2013 年第 4 期，第 128—138 页。

黄纯艳：《宋代的海难与海难救助》，载《云南社会科学》2016 年第 2 期，第 148—155 页。

黄伟：《吴骞与〈临安志〉研究》，载《西南交通大学学报（社会科学版）》2014 年第 4 期，第 40—45 页。

黄卫霞：《古代货郎图研究》，载《美术大观》2021 年第 4 期，第 64—67 页。

黄小峰：《乐事还同万众心——〈货郎图〉解读》，载《故宫博物院院刊》2007 年第 2 期，第 53—55 页。

惠孝同：《李嵩货郎图》，载《文物参考资料》1958 年第 6 期，第 23 页。

霍明琨：《对〈太平广记〉的社会文化观照》，载《社会科学战线》2005 年第 6 期，第 303—304 页。

江林：《相国寺小商品市场与货币流通》，载《河南金融研究》1984 年第 12 期，第 58，53 页。

姜青青：《〈咸淳临安志〉宋版"京城四图"复原的三重意义》，载《杭州文博》2017 年第 2 期，第 112—125 页。

姜青青：《从宋版"京城四图"看临安城基本保障系统的构建》，载《国际社会科学杂志（中文版）》2016 年第 3 期，第 182—202，8，15 页。

姜庆湘、萧国亮：《从〈清明上河图〉和〈东京梦华录〉看北宋汴京的城市经济》，载《中国社会科学》1981 年第 4 期，第 185—207 页。

蒋逸征：《超能与无能——从〈太平广记〉中的胡僧形象看唐代的宗教文化风土》，载《图书馆杂志》2004 年第 2 期，第 75—78，44 页。

金陵生：《女子题壁诗多不可信》，载《文学遗产》1998 年第 3 期，第 75 页。

近藤秀实、汪莹：《从〈清明上河图〉看宋代风俗画发展形式》，载《紫禁城》2013 年第 4 期，第 120—132 页。

久保田和男、郭万平：《宋都开封城内的东部与西部》，载《中国历史地理论丛》2006 年第 2 期，第 14—22 页。

柯宏伟：《从〈清明上河图〉看北宋东京酒店建筑的特色》，载《河南大学学报（社会科学版）》2004 年第 4 期，第 123—125 页。

赖存理：《唐代"住唐"阿拉伯、波斯商人的待遇和生活》，载《史学月刊》1988 年第 2 期，第 35—39 页。

雷钧：《宋代贩运商人的贸易及历史作用》，载《唐都学刊》1990 年第 1 期，第 32—36 页。

黎虎：《唐代的饮食原料市场》，载《中国经济史研究》1999 年第 1 期，第 67—77 页。

黎世英：《试述宋代盐政》，载《江西社会科学》1996 年第 12 期，第 93—96 页。

李春棠：《从宋代酒店茶坊看商品经济的发展》，载《湖南师院学报（哲学社会科学版）》1984 年第 3 期，第 100—107 页。

李春棠：《宋代城市外部空间的新格局》，载《湖南师范大学社会科学学报》1990 年第 4 期，第 54—55，65 页。

李德辉：《论宋人驿铺题诗》，载《衡阳师范学院学报》2009 年第 30 期，第 72—75 页。

李飞跃：《从"唐宋变革"到"宋元近世"——论宋代文艺思想的转型特征及其典范性与近世性》，载《河南社会科学》2020 年第 28 期，第 102—114 页。

李华瑞：《论宋代酒业产销的管理体制》，载《河北大学学报（哲学社会科学版）》1993 年第 3 期，第 25—33，140 页。

李孟圆、陈思瑞：《从〈夷坚志〉看宋代海商活动》，载《九江学院学报（社会科学版）》2015年第34期，第46—51页。

李其平：《唐代胡商的社会地位考察》，载《黑龙江史志》2014年第1期，第62—63页。

李强：《繁华往事：唐宋时代的商业记忆》，载《北方论丛》2021年第5期，第152—160页。

李琼、刘颖异：《数字〈清明上河图〉研究》，载《南京艺术学院学报（美术与设计）》2020年第2期，第147—151页。

李瑞：《唐长安商业空间形态分析》，载《中国历史地理论丛》2005年第2期，第57—66页。

李婷：《〈太平广记〉中龙宫取宝故事及其文化内涵》，载《濮阳职业技术学院学报》2015年第28期，第4—8页。

李文：《货郎图》，载《南京大学学报（哲学·人文科学·社会科学）》2016年第1期，第2页。

李文才：《〈太平广记〉所见唐代胡商：以扬州为中心》，载《扬州文化研究论丛》2015年第2期，第77—89页。

李晓光、刘东：《宋人张择端〈清明上河图〉虹桥考》，载《山东科技大学学报（社会科学版）》2000年第3期，第86—88页。

李学工、安成谋：《论北宋汴京城市商业网点的布局》，载《兰州商学院学报》1995年第1期，第67—71页。

李埏：《〈水浒传〉中所反映的庄园和矛盾》，载《中国封建经济史论集》，云南教育出版社1986年版，第147—201页。

李玉华：《宋代婴戏图中女性形象的图像学研究》，载《艺术研究》2019年第4期，第1—3页。

李韵：《解开〈清明上河图〉的历史密码》，载《光明日报》2013年2月27日第5版。

李志刚：《唐代汴宋地区漕运系统的整顿和重建》，载《聊城大学学报（社会科学版）》2016年第2期，第1—6，20页。

理绥：《诗歌所见唐代商业及商人》，载《内蒙古大学学报（哲学社会科学版）》1989年第2期，第17—26页。

理绥：《试论唐代商人社会地位的变化及其限度》，载《中国社会经济史研究》

1988 年第 4 期，第 32—36 页。

梁建国：《北宋东京的人口分布与空间利用》，载《中国经济史研究》2016 年第 6 期，第 143—155 页。

梁田：《北宋翰林图画院画家制度略述》，载《南京艺术学院学报（美术与设计版）》2012 年第 1 期，第 49—52，182 页。

廖奔、赵建新：《眼药酸》，载《戏曲艺术》2017 年第 1 期，第 142 页。

林立平：《试论唐宋之际城市分布重心的南移》，载《暨南学报（哲学社会科学版）》1989 年第 2 期，第 71—81 页。

林立平：《唐宋之际城市旅店业初探》，载《暨南学报（哲学社会科学版）》1993 年第 2 期，第 82—90，149 页。

林文勋：《宋代食盐与周边民族关系》，载《云南民族学院学报（哲学社会科学版）》1993 年第 2 期，第 59—63 页。

林文勋：《商品经济与唐宋社会变革》，载《中国经济史研究》2004 年第 1 期，第 43—51 页。

林文勋、何伟福、张锦鹏：《中国传统社会变革的主要特征》，载《思想战线》2005 年第 4 期，第 98—104，136 页。

林文勋、杨瑞璟：《宋元明清的"富民"阶层与社会结构》，载《思想战线》2014 年第 6 期，第 1—7 页。

林燕、孟建伟：《唐宋时期的商业繁荣与广告发展》，载《经济师》1997 年第 6 期，第 80—88 页。

林玉：《李嵩〈货郎图〉中的两大创意表达》，载《春秋》2016 年第 4 期，第 44—45 页。

林正秋：《南宋都城临安人口数考索》，载《杭州大学学报（哲学社会科学版）》1979 年第 1—2 期，第 147—149 页。

林正秋：《南宋时期杭州的经济和文化》，载《历史研究》1979 年第 12 期，第 42—52 页。

林正秋：《南宋京城城坊考述》，载《杭州师院学报（社会科学版）》1986 年第 2 期，第 124—137 页。

林正秋：《南宋〈〔咸淳〕临安志〉述略》，载《文献》1990 年第 3 期，第 120—127 页。

林正秋：《试论宋代商业的经营风貌》，载《商业经济与管理》1997 年第 6 期，第 61—66 页。

刘晨曦：《北宋东京金明池探略》，载《中国古都研究（第二十八辑）》2015 年，第 28—37 页。

刘春迎：《北宋东京三大节日及其习俗》，载《史学月刊》1997 年第 1 期，第 110—116 页。

刘敦愿：《中国古代对于蛙类的食用和观察》，载《农业考古》1989 年第 1 期，第 39—42，46 页。

刘嘉禾：《浅析宋代风俗画〈货郎图〉的美学特征与人文情怀》，载《美术教育研究》2021 年第 15 期，第 20—21 页。

刘平平：《浙江古代方志地图文献考》，载《中国地方志》2004 年第 11 期，第 47—52 页。

刘树友、赵宇辉：《宋代城市中层居民经济活动再探——以〈夷坚志〉为中心》，载《西藏民族大学学报（哲学社会科学版）》2018 年第 39 期，第 118—124 页。

刘树友：《从〈夷坚志〉看宋代农村的上层居民》，载《兰台世界》2012 年第 21 期，第 46—47 页。

刘树友：《从〈夷坚志〉看宋代农民的多元化经营》，载《兰州学刊》2014 年第 1 期，第 41—48 页。

刘树友：《从〈夷坚志〉看宋代农民兼业工商业活动》，载《渭南师范学院学报》2014 年第 29 期，第 80—88 页。

刘树友：《宋代城市无业游民研究之一——以〈夷坚志〉为中心考察》，载《唐都学刊》2017 年第 11 月，第 99—106 页。

刘树友：《宋代城市商业发展考察——以〈夷坚志〉为中心》，载《陕西历史博物馆论丛》2018 年，第 194—204 页。

刘树友：《宋代城市无业游民研究之二——以〈夷坚志〉为中心考察》，载《兰州学刊》2018 年第 11 期，第 70—80 页。

刘树友：《宋代城市第三产业发展考察——以〈夷坚志〉为中心》，载《渭南师范学院学报》2018 年第 33 期，第 62—68 页。

刘树友：《宋代城市中层居民经济活动初探——以〈夷坚志〉为中心》，载《西安建筑科技大学学报（社会科学版）》2018 年第 6 期，第 40—47 页。

刘树友：《宋代城市租赁业初探——以〈夷坚志〉为中心考察》，载《三门峡职业技术学院学报》2018 年第 17 期，第 19—24 页。

刘树友：《宋代城市中间商人经济活动考察——以〈夷坚志〉为中心》，载《宋史研究论丛》2019 年第 2 期，第 20—33 页。

刘铁华：《张择端和他的"清明上河图"》，载《开封师院学报（社会科学版）》1979 年第 2 期，第 79—83 页。

刘小生、陈金凤：《唐代江西经济发展与社会变迁——以〈太平广记〉为中心》，载《农业考古》2005 年第 3 期，第 77—84 页。

刘兴云：《生活用水反映的唐人社会关系》，载《农业考古》2015 年第 6 期，第 107—110 页。

刘艳秋、宁欣：《笔记小说中的唐宋都市生活服务业》，载《唐史论丛（第八辑）》2006 年，第 322—339 页。

刘永连、刘家兴：《从漂流人故事看唐代中外海上交通和海外认知——以〈太平广记〉资料为中心》，载《陕西师范大学学报（哲学社会科学版）》2015 年第 44 期，第 42—52 页。

刘正刚：《唐宋以降岭南妇女参与墟市买卖研究》，载《古代文明》2020 年第 3 期，第 105—115，128 页。

龙登高：《南宋临安的娱乐市场》，载《历史研究》2002 年第 5 期，第 29—41，190 页。

罗吉义：《宋代商业的发展和商业政策》，载《云南财贸学院学报》1998 年第 5 期，第 18—38 页。

吕变庭：《〈太平广记〉与唐代阿拉伯商人的科技生活（上）——以早期伊斯兰商人为中心的考察》，载《青海民族研究》2012 年第 23 期，第 110—117 页。

吕变庭：《〈太平广记〉与唐代阿拉伯商人的科技生活（下）——以早期伊斯兰商人为中心的考察》，载《青海民族研究》2012 年第 23 期，第 117—124 页。

吕少卿：《论两宋风俗画兴盛的社会学与哲学渊源》，载《南京艺术学院学报（美术与设计版）》2011 年第 5 期，第 60—64，177 页。

吕少卿：《论两宋风俗画研究的方法论及史学意义》，载《南京艺术学院学报（美术与设计版）》2009 年第 1 期，第 35—38，161 页。

吕树芝：《宋人苏汉臣〈货郎图〉》，载《历史教学》1987 年第 9 期，第

61—77 页。

马东瑶：《图像视域下的帝都书写——以北宋张择端（款）〈金明池争标图〉为中心》，载《北京师范大学学报（社会科学版）》2020 年第 6 期，第 46—58 页。

马欢欢：《北宋开封瓦子的经营特色》，载《河南教育学院学报（哲学社会科学版）》2016 年第 1 期，第 35—40 页。

梅东伟：《宋元小说话本中茶坊酒肆的文学形象与意义》，载《中原文化研究》2016 年第 4 期，第 123—128 页。

梅原郁：《关于〈梦粱录〉及其作者吴自牧》，载《宋史研究论文集——国际宋史研讨会暨中国宋史研究会第九届年会编刊》2000 年，第 446—457 页。

木田知生、冯佐哲：《关于宋代城市研究的诸问题——以国都开封为中心》，载《河南师范大学学报（社会科学版）》1980 年第 2 期，第 42—48 页。

穆朝庆：《两宋户籍制度与人口再探讨》，载《中州学刊》1988 年第 6 期，第 103—107 页。

倪士毅：《繁华的南宋都城——临安》，载《中国古都研究（第一辑）——中国古都学会第一届年会论文集》1983 年，第 296—326 页。

宁欣：《由唐入宋都市人口结构及外来、流动人口数量变化浅论——从〈北里志〉和〈东京梦华录〉谈起》，载《中国文化研究》2002 年第 2 期，第 71—79 页。

宁欣：《论唐代长安另类商人与市场发育——以〈窦乂传〉为中心》，载《西北师范大学学报（社会科学版）》2006 年第 4 期，第 71—78 页。

宁欣：《转型期的唐宋都城：城市经济社会空间之拓展》，载《学术月刊》2006 年第 5 期，第 96—102 页。

宁欣：《从士人社会到市民社会——以都城社会的考察为中心》，载《文史哲》2009 年第 6 期，第 104—110 页。

牛景丽：《〈太平广记〉的成书缘起》，载《古籍整理研究学刊》2004 年第 5 期，第 33—38，59 页。

欧阳晓晴、叶宏：《宋代旅馆业的历时发展》，载《兰台世界》2014 年第 9 期，第 60—61 页。

彭景荣、肖红：《从〈清明上河图〉看宋代的商业广告》，载《史学月刊》1996 年第 4 期，第 39—41 页。

彭勇：《中国古代民间群体旅游》，载《中州学刊》2006 年第 5 期，第 204—207 页。

漆侠:《〈三言二拍〉与宋史研究》,载《河北大学学报(哲学社会科学版)》1988 年第 3 期,第 1—13 页。

秦川:《〈太平广记〉与〈夷坚志〉比较研究述略》,载《九江学院学报(社会科学版)》2015 年第 34 期,第 27—32 页。

邱昌员:《从〈夷坚志〉看宋代市井百工的工艺巧思与科技想象》,载《兰台世界》2015 年第 16 期,第 91—92 页。

曲彦斌:《"货郎儿""货郎鼓"及〈货郎图〉》,载《寻根》2001 年第 2 期,第 38—41,47 页。

曲彦斌:《中国风俗画史纲要——"风俗画"三论之二年第上期》,载《寻根》2021 年第 4 期,第 4—9 页。

曲彦斌:《中国风俗画史纲要——"风俗画"三论之二年第中期》,载《寻根》2021 年第 5 期,第 4—7 页。

曲彦斌:《中国风俗画史纲要——"风俗画"三论之二年第下期》,载《寻根》2021 年第 6 期,第 4—8 页。

任士英:《中国手工业经济史的重要探索》,载《中国经济史研究》2005 年第 1 期,第 162 页。

沈天鹰:《〈清明上河图〉中的店铺经济》,载《中州今古》2000 年第 6 期,第 42—43 页。

宋军风:《唐代商人入仕途径考析》,载《唐都学刊》2010 年第 26 期,第 12—17 页。

宋军风:《唐代入仕商人任职考析》,载《唐都学刊》2011 年第 27 期,第 17—22 页。

宋立:《浅析北宋时期的汴京河市》,载《兰台世界》2012 年第 24 期,第 88—89 页。

苏保华、王椰林:《从〈太平广记〉看唐代扬州的胡人活动》,载《武汉大学学报(人文科学版)》2012 年第 65 期,第 69—73 页。

苏永霞:《唐宋时期市镇研究综述》,载《中国史研究动态》2012 年第 4 期,第 23—28 页。

孙静松:《李嵩〈货郎图〉系列作品比较研究》,载《南京艺术学院学报(美术与设计)》2016 年第 6 期,第 209—211 页。

谭刚毅：《宋画〈清明上河图〉中的民居和商业建筑研究》，载《古建园林技术》2003年第4期，第28—34页。

唐国锋：《商业信息传播与唐宋商品经济的发展》，载《思想战线》2017年第1期，第165—172页。

唐群：《有感于宋代的"全民皆商"》，载《史学月刊》1998年第5期，第62—64页。

田利兰：《论宋代城市经济发展的时代特征》，载《兰台世界》2014年第9期，第114—115页。

田银生：《北宋东京街市的组构方式》，载《建筑史论文集》2001年第14辑，第93—106，269页。

仝留洋：《〈清明上河图〉视角下的北宋商业文化》，载《殷都学刊》2019年第3期，第34—36页。

王福鑫：《试论宋代旅馆业与政府干预》，载《政府与经济发展——中国经济发展史上的政府职能与作用国际研讨会论文集》2004年，第160—182页。

王海刚：《宋元时期图书广告与促销术》，载《出版广角》2014年第14期，第80—82页。

王鸿生：《论劳动工具与劳动方式的变革及其社会历史后果》，载《中国社会科学》1986年第2期，第83—96页。

王连海：《李嵩〈货郎图〉中的民间玩具》，《南京艺术学院学报（美术与设计版）》2007年第2期，第6588—6589页。

王瑞来：《向下看历史——宋元变革论略说》，载《思想战线》2017年第6期，第61—65页。

王文成：《从铁钱到银两：两宋金元纸币的价值基准及其演变》，载《清华大学学报（哲学社会科学版）》2020年第3期，第29—42，207—208页。

王肖生：《〈清明上河图〉与广告传播》，载《同济大学学报（社会科学版）》2003年第2期，第121—124页。

王旭：《宋代的乡村之坊》，载《史学月刊》2018年第3期，第47—56页。

王永平：《唐宋时期文化面貌的局部更新》，载《史学月刊》2005年第5期，第44879页。

王元元：《试析〈清明上河图〉的历史价值》，载《河南师范大学学报（哲学社会科学版）》2007 年第 4 期，第 233—234 页。

王云海、张德宗：《宋代坊郭户等的划分》，载《史学月刊》1985 年第 6 期，第 35—39 页。

王云裳：《宋代军队中的酒业经营及宋廷政策》，载《浙江师范大学学报（社会科学版）》2013 年第 38 期，第 35—42 页。

魏华仙：《宋代政府与节日消费》，载《中国经济史研究》2010 年第 2 期，第 69—75 页。

魏天安、刘坤太：《宋代闲官制度述略》，载《中州学刊》1983 年第 6 期，第 117—121，134 页。

吴宾、党晓虹：《试析宋元时期的粮食流通与古代粮食安全》，载《安徽农业科学》2008 年第 15 期，第 238—256 页。

吴承庆：《合理布局商业网点方便广大市民生活》，载《改革与开放》1999 年第 12 期，第 28—29 页。

吴钩：《〈清明上河图〉上的吃喝玩乐》，载《国家人文历史》2015 年第 20 期，第 126—131 页。

吴慧：《历史上粮食商品率商品量测估——以宋明清为例》，载《中国经济史研究》1998 年第 4 期，第 12—21 页。

吴宛妮：《李嵩〈货郎图〉与货郎扮演考据》，载《南京艺术学院学报（美术与设计）》2021 年第 6 期，第 27—36 页。

吴晓亮：《略论宋代城市消费》，载《思想战线》1999 年第 5 期，第 99—104 页。

夏靖媛：《〈太平广记〉与唐代法律实践》，载《古籍整理研究学刊》2021 年第 6 期，第 82—86 页。

肖红：《张择端〈金明池争标图〉探微》，载《河南大学学报（哲学社会科学版）》1990 年第 2 期，第 79—81 页。

肖建乐：《试论唐代城市发展的原因》，载《云南民族大学学报（哲学社会科学版）》2008 年第 1 期，第 98—102 页。

谢洁：《从〈清明上河图〉看北宋的广告行为》，载《开封教育学院学报》2003 年第 4 期，第 14—15 页。

熊明：《李昉的文学文化活动与〈太平广记〉的编纂》，载《西华师范大学学报（哲学社会科学版）》2019 年第 3 期，第 73—80 页。

熊明：《李昉生平及其诗文创作考论》，载《西华师范大学学报（哲学社会科学版）》2019 年第 4 期，第 23—28 页。

熊明：《宋元间〈太平广记〉的传播与小说思潮的转向》，载《南开学报（哲学社会科学版）》2021 年第 5 期，第 160—170 页。

熊晓洁：《解读〈清明上河图〉》，载《兰台世界》2014 年第 33 期，第 71—72 页。

修雪欢：《李嵩〈货郎图〉研究》，载《美术大观》2016 年第 3 期，第 56 页。

徐吉军：《南宋都城临安的商业营销方式与经营特色》，载《浙江学刊》2013 年第 5 期，第 33—42 页。

徐吉军：《南宋杭州画选》，载《文化艺术研究》2013 年第 4 期，第 165—180 页。

徐倩：《论唐代旅游对经济的影响》，载《兰台世界》2015 年第 18 期，第 15—16 页。

徐艺璇：《从〈太平广记〉看唐代扬州商人的经营活动及社会面貌》，载《陇东学院学报》2020 年第 31 期，第 79—83 页。

许惠民：《两宋的农村专业户》，载《历史研究》1987 年第 6 期，第 106—121 页。

许惠民：《宋代历史地理辨考三题》，载《思想战线》1988 年第 1 期，第 92—96 页。

许丽、韩旭、吴婷婷：《南宋时期临安城的市民生活文化特点研究》，载《兰台世界》2015 年第 6 期，第 25—26 页。

许勇强、邓雷：《咸淳〈临安志〉中〈夷坚志〉佚文辑校》，载《中国地方志》2016 年第 9 期，第 36—40，63 页。

薛平拴：《试论唐代商人阶层政治意识的提高》，载《人文杂志》1991 年第 6 期，第 91—96 页。

薛平拴：《唐代的中小商人与商品经济》，载《晋阳学刊》1992 年第 2 期，第 64—67，69 页。

薛平拴：《论唐代的胡商》，载《唐都学刊》1994 年第 3 期，第 11—16 页。

薛平拴：《论唐代商人经营内容的特点》，载《唐史论丛》1995 年第 6 期，第 271—288 页。

薛平拴：《唐代商人经营方式的若干变化》，载《浙江学刊》1995 年第 2 期，第 99—103 页。

薛平拴：《论唐代商人经营内容的特点》，载《唐史论丛（第六辑）》1995 年，第 277—294 页。

薛平拴：《论唐代商人阶层的经济实力》，载《唐史论丛（第七辑）》1998 年，第 268—285 页。

薛平拴：《论隋唐长安的商人》，载《陕西师范大学学报（哲学社会科学版）》 2004 年第 2 期，第 69—75 页。

薛平拴：《论唐代商人阶层的政治意识与自卫意识》，载《唐史论丛（第十辑）》 2008 年，第 165—178 页。

薛泉：《宋代风俗文化的高涨与宋人词选的兴盛》，载《江汉论坛》2010 年第 2 期，第 68—70 页。

薛政超：《唐宋以来"富民"阶层之规模探考》，载《中国经济史研究》2011 年第 1 期，第 153—164 页。

扬之水：《"妆得肩头一担春"读宫制〈货郎图〉散记》，载《紫禁城》2017 年第 1 期，第 130—149 页。

阳旭：《从〈太平广记〉看唐代商人》，载《广西师范大学学报（哲学社会科学版）》1990 年第 S1 期，第 39—43，48 页。

杨德泉、刘树友：《从〈夷坚志〉看宋代农村社会经济的巨大变化》，载《陕西师范大学学报（哲学社会科学版）》1991 年第 2 期，第 54—59 页。

杨秋海：《论宋代城乡集市贸易的崛起》，载《河南财政税务高等专科学校学报》 2014 年第 6 期，第 83—86 页。

杨瑞军：《略论宋代厢坊制度》，载《山西师范大学学报（社会科学版）》2006 年第 6 期，第 86—89 页。

杨新：《近看〈清明上河图〉》，载《紫禁城》2013 年第 4 期，第 19—43 页。

杨雁楸：《〈清明上河图〉的传奇经历与历史之谜》，载《兰台世界》2010 年第 5 期，第 59—60 页。

姚思颖：《近六十年李嵩〈货郎图〉研究述评——以北京故宫博物院本为例》，载《文物鉴定与鉴赏》2020 年第 15 期，第 28—29 页。

姚永辉：《南宋临安都城空间的变迁：以西北隅的官学布局为中心》，载《史林》 2019 年第 4 期，第 79—88，219 页。

叶文程：《从泉州湾海船的发现看宋元时期我国造船业的发展》，载《厦门大学学报（哲学社会科学版）》1977 年第 4 期，第 65—71 页。

于海平：《唐宋时期江南手工业发展的原因探析》，载《东南文化》2008 年第

2 期，第 43—46 页。

余冬林：《简论两宋时期方志的发展》，载《黑龙江史志》2014 年第 5 期，第 11 页。

余辉：《张择端〈清明上河图〉卷新探》，载《故宫博物院院刊》2012 年第 5 期，第 112—140，162 页。

余辉：《张择端生平考略》，载《中国书法》2016 年第 10 期，第 191 页。

俞亚琴：《百物担来群婴嬉——昆仑堂美术馆藏〈货郎图〉赏析》，载《书画艺术》2012 年第 2 期，第 65—69 页。

郁建民：《试论南宋杭州发达的旅馆业》，载《杭州商学院学报》1982 年第 2 期，第 43—47 页。

袁金彦、孔春燕：《唐代旅馆业的经营与管理》，载《兰台世界》2013 年第 18 期，第 63—64 页。

张博：《试论〈清明上河图〉中的店铺及招牌广告》，载《大众文艺》2014 年第 7 期，第 69—70 页。

张春霞：《宋代风俗画中的"雅"文化》，载《艺术研究》2010 年第 3 期，第 26—27 页。

张大新：《宋金都城商业文化的高涨与古典戏曲之成熟》，载《大连大学学报》2004 年第 5 期，第 100—104 页。

张高评：《宋代印刷传媒与诗分唐宋》，载《江西师范大学学报（哲学社会科学版）》2011 年第 44 期，第 39—48 页。

张建国：《略论北宋的专卖法制》，载《法学研究》1997 年第 2 期，第 137—159 页。

张剑光、邹国慰：《唐代商人社会地位的变化及其意义》，载《上海师范大学学报（哲学社会科学版）》1989 年第 2 期，第 102—109 页。

张剑光：《宋人视域中的唐五代城市商业及其发展变化——以笔记资料为核心的探讨》，《思想战线》2017 年第 4 期，第 83—97 页。

张金花：《宋代的广告与城市市场》，载《中国社会经济史研究》2004 年第 1 期，第 28—34 页。

张金花：《试论宋代夜市文化》，载《河北科技师范学院学报（社会科学版）》2011 年第 1 期，第 19—21，36 页。

张金花：《宋朝政府对夜市的干预与管理》，载《首都师范大学学报（社会科学版）》2016 年第 2 期，第 10—18 页。

张锦鹏、曾蕾：《宋代"胡商识宝"故事式微原因探析》，载《思想战线》2022 年第 48 期，第 66—74 页。

张劲：《南宋临安商业述论》，载《江苏商论》2004 年第 3 期，第 156—157 页。

张林君：《〈太平广记〉所见唐代长安的民间马匹交易》，载《淮北师范大学学报（哲学社会科学版）》2020 年第 41 期，第 55—59 页。

张林君：《〈太平广记〉所见唐都长安的经济意象》，载《重庆第二师范学院学报》2020 年第 33 期，第 36—41，84，127 页。

张梦甜：《两宋宫廷风俗画与民间风俗画中母亲角色比较研究》，载《艺术研究》2019 年第 3 期，第 11—13 页。

张平真：《京师内酒兴衰录》，载《中国酿造》2010 年第 9 期，第 183—185 页。

张倩：《宋代商业文化的盛景及其启示》，载《中华文化论坛》2014 年第 6 期，第 67—70，191—192 页。

张勤：《志书价值再认识——从咸淳〈临安志〉等看方志的史料价值与学术价值》，载《广西地方志》2007 年第 5 期，第 3—7，24 页。

张清宏：《南宋临安城的花卉产贸》，载《杭州文博》2014 年第 1 期，第 137—140 页。

张全明：《北宋开封的商业管理》，载《河南大学学报（哲学社会科学版）》1990 年第 4 期，第 49—56 页。

张全明：《论北宋开封的物价管理》，载《华中师范大学学报（哲学社会科学版）》1990 年第 4 期，第 78—82，124 页。

张西平：《交错的文化史，互动的中西方》，载《读书》2018 年第 5 期，第 113—118 页。

张玺：《从张择端的〈清明上河图〉看中国的风俗画》，载《南阳师范学院学报》2012 年第 2 期，第 78—80 页。

张显运：《试论北宋时期西北地区的畜牧业》，载《中国社会经济史研究》2009 年第 1 期，第 22—30 页。

张显运：《试论宋代东南地区的畜牧业》，载《农业考古》2010 年第 4 期，第 390—397 页。

张显运：《近三十年来〈清明上河图〉海外研究综述》，载《河南大学学报（社会科学版）》2018 年第 2 期，第 89—95 页。

张秀平：《宋代榷盐制度述论》，载《西北大学学报（哲学社会科学版）》1983 年第 1 期，第 56—64 页。

张炫：《宋代社会生活的宏伟画卷——〈清明上河图〉试析》，载《昆明师专学报》1995 年第 1 期，第 32—36 页。

张雅慧、孙鹏：《〈清明上河图〉的城市交通规划价值剖析》，载《商业时代》2010 年第 3 期，第 144—145 页。

张宇：《唐后期的士商交游及商人社会地位的变迁》，载《魏晋南北朝隋唐史资料》2003 年，第 136—144 页。

张祝平：《〈分类夷坚志〉研究》，载《华东师范大学学报（哲学社会科学版）》1997 年第 3 期，第 80—86 页。

张祝平：《〈夷坚志〉的版本研究》，载《古籍整理研究学刊》2003 年第 2 期，第 66—77 页。

章宏伟：《两宋编辑出版事业研究》，载《山东大学学报（哲学社会科学版）》1997 年第 4 期，第 33—38 页。

赵纯亚、余露：《〈太平广记〉仙人赐宝小说中的胡人识宝现象》，载《宜宾学院学报》2012 年第 12 期，第 44—46 页。

赵静：《唐代来华的波斯使臣、僧侣和商人》，载《黑龙江史志》2009 年第 20 期，第 33—34 页。

赵秋棉：《宋代的绘画市场——对年画的考察》，载《河北大学学报（哲学社会科学版）》2007 年第 2 期，第 37—41 页。

赵无云：《南宋风俗画中的人物表现与艺术特色——以市井风俗画为例》，载《美术大观》2021 年第 12 期，第 54—61 页。

赵政彤：《张择端〈清明上河图〉的艺术风格及其历史地位研究》，载《戏剧之家》2019 年第 5 期，第 140 页。

赵雨乐：《北宋的都市文化：以相国寺为研究个案》，载《新宋学》2003 年第 00 期，第 30—46 页。

郑超、黄妍妍：《论坊市制度与唐宋商品包装的发展》，载《包装学报》2011 年第 3 期，第 79—83 页。

郑纯方：《大相国寺：僧俗之间展映出的宋代都市繁华》，载《开封教育学院学报》2008 年第 3 期，第 46—48 页。

郑学檬：《关于唐代商人和商业资本的若干问题》，载《厦门大学学报（哲学社会科学版）》1980 年第 4 期，第 126—140，125 页。

钟翀：《宋元版刻城市地图考录》，载《社会科学战线》2020 年第 2 期，第124—136 页。

钟焓：《"回回识宝"型故事试析——"他者"视角下回回形象的透视》，载《西域研究》2009 年第 2 期，第 93—102，138 页。

周宝荣：《论北宋时期的相国寺书肆》，载《编辑之友》2008 年第 2 期，第75—77 页。

周宝珠：《试论〈清明上河图〉所反映的北宋东京风貌与经济特色》，载《河南师范大学学报（社会科学版）》1984 年第 1 期，第 27—34 页。

周宝珠：《〈清明上河图〉所继承的绘画传统》，载《河南大学学报（哲学社会科学版）》1986 年第 4 期，第 69—70 页。

周宝珠：《〈清明上河图〉与清明上河学》，载《河南大学学报（社会科学版）》1995 年第 3 期，第 1—8 页。

周宝珠：《试论草市在宋代城市经济发展中的作用》，载《史学月刊》1998 年第2 期，第 116—118 页。

周晟：《〈梦粱录〉再考》，载《中国地方志》2015 年第 2 期，第 50—52，64 页。

周殿杰：《唐代商税和商人三十税一》，载《史林》1986 年第 2 期，第 38—44 页。

周峰：《从张择端的〈清明上河图〉看宋代风俗画》，载《东岳论丛》2002 年第3 期，第 68—70 页。

周建明：《论北宋漕运》，载《中国社会经济史研究》2000 年第 2 期，第 57—65 页。

周建明、李启明：《〈北宋漕运与治河〉》，载《广西教育学院学报》2001 年第3 期，第 107—111 页。

周建明：《北宋漕运发展原因初探》，载《华南理工大学学报（社会科学版）》2001 年第 2 期，第 50—55 页。

周玲珍：《从〈夷坚志〉看宋代的农村旅店》，载《商业研究》1983 年第 2 期，第56—57 页。

朱波涛：《浅谈宋代旅游与经济》，载《边疆经济与文化》2016 年第 2 期，第87—88 页。

朱家源、何高济：《从几幅宋画上的车谈宋代的陆路交通》，载《故宫博物院院刊》1981 年第 3 期，第 76—79，98—100 页。

朱溢：《南宋三省与临安的城市空间》，载《复旦学报（社会科学版）》2017年第3期，第17—27页。

邹洁琳、乔迅翔：《〈咸淳临安志〉"府治总图"建筑平面布局复原研究》，载《中国建筑史论汇刊》2014年第1期，第301—321页。

（四）学位论文

蔡静波：《唐五代笔记小说研究》，陕西师范大学博士研究生学位论文，2006年。

陈瑜：《唐代商业与诗歌论稿》，吉林大学博士研究生学位论文，2019年。

樊庆彦：《古代小说与娱乐文化》，山东大学博士研究生学位论文，2008年。

冯鸣阳：《南宋画院人物画的政治功能研究》，上海大学博士研究生学位论文，2013年。

傅俊：《南宋的村落世界》，浙江大学博士研究生学位论文，2009年。

葛永海：《古代小说与城市文化》，上海师范大学博士研究生学位论文，2003年。

姜革文：《商业·商人·唐诗》，南京师范大学博士研究生学位论文，2006年。

李合群：《北宋东京布局研究》，郑州大学博士研究生学位论文，2005年。

李瑞：《唐宋都城空间形态研究》，陕西师范大学博士研究生学位论文，2005年。

李银珍：《宋代笔记研究》，复旦大学博士研究生学位论文，2014年。

梁克敏：《唐代城市管理研究》，陕西师范大学博士研究生学位论文，2018年。

梁田：《两宋画院制度研究》，上海大学博士研究生学位论文，2012年。

廖伊婕：《宋代近海市场研究》，云南大学博士研究生学位论文，2015年。

凌燕君：《苏汉臣〈货郎图〉货物考》，江西师范大学硕士研究生学位论文，2020年。

刘方：《宋代两京都市文化与文学生产》，上海师范大学博士研究生学位论文，2008年。

刘海霞：《中国古代城市笔记研究》，上海师范大学博士研究生学位论文，2014年。

刘正平：《宗教文化与唐五代笔记小说》，复旦大学博士研究生学位论文，2005年。

路泽武：《〈咸淳临安志〉研究》，上海师范大学硕士研究生学位论文，2015年。

罗陈霞：《宋代小说与宋代民间商贸活动》，南开大学博士研究生学位论文，

2009 年。

马峰燕：《北宋中期东南地区城镇的数量、商税与空间分布研究》，复旦大学博士研究生学位论文，2010 年。

秦开凤：《宋代文化消费研究》，陕西师范大学博士研究生学位论文，2009 年。

盛莉：《〈太平广记〉仙类小说类目及其编纂研究》，华中师范大学博士研究生学位论文，2006 年。

宋军风：《唐代商人家庭状况初探》，曲阜师范大学博士研究生学位论文，2004 年。

孙彩红：《唐代政府的粮食需求与财政经济》，厦门大学博士研究生学位论文，2002 年。

孙金玲：《宋代旅馆业研究》，陕西师范大学硕士研究生学位论文，2008 年。

谭光万：《中国古代农业商品化研究》，西北农林科技大学博士研究生学位论文，2013 年。

谭辉煌：《广告形态演进的逻辑与轨迹》，武汉大学博士研究生学位论文，2014 年。

谭媛元：《宋元时期佚名绘画现象研究》，湖南师范大学博士研究生学位论文，2018 年。

田建平：《宋代书籍出版史研究》，河北大学博士研究生学位论文，2012 年。

王浩禹：《宋代城市税收研究》，云南大学博士研究生学位论文，2015 年。

魏华仙：《宋代消费经济若干问题研究》，河北大学博士研究生学位论文，2005 年。

吴铮强：《宋代科举与乡村社会》，浙江大学博士研究生学位论文，2006 年。

肖鸿燚：《唐宋时期旅馆业研究》，河南大学硕士研究生学位论文，2003 年。

肖伟：《〈宣和画谱〉绘画著录及递藏研究》，南京艺术学院，2019 年。

谢志远：《中国古代商业小说叙事研究》，湖南师范大学博士研究生学位论文，2015 年。

辛亚莉：《临安城市地理研究》，华东师范大学硕士研究生学位论文，2014 年。

许欣悦：《南宋风物志》，南京艺术学院，2020 年。

杨永兵：《宋代买扑制度研究》，云南大学博士研究生学位论文，2010 年。

杨勇：《两宋画院教育研究》，上海大学博士研究生学位论文，2012 年。

叶静：《洪迈与〈夷坚志〉的民间性问题研究》，华东师范大学博士研究生学位论文，2010年。

张劲：《两宋开封临安皇城宫苑研究》，暨南大学博士研究生学位论文，2004年。

曾礼军：《〈太平广记〉研究》，上海师范大学博士研究生学位论文，2008年。

赵嗣胤：《南宋临安研究》，复旦大学博士研究生学位论文，2011年。

赵章超：《宋代文言小说研究》，四川大学博士研究生学位论文，2003年。

郑辰暐：《江南都城城市形态变迁研究》，东南大学博士研究生学位论文，2019年。

郑继猛：《宋代都市笔记研究》，陕西师范大学博士研究生学位论文，2009年。

钟金雁：《宋代东南乡村经济的变迁与乡村治理研究》，云南大学博士研究生学位论文，2012年。

周瑾锋：《唐宋笔记小说研究》，华东师范大学博士研究生学位论文，2016年。